Indomptable play-boy

Fiancée à un don Juan

CAT SCHIELD

Indomptable play-boy

Traduction française de
ROSELINE AULIAC

PASSIONS

HARLEQUIN

Collection : PASSIONS

Titre original :
HOW TO CATCH A BAD BOY

HARPERCOLLINS FRANCE
83-85, boulevard Vincent-Auriol, 75646 PARIS CEDEX 13
Service Lectrices — Tél. : 01 45 82 47 47 - www.harlequin.fr
ISBN 978-2-2804-6850-3 — ISSN 1950-2761

Composé et édité par HarperCollins France.
Imprimé en avril 2022 par CPI Black Print (Barcelone)
en utilisant 100% d'électricité renouvelable.
Dépôt légal : mai 2022.

FSC www.fsc.org MIXTE Papier issu de sources responsables FSC® C159065

Pour limiter l'empreinte environnementale de ses livres, HarperCollins France s'engage à n'utiliser que du papier fabriqué à partir de bois provenant de forêts gérées durablement et de manière responsable.

- 1 -

Asher Davison Edmond était allongé sur la couchette de sa cellule de prison, un bras posé sur ses yeux pour ne plus voir les murs de béton grisâtres et le plafond miteux de son nouvel environnement. Comment diable en était-il arrivé là ? Bon. Il le savait. À bord d'une voiture de police, et après une suite d'événements qui l'avait complètement pris au dépourvu.

Bien sûr, il avait eu parfois des comportements risqués au cours de ses trente et une années d'existence, mais il n'avait jamais imaginé qu'il se retrouverait un jour derrière les barreaux à cause de quelque chose qu'il n'avait pas fait. Car il n'avait *absolument pas* détourné les fonds destinés au festival musical Soirée dans la Baie. Il avait sans doute enfreint une ou deux lois dans sa jeunesse, mais il s'était agi de peccadilles. Jamais il ne commettrait un pareil forfait.

— Eh, Crésus !

La voix railleuse appartenait au policier baraqué qui l'avait reconduit dans sa cellule après sa présentation au juge pour la notification de l'accusation. Asher serra les dents, ulcéré. Apparemment, il avait été au lycée avec la plus jeune sœur du shérif adjoint Vesta et se serait mal comporté avec elle. Il aurait ricané quand elle lui avait demandé de l'accompagner au bal de promotion du lycée…, ce qui n'était pas très intelligent de sa part.

Peut-être était-ce pour cette raison qu'il avait fait l'impasse sur ce souvenir.

— Oui ? répondit Asher sans même se lever.

Réprimant sa colère et sa peur, il rassembla tout le sarcasme dont il était capable dans ce seul mot, ayant parfaitement conscience qu'il se faisait du tort en se comportant comme un crétin. Mais il le savait, rien ne modifierait la piètre opinion que Vesta avait de lui. Voilà pourquoi il se retranchait derrière une attitude rebelle et boudeuse, comme il le faisait avec son père adoptif qui lui manifestait sa désapprobation depuis des années.

— Vous avez un visiteur.

Un sentiment d'espoir explosa dans la poitrine d'Asher.

Ross et Gina avaient-ils changé d'avis concernant sa culpabilité après leur défection, la veille, lors de l'audience portant sur sa libération sous caution ? Alors que la désertion de son frère et de sa sœur avait suscité la panique et l'incertitude en lui, l'absence de son père ne l'avait pas surpris. Il ne s'attendait pas non plus à ce que Rusty Edmond lui rende visite, sauf peut-être pour lui exprimer son profond regret d'avoir adopté le fils de sa deuxième épouse.

Asher avait ses propres griefs à ce sujet. Pourquoi Rusty s'était-il donné la peine d'établir ce lien juridique entre eux alors qu'il n'avait jamais vraiment considéré Asher comme un de ses enfants ? Ou peut-être l'avait-il mis sur le même plan que ses enfants biologiques auxquels il témoignait peu d'affection et dont il mettait en doute les capacités, s'agissant de Ross, et le talent, s'agissant de Gina.

Cela n'avait pas empêché Asher, adolescent, de s'évertuer à gagner l'affection de Rusty. Puis, après avoir constaté la vanité de ses efforts, il avait changé de tactique. À défaut d'obtenir son approbation, il avait décidé d'être digne de son dédain en accumulant les sottises.

Toutefois, malgré ses relations difficiles avec son beau-père, il entretenait un lien très fort avec son frère et sa sœur, comme s'ils étaient du même sang. Ross avait douze ans et Gina dix quand Asher, âgé de quinze ans, était venu vivre avec eux. Il avait adoré jouer les grands frères protecteurs, et ils s'étaient aussitôt très bien entendus. Bien que Rusty ne soit resté marié que trois ans à la mère d'Asher, cette période avait été déterminante pour les trois adolescents, et ils étaient restés très liés, même après le divorce de leurs parents et le départ d'Asher pour l'université.

Voilà pourquoi le silence de Ross et de Gina était si inquiétant. Depuis sa mise en examen, il s'était rassuré en se disant que Rusty, désireux de lui donner une leçon, avait interdit à Ross et Gina de se présenter au tribunal. Mais à mesure que les heures passaient, sans nouvelle d'eux, il commençait à se demander s'ils le croyaient coupable et s'ils lui avaient tourné le dos.

Une peur panique enfla dans sa poitrine. Lors de l'audience au tribunal, il avait appris que les chefs d'accusation retenus contre lui étaient pires que ce qu'il avait cru. Le problème n'était pas uniquement le détournement de fonds – lequel aurait pu être traité au niveau local –, mais la disparition de l'argent auprès des banques par le biais de virements sans doute sur des comptes off-shore, ce qui entraînait l'intervention des fonctionnaires de police fédéraux. Même si Rusty l'avait voulu, il n'aurait pas pu faire annuler les chefs d'accusation.

Oh ! oui, Asher était dans de sales draps !

Ses comptes bancaires ayant été gelés par décision du tribunal, il avait été dans l'impossibilité de verser sa propre caution. Tout naturellement, il avait pensé que sa famille le croirait incapable de faire une chose pareille et viendrait à sa rescousse. Mais au fil des heures, son désespoir n'avait cessé de grandir. Jusqu'à maintenant. Enfin, un membre de sa famille avait décidé de l'aider.

— Vous avez cinq minutes, déclara d'un ton sec le shérif adjoint Vesta.

Asher se redressa et battit des paupières, ébloui par la soudaine clarté. Tandis que ses yeux s'adaptaient à ce changement de luminosité, il observa la personne se tenant de l'autre côté des barreaux. Ce n'était ni son frère, grand et mince, ni sa sœur, toujours élégante, mais une femme de petite taille, portant un jean ajusté et des bottines à hauts talons, ses longs cheveux noirs et lisses retenus en une queue-de-cheval sur la nuque. Sans doute une autre fonctionnaire fédérale venue l'interroger au sujet des fonds volatilisés.

Puis elle s'avança plus près, et il distingua ses traits.

— *Lani Li* ?

Il tressaillit, stupéfait, et se leva, les jambes flageolantes, tandis que la surprise cédait la place à la joie, puis à la perplexité. Avait-elle entendu parler de ses ennuis et s'était-elle précipitée à son secours ? Il l'espérait de tout son cœur.

Toutefois, son euphorie se dissipa vite quand il perçut la lueur glaciale dans son regard d'une belle nuance marron évoquant la fourrure du vison. Un afflux de sang colorait ses joues, altérant la perfection de sa carnation ivoirine. Ses lèvres pincées et ses sourcils froncés exprimaient le dédain. Manifestement, elle n'était pas ravie de le voir ! Pourtant, outre l'espoir, son apparition réveillait en lui un flot de souvenirs vivaces et torrides.

Jusqu'à ce qu'elle parle…

— Asher.

Son ton était on ne peut plus professionnel.

— Quelle surprise ! murmura-t-il, s'avançant plus près, attiré par elle comme une abeille par une fleur.

Sa fragrance le frappa avant même qu'il enroule ses mains autour des barreaux et se penche vers elle. Elle fleurait bon la vanille et la cannelle, évocatrices de douceur luxuriante et de succulence. Il se souvenait d'avoir enfoui son nez dans sa chevelure et humé avec délectation son parfum incomparable. D'avoir senti son odeur de soleil et de sueur ce fameux jour où ils avaient fait l'amour à côté d'une rivière tumultueuse, écrasant les aiguilles de pins sous leurs corps enlacés et libérant leur odeur astringente. À cet instant, le simple fait de respirer sa fragrance ralentissait les battements effrénés de son cœur et apaisait son naturel impétueux.

— Combien de temps cela fait-il ? demanda-t-il d'un ton joyeux. Cinq ans ?

Elle acquiesça d'un bref signe de tête.

— À peu près.

Les yeux plissés sous l'effet de l'attention, elle l'examinait de la tête aux pieds, depuis ses cheveux bruns coupés court jusqu'à ses mocassins Berluti.

— Tu as une mine affreuse.

— Rien d'étonnant, dit-il avec un haussement d'épaules nonchalant. Je suis enfermé ici depuis trente-six heures.

À son tour, il promena son regard sur elle, s'attardant sur son blazer bleu marine, son chemisier blanc et son jean, et se remémorant le galbe de ses seins, son ventre plat et soyeux, et ses jambes fuselées. Oh ! oui, il *adorait* ce corps. Il avait passé des heures à en parcourir chaque centimètre à l'aide de ses lèvres et de ses mains, et à apprendre ce qui la faisait frissonner et gémir de plaisir.

— Tu es splendide, dit-il, songeant au jour où il avait mordillé ses fesses rebondies, lui tirant un petit cri de surprise. Mais dis-moi, pourquoi es-tu ici ?

Encore tout émoustillé par ces souvenirs torrides, il lui posa la question d'un ton détaché, comme s'il la croisait dans la rue et non dans une cellule de prison.

— Tu es la dernière personne que je m'attendais à voir ici !

— Je m'occupe d'une affaire, répondit-elle.

— Vraiment ? De quoi s'agit-il, au juste ?

— J'enquête sur le vol des fonds destinés au festival.

— À ton avis, qui a commis ce vol ?

Elle inclina la tête et lui décocha un regard incrédule.

— Toi.

— Ainsi, tu penses comme les autres que je suis coupable. J'attendais mieux de ta part, dit-il, déçu mais pas surpris.

Exhalant un soupir agacé, elle écarta la veste de son blazer et posa une main sur sa hanche, dévoilant un étui de revolver vide attaché à sa ceinture. Alors qu'il fixait l'objet, un mélange de désir et d'exaltation le prit au dépourvu. Depuis qu'il était gamin, il rêvait de grandes aventures et avait passé les dix dernières années à faire des choses galvanisantes ou dangereuses. Le fait que Lani porte une arme l'excitait de multiples façons. Sa peau le picotait et ses doigts le démangeaient tant il brûlait d'envie de la toucher.

— Manifestement, tu as atteint l'objectif que tu t'étais fixé, devenir fonctionnaire fédérale, dit-il, son regard s'attardant sur sa poitrine aux courbes affriolantes avant de croiser à nouveau son regard hostile.

— À quelle administration appartiens-tu ? insista-t-il.

Le FBI ? Le Bureau de l'alcool, du tabac, des armes à feu et des explosifs ? Le Bureau des stupéfiants ?

Ses yeux étincelèrent de colère.

— Je suis enquêtrice privée.

C'était curieux. Quand ils s'étaient rencontrés, cinq ans auparavant, Lani était sur le point d'intégrer une école d'enseignement universitaire supérieur et envisageait de se spécialiser en droit pénal. Diplômée de sociologie et passionnée de justice, elle avait la volonté de rendre le monde meilleur et pensait qu'une carrière dans l'administration fédérale l'aiderait à faire bouger les lignes.

— Dans ce cas, dit-il, sors-moi d'ici. Ensuite, tu pourras faire toutes les enquêtes privées que tu veux.

Avant même qu'il perçoive la lueur d'indignation dans son regard, il s'en voulut de flirter avec elle. Elle était la seule personne qui soit venue le voir, et il la traitait comme une fille quelconque rencontrée dans un bar alors qu'elle était une femme merveilleuse qu'il avait stupidement laissée partir, cinq ans plus tôt.

Ses lèvres charnues, dépourvues de rouge à lèvres, se plissèrent, exhalant un soupir agacé. Il se souvenait comme si c'était hier du goût de fraise de son baume pour les lèvres et de la caresse de ses longs cheveux soyeux sur le dos de ses mains quand il l'attirait contre lui. Depuis leur tout premier baiser jusqu'à leur dernière étreinte déchirante, il n'était jamais parvenu à se rassasier d'elle.

— Décidément, tu es toujours le même play-boy horripilant !

Ses paroles eurent pour effet de doucher sa libido.

— Non, j'ai changé.

Ce sobriquet le blessa comme il l'avait fait autrefois. Ils s'étaient rencontrés alors qu'elle travaillait comme serveuse sur Appaloosa Island, dans Trinity Bay, au large de la côte du Texas. Il se reposait avant d'entamer ce qui deviendrait sa dernière saison de joueur de polo professionnel. Fasciné autant par son intelligence brillante que par son physique de rêve, il s'installait toujours dans son secteur chaque fois qu'il déjeunait dans le restaurant où elle travaillait.

À son grand désespoir, rien chez lui ne trouvait grâce à ses yeux. Indifférente aux énormes pourboires qu'il lui laissait, elle le jugeait désœuvré et frivole, et l'avait surnommé « le play-boy ».

— Aujourd'hui, je suis vice-président de Edmond Organization's Bakken Business.

Il bomba le torse, se demandant s'il parviendrait à la convaincre qu'il était devenu un homme sérieux et prospère, ayant un projet de vie et s'y tenant, au lieu de parcourir le monde au gré des saisons de polo.

En réalité, son ton pompeux et assuré ne reflétait pas ses véritables sentiments. Car il détestait tout ce qui avait trait au pétrole et laissait son équipe gérer toutes ces données techniques ennuyeuses. Deux ans auparavant, il avait été contraint d'accepter ce poste car Rusty en avait eu assez de financer « son style de vie improductif » et avait menacé de lui couper les vivres s'il ne se décidait pas à travailler.

— Pourtant, tu n'es presque jamais au bureau, dit-elle, sa mine sceptique indiquant qu'elle avait déjà enquêté sur lui.

— J'étais occupé avec le festival Soirée dans la Baie.

Bon. Il exagérait, car là aussi, il ne s'était guère investi dans la gestion quotidienne de l'événement.

— Oui, murmura-t-elle, pince-sans-rire. Tu t'en es si bien occupé que cela t'a conduit tout droit en prison.

Asher brûlait d'envie de réfuter ses arguments, mais

que pouvait-il dire ? Les barreaux métalliques qui le privaient de liberté lui donnaient raison. De même, il ne pouvait pas se prévaloir de quelque chose qu'il aurait accompli depuis leur séparation et qui aurait répondu à ses critères exigeants. Elle était la personne la plus motivée et la plus focalisée sur ses objectifs qu'il connaisse. Dès le début, elle lui avait clairement fait comprendre que son manque d'ambition l'irritait. Ils étaient à l'opposé l'un de l'autre dans tous les domaines importants. Mais cela ne l'empêchait pas d'être irrésistiblement attiré par elle.

Au début, il avait été subjugué par sa beauté saisissante, mais très vite, c'était son courage, son incroyable force de caractère et son sérieux qui l'avaient incité à la poursuivre de ses assiduités malgré ses nombreuses rebuffades.

Car il adorait les défis.

Il avait donc cherché à découvrir la femme qui se cachait derrière cette façade distante. Et, bien que la poursuite se soit avérée gratifiante, la capture de cette beauté avait dépassé ses rêves les plus fous. Au point qu'il n'avait pas éprouvé le besoin de passer à une autre conquête après avoir mis Lani dans son lit. C'était la femme la plus merveilleuse qu'il ait connue. Et durant leur liaison torride, elle l'avait profondément marqué.

Pendant ces mois d'été fabuleux, il était devenu un homme… *différent*. Il avait commencé à remettre en question son mode de vie insouciant et pris conscience que les espoirs et les désirs d'autrui étaient aussi importants que les siens.

Mais cela ne pouvait pas durer, car ils suivaient deux chemins complètement différents. Elle s'apprêtait à intégrer une école d'enseignement du troisième cycle à l'automne, avec l'ambition de mener une brillante carrière.

Condamné à la perdre, il était retombé dans ses travers. Par la suite, il s'était souvent demandé ce qui se serait passé s'il avait mieux répondu à ses attentes.

Lani haussa un sourcil bien dessiné et secoua la tête.

— Te rends-tu compte de la gravité de ta situation ?

Son attitude glaciale le ramena à la réalité.

— Je commence à le comprendre, marmonna-t-il, de nouveau pris de panique.

Si seulement il pouvait gagner Lani à sa cause.

— Il s'agit d'un énorme malentendu.

— Vraiment ? Les preuves contre toi sont accablantes. Des millions de dollars ont disparu du compte du festival, et tous les retraits ont été effectués à ton nom.

— Je te jure que je n'ai pas volé un seul centime !

Depuis des jours, il ne cessait de clamer son innocence, mais personne ne le croyait. Ni sa famille ni les autorités. Toutes les apparences étaient contre lui, et cela faisait de lui le coupable idéal.

— J'ai parlé avec les agents fédéraux, poursuivit Lani, impitoyable. Les versements ont été effectués notamment en faveur d'une entreprise de technologie, d'une société dans le domaine musical et d'une société de jets privés. À première vue, la plupart de ces transferts paraissent justifiés, sauf que ces sociétés n'existent pas et que les fonds ont aussitôt disparu des comptes respectifs.

Il ignorait tous ces détails. Des sociétés fictives disposant de véritables comptes bancaires ! Ce type d'arnaque requérait de la stratégie et de la subtilité. Et s'il y avait un élément susceptible de disculper Asher, c'était précisément son piètre talent d'organisateur. Ses collaborateurs chez Edmond's Organization pourraient en témoigner !

Pendant qu'il ressassait ses lacunes, Lani l'observait, l'expression grave et impatiente.

— Personne ne sait où est passé l'argent.

— Moi non plus, riposta-t-il, au comble de la frustration.

C'était une chose que les Edmond le croient coupable, mais il avait besoin de l'aide de Lani pour prouver son innocence.

— Je n'ai rien volé, insista-t-il pour faire bonne mesure.

Insensible à ces incessantes dénégations, elle continuait de l'observer avec une froide indifférence.

— Il y a un appartement à ton nom aux Maldives.

— Il n'est pas à moi !

Une flambée de colère monta en lui. D'où provenaient ces satanées preuves ? Puisque tout l'incriminait, ce n'était pas étonnant que personne ne croie à son innocence.

— Je ne sais même pas où se situent les Maldives !

— C'est un archipel de l'océan Indien.

Elle marqua une pause avant d'ajouter :

— Qui plus est, elles n'ont pas de traité d'extradition avec les États-Unis.

— Tu en déduis donc que j'avais l'intention de prendre l'argent et de m'enfuir.

Il accusa le coup devant l'expression écœurée de Lani. *Bon sang !* Il s'était senti mortifié en lisant la déception et le sentiment de trahison dans le regard de sa famille lorsqu'il avait quitté le siège social des Edmond, menottes aux poignets, mais le mépris affiché par Lani le blessait encore plus. Il ne l'avait jamais admis, mais à l'époque de leur rencontre, il avait rêvé de devenir son héros. Manifestement, il ressentait toujours ce besoin d'être admiré par elle.

— Je le répète, je n'ai pas détourné les fonds destinés au festival et je n'ai pas acheté d'appartement aux Maldives. Pourquoi personne ne me croit ?

Lani contemplait Asher, le regard noir, incapable de croire que cinq minutes auparavant, elle s'était sentie fébrile – oui, fébrile ! – à l'idée de le revoir. Elle rassembla toute sa volonté pour lutter contre l'attrait qu'exerçaient sur elle sa beauté saisissante, ses larges épaules et sa virilité intense. Et elle maudit la part en elle qui se remémorait les assauts fougueux de son corps musclé, le plaisir intense qu'il lui procurait et la délicieuse langueur qui s'emparait d'elle après l'amour. C'était ce mélange d'ébats torrides et de tendresse qui avaient anéanti les défenses censées protéger son cœur.

Elle avait passé les cinq dernières années à les restaurer. Mais elle avait sous-estimé le charisme de cet homme et la puissance de son charme. Par chance, elle avait réussi à lui dissimuler son émotion quand elle l'avait aperçu derrière les barreaux. Il n'avait pas besoin de savoir qu'elle s'était précipitée à la prison de Royal, Texas, en sortant de son rendez-vous avec Kingston Blue, le célèbre musicien, surexcitée à l'idée que l'affaire qu'il venait de lui confier la rapprocherait à nouveau d'Asher. Cinq ans auparavant, elle avait failli gâcher sa vie à cause de lui. Mais cette fois, elle ne se laisserait *pas* détourner de la voie qu'elle s'était tracée.

Se rendant compte qu'elle grinçait des dents, elle s'efforça de se ressaisir.

— Si ce n'est pas toi le coupable, qui est-ce ?

— Je n'en ai aucune idée.

Ses dénégations ne la surprenaient pas. Étant donné la gravité des chefs d'accusation portés contre lui, il aurait été stupide d'admettre sa culpabilité. Du moins, pas avant que son avocat ait obtenu une réduction de peine si Asher acceptait de coopérer avec les enquêteurs.

— Ce serait dans ton intérêt de rendre l'argent.

Elle marqua une pause avant d'ajouter :

— Je pourrais t'aider.

Kingston voulait des réponses, et elle ferait en sorte de les obtenir.

— Si tu penses que je sais où il se trouve, tu vas être déçue.

— S'agissant de toi, j'en ai l'habitude, répliqua-t-elle sans réfléchir.

L'espace d'une seconde, il eut l'air blessé, et elle s'en voulut de ne pas avoir tenu sa langue. Raviver ses vieilles blessures et ses désillusions ne constituait pas le meilleur moyen de gagner la confiance d'Asher.

— Écoute, je ne suis pas venue ici en amie, mais parce que j'ai un travail à faire. Nous avons passé du bon temps ensemble ce fameux été, mais ne faisons pas comme si nous avions prévu de nous revoir après notre séparation.

Asher accusa le coup.

— Je regrette la façon dont les choses se sont terminées entre nous.

Lani scruta son expression pour déterminer s'il éprouvait vraiment du remords ou s'il la berçait encore de belles paroles. *Qui me trompe une fois…*

— Pas moi. Alors, n'en parlons plus.

Elle pinça les lèvres, furieuse. Asher avait déjà une trop haute opinion de lui-même. Il était hors de question qu'il sache à quel point elle avait souffert de leur rupture.

Cet été-là, tout le monde l'avait mise en garde contre lui. Elle aurait dû écouter son entourage, suivre son instinct et se tenir à l'écart de cet homme. Faire confiance à ses parents qui avaient désapprouvé sa relation avec Asher quand elle avait envisagé de prendre une année sabbatique pour passer du temps avec lui au lieu de poursuivre ses études. Quelle idiote elle avait été de le croire sincèrement épris d'elle !

— Je suis conscient de m'être comporté comme un crétin, insista-t-il, Mais cette époque est révolue. J'ai changé.

À en juger par sa réputation, ce n'était pas le cas. Il avait une vie amoureuse bien remplie, ne faisant pas plus de cas du cœur des femmes que de l'argent du festival. Tous les posts le concernant sur les réseaux sociaux devraient comporter la légende *#bourreau des cœurs.*

— Tu comprendras que j'aie du mal à le croire puisque tu te trouves actuellement derrière les barreaux.

— Je le répète, je suis innocent.

Un muscle tressauta sur sa mâchoire.

— Je suis victime d'une machination.

Malgré ses efforts pour rester de marbre face à Asher dont l'angoisse était perceptible, elle ne parvenait pas à maîtriser les battements frénétiques de son pouls. Cinq ans plus tôt, ses belles paroles l'avaient subjuguée, au point qu'elle avait failli renoncer à ses rêves pour être avec lui. Mais elle ne pouvait pas se permettre une autre erreur de jugement.

— Peux-tu prouver que tu as été piégé ? Ou as-tu une idée de qui aurait pu se servir de toi ?

Voyant son expression de frustration, elle hocha la tête.

— C'est bien ce que je pensais.

Pendant un long moment, ils s'observèrent l'un l'autre, et Lani ne parvint pas à décider si elle voulait qu'il soit innocent ou coupable. La part en elle qui l'avait aimé autrefois espérait qu'il avait été piégé, mais l'autre part qui avait eu le cœur brisé avait besoin qu'il soit un homme méprisable. Depuis qu'ils s'étaient séparés, elle n'avait pas arrêté de se dire qu'elle était beaucoup mieux sans lui. Et elle risquait d'être malheureuse si elle cessait de le croire.

— Manifestement, ton opinion est déjà faite. Rien de ce que je pourrai dire ne te convaincra de mon innocence.

Il avait l'air si déprimé que Lani ne put s'empêcher d'éprouver un élan de compassion pour lui.

— Puisque c'est comme ça, au revoir et bonne chance pour ton enquête !

Quelle poisse ! Elle venait de se le mettre à dos avant d'avoir appris quoi que ce soit.

— Si tu es innocent, tu auras besoin… d'aide.

Elle ne se résolvait pas à dire : *mon aide.* Prenant une profonde inspiration, elle fit une nouvelle tentative :

— Mon client veut que je retrouve l'argent…

— Est-ce mon père qui t'a engagée ? demanda Asher, reprenant espoir. Tu l'avais beaucoup impressionné quand nous sortions ensemble. En fait, sa seule critique, c'était qu'une femme aussi intelligente et ambitieuse que toi avait tort de gaspiller son temps avec moi.

— Mon client préfère rester anonyme.

En réalité, Kingston Blue ne lui avait donné aucune instruction en ce sens, mais elle était ici pour obtenir des informations et non pour en fournir.

Le célèbre musicien avait accepté de jouer lors du festival Soirée dans la Baie et investi beaucoup d'argent dans l'événement. Il possédait une grosse fortune et n'était donc pas aux abois financièrement parlant, contrairement à de nombreux prestataires et participants au festival avorté, mais il était un homme d'affaires avisé et ne supportait pas d'avoir été floué. Il avait rencontré tous les membres du clan Edmond et était convaincu qu'Asher n'avait pas organisé seul cette escroquerie de grande ampleur.

Lani avait été surprise qu'un client aussi éminent la

contacte pour lui confier cette affaire, mais elle avait vite compris que le musicien s'était renseigné sur elle. Il savait qu'elle avait eu une liaison avec Asher et qu'elle s'était mal terminée pour Lani.

Respectueuse des règles de déontologie, elle avait prévenu Kingston que ses préventions contre Asher risquaient de nuire à son travail, mais il avait balayé ses scrupules, persuadé que sa connaissance de la famille Edmond faisait d'elle la personne la plus à même d'enquêter sur eux et de retrouver l'argent. D'autant que les agents fédéraux avaient cessé de chercher d'autres suspects dans la mesure où toutes les preuves tangibles désignaient Asher comme coupable.

L'énorme avance sur honoraires que lui avait versée Kingston avait eu raison de ses doutes. Par ailleurs, la réussite de cette enquête lui permettrait de se faire un nom dans le métier et transformerait sa jeune entreprise en un des cabinets d'enquêtes privées les plus recherchés de Dallas.

Encore fallait-il qu'elle retrouve l'argent qu'Asher avait volé. Pour y parvenir, elle avait besoin de sa coopération.

— Je comprends, dit Asher en fourrageant dans ses cheveux. Mais quand tu verras mon père, dis-lui que j'ai retenu la leçon et que je lui saurais gré de me faire libérer tout de suite en payant la caution exigée par le tribunal.

Lani ne vit pas la nécessité de le détromper. S'il pensait que Rusty voulait qu'il coopère avec les enquêteurs, peut-être passerait-il plus vite aux aveux.

— Je vais voir ce que je peux faire, répondit-elle, soudain pressée de partir.

Asher la fixait intensément, son regard se faisant plus pénétrant à mesure que les secondes s'écoulaient. Aussitôt, une onde de chaleur se diffusa en elle. Il n'y avait aucune connotation sexuelle dans le regard d'Asher, mais elle était toujours aussi sensible à son charme et à ses changements d'humeur. À cet instant, elle décelait chez lui un mélange de nostalgie et de soulagement tandis qu'il pensait, peut-être pour la première fois depuis son arrestation, que quelqu'un était prêt à croire en lui et à l'aider.

— Merci.

— Inutile de me remercier. Je suis chargée de résoudre une affaire et je pense que tu peux m'aider. C'est tout.

— Comme tu veux.

Alors qu'elle pivotait sur ses talons pour partir, il la héla :

— Au fait, Lani…

Elle détesta la façon dont son cœur bondit dans sa poitrine alors qu'elle se dirigeait vers la sortie. Le souvenir de leur relation torride exerçait sur elle un attrait plus puissant qu'elle n'aurait cru. Mais il était hors de question qu'elle y succombe. À l'époque, Asher avait eu une influence néfaste sur elle, et elle serait plus destructrice aujourd'hui.

— Oui ?

Alors qu'elle s'arrêtait devant la porte, guettant le déclic caractéristique indiquant qu'elle était déverrouillée, elle commit l'erreur de tourner la tête vers Asher.

Un sourire de pur ravissement illuminait ses yeux marron et étirait la courbe sensuelle de ses lèvres, dévoilant une dentition parfaite.

— Te revoir est la meilleure chose qui me soit arrivée depuis très, très longtemps.

Le déclic retentit. Sans un mot, elle poussa la porte avec plus de force que nécessaire et récupéra son téléphone et ses clés auprès du shérif adjoint. Puis elle se précipita hors du poste de police, retrouvant l'atmosphère étouffante de cet après-midi du mois d'août, et se mit à courir jusqu'au parking où elle avait garé son SUV. Hors d'haleine, elle se pencha en avant, les mains sur les genoux, tandis que le sang pulsait dans ses oreilles.

Quand elle eut repris son souffle, elle déverrouilla sa portière et se glissa derrière le volant. Elle n'y arriverait jamais ! Récupérant son téléphone, elle chercha les coordonnées de Kingston Blue dans ses contacts. Au diable l'argent et la renommée que cette affaire lui apporterait ! Travailler en relation étroite avec Asher sèmerait à nouveau le chaos dans ses émotions.

— Lani.

La voix profonde du musicien eut un effet apaisant sur ses nerfs à vif.

— Je ne m'attendais pas à avoir de vos nouvelles si tôt. Avez-vous rencontré Asher Edmond ?

— Oui.

Elle cherchait la meilleure façon de décliner sa proposition sans compromettre sa crédibilité.

— Il affirme qu'il est innocent.

— Pensez-vous qu'il le soit ?

Le croyait-elle innocent ?

— Toutes les preuves suggèrent qu'il est coupable.

— Mais vous le connaissez. J'aimerais connaître votre avis.

— Sa culpabilité est un peu trop évidente.

Lani se rendait compte seulement maintenant que ce fait l'avait inconsciemment troublée.

— Asher n'est ni stupide ni naïf. Comment a-t-il pu penser qu'il s'en sortirait en laissant autant de preuves derrière lui ?

— Vous admettez donc que les choses sont plus complexes qu'il n'y paraît.

— Je ne fais aucune supposition à ce stade de l'enquête.

— Entendu.

Bien qu'il s'exprime d'une voix neutre, elle perçut sa déception.

— Que comptez-vous faire maintenant ?

— Avec Asher derrière les barreaux, il m'est presque impossible de lui soutirer des informations au sujet des comptes bancaires du festival. Et comme les agents fédéraux ont gelé ses avoirs et que sa famille n'est pas disposée à l'aider, il n'est pas en mesure de payer sa caution.

— Si je décide de la payer pour le faire sortir, je compte sur vous pour qu'il ne s'enfuie pas. Cela signifie qu'il sera sous votre responsabilité 24h/24 et 7j/7.

— C'est…

Impossible. Inacceptable. Trop lui demander.

Elle ne pourrait pas supporter un contact aussi rapproché avec Asher. Il existait sûrement un autre moyen. Mais elle avait beau chercher un prétexte valable à opposer à Kingston, elle savait qu'il n'y avait qu'une seule réponse.

— C'est entendu.

— Parfait. Donnez-moi les informations nécessaires pour procéder au paiement de la caution d'Asher Edmond. Espérons qu'il se montrera coopératif et nous aidera à retrouver l'argent disparu.

- 2 -

Démoralisé à l'idée de passer une autre nuit affreuse en prison, Asher délaissa son plateau-repas composé d'un sandwich au rôti de bœuf, d'un sachet de chips et d'une coupelle de fruits. Il se doutait que son refus de consommer cette nourriture simple serait perçu comme du snobisme, mais il était trop abattu pour avaler quoi que ce soit.

— Votre caution a été payée.

Le shérif adjoint Vesta lui annonça la nouvelle d'un ton rogue en déverrouillant la porte de sa cellule.

Incapable de dissimuler son immense soulagement, Asher se leva et s'avança vers la sortie.

— Par mon père ?

Lani ne lui avait pas confirmé que Rusty l'avait engagée, mais il espérait que son père avait fini par admettre son innocence.

Vesta eut une moue dégoûtée.

— Qu'est-ce que j'en ai à faire ?

Manifestement, le shérif adjoint – comme la plupart des habitants de Royal – estimait qu'il méritait de rester en détention. Devinant que d'autres questions l'irriteraient un peu plus Vesta, Asher garda le silence. Selon les termes de sa libération, on l'équipa d'un bracelet électronique et on lui notifia les règles qu'il devait impérativement respecter.

Après avoir récupéré ses affaires, il attendit dans l'entrée du poste de police pendant que son avocat commis d'office parlait au téléphone. À travers la porte vitrée, Asher observait la lumière dorée du soleil en ce début de soirée, se demandant qui avait payé sa caution et quand un membre de sa famille se présenterait pour le ramener à la maison.

Il se sentit heureux et soulagé en apercevant sa sœur qui se dirigeait vers l'entrée du poste de police. Gina ouvrit la porte, les yeux rivés sur son téléphone. Elle ne s'aperçut de sa présence que quand il la salua.

— Eh, Gina, dit-il, s'avançant vers elle, les bras ouverts. Si tu savais comme je suis content de te voir. J'avais presque abandonné l'espoir que quelqu'un vienne me chercher.

— Tu es sorti de prison ?

Gina s'arrêta net, puis recula de plusieurs pas en jetant des regards affolés autour d'elle.

— Comment se fait-il qu'on t'ait libéré ?

— Tu as payé ma caution…

Elle l'interrompit par un véhément signe de dénégation.

— Du moins, *quelqu'un* l'a fait. Peut-être Ross ?

Il se prit à douter en voyant que Gina semblait toujours aussi paniquée et perplexe.

— Ou papa ? Je pense qu'il a engagé une enquêtrice privée pour retrouver l'argent manquant…

Il laissa sa phrase en suspens en notant la façon dont Gina agrippait son sac à main, comme si c'était une bouée de sauvetage. Elle avait dû être sous pression ces dernières semaines car elle avait le teint cireux et les yeux rougis.

— Papa n'a pas payé ta caution. Il est persuadé que tu es coupable.

Elle marqua une pause avant d'ajouter :

— Tout le monde en est convaincu.

La déception et la tristesse le submergèrent.

— Dans ce cas, pourquoi es-tu ici ?

— Les enquêteurs veulent encore m'interroger.

Elle détourna le regard.

— Je ne sais pas quoi leur dire d'autre. Je n'ai effectué aucun paiement. C'est toi qui les as faits.

— Bon sang, Gina, tu me connais !

Asher se força à baisser le ton en la voyant tressaillir.

— Comment peux-tu me croire capable de malversations ?

— Que suis-je censée croire ? C'est toi qui as autorisé toutes les transactions financières frauduleuses.

— Non ! Celles que j'ai autorisées étaient légales.

— Si c'était le cas, l'argent n'aurait pas disparu.

Elle ajouta d'un ton moins véhément :

— Ne pourrais-tu pas admettre tes actes et assumer tes responsabilités ?

L'avocat d'Asher lui avait expliqué ce qui arriverait s'il admettait sa culpabilité et restituait l'argent, ou s'il continuait de clamer son innocence et prenait le risque de la tenue d'un procès. Dans les deux cas, il irait en prison, à moins d'un miracle.

— Je refuse d'admettre quelque chose que je n'ai pas fait.

L'expression de Gina se durcit.

— Tu ne sembles pas te rendre compte que toute la famille souffre à cause de tes malversations. Notre nom est traîné dans la boue. Et il est question de nous exclure du Texas Cattleman's Club.

Ses paroles lui firent l'effet d'une flèche en plein cœur. Il demeura comme pétrifié tandis qu'elle le contournait et se dirigeait vers la réception. Hébété, il franchit le seuil du poste de police, oubliant qu'il n'était plus libre de ses mouvements jusqu'à ce qu'il prenne conscience de la présence du bracelet électronique contre sa cheville.

Il était assigné à résidence jusqu'à son procès dont la tenue interviendrait Dieu sait quand. Bien que ce régime soit préférable à la détention, il déplorait les restrictions de liberté. Bien sûr, il pourrait sortir avec Lani à condition qu'elle prévienne les autorités. Encore devrait-il la persuader qu'il pouvait l'aider dans son enquête.

Asher jeta un coup d'œil circulaire dans la rue, se demandant comment il était censé rentrer à Elegance Ranch pour respecter son assignation à résidence. Sa voiture devait toujours se trouver sur le parking d'Edmond's Organization. Devait-il se rendre là-bas pour la récupérer ? Risquait-il de graves ennuis s'il ne rentrait pas directement chez lui ?

Asher portait la main à sa poche pour récupérer son téléphone quand il se souvint qu'il avait été saisi en tant que preuve. Il songeait à retourner au poste de police pour emprunter un téléphone afin de contacter une personne susceptible de le ramener chez lui quand il se souvint de l'animosité de Gina envers lui. Et si tout le monde refusait de l'aider ? Désormais, il était un paria.

Jurant entre ses dents, il s'efforçait de se souvenir d'un moment où il se serait senti encore plus démuni face à l'adversité. Certes, il s'était retrouvé dans de nombreuses situations périlleuses et il avait survécu grâce à son habileté ou à la chance. Mais sa situation actuelle était inédite et d'autant plus terrifiante qu'il ne savait pas du tout comment s'en sortir.

Cette fois, son ingéniosité et son charme ne lui seraient d'aucune utilité. C'était un problème qu'il devait affronter en faisant preuve de réflexion. D'habitude, quand il était stressé, il reportait son attention sur quelque chose d'agréable. Tout naturellement, l'image de Lani surgit dans son esprit, et tandis qu'il se remémorait la conversation qu'ils avaient eue cet après-midi, sa panique s'apaisa peu à peu.

Comme si son besoin impérieux d'aide avait été exaucé, un SUV noir s'arrêta au bord du trottoir, et la vitre du côté passager s'abaissa. La conductrice tourna la tête dans sa direction. Les yeux dissimulés derrière des lunettes de soleil de style aviateur, Lani l'observa l'espace de quelques secondes avant d'ordonner :

— Monte.

Soulagé de voir que la chance lui souriait à nouveau, il ouvrit la portière et grimpa à bord.

— Merci pour…

— Laisse tomber.

À en juger par son expression maussade, elle le jugeait indigne de confiance. Pourtant, il ne se sentait pas aussi blessé qu'il aurait dû l'être. Sa situation était critique, mais Lani était ici. Elle était venue à sa rescousse. Elle avait beau prétendre le contraire, une part en elle ne le croyait pas capable d'avoir volé des millions de dollars.

— Comment savais-tu que je sortais de prison ?

— Parce que j'ai payé ta caution. J'ai besoin de m'entretenir régulièrement avec toi pour faire mon travail et je n'y parviendrai pas si tu te trouves en détention.

— Merci, insista-t-il, au risque de l'irriter davantage.

Lani redémarra. Elle conduisait avec la même application qu'elle mettait en toute chose. Comme si, par la seule force de sa volonté, elle pouvait contrôler la suite des événements. Pourtant, Asher percevait quelques fissures dans sa confiance en soi. Son ex-amante agrippait le volant comme si c'était le plat-bord d'un bateau malmené par la tempête, et son attention demeurait rivée sur la route, comme si un écueil risquait de surgir inopinément devant eux.

— Ma voiture est restée sur le parking d'Edmond's Organization, dit-il, s'apercevant qu'elle prenait la direction opposée. Si tu veux bien m'y déposer.

— Elle n'y est plus.

— Que veux-tu dire ?

— Elle a été saisie par les enquêteurs. Ils sont en train de la passer au peigne fin.

— Pourquoi ?

— Ils cherchent des preuves.

— Dans ma voiture ?

— Oui. Et aussi dans ta maison, dans ton bureau, dans tes appareils électroniques.

Décidément, rien ne lui serait épargné. Sa vie n'était plus qu'un champ de ruines, songea-t-il, amer.

Il s'enferma dans un silence résigné tandis qu'ils prenaient la direction d'Elegance Ranch, la propriété des Edmond. La perspective d'être coincé dans son appartement au-dessus de l'écurie pour une durée indéterminée lui glaçait le sang. Il détestait être privé de liberté. C'était notamment pour cette raison qu'il détestait son travail au siège social d'Edmond Oil. Il n'éprouvait aucune exaltation à passer sa journée assis derrière un bureau à étudier des dossiers.

Voilà pourquoi il avait été ravi de participer à l'organisation du festival. Cette occupation avait constitué une pause bienvenue dans sa routine. Si seulement tout cela ne s'était pas terminé par un fiasco ! Bien sûr, il ne pouvait pas prévoir qu'un ouragan dévasterait les lieux. Mais s'il avait été plus vigilant, peut-être n'aurait-il pas été pris au dépourvu, avec des millions manquants sur le compte du festival et tous les indices pointant dans sa direction.

— Je souhaite t'engager pour que tu m'aides à prouver mon innocence, déclara Asher abruptement, tournant la tête pour contempler l'élégant profil de Lani.

Il était déterminé à dire ou à faire tout ce qu'il faudrait pour la mettre de son côté.

— J'ai déjà un client.

— Tu peux travailler pour deux clients en même temps.

— Tu n'as pas les moyens de me payer, lui rappela-t-elle avec un soupçon de moquerie. Tes avoirs sont gelés.

— J'ai la possibilité de trouver l'argent de tes honoraires.

Elle haussa ses sourcils à l'arc parfait.

— Tu as trouvé quelqu'un d'autre à spolier ?

Il ignora son sarcasme.

— Je possède douze chevaux que j'entraîne comme montures de polo. Ils ne sont pas encore fin prêts, mais la vente de deux d'entre eux me permettrait de payer tes honoraires.

Lani secoua la tête.

— Il ne s'agit pas uniquement d'argent. Il y aurait conflit d'intérêts si je travaillais pour toi alors que j'ai été engagée pour retrouver l'argent volé.

— Ton client t'a engagée pour découvrir la vérité, déclara Asher. Et je sais que je n'ai pas volé cet argent. Donc, si je t'engage pour la même raison que lui, tu n'as plus à craindre un éventuel conflit d'intérêts.

Elle lui décocha un regard en biais avant de reporter son attention sur la route.

— J'ai l'intention de découvrir ce qui se trame. Et je poursuivrai mes recherches tant que je n'aurai pas trouvé toutes les réponses à mes questions.

— Parfait. Nous sommes donc du même côté.

— *Non*, en aucun cas ! Pour être parfaitement claire, je pense que tu avais les moyens et la possibilité de dérober cet argent. Je suis très douée dans mon travail. Je découvrirai ce qui s'est passé et où l'argent a disparu. Alors seulement, je saurai qui est coupable et qui ne l'est pas.

Au grand dam de Lani, sa mise au point n'empêcha pas Asher de poursuivre son raisonnement.

— Cela me convient, car je n'ai pas volé cet argent.

— La manipulation mentale ne fonctionne pas avec moi.

— Je ne cherche pas à te manipuler, mais à essayer de te convaincre de ma bonne foi.

— Il vaut mieux arrêter là cette discussion. Accordons-nous simplement sur le fait que nous sommes en désaccord, dit-elle, reprenant la formule qu'il avait employée avant qu'ils se séparent, cinq ans auparavant.

Ce n'était pas tant les mots qui l'avaient froissée, que le ton méprisant qu'il avait utilisé. Par la suite, elle avait beaucoup réfléchi à leur rupture brutale. À l'époque, ce qui l'avait le plus blessée, c'était qu'Asher n'avait pas pris au sérieux ses craintes et ses doutes. Elle ne s'était pas sentie écoutée. Ses sentiments avaient été mis de côté, comme s'ils ne comptaient pas. Comme si *elle* ne comptait pas pour lui.

Et c'était précisément ce qui avait cloché dès le début de leur relation. Pour elle, il ne s'agissait pas uniquement d'une romance estivale. Elle n'avait pas eu suffisamment d'expérience avec les hommes pour verrouiller son cœur et se lancer à corps perdu dans une relation sexuelle phénoménale, un peu comme si elle se livrait à une activité physique qu'elle n'avait pas l'habitude de pratiquer.

Si Asher n'avait pas été son premier amant, peut-être aurait-elle été mieux préparée sur le plan émotionnel.

Davantage capable de ramener leur relation à sa juste dimension. Ou de comprendre que toutes les attentions dont il l'entourait n'étaient rien d'autre qu'un moyen pour arriver à ses fins. Ce fameux été, elle n'avait représenté pour lui qu'une distraction passagère – elle en voulait pour preuve le fait qu'il ne l'avait jamais recontactée.

Ni l'un ni l'autre ne parlèrent jusqu'à ce qu'Asher lui communique le code de la grille d'entrée.

— Habites-tu toujours dans l'appartement au-dessus de l'écurie ? demanda-t-elle, empruntant l'allée qui passait devant la maison principale.

— Oui. Je préfère la compagnie des chevaux à celle de Rusty.

Lani se raidit en voyant un sourire étirer les lèvres d'Asher. Elle devait résister à tout prix à ses tentatives de manipulations émotionnelles. Il avait besoin d'elle à ses côtés, besoin d'une amie qui compatisse à ses malheurs. Eh bien, non. Elle ne tomberait pas dans son piège. Elle n'était pas de son côté. Et rien de ce qu'il pourrait dire ou faire ne la ferait changer d'avis.

Elle gara son SUV derrière l'écurie. Pendant qu'Asher mettait pied à terre, elle récupéra le sac marin qu'elle avait posé sur le siège arrière. Asher l'observait, intrigué, tandis qu'elle le rejoignait au pied de l'escalier menant à son appartement comportant deux chambres.

— Qu'y a-t-il dans ce sac ?

Un petit picotement d'excitation dansa sur sa peau.

— J'envisage de rester ici le temps de découvrir la vérité sur ce détournement de fonds.

— Rester ici ? Avec *moi* ? demanda-t-il, son expression s'adoucissant tandis qu'il la contemplait avec intérêt.

Oh ! non. Elle connaissait ce regard. Elle sentit son pouls s'affoler en songeant aux conclusions hâtives qu'il était en train de tirer. Elle devait y mettre un terme immédiatement.

— Ce n'est pas un rendez-vous galant, dit-elle d'un ton un peu trop rauque. Tu as deux chambres. J'utiliserai celle que tu n'occupes pas.

— Tu es la bienvenue, murmura-t-il, la couvant d'un regard brûlant. Mais es-tu sûre que tu te sentiras à l'aise, seule ici avec moi ?

Hélas, non. L'idée de partager quatre murs avec lui la mettait sur des charbons ardents. Mais puisque l'avenir de sa jeune entreprise dépendait du succès de son enquête, elle s'efforcerait de maintenir des rapports strictement professionnels avec Asher.

Ne te soucie pas de mon confort, play-boy. Préoccupe-toi plutôt de la montagne de preuves qui s'accumulent contre toi. C'était ce qu'elle aurait dû lui répondre, mais ce ne furent pas les mots qui s'échappèrent de sa bouche :

— Je n'ai pas l'intention de coucher à nouveau avec toi.

Elle regretta sa trop vive réaction, mais le mal était fait.

— J'en prends note, dit-il.

Il l'observa avant d'ajouter d'une voix caressante :

— Si je me souviens bien, il y a cinq ans, tu n'avais pas non plus l'intention de coucher avec moi, pourtant ce fut une expérience inoubliable.

Une onde de chaleur se diffusa dans les veines de Lani, mais au lieu d'éprouver du désir ou de la nostalgie, elle ne ressentait que de la colère et de l'impatience face à la suffisance d'Asher. Elle lui en voulait de lui rappeler un épisode de sa vie qu'elle ne parvenait pas à oublier.

— À l'époque, je ne savais pas ce que je faisais.

Il dut se méprendre sur le sens de sa réponse car il esquissa un sourire coquin.

— Peut-être pas au début. Mais tu t'y es mise très

vite. Si mes souvenirs sont bons, tu as même réussi à m'apprendre une ou deux choses.

Mortifiée, Lani se maudit intérieurement. Quand elle avait accepté la mission que lui avait confiée Kingston Blue, elle s'était pourtant juré de rester concentrée sur l'affaire et d'éviter de ressasser le fiasco de leur romance estivale.

— Nous ferions mieux de nous focaliser sur le présent, suggéra-t-elle, s'efforçant de reprendre contenance.

Il eut un haussement d'épaules nonchalant.

— C'est toi qui as évoqué le passé.

Coupant court à leur conversation, elle le précéda dans l'escalier. Arrivée sur le palier, elle s'écarta et attendit qu'Asher compose le code pour déverrouiller sa porte d'entrée, mais il se contenta d'abaisser la poignée et de pousser le battant.

— Après toi, dit-il, avec un geste galant du bras.

Lani fixa la porte, stupéfaite.

— Tu ne la verrouilles pas ?

— Pour quoi faire ? Il y a une clôture tout autour de la propriété avec une grille sécurisée à l'entrée. De qui devrais-je me méfier ? De Ross ? Gina ? Rusty ?

— Ce ne sont pas les seules personnes vivant sur le ranch. Qu'en est-il de l'ami d'université de Ross ?

— Billy Holmes ? La maison d'hôtes où il réside est beaucoup plus spacieuse que mon appartement. Et il n'est pas le genre d'hommes à venir chez moi à l'improviste.

— Mais il y a les dépendances. Et le personnel. Combien d'employés ont accès à ton appartement ?

— Je ne m'en suis jamais préoccupé. De toute façon, je ne possède aucun objet de valeur.

— Cette montre que tu portes n'est pas donnée.

Il jeta un coup d'œil à la Breitling ceignant son poignet,

et à en juger par son expression surprise, cet accessoire d'une valeur approximative de dix mille dollars n'avait à ses yeux rien d'extraordinaire. Lani ne savait pas si elle devait en rire ou lui reprocher son inconscience. Cinq ans auparavant, sa liaison avec Asher lui avait permis de découvrir un tout nouvel univers. Elle avait grandi dans une famille aisée de la classe moyenne et n'avait jamais manqué de rien, mais son incursion dans le milieu d'Asher lui avait donné un aperçu des plus belles choses que l'argent permettait de s'offrir.

Toutefois, ce n'était pas pour cette raison qu'elle avait fini par accepter de sortir avec lui. En fait, sa détermination à acheter son affection au moyen d'énormes pourboires n'avait fait que renforcer sa volonté de résister à ses avances. Il n'empêche qu'elle avait vécu un véritable conte de fées et qu'elle avait adoré être une princesse, le temps d'un été.

— Seigneur ! Que s'est-il passé ?

L'exclamation horrifiée d'Asher interrompit le cours de ses pensées. Son appartement était sens dessus dessous. Tous les placards de cuisine étaient ouverts, leur contenu répandu sur le comptoir et sur le sol. Les coussins du canapé étaient pêle-mêle et le petit bureau près de la fenêtre avait été fouillé de fond en comble.

— Que croyaient-ils que je cachais ?

Il se passa une main sur le visage, l'air abattu. Contre toute attente, elle éprouva un élan de compassion envers lui. Elle le trouvait même terriblement sexy avec ses traits défaits et ses larges épaules tombantes. Elle brûlait d'envie de le prendre dans ses bras et de retrouver ce lien physique intense qu'elle n'avait connu qu'avec un seul homme. *Cet* homme.

Bon sang ! Elle avait intérêt à se ressaisir. Elle n'était

plus amoureuse de lui, mais elle demeurait beaucoup trop sensible à son charme magnétique.

— C'est pire que ce que je pensais, murmura-t-elle, sidérée à la vue de ce capharnaüm. Va prendre une douche pendant que je remets de l'ordre dans la pièce.

Après avoir posé son sac dans la chambre vide, elle mit ses oreillettes et commença à faire du rangement. Puisque le détournement de fonds avait eu lieu par voie électronique, les enquêteurs devaient chercher une clé USB, laquelle pouvait être dissimulée n'importe où en raison de sa petite taille. Elle jeta à la poubelle les paquets de pâtes et de céréales éventrés, et rangea la vaisselle dans les placards et les couverts dans leurs emplacements respectifs. Tout en travaillant, elle ne put s'empêcher de se demander si les enquêteurs avaient laissé cette pagaïe en guise d'avertissement ou s'ils n'avaient disposé que d'un laps de temps limité pour effectuer une fouille approfondie.

Elle ne remarqua la présence d'Asher que quand il lui donna une petite tape sur l'épaule, la faisant sursauter. Il se tenait à quelques centimètres d'elle, fleurant bon le savon et la pâte dentifrice. Perplexe, elle fixait ses lèvres charnues qui bougeaient, comme si elles formaient des mots qu'elle n'arrivait pas à entendre. Et pour cause…

Elle s'apprêtait à retirer son oreillette gauche quand il s'en empara et la fixa à sa propre oreille. Il haussa un sourcil surpris devant son choix musical.

— Je croyais que tu n'écoutais du Lowercase que quand quelque chose te préoccupait.

Comment se faisait-il qu'après tout ce temps il se souvienne de ses goûts musicaux ? se demanda-t-elle, surprise et flattée.

— Cela m'aide à réfléchir.

Le Lowercase était un genre musical caractérisé par des sons inaudibles mais amplifiés à des niveaux extrêmes.

— Et à quoi réfléchis-tu ?

Ne voulant pas qu'il se méprenne sur ses choix musicaux de ce soir, elle tendit sa main pour récupérer l'oreillette. Il s'exécuta, et un délicieux frisson la parcourut quand ses doigts frôlèrent sa paume. Troublée, elle s'empressa de ranger ses oreillettes dans leur étui qu'elle fourra dans sa poche.

— À cette affaire. À mes prochaines démarches.

— Tu planifies toujours tout, n'est-ce pas ?

— Pour l'instant, mes idées sur l'affaire sont très confuses, mais j'espère que les choses se préciseront peu à peu.

— À force de tout planifier, plus rien ne te surprendra.

Il la fit pivoter et ôta l'élastique qui retenait sa queue-de-cheval, libérant ses longs cheveux.

— Ceci m'a vraiment manqué, murmura-t-il, passant ses doigts dans cette masse sombre avant de l'étaler sur ses épaules. Tes cheveux sont comme du satin. Je n'ai jamais rien vu de pareil.

Elle demeura immobile, le souffle court, tandis qu'il les séparait en trois sections. Le léger tiraillement qu'il imprimait à ses cheveux tandis qu'il commençait à les natter la replongea dans le passé. La première fois qu'il avait entrepris de tresser ses cheveux, elle avait été surprise par son habilité. Il lui avait alors expliqué que lors des compétitions de polo, la crinière des chevaux était rasée et leur queue tressée et nouée pour éviter que les mains du cavalier ne s'emmêlent dans les crins.

— Parfait, murmura-t-il, sécurisant le bout de la natte et lui donnant une petite tape affectueuse, comme autrefois.

— Te voilà prête pour la nuit.

Lani se tourna vers lui, savourant les picotements de plaisir qui dansaient sur sa peau. Ils se tenaient tout près l'un de l'autre. Lorsqu'il se pencha vers elle, elle se sentit soudain prise de vertige et s'agrippa à son T-shirt, les doigts tremblants.

Enserrant sa nuque au creux de sa main, il inclina la tête jusqu'à ce que leurs fronts se touchent.

— Merci.

Ce n'étaient pas les mots auxquels elle s'attendait, et sa frustration s'accrut.

— Asher.

Son prénom s'échappa de sa bouche en un murmure de protestation, de désir et de nostalgie.

— Cesse de me remercier.

— Je ne peux pas. Tu es la seule personne qui accepte de m'aider.

— Je suis chargée de retrouver l'argent disparu. C'est tout.

Pourtant, alors même qu'elle réaffirmait ses objectifs, elle se cambra très légèrement de façon que sa poitrine frôle le torse d'Asher. Puis elle rompit ce doux contact.

C'était de la folie. Elle devait cesser ce petit jeu. Se reculer. Mais avec le souffle d'Asher qui caressait sa peau brûlante, elle était incapable de bouger. Leurs lèvres étaient si proches qu'il aurait suffi d'un geste infime de part et d'autre pour qu'elles s'unissent.

La tentation prenait le pas sur son bon sens. Tout son corps était tendu de désir. Elle n'était pas restée célibataire durant leur séparation, mais aucun homme n'avait réussi à réveiller ses sens comme Asher l'avait fait, en véritable virtuose de l'amour. Comme c'était injuste qu'ils s'entendent si bien sur le plan physique alors qu'ils étaient incompatibles dans presque tous les autres domaines !

Des fourmillements se propagèrent le long de son dos tandis qu'Asher lui caressait la nuque du bout des doigts. Ses terminaisons nerveuses bourdonnaient. Son sang s'échauffait. Le désir crépitait en elle, toujours plus impérieux, et cela la terrifiait. Depuis combien de temps se tenaient-ils ainsi ? Des secondes ? Des minutes ? Elle perdait la notion du temps quand Asher la touchait.

Si elle l'embrassait, elle créerait un précédent fâcheux. Son professionnalisme en souffrirait. D'un autre côté, elle était chargée de retrouver les fonds destinés au festival. Un baiser de sa part suggérerait à Asher qu'elle doutait de plus en plus de sa culpabilité. En faisant semblant d'être de son côté, elle pourrait le convaincre de lui faire confiance. Et une fois qu'elle aurait découvert où il avait caché l'argent..., elle verrait, le moment venu.

— Lani.

Sa voix profonde et sensuelle ne fit qu'intensifier le désir aigu et douloureux qui s'épanouissait au creux de ses cuisses.

— Oui ?

Tandis qu'il promenait ses phalanges le long de sa mâchoire, ses lèvres s'entrouvrirent sous l'effet de l'anticipation, son souffle devint de plus en plus saccadé et chacune de ses terminaisons nerveuses se mit en mode alerte. Il posa son pouce sous son menton, une promesse du baiser à venir. Brûlant d'envie de sentir ses lèvres sur les siennes, elle se dressa légèrement sur la pointe des pieds. À cet instant, elle ne pensait plus du tout à ses objectifs. Mais au lieu de l'embrasser comme elle en rêvait, il se contenta de poser ses lèvres sur son front.

— À demain.

Décontenancée, Lani recula d'un pas et s'éclaircit la

gorge avant de dire la première chose qui lui venait à l'esprit.

— Entendu. Je serai là quand tu te lèveras.

— Dors bien.

Avant de s'éloigner, il plongea ses yeux dans les siens tandis qu'un sourire à peine perceptible relevait les commissures de ses lèvres. Si sa peau n'avait pas déjà été en feu, elle serait sans doute devenue cramoisie sous son regard entendu. Elle avait cru pouvoir le manipuler, mais il avait habilement inversé les rôles. Comme elle avait été stupide de penser qu'un simple baiser inciterait Asher à lui avouer sa culpabilité ! Elle jouait avec le feu en laissant leur ancienne alchimie renaître de ses cendres. Cela dit, sa tactique pourrait encore fonctionner à condition qu'elle parvienne à jouer son rôle sans perdre le contrôle de ses émotions.

À l'époque, elle avait mis du temps avant d'accorder sa confiance à Asher, mais son charme irrésistible et sa persévérance avaient eu raison de ses hésitations. Et une fois que ses hormones avaient pris les commandes, elles avaient plongé son cœur dans un gouffre de chagrin et de regrets.

Cette fois, elle avait beau être plus avisée, elle risquait de succomber à nouveau au charme envoûtant d'Asher si elle n'y prenait pas garde.

Bien qu'il n'ait pas fermé l'œil en prison la nuit dernière, Asher gisait dans son lit, les mains derrière la tête, son regard suivant les ombres au plafond. Il s'était retiré dans sa chambre deux heures auparavant, mais l'adrénaline continuait de pulser dans ses veines, le tenant éveillé.

Lani Li était ici. Chez lui. Dormant à quelques mètres de sa chambre. Cette pensée était tellement euphorisante qu'elle tenait sa fatigue en échec. Il l'imaginait allongée à ses côtés, sa longue tresse enroulée autour de son cou, ses cils épais ombrant ses joues ivoirines.

Elle n'avait pas changé au cours de ces cinq années. Elle demeurait la femme la plus tendue, la plus concentrée sur ses objectifs et la plus sérieuse qu'il ait rencontrée. Sauf au lit où elle s'était montrée curieuse et coquine.

Il avait été son premier amant. Le choc que cette découverte avait provoqué en lui avait fait d'elle la femme la plus mémorable qui ait partagé son lit.

Ses lèvres conservaient encore l'empreinte délectable de sa peau soyeuse quand il l'avait embrassée sur le front. Ils avaient failli aller trop vite et se perdre dans l'alchimie ardente qui crépitait entre eux. La dernière fois, elle avait été inexpérimentée, et il l'avait séduite en réveillant ses appétits sensuels. Puis, il l'avait perdue parce qu'il n'avait pas prodigué les mêmes attentions à son cœur.

Asher ne s'était pas rendu compte à quel point elle lui avait manqué jusqu'à ce qu'elle apparaisse devant sa cellule. Sans doute parce qu'après leur séparation, il avait fait tout son possible pour l'éradiquer de son corps et de son esprit.

Ses pensées toujours pleines de Lani, il finit par s'endormir et se réveilla tard le lendemain matin. D'après la position de la lumière, la matinée devait être bien avancée. Alors qu'il tendait la main pour récupérer son téléphone sur la table de nuit, il se souvint que la police l'avait saisi. Il se leva en jurant et perçut l'odeur du café mêlée à celle du bacon. Son estomac gronda, lui rappelant qu'il n'avait pas dîné la veille.

Après avoir enfilé un vieux jean et un polo noir, il pénétra dans la pièce faisant office de cuisine et de salon, et aperçut Lani installée au comptoir, pianotant sur son clavier.

— Tu as préparé le petit déjeuner, murmura-t-il en remarquant la poêle sur la cuisinière. As-tu déjà mangé ?

— Il y a longtemps, répondit-elle sans lever les yeux.

— Désolé, mais je n'avais pas du tout dormi la nuit d'avant.

S'abstenant de s'excuser davantage, il se versa une tasse de café et remplit celle de Lani.

La vue des œufs brouillés, cuits exactement comme il les aimait, accompagnés d'oignons frits et de cheddar, lui mit l'eau à la bouche. Il dévora le tout en un temps record, puis reporta son attention sur Lani tout en grignotant un dernier morceau de bacon.

— Cesse de m'observer, marmonna-t-elle en récupérant sa tasse et en sirotant le puissant breuvage.

— Pourquoi ?

Se levant, il rinça la poêle et les assiettes à l'eau chaude avant de les placer dans le lave-vaisselle.

— Tu es la chose la plus intéressante de cette pièce.

— Arrête ton boniment. Je suis insensible à la flatterie.

— Je ne le crois pas. Autrement, tu n'éprouverais pas le besoin de me dire cela.

Il caressa du regard les traits de Lani. Oh ! oui, elle était encore plus belle qu'il y a cinq ans.

— Par ailleurs, je n'essaie pas de te flatter. J'énonce une vérité. Tu m'as fasciné dès l'instant où je t'ai vue.

— Ne confonds pas ce qui s'est passé entre nous il y a cinq ans et ce qui se passe aujourd'hui. Tu es *au centre* de mon enquête, et rien d'autre. Si j'ai payé ta caution, c'est parce que j'ai besoin que tu me dises où tu as caché l'argent.

Combien de temps resterait-elle ici avant de l'abandonner

à nouveau à son triste sort quand elle comprendrait qu'il n'était pas en mesure de lui fournir l'information dont elle avait besoin ? Il fut tiré de ses pensées déprimantes en l'entendant exhaler un soupir exaspéré.

— N'as-tu rien de mieux à faire qu'à rester planté là ?

D'un mouvement de tête, elle lui indiqua la porte d'entrée.

De fait, il avait des chevaux à entraîner, mais ils attendraient un peu.

— Je pensais que tu avais besoin de mon aide pour résoudre cette affaire.

— Pas dans l'immédiat.

Il s'accouda au comptoir à côté d'elle pour regarder ce qu'elle faisait. Leurs épaules se touchèrent, et il dissimula un sourire quand elle s'écarta de lui. Manifestement, sa présence l'agaçait. Il s'efforcerait de remédier à cela.

— Tu es toujours aussi déterminée à réussir ce que tu entreprends. Au début, je pensais que c'était simplement un trait curieux mais charmant de ta personnalité jusqu'à ce que j'apprenne à mieux te connaître. Je me suis alors rendu compte à quel point ta capacité de concentration était sexy.

Il avait à peine fini sa phrase qu'elle rabattait le couvercle de son ordinateur et se levait de son tabouret de bar.

— Puisqu'il faut te mettre les points sur les *i*, dit-elle en glissant son portable dans une sacoche, je ne suis pas ici parce que j'ai envie de renouer avec toi. Alors, contentons-nous d'entretenir des rapports purement professionnels.

— Je ne vois pas pourquoi. Ce n'est pas comme si j'étais un client.

— J'enquête sur toi, lui rappela-t-elle.

— Tu veux retrouver l'argent manquant et découvrir

la vérité sur ce qui s'est passé. Nous sommes donc du même bord. Je ne fais rien de mal en flirtant avec une collègue de travail, si ?

— Oh ! c'est trop fort ! s'exclama-t-elle, indignée. Je ne suis pas ta collègue de travail et il n'est pas question de flirt ou d'autre chose entre nous.

— Pourtant, à l'époque, tu me trouvais irrésistible.

— Dans mes moments d'égarement.

Elle enfila son blazer et mit son sac fourre-tout en bandoulière, signalant son intention de sortir.

— Ta situation était totalement différente de ce qu'elle est aujourd'hui.

Autrement dit, il avait été un play-boy, mais pas un délinquant. Ne restait-il entre eux que cette accusation de détournement de fonds portée contre lui ? Reviendrait-elle à de meilleurs sentiments quand elle découvrirait qu'il était innocent ? Ou devait-il l'attirer à nouveau dans son lit pour l'encourager à le disculper ? Dans les deux cas, il serait gagnant. Lavé de tout soupçon et amant de Lani.

Son raisonnement lui semblait imparable jusqu'à ce qu'il se souvienne des preuves solides accumulées contre lui. Ce n'était pas parce qu'il n'avait pas détourné les fonds du festival qu'il n'irait pas en prison pour vol. À ce jour, ses dénégations n'avaient convaincu personne. Et il ne devait pas s'attendre à ce qu'on le croie sur parole quand il clamerait son innocence. L'achat de cet appartement à son nom aux Maldives était très habile. Quelqu'un avait ourdi une machination contre lui. Mais qui ? Cette personne avait-elle usurpé son identité ? Il se souvint de la réaction de Lani devant sa porte déverrouillée. Peut-être l'idée de quelqu'un s'introduisant chez lui en son absence n'était-elle pas aussi fantaisiste qu'il avait cru. Mais comment prouver qu'il avait été piégé ? Et comment encourager Lani à orienter ses recherches dans ce sens alors qu'elle était convaincue de sa culpabilité ?

— Où vas-tu ? demanda-t-il.

— J'ai rendez-vous avec une nouvelle cliente.

Il n'avait aucune envie de rester seul avec ses problèmes.

— Puis-je t'accompagner ?

Tout en lui adressant son plus beau sourire, il se faisait l'effet d'un chiot suppliant qu'on l'emmène en promenade.

— Non.

Il ouvrit un tiroir et en sortit le plus grand couteau. Lani l'observait, les yeux écarquillés, pendant qu'il posait son pied sur un tabouret et glissait son doigt sous l'attache maintenant en place son bracelet électronique.

— Qu'est-ce qui te prend ? demanda-t-elle, visiblement inquiète.

— Je souffre du trouble d'anxiété de séparation, répondit-il, poursuivant sa métaphore canine jusqu'à l'absurde. Je ne sais pas de quoi je suis capable si tu me laisses seul ici.

— Ne sois pas ridicule, dit-elle sèchement, son regard toujours rivé sur le couteau. Tu peux parfaitement rester seul.

— En temps normal, oui.

Il testa la lame sur son pouce. Une ligne rouge apparut. Mince ! La lame était plus aiguisée qu'il ne pensait.

— Mais en ce moment, je suis très stressé et je pourrais commettre un acte irréfléchi, notamment ôter mon bracelet électronique, si je suis livré à moi-même.

Il marqua une pause avant d'ajouter :

— Quel est le montant de ma caution ?

— Cent mille dollars, répondit-elle, les dents serrées.

— C'est une grosse somme. Et tu es responsable de moi, n'est-ce pas ?

Elle prit une profonde inspiration, visiblement ulcérée.

— Asher.

— Laisse-moi t'accompagner. Je promets de me tenir à carreau.

— Tu es impossible ! Entendu. Je préviens la personne chargée de ta surveillance que nous allons à Dallas.

Dix minutes plus tard, ils roulaient en direction de Dallas, Lani derrière le volant et Asher étudiant son beau profil. Elle s'efforçait de paraître impassible, mais ses lèvres pincées trahissaient son agitation intérieure.

Désireux de rompre le silence glacial qui s'était établi entre eux, il demanda :

— Comment se fait-il que tu sois enquêtrice privée ? Je croyais que tu voulais devenir fonctionnaire fédérale.

— J'ai réussi le concours d'entrée, dit-elle, les mains crispées sur le volant, mais durant ma formation pratique, la discrimination fondée sur le sexe était si importante que je n'ai pas pu le supporter. Au FBI, le réseau des anciens élèves est très actif. Quatre-vingts pour cent des stagiaires recalés sont des femmes. Les formateurs ont une fâcheuse tendance à minimiser les fautes commises par les stagiaires de sexe masculin, lesquels bénéficient de ce fait d'un taux de repêchage très supérieur à celui de leurs homologues féminines.

— Je suis désolé, murmura-t-il, percevant la douleur qu'elle tentait de masquer derrière un récit clinique des faits. Je sais à quel point c'était important pour toi.

Tellement important qu'elle s'était efforcée de réaliser son rêve plutôt que de rester avec lui.

— Quand as-tu ouvert ton cabinet ?

— Il y a deux ans, après avoir obtenu mon master. J'ai d'abord travaillé avec un enquêteur privé pendant un an avant de m'installer à mon compte.

— Tu dois avoir beaucoup de succès.

Elle se rembrunit.

— Je m'en sors correctement.

Mais pas aussi bien qu'elle l'espérait. Les doigts d'Asher se mirent à tambouriner sur sa cuisse. Son naturel impatient s'accentuait quand il était stressé ou qu'il s'ennuyait. D'habitude, la présence de Lani à ses côtés l'apaisait, mais sa tension déteignait sur lui.

— Quelle sorte de recherches fais-tu ?

— Je me suis spécialisée dans le domaine financier : les divorces, les escroqueries et les détournements de fonds.

Elle lui coula un regard oblique en prononçant ces derniers mots.

— J'ai remarqué que tu étais armée. Y a-t-il beaucoup de violence dans ce genre d'enquêtes ? Je pensais que la délinquance financière se faisait derrière un ordinateur.

— L'arme a un effet dissuasif. Par ailleurs, je fais souvent appel à un technicien en informatique spécialisé en cybercriminalité pour obtenir certaines informations.

— De façon légale ?

Un muscle tressaillit sur la mâchoire de Lani.

— Si tu te demandes s'il est capable de découvrir tout ce que tu fais sur Internet, la réponse est oui. Peu de secrets échappent à Donovan.

— Donc, il fait des recherches sur moi.

Il marqua une pause, attendant une réaction de la part de Lani. Mais comme elle gardait le silence, il poursuivit :

— Quand tu découvriras que je ne dissimule aucun secret coupable, me feras-tu confiance ?

— S'agissant de toi, la *confiance* n'est pas un terme que j'utilise à la légère.

— Mais si tu ne trouves rien, tu seras bien forcée

de me croire quand je dis que je n'ai rien à voir avec ce détournement de fonds !

— À moins que tu ne sois particulièrement habile.

— Eureka ! Lani Li me trouve intelligent ! ironisa Asher.

Elle lui jeta un regard perplexe.

— Je ne t'ai jamais trouvé stupide, Asher. Je te reproche de ne pas suffisamment t'investir dans ce que tu entreprends.

Son jugement sévère, bien qu'en grande partie exact, le fit tiquer. Adolescent, il n'avait jamais réussi à gagner l'estime de son père adoptif et en avait éprouvé de la frustration puis du ressentiment. Les activités dans lesquelles Asher excellait – le polo, les sports extrêmes ou les investissements en Bourse – laissaient Rusty indifférent.

Si son père biologique avait vécu et lui avait voué un amour inconditionnel, Asher aurait peut-être eu des bases solides pour réussir sa vie. Combien de fois avait-il rêvé d'une figure paternelle positive ? Fort d'un soutien affectif et moral, il aurait été capable de s'investir à fond dans ses entreprises au lieu de lutter vainement contre les attentes des uns et des autres.

— Sur ce point, tu partages l'avis de ma famille. À ses yeux, je ne suis qu'un dilettante.

— Tu ne sembles pas ravi de travailler chez Edmond's Organization. Alors, pourquoi as-tu accepté ce poste ?

— Rusty en a eu assez de subvenir à mes besoins et m'a mis le marché en main : soit je travaillais dans sa société, soit il me coupait les vivres.

Du moins, c'était la version « officielle », celle que tout le monde connaissait.

Elle lui jeta un regard sceptique.

— Tu as vraiment renoncé au polo et accepté un

poste dans la société de ton beau-père pour conserver ton style de vie ?

— C'était un choix évident, non ?

Elle ne réagit pas à son ton faussement désinvolte.

— Il n'empêche que tu ne sembles pas heureux.

— Depuis quand es-tu experte dans l'art de savoir ce qui peut me rendre heureux ? répliqua-t-il, encore humilié par la piètre opinion qu'elle avait eue de lui à l'époque.

Ce qui avivait sa blessure d'amour-propre, c'était de savoir qu'elle avait raison. Il avait adoré le polo, mais n'avait jamais donné la pleine mesure de son talent. À quoi bon, puisque Rusty subvenait à ses besoins ?

— Je ne le suis pas, admit-elle. Je regrette d'avoir fait ce genre de suppositions alors que je te connais si peu.

— C'est moi qui suis désolé. Mais je n'aurais jamais imaginé que nos retrouvailles se produiraient dans des circonstances aussi désastreuses pour moi.

Elle lui lança un regard incrédule.

— Parce que, pour toi, il s'agit de retrouvailles ?

— Bien sûr.

— C'est trop fort ! s'exclama-t-elle, indignée. Dans ce cas, pourquoi n'ai-je eu aucune nouvelle de toi pendant cinq ans ?

- 3 -

Lani prit une profonde inspiration, luttant contre la bouffée d'angoisse qui l'assaillait. Pourquoi avait-elle posé cette question ridicule ? Maintenant, cet homme exaspérant s'imaginerait qu'elle lui en voulait de ne pas l'avoir recontactée.

— Je n'ai pas de bonne réponse à te fournir, admit Asher, la mine rembrunie.

— Évidemment que tu n'en as pas !

Pourquoi était-elle toujours aussi surprise chaque fois qu'il la décevait ? Après tout, elle était venue à Royal pour enquêter sur lui alors qu'il était accusé d'avoir détourné des millions de dollars.

— Tu aurais voulu que je te recontacte ?

— Je…

En avait-elle eu envie ? Son cœur s'emballa tant cette question la troublait. À l'époque, elle se targuait d'être franche et loyale. Mais l'expérience lui avait appris que cette tactique ne produisait pas toujours les résultats escomptés. Elle avait donc appris à tromper les gens dans sa quête de la vérité ou de la justice pour le compte de ses clients.

Kingston Blue l'avait engagée à cause de son ancienne idylle avec Asher. Avait-elle tort de profiter de ce lien entre eux pour l'amener à lui faire confiance ? Si elle feignait de croire à son innocence, peut-être baisserait-il la garde et se trahirait-il.

— Eh bien ? insista-t-il.

— Oui, j'aurais aimé avoir de tes nouvelles, admit-elle, s'efforçant de masquer son conflit intérieur.

— *Vraiment ?* demanda-t-il, stupéfait. Étant donné la façon dont les choses se sont terminées entre nous, j'étais persuadé que tu ne voulais plus jamais entendre parler de moi.

— Oui… Bon.

Elle ne pouvait pas capituler tout de suite au risque d'éveiller sa méfiance.

— La dernière fois que nous nous sommes parlé, tu étais furieuse après moi, lui rappela-t-il.

— J'avais de bonnes raisons. Quand je t'ai dit que j'étais amoureuse de toi et que je t'ai proposé de nouer une relation à distance, tu m'as répondu que cela ne fonctionnerait jamais. Puis, quand je t'ai demandé quels étaient tes sentiments envers moi, tu as déclaré que tu m'aimais bien, mais que ce n'était pas sérieux entre nous.

Sentant peser sur elle le regard d'Asher, Lani garda les yeux rivés sur la route et se concentra sur des images apaisantes pour réduire l'onde de chaleur qui brûlait ses joues tandis qu'elle revivait la scène humiliante de leur séparation.

— Puis, tu as ajouté que tu n'avais pas l'intention de me bouleverser.

— Tu vois ? J'avais raison. Tu m'en veux encore.

— D'avoir fait cette remarque stupide et rejeté la faute sur moi ? Bien sûr que oui !

Une rage froide s'empara d'elle.

— Comme si je me montrais déraisonnable en souhaitant la poursuite de notre relation.

— Même si elle était vouée à l'échec ?

Lani exhala un soupir frustré.

— Nous aurions au moins pu essayer.

Mais pour vivre une relation amoureuse à distance, encore aurait-il fallu qu'il éprouve des sentiments pour elle, ce qui n'avait pas été le cas.

— Comment puis-je me faire pardonner ?

En lui disant où il avait caché l'argent, par exemple.

— Il n'y a rien que tu puisses faire.

— J'ai du mal à le croire.

— Pourtant, c'est vrai. Je t'attends rien de toi. Il y a cinq ans, nous avons pris des chemins séparés, et c'était la meilleure chose à faire. Je devrais même te remercier. Si nous avions fait traîner notre relation en longueur dans l'espoir que cela fonctionne entre nous et si nous avions échoué, les conséquences auraient été plus dramatiques.

— Lani…

Elle secoua la tête avec véhémence pour l'empêcher de dire quelque chose qui lui donnerait à réfléchir… Et si, cette fois, ils pouvaient réussir là où ils avaient échoué ?

— Tirons un trait sur le passé et efforçons-nous d'entretenir des rapports cordiaux et professionnels.

À son grand soulagement, Asher garda le silence et reporta son attention sur le paysage.

Cet homme avait toujours constitué une énigme pour elle. À l'époque, on aurait dit qu'il n'avait presque aucun souci au monde. La seule chose qui l'ulcérait, c'était la froide indifférence que lui témoignait son père adoptif. Pourtant, quand elle l'avait interrogé à ce sujet, il avait haussé les épaules avec désinvolture en répondant que c'était le problème de Rusty et non le sien.

Asher était expert dans l'art de faire bonne figure. Il n'admettait jamais que quelque chose n'allait pas et ne demandait jamais de l'aide. Son refus de parler de ses problèmes ne leur avait pas permis de développer le genre de lien intime dont Lani rêvait. Cela ne l'avait pas empêchée de tomber chaque jour un peu plus sous son charme. Pourtant, malgré la réticence d'Asher à évoquer la mort de son père biologique et le chagrin qu'elle lui avait causé, elle devinait que cette perte l'avait empêché de s'ouvrir aux autres.

S'il s'était confié à elle, s'il lui avait montré qu'il avait besoin d'elle, peut-être n'aurait-elle pas renoncé à lui aussi aisément. Mais elle n'avait pas su quelle place elle occupait dans sa vie et avait fini par le laisser partir.

Leur rupture avait été un grand soulagement pour ses parents. Ils avaient craint qu'elle ne diffère ses études pour parcourir le monde avec un riche joueur de polo, gâchant ainsi son existence. Certes, elle avait fait preuve de bon sens en suivant le chemin qu'elle s'était initialement tracé, mais sa décision n'avait pas été dénuée de regret. Surtout après la fin brutale de son rêve de faire carrière au FBI et les difficultés rencontrées pour créer son cabinet. Certains jours, elle s'était demandé si elle aurait pu être heureuse en suivant Asher lors de ses tournois en Argentine, en Angleterre et aux États-Unis.

Une chose était sûre, elle n'aurait jamais imaginé qu'il intègre la firme familiale. Cela ne lui ressemblait pas. Il aimait trop sa liberté de mouvements. À la réflexion, la menace de Rusty de lui couper les vivres ne fournissait-elle pas à Asher un mobile parfait pour le vol de l'argent du festival ? Ces fonds lui auraient permis de financer sa carrière de joueur de polo pendant plusieurs années. À moins qu'il n'ait prévu de parcourir le monde à la recherche d'aventures plus exaltantes.

Curieusement, il avait accepté la proposition de Rusty

alors qu'il commençait à progresser dans le classement des meilleurs joueurs professionnels de polo. Elle en voulait pour preuve son fil twitter qui témoignait, photos à l'appui, du soutien qu'il apportait à plusieurs marques à travers différentes actions et de sa participation à de nombreuses œuvres philanthropiques. Alors, pourquoi prétendait-il qu'il ne s'en sortait pas sans l'aide financière de Rusty ?

— Parle-moi de la cliente que tu t'apprêtes à rencontrer, demanda Asher, la tirant de ses pensées.

L'espace d'un moment, elle faillit refuser, mais parler de son travail l'empêcherait peut-être de trop penser à lui.

— Son mari la trompe, et elle veut connaître sa situation financière exacte afin de la communiquer à son avocat.

— Je ne comprends pas pourquoi les hommes agissent ainsi.

Elle lui lança un regard inquisiteur.

— Qu'est-ce que tu ne comprends pas ? Qu'ils se marient ? Trompent leurs femmes ? Ou dissimulent l'état de leurs finances ?

— Qu'ils se marient, puis trompent leurs femmes.

Songeait-il à Rusty qui avait convolé quatre fois – la deuxième fois avec la mère d'Asher pendant trois ans – et qui était pour l'heure célibataire et disponible ?

— À quoi bon s'engager à aimer quelqu'un jusqu'à ce que la mort vous sépare si c'est pour changer d'avis quelques années plus tard ?

— Est-ce pour cette raison que tu ne t'es jamais marié ? ne put-elle s'empêcher de demander.

— Si je ne me suis jamais marié, c'est parce que la pratique professionnelle du polo m'a empêché de m'installer durablement avec la femme de mes rêves.

Parlait-il en général ou avait-il été amoureux avant

ou après leur idylle ? Cette question réveillait toutes les incertitudes qui l'avaient assaillie ce fameux été.

— Puisque tu as désormais un emploi fixe, pourquoi n'as-tu pas cherché à la contacter ?

— Qu'est-ce qui te fait penser que je ne l'ai pas fait ?

— Est-elle en couple ou mariée ?

— Ni l'un ni l'autre. Mais elle ne croit pas que j'ai changé depuis l'époque où elle m'a connu.

Lani s'en voulait d'avoir abordé ce sujet. Quelle idée de réveiller en elle cette vieille blessure qui n'avait jamais complètement cicatrisé ? Du moins, elle savait maintenant pourquoi Asher avait refusé de nouer une relation à distance avec elle : il n'avait jamais réussi à oublier la femme qu'il avait aimée autrefois.

— Tu devrais la contacter. Elle pourrait te surprendre.

— En effet, murmura-t-il, l'air songeur.

Alors qu'un silence gêné s'installait entre eux, Lani fut soulagée d'arriver à destination. Elle pénétra dans le parking souterrain et se gara sur son emplacement réservé. Tout en mettant pied à terre, elle regretta d'avoir accepté qu'Asher l'accompagne.

— Il y a une cafétéria et un salon au rez-de-chaussée. Tu pourras m'y attendre, suggéra-t-elle. Mon rendez-vous ne devrait pas durer longtemps.

— Puis-je t'accompagner ? J'aimerais voir ton bureau.

— Ce n'est pas une bonne idée.

Il désigna son bracelet électronique.

— Tu te souviens de mon trouble d'anxiété de séparation ?

Craignant qu'il ne fasse quelque chose susceptible de leur porter préjudice à tous deux, elle n'eut pas d'autre choix que d'accepter. Par ailleurs, elle avait envie de frimer un peu. Le bureau qu'elle avait choisi se situait au nord du centre-ville de Dallas, au huitième étage d'un immeuble en verre dispensant des vues incroyables sur la cité. Elle partageait une salle d'attente avec un avocat et un comptable pour lesquels elle avait eu l'occasion de travailler.

— Voici mon domaine, déclara-t-elle fièrement, quelques minutes plus tard, en déverrouillant la porte de sa suite comprenant deux espaces de travail.

Elle contourna son bureau et alluma son ordinateur pour vérifier sa messagerie, laissant Asher examiner les lieux spacieux comprenant son bureau, deux fauteuils pour ses clients et une table entourée de quatre chaises.

— Qui travaille là ?

Levant les yeux, elle vit qu'il désignait le deuxième espace de travail vide.

— Personne pour l'instant.

Comprenant que sa curiosité n'était pas satisfaite, elle ajouta en soupirant :

— Quand j'ai loué ces locaux, j'espérais me développer et prendre un associé. J'en ai toujours l'intention. Mais je n'ai pas suffisamment de travail pour l'instant.

Avec un peu de chance, la situation changerait une fois qu'elle aurait mené à bien la mission que lui avait confiée Kingston Blue.

— Bon. Maintenant que tu as vu mon bureau, tu peux aller à la cafétéria et patienter dans la salle d'attente.

— Pourquoi pas à côté, dans ce bureau vide ?

Avant que Lani ait le temps de protester, une femme apparut dans l'encadrement de la porte ouverte. Décochant un regard noir à Asher, Lani se reprit avant de s'avancer vers sa cliente, un grand sourire aux lèvres.

— Enchantée. Je suis Lani Li.

— Mika Sorenson.

Asher s'éclipsa et attendit que les deux femmes soient installées avant de retourner dans le bureau de Lani.

— Mesdames, puis-je vous offrir une boisson ? demanda-t-il aimablement. De l'eau ? Du café ? Un soda ?

Il avait repéré un local contenant une photocopieuse, un meuble de rangement et un refroidisseur de boissons.

— Rien pour moi, merci, répondit Mika avec un sourire appréciateur.

— Madame Li ?

— Je n'ai besoin de rien.

Le regard noir et les dents serrées, elle ajouta :

— Merci.

Satisfait de lui, il sortit de la pièce et pénétra d'autorité dans le bureau vide séparé de celui de Lani par une paroi vitrée. Puis il s'installa dans un fauteuil, tournant le dos aux deux femmes par discrétion, mais l'oreille aux aguets pour suivre leur conversation. Hélas, elles parlaient à voix basse, et il ne distinguait qu'un mot par-ci par-là. Déçu, il s'apprêtait à se rendre à la cafétéria quand un homme de haute taille, arborant un costume bien coupé et une expression orageuse, franchit le seuil de l'espace de travail.

Voyant que l'inconnu rivait un regard rageur sur Mika Sorenson et serrait les poings, Asher se leva d'un bond et s'interposa avant que l'homme pénètre plus avant dans le bureau de Lani.

— Puis-je vous aider ? demanda Asher d'un ton abrupt.

— C'est ma femme.

— D'accord…

Ignorant Asher, Sorenson, le visage déformé par la colère, essaya de foncer dans le bureau de Lani. Ayant anticipé sa manœuvre, Asher posa une main sur son épaule, bien décidé à le reconduire dehors. Mais Sorenson semblait obnubilé par la présence de sa femme.

— Espèce de garce ! hurla-t-il, pesant de tout son poids contre Asher pour essayer de passer en force. Comment oses-tu engager une enquêtrice privée pour m'espionner !

La situation se détériorait très vite, et Asher devait impérativement faire sortir ce forcené. Se décidant à user de la force, il l'agrippa par le bras.

— Sortons d'ici, monsieur.

Bien que les deux hommes soient de la même taille, Asher était plus vigoureux, mais la rage décuplait la force de Sorenson.

— Qui diable êtes-vous ? Laissez-moi passer !

— Vous devez partir, monsieur.

— Ma femme n'a rien à faire ici. Je ne partirai pas sans elle.

Asher n'avait pas besoin de regarder par-dessus son épaule pour savoir que Mika était terrorisée, mais que Lani ne l'était pas. Il la connaissait suffisamment pour savoir qu'elle n'hésiterait pas à s'interposer entre ce forcené et son épouse, au risque d'être blessée. Il devait empêcher cela.

— Appelez la sécurité, madame Li ! ordonna-t-il sans détacher son regard de Sorenson.

Celui-ci ne sembla pas entendre l'avertissement.

— Écartez-vous de mon chemin !

— Non, monsieur. Sortons d'ici calmement.

Quand Sorenson leva le poing dans sa direction, Asher l'esquiva prestement en faisant un pas de côté. Déséquilibré, Sorenson ne put éviter le croche-pied que lui fit Asher et il tomba lourdement sur le sol. Voyant que l'homme était hors d'état de nuire, Asher se tourna vers Lani.

Ses beaux yeux écarquillés se posaient tour à tour sur

lui et sur l'homme à terre. Alors que l'adrénaline crépitait déjà dans ses veines à la suite de son altercation avec Sorenson, il sentit son corps s'embraser en voyant une étincelle de désir briller dans le regard de Lani.

— Appelez la sécurité, lui rappela-t-il d'une voix enrouée.

Il brûlait d'envie de la prendre dans ses bras et de revendiquer la passion qui entrouvrait ses lèvres pulpeuses.

— Vous me remercierez plus tard.

Cette déclaration était à la fois un avertissement et une promesse. Contrairement à la veille au soir, il ne serait pas question de baiser chaste, mais de passion incandescente.

Revenant à la réalité, il remarqua avec soulagement que Sorenson s'était enfin calmé et qu'il acceptait de quitter les lieux sans faire d'histoire. Par mesure de prudence, Asher l'escorta jusqu'à la sortie. Quand il retourna dans le bureau de Lani, Mika Sorenson, le visage défait, prenait rendez-vous avec un avocat spécialisé dans les divorces, et Lani lui réservait une chambre d'hôtel pour la nuit.

Après avoir raccompagné Mika jusqu'à sa voiture, Asher trouva Lani postée devant la baie vitrée, contemplant l'orage qui grondait. Un éclair zébra le ciel chargé de gros nuages noirs et un violent coup de tonnerre éclata, faisant trembler le bâtiment. Asher rejoignit Lani et remarqua qu'elle était aussi tendue que l'atmosphère extérieure chargée d'électricité.

— Merci, murmura-t-elle d'un ton réticent.

— Oh ! j'attends beaucoup mieux de ta part.

Elle se tourna vers lui, le regard farouche, les bras croisés.

— Très bien. Je te remercie beaucoup.

Il l'enlaça et l'attira contre lui.

— Tu peux encore faire mieux.

— Je ne vois pas ce que tu veux de plus.

— Oh ! je suis sûr que si.

Promenant ses phalanges sur sa joue empourprée, il inclina la tête jusqu'à ce que ses lèvres frôlent les siennes.

— Je veux que tu le dises.

— Dire quoi ?

La ligne sévère de sa bouche s'adoucit en même temps que ses muscles se relâchaient et que ses courbes affriolantes entraient en contact avec son corps tendu de désir.

— Que tu es heureuse de m'avoir permis de t'accompagner car j'ai ainsi pu prendre soin de toi et de ta cliente. Que ma présence à tes côtés a été une excellente chose.

— J'aurais très bien su gérer cette situation par moi-même.

Elle haleta de surprise quand il enroula ses doigts autour de sa queue-de-cheval et qu'il tira légèrement dessus.

— Mais je suis heureuse que tu l'aies fait à ma place.

— C'est mieux.

Il joignit ses lèvres aux siennes dans un baiser ardent afin de lui rappeler qu'ils avaient partagé autrefois des nuits torrides. Un fourmillement électrisant dansait le long de son dos tandis qu'une onde de désir refluait vers son bas-ventre. La pluie cinglait la baie vitrée à côté d'eux. Un autre éclair jaillit, cette fois derrière ses yeux, quand la langue de Lani se mêla à la sienne. Le gémissement sensuel qu'elle exhala l'emplit d'une joie sauvage. Comble du bonheur, elle caressa sa joue couverte d'une ombre de barbe. Il adorait quand elle le touchait ainsi.

Grâce à ce baiser, il éprouvait à nouveau un sentiment d'apaisement et de plénitude. Pourquoi cela se produisait-il uniquement quand elle était dans ses bras ? Mais l'heure n'était pas aux questions.

Aussi consumée de désir que lui, Lani inclina la tête

afin d'approfondir leur baiser, ses longs cils recourbés caressant sa peau tandis qu'elle le savourait avec gourmandise. S'enhardissant, elle plaqua ses seins contre son torse et enroula une jambe autour de sa cuisse, comme pour mieux se fondre en lui.

Tous ses sens embrasés, il s'apprêtait à la soulever de terre pour la prendre contre la baie vitrée quand un bourdonnement agaçant se fit entendre. À son grand désespoir, Lani détacha ses lèvres des siennes.

— Laisse sonner.

Tout en disant cela, il posa sa main au creux des reins de Lani afin de maintenir son érection fermement plaquée contre ses hanches qui ondulaient lascivement, aiguisant un peu plus son désir.

— Ne bouge pas, murmura-t-il, n'en revenant pas de l'ascendant sensuel qu'elle exerçait sur lui.

— C'est impossible…

Elle se libéra de son étreinte, les joues empourprées et le souffle court, avant de décrocher d'une main tremblante.

Asher s'adossa contre la vitre froide et tressaillit quand un autre coup de tonnerre se répercuta à travers l'immeuble. À moins que ce ne soit l'écho des battements effrénés de son cœur. Il ne parvenait pas à reprendre son souffle. Leur baiser avait été tellement grisant et la réaction de Lani tellement ardente. Il avait oublié à quel point l'embrasser pouvait être *euphorisant*.

Il aimait sa nature complexe. Directe, pragmatique et ambitieuse sur le plan professionnel. Mais aussi téméraire et passionnée sur le plan intime. Elle lui avait fait confiance alors qu'elle n'aurait pas dû, et elle doutait de lui alors qu'il se montrait honnête envers elle.

Il la contempla pendant qu'elle tapait fébrilement sur son clavier en mordillant sa lèvre inférieure. Comment un geste aussi anodin pouvait-il l'exciter à ce point ? Elle seule avait ce pouvoir inégalé sur ses sens.

— Tout va bien ? demanda-t-il quand elle eut raccroché.

Elle se renversa contre le dossier de son fauteuil, l'air concentré et les yeux rivés sur son ordinateur. C'était incroyable. En l'espace de dix minutes, elle était redevenue professionnelle jusqu'au bout des ongles alors qu'il vibrait encore de passion contenue.

— Oui, dit-elle, s'arrachant à ses réflexions. Es-tu prêt à retourner à Royal ?

— Je me disais que nous pourrions profiter de l'occasion pour dîner à Dallas.

Dans un endroit romantique, loin des regards accusateurs de ses concitoyens, pour qu'il puisse exercer son charme sur elle et tenter de l'amadouer.

— J'ai déjà des projets pour le dîner.

— Ici, à Dallas ?

Une bouffée de jalousie le submergea. Jusqu'à cet instant, il ne lui était pas venu à l'idée qu'elle fréquentait peut-être quelqu'un. Mais si c'était le cas, l'aurait-elle embrassé ?

— Non. À Royal.

— Un dîner en lien avec ton enquête ?

Après leur baiser époustouflant, il se sentait très possessif.

— En ce moment, cette enquête est ma priorité absolue.

Une réponse vague. Mais à en juger par son expression fermée, elle n'avait pas l'intention d'en dire davantage.

- 4 -

Le rendez-vous à dîner de Lani avec Rusty Edmond au Texas Cattleman's Club suscitait beaucoup d'émoi parmi les convives. Compte tenu de l'implication de son fils adoptif dans le fiasco du festival Soirée dans la Baie, Lani avait été surprise que le magnat du pétrole propose de la rencontrer dans un endroit aussi public. Elle avait pensé qu'il choisirait un lieu discret, mais il n'était pas homme à faire profil bas. Aussi quand l'hôtesse la conduisit à une table au milieu de la grande salle à manger du TCC se fit-elle un peu l'effet d'une star avec tous ces regards braqués sur elle.

— Madame Li.

Rusty se leva à son approche, mais son sourire cordial n'atteignait pas ses yeux gris, froids et scrutateurs.

— Monsieur Edmond, le salua-t-elle, se demandant s'il se souvenait qu'il l'avait invitée à l'appeler Rusty la dernière fois qu'ils s'étaient rencontrés.

Ce diminutif était censé le rendre plus abordable, mais il n'en était rien. Russell Edmond Sr était intimidant par nature. Un homme immensément riche, au tempérament versatile et amateur de jolies femmes.

— Appelez-moi Rusty, dit-il, son regard s'attardant un peu trop longtemps sur sa poitrine.

Il lui tendit la main par-dessus la table.

— Puis-je vous appeler Lani ?

— Bien sûr.

Tandis que sa main disparaissait dans la sienne, elle fut frappée par l'énergie qui se dégageait de cet homme.

— Je vous remercie d'avoir accepté de me rencontrer.

— Je crois savoir que vous avez payé la caution de mon fils.

Bon. Il allait droit au but.

— J'ai été engagée pour retrouver l'argent du festival.

Et pour découvrir qui l'avait volé.

— Avez-vous demandé à Asher ?

L'expression impassible de Rusty ne lui permit pas de savoir s'il était sérieux ou pince-sans-rire.

— Oui. Il affirme qu'il n'a pas dérobé cet argent. Et je ne vois pas trop quel intérêt il aurait eu à le faire.

Rusty ricana.

— Ce vol lui rapporte des millions de dollars.

— Pourquoi ne s'est-il pas enfui avant la découverte du vol ? Pourquoi a-t-il laissé autant de traces derrière lui ? Il devait se douter que cela ferait de lui le principal suspect.

La serveuse vint prendre leur commande de boissons. Une eau gazeuse pour elle et un autre whisky pour Rusty.

— Vous pensez donc qu'Asher est innocent.

— Il n'est pas la seule personne ayant eu accès aux comptes du festival et ayant connu des difficultés financières. Vous avez déshérité Ross.

Plusieurs mois auparavant, il avait coupé les vivres à son fils biologique après avoir découvert qu'il avait eu une liaison avec une employée et qu'un fils était né de leurs amours. Récemment, la tension entre Ross et Rusty s'était un peu apaisée, mais il était tout à fait possible que Ross ait commencé à détourner les fonds du festival après son revirement de fortune spectaculaire.

— Mon fils n'est pas un voleur, dit-il d'un ton cinglant.

Quel fils ? Lani éprouva un élan de compassion pour Asher.

— Je note simplement que Ross avait les moyens, le motif et l'occasion de détourner les fonds du festival. Il aurait pu usurper l'identité d'Asher pour le faire accuser à sa place.

— Selon vous, Asher serait victime d'une machination ?

— C'est une possibilité.

Rusty eut une moue sceptique.

— Vous fréquentiez Asher à une certaine époque. Ne faites-vous pas une affaire personnelle de cette enquête ?

Lani avait eu beau se préparer à cette question, elle sentit ses joues s'empourprer. Après son baiser incendiaire avec Asher, cet après-midi, toute dénégation de sa part constituerait un gros mensonge.

— J'ai été engagée pour retrouver l'argent manquant. Si les enquêteurs fédéraux croient Asher coupable, ils ne suivront pas d'autres pistes.

Soutenant le regard glacial de Rusty, elle demanda :

— Si ni Asher ni Ross ne sont coupables, avez-vous une idée de la personne qui aurait pu détourner ces fonds ?

— Non.

Sa frustration était évidente. Il était un homme d'action et il devait enrager de ne pas contrôler la situation. Il finit son verre quand la serveuse s'approcha avec leurs boissons.

— Je vous recommande le faux-filet, dit-il.

Lani ne choisit pas la fameuse pièce de bœuf de près de cinq cents grammes, mais un filet mignon savoureux et tendre à souhait. Cinq ans auparavant, Asher l'avait emmenée dîner ici. Elle avait été éblouie par le service impeccable et la cuisine exquise. En voyant Rusty attaquer son repas avec appétit, elle se demanda si les membres de la famille Edmond seraient capables de survivre sans leur filet de sécurité constitué par leur richesse et leurs privilèges.

Malgré les efforts de Rusty pour détourner la conversation du fiasco du festival ou de l'ouragan qui avait dévasté Appaloosa Island le mois précédent, Lani s'obstinait à ramener sur le tapis le sujet qui la préoccupait.

À en juger par la façon peu flatteuse dont il parlait de Ross, de Gina et surtout d'Asher, il s'était attendu dès le début à ce que le festival soit mal géré par ses enfants. Lani était tellement déprimée qu'elle refusa de prendre un dessert.

Elle s'apprêtait à remercier le magnat de lui avoir accordé un peu de son temps quand un homme s'approcha de leur table. Lani reconnut Billy Holmes, l'ami de Ross, grâce aux recherches préliminaires qu'elle avait effectuées concernant toutes les personnes liées au festival. Il était d'une beauté saisissante avec ses pommettes ciselées, ses cheveux bruns et ses yeux vert pâle pénétrants. Peut-être son nez était-il un peu trop mince et le pli de sa bouche dénotait-il un goût prononcé pour le plaisir, mais tandis qu'il l'examinait à son tour, elle devinait qu'il savait captiver ses interlocuteurs.

Le visage de Rusty s'illumina quand lui et Billy se saluèrent. Elle avait entendu dire que Billy avait l'oreille de Rusty alors que ses propres enfants ne parvenaient pas à capter son attention. Et maintenant, elle comprenait pourquoi : il émanait de cet homme un charme magnétique auquel Rusty était sensible, de même que les femmes assises à proximité, qui n'avaient d'yeux que pour lui.

Elle aurait aimé s'attarder pour observer les rapports fascinants entre le patriarche et le meilleur ami de son fils, mais son entrevue avec Rusty Edmond était terminée.

Elle le remercia pour ce dîner succulent et se dirigea vers la sortie, pressée de faire part de ses pensées à Asher.

Mais quand elle arriva au ranch, il n'était pas dans l'appartement. Prise d'un début de panique, elle se précipita dans l'écurie. Heureusement, elle le trouva dans la stalle de pansage en train de brosser un hongre gris.

— Comment s'est passé le dîner avec mon père ? demanda-t-il d'un ton distant.

Lani accusa le coup. Elle n'aurait pas dû lui dissimuler son entrevue avec Rusty. Son attitude évasive n'avait fait que renforcer les barrières qui les séparaient. Peut-être inconsciemment était-ce ce qu'elle avait voulu. Leur baiser avait ébranlé sa confiance en elle. Comment pourrait-elle faire correctement son travail si l'émotion brouillait sa raison ? Négligerait-elle un détail parce qu'elle avait envie qu'il soit innocent ? Plus grave encore, serait-elle capable de l'envoyer en prison si elle découvrait qu'il était coupable ?

— Très bien.

Récupérant une brosse, elle se posta de l'autre côté du cheval et entreprit de brosser son épaule et sa jambe antérieure.

— Est-ce lui qui t'a engagée ?

Il lui avait déjà posé la question, et elle avait refusé d'y répondre. Un silence embarrassé s'établit entre eux.

— Tu ne veux pas en parler ?

— Non.

Elle lui aurait volontiers avoué qu'elle enquêtait pour le compte de Kingston Blue, mais l'idée qu'elle avait été engagée par son père déstabilisait Asher, et elle avait besoin d'avoir l'avantage sur lui si elle voulait retrouver l'argent.

À condition qu'il soit le voleur.

Pendant qu'ils travaillaient en silence, elle ne pouvait pas s'empêcher d'admirer ses pommettes aristocratiques et la courbe irrésistible de sa lèvre inférieure. Un frisson délicieux la parcourut tandis qu'elle se repassait en boucle leur baiser de cet après-midi. Sa virilité intense qui l'avait tant séduite, cinq ans auparavant, exerçait toujours le même pouvoir d'attraction sur elle. Entre-temps, il avait mûri. Le jeune homme riche et gâté avait cédé la place à un homme plus mature, qui ne semblait pas heureux de la vie qu'il menait.

C'était ce qui le rendait encore plus intéressant. Elle s'était préparée à résister à son charme ravageur et à son badinage érotique, mais la profonde mélancolie qu'elle devinait sous sa désinvolture apparente l'émouvait plus qu'elle n'aurait voulu.

— Demain, je me rendrai sur Appaloosa Island, dit-elle. Je n'ai pas vu le site du festival.

Cette idée lui était venue sur le chemin du retour.

— Moi non plus.

— Vraiment ? Tu n'es pas allé constater les dégâts causés par l'ouragan ?

— Non.

— Aimerais-tu m'accompagner ?

Il tarda à répondre, et cela la surprit. D'habitude, il était toujours partant, quelle que soit la sortie proposée.

— Oui. Il vaut mieux que je profite de ma liberté tant que je le peux.

Asher garda un silence maussade durant le trajet de trois heures séparant Royal de Mustang Point, une station balnéaire ultrachic nichée dans Trinity Bay et dotée d'une grande marina. Comme Appaloosa Island était accessible uniquement en hélicoptère et en ferry, la famille Edmond disposait de plusieurs bateaux pour son propre usage.

Les enquêteurs lui avaient restitué sa voiture, et il avait insisté pour conduire. Sa berline luxueuse était beaucoup plus confortable que le SUV utilitaire de Lani. Par ailleurs, pendant qu'il conduisait, elle pouvait travailler sur son ordinateur. Avait-elle remarqué sa réserve ? Elle n'en laissait rien paraître. Et son indifférence ne faisait qu'aviver sa frustration.

Faire l'objet d'une enquête de la part de son ex-amante était déjà difficile à supporter. Mais savoir qu'elle avait été engagée par son propre père le blessait profondément. Comment pouvait-il expliquer à Lani à quel point il se sentait trahi sans évoquer l'imbroglio émotionnel qui définissait ses relations avec Rusty ?

Peut-être devrait-il surmonter ses réticences et lui dire pourquoi il avait abandonné le polo pour aller travailler chez Edmond's Organization. Il avait plus que jamais envie qu'elle sache quel homme il était vraiment. Pour qu'elle lui fasse confiance et admette une fois pour toutes qu'il n'avait pas volé l'argent du festival.

Et s'il lui racontait tout sans que cela modifie l'opinion qu'elle avait de lui ? Elle avait toujours porté un jugement négatif sur lui. À l'instar de son père adoptif, elle trouvait plus commode de ne pas voir au-delà des apparences. À ses yeux, il demeurerait toujours le « play-boy », et son amour-propre l'empêchait de lui prouver qu'il avait changé.

Ils déjeunèrent dans un restaurant de la marina avant de se diriger vers le ponton où était amarré son yacht. Le bateau de douze mètres de long sur lequel Asher passait ses vacances le fameux été où il avait rencontré Lani avait été remplacé par un superbe bâtiment de dix-huit mètres. Il composa le code pour déverrouiller les doubles portes vitrées et invita galamment Lani à le précéder à l'intérieur. Au lieu de se sentir flattée, elle lui lança un regard réprobateur avant de pénétrer dans la cabine confortable dotée de fenêtres panoramiques.

L'espace ouvert comprenait un salon, une grande cuisine équipée et un coin repas.

— As-tu soif ? demanda-t-il, déterminé à jouer les hôtes attentionnés. Je peux te proposer un large choix de boissons.

— Je prendrai une eau gazeuse, si tu en as.

— Oui. J'ai aussi cette vodka au piment jalapeño que tu aimais tant. Je me suis assuré d'en avoir à bord. Au cas où…

Lani entrouvrit ses lèvres, comme pour demander : *au cas où quoi ?* Mais elle se contenta de secouer la tête, l'air mécontent, avant de poursuivre son examen des lieux.

— Tout est neuf, murmura-t-elle tandis qu'il déposait des glaçons et une rondelle de citron vert dans chaque verre.

Encore vexé qu'elle ait dîné avec son père et qu'elle refuse de lui dévoiler le sujet de leur discussion, il ironisa :

— Est-ce ta façon de me demander si j'ai acheté un nouveau bateau avec l'argent du festival ?

— Tu devrais faire preuve de plus de sérieux, lui reprocha-t-elle. Tu es dans un sacré pétrin, et ce genre de remarques désinvoltes ne peut que te desservir.

Prendre les choses à la légère, faire bonne figure, c'était sa façon de gérer son stress. Personne n'avait idée de la somme de colère, d'incertitude et de frustration qui s'était accumulée en lui au fil des ans. Mais l'expérience lui avait appris qu'en faisant comme si les problèmes vous laissaient indifférent, ils avaient moins de chance de vous anéantir.

— Je n'ai pas volé l'argent du festival, et ce bateau ne m'appartient pas.

Se forçant à sourire, il lui tendit un verre.

— Mais tu le sais déjà.

L'espace d'un instant, le seul bruit perceptible dans l'habitacle fut l'explosion joyeuse de centaines de bulles.

Elle s'avança enfin pour prendre le verre. Leurs doigts se frôlèrent, et ce doux contact déclencha une décharge électrique le long de son bras. Le désir surgit en lui, impérieux et dangereux. S'il la prenait dans ses bras et qu'il l'embrasse passionnément, comme il en avait envie, ils se retrouveraient très vite nus sur le plancher.

La passion était facile. Mais c'était dans les intervalles de temps qu'une relation grandissait et s'épanouissait. Ou échouait lamentablement. Il n'empêche qu'il brûlait d'envie de tenter l'expérience avec Lani.

— Encore une fois, insista-t-il, je ne suis pas coupable. Si j'avais volé des millions de dollars, je ne les dépenserais pas dans l'achat d'un bateau ou d'un appartement aux Maldives. Je choisirais un endroit plus intéressant qu'une île isolée pour profiter de la vie.

Lani secoua la tête, l'air perplexe.

— Je ne te comprends pas.

— Pourtant, je ne suis pas quelqu'un de compliqué.

— Autrefois, je le croyais. Mais plus maintenant.

Elle s'installa sur le canapé d'angle.

— Qu'est-ce qui t'a fait changer d'avis ?

Soudain, il s'aperçut du piège qu'il s'était tendu à lui-même. Bien qu'il ait tout intérêt à convaincre Lani de son innocence, une fois qu'il ne serait plus suspect, elle se détournerait de lui et s'occuperait d'autres affaires. Or, il n'était pas encore prêt à la laisser sortir de sa vie.

— Peu importe, dit-elle en se massant les tempes. Je

dois être fatiguée. Je ne sais plus ce que je dis. D'ailleurs, il est temps de nous rendre sur l'île.

— Ne veux-tu pas visiter le yacht, auparavant ?

— C'est un bateau. Je ne risque pas de m'y perdre.

— Il comporte deux cabines de luxe, expliqua-t-il, ignorant sa rebuffade. Je te conseille celle située à la poupe car elle dispense une vue plus spectaculaire.

— Nous faisons simplement l'aller-retour. Il n'est pas question de passer la nuit ici, répliqua-t-elle d'un ton agacé.

— Je pensais que ce serait une bonne idée.

Affichant un sourire innocent, il ajouta :

— En souvenir du passé.

À ces mots, les joues de Lani s'empourprèrent et ses yeux étincelèrent de colère. Sa remarque n'avait rien de suggestif, mais à l'évidence, Lani l'avait interprétée de cette façon. *Intéressant.* Elle devait se remémorer les moments torrides qu'ils avaient vécus ensemble, autrefois.

— Où est le problème ? demanda-t-il sans lui laisser le temps de protester. Nous vivons sous le même toit au ranch. Ce serait la même chose si nous passions la nuit sur le bateau, chacun dans sa cabine. Tu n'es pas d'accord ?

— Bien sûr que non ! Notre objectif était de nous rendre sur le site du festival puis de rentrer directement à Royal.

— Six heures de route aller/retour, c'est un long trajet. Nous ferions mieux de dormir ici et de repartir demain.

— Je n'ai pas emporté de rechange, lui rappela-t-elle.

— Pas de souci. Gina a une garde-robe à bord. Elle ne se formalisera pas si tu lui empruntes quelques vêtements.

— Dans ce cas, je suppose que nous pouvons rester cette nuit, admit-elle, capitulant à contrecœur.

— Bien.

Il se força à garder un ton mesuré. Lani n'avait pas

besoin de savoir qu'il exultait d'avoir gagné cette passe d'armes.

— Je mets le moteur en marche, puis je largue les amarres.

— Je m'en occupe, dit-elle en se levant.

Cinq ans auparavant, ils avaient passé beaucoup de temps ensemble sur le précédent yacht familial, et elle s'était familiarisée avec la routine à bord. Pourtant, il fut surpris de la voir détacher d'une main experte les amarres fixées autour des taquets. Il avait déjà fait de nombreuses sorties en mer avec des femmes, mais aucune d'elles n'avait levé le petit doigt pour l'aider. Elles pensaient que leur contribution se limitait à parader en bikinis sexy. Certes, il n'avait rien contre les femmes belles et peu vêtues, mais il avait beaucoup apprécié la coopération de Lani. Raison de plus pour que son souvenir reste gravé dans sa mémoire.

Pour sa plus grande joie, elle le rejoignit sur le pont supérieur pendant qu'il s'éloignait du poste d'amarrage. Ce pont disposait d'équipements électroniques haut de gamme et offrait une vue panoramique sur le décor alentour. Mais la joie d'Asher se mua en déception quand Lani s'installa dans le spacieux salon à sa gauche. Sérieusement, à quoi s'était-il attendu ? Qu'elle se blottisse contre lui, comme elle le faisait naguère ? Résigné, il sortit de la marina et mit le cap sur l'île qu'ils atteindraient dans une quinzaine de minutes.

Les Edmond avaient décidé que le festival se tiendrait sur la partie non bâtie de l'île, loin de l'établissement où Asher et Lani s'étaient rencontrés pour la première fois et loin des demeures luxueuses qui bordaient le front de mer.

Après l'euphorie des premières séances de recherche d'idées, il avait laissé l'organisation du festival aux autres et concentré ses efforts sur le démarchage de fournisseurs, d'investisseurs et de généreux donateurs. Il avait participé à de nombreuses manifestations caritatives quand il était joueur de polo professionnel et il voulait profiter du festival pour promouvoir des associations qui lui tenaient à cœur. Néanmoins, sa famille ayant rejeté plusieurs de ses suggestions au sujet de sa vision du festival, il s'était senti de moins en moins concerné par l'organisation pratique de l'événement. Quand il avait cessé d'assister aux séances du comité consultatif, celle-ci avait dû penser qu'il était incapable de mener à bien un quelconque projet. Mais il avait beaucoup de mal à s'investir dans un travail qui ne l'intéressait pas.

Tandis que le yacht s'approchait du site du festival, son regard balaya les ruines de ce qui avait constitué les espoirs et les rêves de nombreuses personnes. Son cœur se serra douloureusement. Il n'était pas étonnant que tout le monde le déteste.

- 5 -

Tandis que le yacht longeait le site dévasté du festival, Lani observait Asher avec attention, persuadée qu'elle discernerait chez lui un signe établissant sa culpabilité. Mais elle déchanta bien vite en voyant le choc et l'horreur se peindre sur son beau visage. Il semblait si anéanti en contemplant les bâtiments détruits qu'elle ne put s'empêcher d'éprouver de la compassion pour lui.

Le ponton avait été épargné, mais Asher ne tenta pas de s'en approcher. Il longea le rivage et appuya sur une touche du tableau de commande. Un bruit sourd se fit entendre, puis le plancher vibra légèrement sous leurs pieds.

— Pourquoi jettes-tu l'ancre ici ? demanda-t-elle, tressaillant à la vue de son expression dévastée.

— Il est hors de question que j'amarre le yacht à ce ponton. Même si l'ouragan semble l'avoir épargné, il n'a pas été conçu pour accueillir un bateau de cette taille.

Il balaya le site du regard.

— Qu'est-il arrivé à l'autre ponton censé accueillir une dizaine de yachts ?

La réponse était si évidente que Lani le contempla, incrédule. Elle n'en revenait pas de le voir aussi désorienté. Il aurait dû s'occuper de l'organisation du festival depuis le début. Ne s'était-il donc pas soucié de ce qui se passait ici ?

— A-t-il été construit dans les délais impartis, puis

détruit par l'ouragan ? insista Asher, poursuivant le fil de ses pensées.

Était-il totalement irresponsable ? se demanda-t-elle, perplexe. Pourtant, s'agissant de ses chevaux de polo, il était très attentif à leur santé et à leur bien-être.

— À ma connaissance, c'est le seul ponton de l'île, répondit-elle d'une voix plus douce qu'elle n'aurait voulu.

Après s'être assuré que l'ancre était solidement positionnée au fond de la baie, il coupa le moteur et demeura immobile, les yeux rivés sur le site.

— Tellement de gens comptaient sur le festival, murmura-t-il. Nous avions promis de financer le refuge pour chevaux maltraités de Valencia Donovan avec une partie du produit des billets d'entrée. Elle envisageait d'agrandir sa propriété pour mettre en place un programme de thérapie équine à l'intention des enfants. Je sais aussi que Rafe Cortez-Williams a contracté un deuxième emprunt hypothécaire pour investir dans le festival.

Il ferma les yeux et se frotta le visage, l'air défait.

— Face à toutes ces personnes qui ont perdu tellement d'argent, je fais preuve d'égoïsme en ne pensant qu'à mes problèmes. Mais ce n'est pas moi qui les ai ruinées. Je suis victime d'une machination. Ourdie par quelqu'un proche de moi. Je me sens tellement trahi !

L'angoisse qu'elle perçut dans sa voix la bouleversa.

— Je suis désolée, dit-elle spontanément.

Qu'est-ce qui lui prenait ? Elle avait tort de se laisser attendrir. Après tout, c'était sa faute s'il se retrouvait dans cette situation. Il avait dérobé des millions et ruiné des vies. Il ne méritait pas sa compassion ou son soutien.

En même temps, elle ne pouvait pas s'empêcher de se demander pourquoi il avait laissé autant de traces derrière lui. Il avait beau être imprudent, voire irréfléchi, il n'était pas stupide. Elle se souvint de sa réaction quand elle avait évoqué l'appartement aux Maldives. Il semblait sincèrement ignorer où se situait cet archipel.

— Bon. Il est grand temps de nous rendre sur le site, dit-il.

— De quelle façon ?

Elle contempla la dizaine de mètres qui séparaient le bateau du ponton.

— À la nage.

— Je n'ai pas de maillot.

— Je suis sûr qu'un des bikinis de Gina t'ira parfaitement.

Le regard d'Asher se promena sur son corps avec une lenteur sensuelle, faisant naître des picotements sur sa peau. Malgré la touffeur de cet après-midi, elle frissonna. C'était trop injuste que cet homme ait le pouvoir de l'exciter avec un simple regard. Car l'onde de chaleur qui empourprait ses joues n'était pas provoquée par l'irritation mais par le souvenir d'autres après-midi, quand ils nageaient ensemble dans ces mêmes eaux, avec la lumière dorée du soleil étincelant de mille feux sur la surface bleutée. Elle n'avait jamais oublié cette nuit où ils s'étaient baignés nus, nimbés par le clair de lune. Asher avait léché les gouttelettes d'eau salée qui perlaient sur sa poitrine tandis que ses doigts s'immisçaient dans la chaleur glissante de son entrecuisse. Le souvenir de cette nuit-là était tellement vivace que ses mains se mirent à trembler.

Elle avait commis une erreur en venant ici avec Asher. Elle avait voulu le confronter à la réalité, lui montrer tout le mal qu'il avait causé avec ses malversations, mais il l'avait prise au dépourvu en réagissant plus comme une victime que comme un coupable. Elle avait cru maîtriser la situation et s'était fourvoyée.

Asher était dangereux. Pour les personnes qu'il avait spoliées et pour la paix de son esprit. Pendant des années, elle s'était reproché d'avoir succombé à son charme fallacieux. Avec le temps et la distance, elle avait cru qu'elle ne se laisserait plus jamais manipuler par lui. Pourtant, à cet instant, elle ne se souvenait que des bonnes choses et mettait en doute ce qu'elle savait être la vérité à propos d'Asher, à savoir qu'il avait le don de dire aux gens ce qu'ils avaient envie d'entendre et de leur faire croire qu'il était quelqu'un de bien. À moins que ce ne soit son cœur blessé qui parle ?

S'arrachant à ses pensées, elle demanda :

— Le yacht ne dispose-t-il pas d'un canot ? Je n'ai pas envie de nager.

— Si, il y en a un, répondit-il.

En le voyant se diriger vers l'échelle menant au pont principal, elle sentit ses muscles se détendre. Elle se rendait compte seulement maintenant qu'elle avait dû user de toute sa volonté pour résister à l'attrait empreint de nostalgie qu'il éveillait en elle.

Tandis qu'Asher manœuvrait la grue installée à la proue pour mettre le canot à l'eau, une rafale de vent s'engouffra dans les pans de sa chemise déboutonnée et les écarta. Lani ne put s'empêcher d'admirer son torse ciselé, consciente que ce décor familier faisait resurgir une foule d'émotions enfouies en elle depuis longtemps. S'efforçant de calmer l'emballement de ses hormones, elle rejoignit Asher à la poupe où se trouvait une plateforme de baignade. C'était là qu'il venait d'attacher le canot pneumatique.

— Donne-moi ta main, dit-il. Le canot est instable.

— Inutile.

Il se rembrunit.

— Tu pourrais me laisser prendre soin de toi !

À sa grande consternation, une onde de chaleur se diffusa sous sa peau. La première fois qu'ils avaient fait l'amour, il avait apaisé ses nerfs à vif en murmurant : *Laisse-moi prendre soin de toi*. Et c'était précisément ce qu'il avait fait en lui procurant une demi-douzaine d'orgasmes, des explosions de plaisir époustouflantes qui l'avaient laissée émerveillée et repue. Elle lui avait su gré de l'avoir initiée à l'acte d'amour avec un tel savoir-faire. Hélas, débuter avec un partenaire aussi remarquable avait ses inconvénients. Les expériences sexuelles qu'elle avait eues par la suite avec d'autres hommes l'avaient déçue.

Craignant que son contact physique n'avive sa nostalgie du passé, elle décida de monter à bord du canot sans son aide. Mal lui en prit. Alors qu'elle avait un pied sur la plate-forme et l'autre dans l'embarcation, celle-ci se mit à tanguer, déséquilibrant Lani. Son épaule heurta la coque du yacht, et une douleur fulgurante la traversa tandis qu'elle tombait à la mer. Sous l'effet du choc, elle demeura comme paralysée sous l'eau durant quelques secondes avant que le manque d'air la force à réagir.

Haletante et grimaçant de douleur, elle refit péniblement surface et fut hissée sans ménagement hors de l'eau par deux mains robustes. Elle se retrouva assise sur la plate-forme, dégoulinante, un peu sonnée, et se rendit compte qu'Asher lui tenait le menton d'une main pendant que de l'autre il essuyait les gouttelettes sur ses joues.

— Tu vas bien ?

La note de panique qu'elle perçut dans sa voix profonde la réchauffa plus vite que le soleil d'août.

Contre toute attente, elle fut prise d'une soudaine envie

de pleurer. Elle détestait se sentir faible et vulnérable. Elle était une enquêtrice futée, prête à faire face à toutes les situations critiques, et non une petite sotte ayant besoin d'un homme pour prendre soin d'elle. En même temps, elle était reconnaissante à Asher de l'avoir secourue. Même si c'était à cause de lui qu'elle était tombée à l'eau !

Furieuse, elle repoussa sa main.

— Laisse-moi tranquille. Je vais bien.

Il ouvrit la bouche, prêt à protester, puis ses yeux se plissèrent tandis que l'inquiétude cédait la place à l'hilarité.

Indignée et vexée, Lani lui décocha un regard noir.

— Ce n'est pas drôle ! Et c'est ta faute si je suis tombée.

— Non. Si tu avais accepté mon aide pour monter dans le canot, rien de tout ceci ne serait arrivé.

Toute trace d'amusement disparut de son visage.

— Quel dommage que tu t'obstines à refuser de l'aide.

— Selon toi, j'ai tort de me débrouiller par mes propres moyens ?

— Non. C'est une bonne chose d'être indépendante. Mais s'interdire d'accepter l'aide d'autrui, c'est de l'orgueil mal placé.

Elle sursauta, piquée au vif.

— C'est toi qui es mal placé pour me dire comment je dois me comporter.

Son visage se ferma.

— Tu as sans doute raison.

Il lui tendit la main.

— On fait un nouvel essai ?

— Non. Vas-y seul. Je vais me sécher.

Haussant les épaules, il sauta prestement dans le canot et le détacha. Frissonnant dans ses vêtements trempés, elle suivit des yeux Asher pendant qu'il voguait vers le rivage.

Asher parcourut le site du festival pendant une heure, atterré par ce qu'il découvrait. Non seulement l'ouragan avait tout dévasté sur son passage, mais il était apparu qu'aucun paiement n'avait été effectué auprès de la compagnie d'assurances chargée d'assurer l'événement. C'était la ruine certaine pour toutes les personnes ayant investi des fonds dans le festival. Un sabotage en règle.

Qui diable l'avait piégé pour dérober l'argent ?

Sûrement une personne proche de lui ou ayant participé activement à l'organisation du festival. Il ne parvenait pas à imaginer qu'une personne de sa connaissance ait pu commettre un acte aussi vil. Lani était experte dans ce genre d'enquêtes, mais si elle était persuadée de sa culpabilité, orienterait-elle ses recherches vers une autre piste ?

Démoralisé, Asher retourna sur le bateau. Lani semblant s'être volatilisée, il pénétra dans le salon et se versa deux doigts de whisky qu'il avala d'un trait. Tandis que l'alcool lui réchauffait le corps, il ferma les yeux et fit le point sur sa situation.

Elle était catastrophique. Le dossier d'accusation, notamment les documents financiers, était accablant. Ce n'était pas étonnant que tout le monde le croie coupable. Par ailleurs, sa situation personnelle ne jouait pas en sa faveur. Il vivait sur la propriété de son père et occupait un poste important dans l'entreprise familiale. Il y avait peu de choses qu'il ait obtenues par lui-même. Ce n'était guère flatteur pour lui. Une chose était sûre, l'accusation dont il faisait l'objet avait chamboulé sa vie de fond en comble. Désormais, il éprouvait le besoin urgent de se remettre en question et de revoir ses priorités. Après avoir passé deux années chez Edmond's Organization, sur les instances de Rusty, il était temps pour lui d'échafauder d'autres projets d'avenir.

À condition qu'il ait un avenir. Au train où allaient les choses, il passerait sans doute plusieurs années derrière les barreaux et aurait tout le temps de réfléchir à ses erreurs et à la meilleure façon d'aller de l'avant.

Il se rendit compte qu'il avait gardé les yeux fermés en sentant un courant d'air, signe qu'il n'était plus seul dans le salon. Inspirant profondément, il se composa un visage et ouvrit les yeux.

Lani s'avança dans la cuisine et s'adossa à l'évier, les bras croisés. Elle portait un pantalon large aux motifs tropicaux et un top court bleu roi, dévoilant ses épaules soyeuses. Ses orteils dénués de vernis dépassaient de l'ourlet du pantalon. Cette tenue décontractée lui allait à la perfection, mais elle gommait son côté professionnel qui le séduisait tant.

— As-tu l'intention de t'enivrer ? demanda-t-elle, fixant avec insistance le verre qu'il tenait à la main.

— Tu penses que je ne le mérite pas ?

Puisqu'il se tenait près du bar, il se versa une autre dose de whisky et commença à rassembler les ingrédients nécessaires à la préparation d'une margarita agrémentée d'épices, comme l'aimait Lani.

— Si tu veux bien te joindre à moi, il y a une machine à glaçons à côté du refroidisseur de boissons. Tu trouveras les citrons et le piment jalapeño dans le réfrigérateur, et le sel pimenté dans le placard. Malheureusement, tu devras te contenter d'un mélange doux-amer prêt à l'emploi.

— Il ne s'agit pas d'une réception, déclara Lani, sans bouger de sa place. Nous sommes ici pour le travail.

— Ne t'arrive-t-il pas de discuter avec un client autour d'un verre ?

Comme hier, quand elle avait dîné au Club avec son père.

— Tu n'es pas un client. Et il serait préférable que tu ne boives pas.

— Trop tard.

Levant son verre dans sa direction, il avala le breuvage et s'empara à nouveau de la bouteille.

Elle avait raison de le dissuader de boire. L'alcool ne dissiperait pas l'angoisse qui l'étreignait depuis qu'il avait vu les dégâts sur l'île. Il ne diminuerait pas non plus le plaisir intense que lui procurait le retour de Lani dans sa vie, même dans des circonstances aussi dramatiques. Et pour ce qui était de son envie impérieuse de l'enlacer et de l'embrasser…

— Lani…

Une onde de désir se propagea dans ses veines tandis qu'il la contemplait intensément. Elle était si belle ! Sa façon de croiser les bras, le regard étincelant de colère, lui avait manqué. Tout comme sa façon féline de s'étirer quand elle se réveillait, le matin. Ces souvenirs d'une époque heureuse lui arrachèrent un sourire.

— Te rappelles-tu comme nous adorions pique-niquer sur le bateau, faire l'amour toute la nuit, puis déjeuner au lit le lendemain matin ?

— Arrête !

Elle tendit un doigt menaçant vers lui.

— Ce temps-là est révolu. Nous ne coucherons pas ensemble.

— Parce que tu n'en as pas envie ? Ou parce que ce ne serait pas professionnel ?

— Les deux.

— Je ne te crois pas.

Il détacha chaque syllabe pour bien lui faire comprendre qu'il n'était pas dupe.

— Je me moque de ce que tu crois, répliqua-t-elle, furieuse. Je dis la vérité.

Asher fourragea dans ses cheveux, se demandant comment recréer la magie sensuelle qui les avait réunis. Autrefois, il avait réussi à la convaincre de lui donner sa chance en tirant parti de l'énergie sexuelle qui explosait entre eux chaque fois qu'ils se touchaient. Pourtant, pendant qu'ils donnaient libre cours à l'emballement de leurs hormones durant ces mois d'été merveilleux, il avait eu l'impression de n'être qu'un objet de curiosité pour elle. Un peu comme si cette jeune fille sage voulait vivre une expérience au goût d'interdit avant de se ranger et d'entamer une brillante carrière.

— N'est-ce pas plutôt ce que tu te dis, la nuit, quand tu dors seule dans ton lit ? demanda-t-il, au comble de la frustration.

— Parce que tu penses vraiment que je dors seule ?

Elle bluffait, n'est-ce pas ? se demanda-t-il, mal à l'aise.

— Oui. Je me trompe ? As-tu rencontré un homme à la hauteur de tes attentes ?

Il espérait qu'elle ne se contenterait pas d'un pis-aller, même si l'imaginer en couple avec un autre homme lui causait une étrange douleur dans la poitrine.

Éprouvant le besoin de bouger, il la rejoignit dans la cuisine et ignora les efforts qu'elle faisait pour rester à bonne distance de lui pendant qu'il sortait les ingrédients restants du réfrigérateur. S'emparant d'une planche à découper et d'un couteau aiguisé, il lui fit signe de le rejoindre. Puis il commença à lui préparer sa margarita agrémentée d'épices.

— Un homme à la hauteur de mes attentes ! ricanat-elle en rinçant le jalapeño. Ne fais pas comme si tu te souciais de ma vie amoureuse.

Le cœur serré, il fit un pas dans sa direction et murmura :

— Détrompe-toi. Je veux que tu sois heureuse…

— Arrête !

Elle pivota vers lui, et pointa dans sa direction le couteau qui lui servait à découper le piment. Il haleta, interloqué. La lame luisait de façon inquiétante dans sa main.

— Encore une fois, arrête de te comporter comme si tu te souciais de moi. Il est hors de question que je tombe à nouveau amoureuse de toi.

Amoureuse de lui.

Cinq ans auparavant, il n'avait pas pris conscience de la gravité de ce qu'il faisait quand il avait commencé à la poursuivre de ses assiduités. Au début, il avait considéré ses rebuffades incessantes comme un défi à relever. Et même après qu'il eut réussi à neutraliser ses défenses, elle lui avait soigneusement dissimulé la clé de son cœur.

Jusqu'à ce que les vacances d'été touchent à leur fin. Comprenant qu'il n'était pas prêt à la perdre, il l'avait invitée à le suivre en Argentine pour la saison de polo. Elle lui avait répondu qu'elle l'aimait mais qu'elle ne pouvait pas renoncer à intégrer cette prestigieuse école. Terrifié par le cadeau qu'elle lui faisait – son amour, rien de moins –, il n'avait pas su comment poursuivre leur relation maintenant qu'elle se transformait en une romance sérieuse.

— Que tu le veuilles ou non, je me soucie de toi, répliqua-t-il, regrettant amèrement l'erreur qu'il avait commise à l'époque, en préférant sa liberté à l'amour de Lani.

— Arrête ton boniment. J'ai vu comment tu draguais les femmes avant même de m'avoir remarquée.

Elle semblait vexée de ne pas avoir été son premier choix. Sauf que cela n'avait pas du tout été le cas. Dès qu'il l'avait aperçue, prenant les commandes aux tables adjacentes, il avait été fasciné par elle. Simplement, il n'avait pas été prêt à faire face aux émotions qui l'avaient submergé. Il savait gérer le désir sexuel, mais il avait été pris au dépourvu par le désir puissant teinté de nostalgie qu'elle lui inspirait.

— Que veux-tu que je te dise ? Que tu étais différente des autres femmes et que je ne savais pas comment gérer mes émotions ?

— Tout ce qui m'intéresse, c'est la vérité, déclara-t-elle, tranchant le citron d'une main féroce.

— Je dis la vérité.

— Très bien.

Posant le couteau, elle pivota vers lui, le regard dur.

— Alors, dis-moi ce que tu as fait de l'argent. C'est la seule vérité qui m'intéresse.

- 6 -

— Où allons-nous aujourd'hui ? demanda Asher le lendemain matin.

Si Lani avait espéré que sa visite de l'île dévastée l'inciterait à lui avouer où se trouvait l'argent volé, elle s'était lourdement trompée. Certes, il avait été bouleversé par le spectacle de désolation, mais il n'avait rien avoué et ne s'était pas comporté comme s'il était coupable.

Elle contempla son beau visage, luttant contre l'attrait irrésistible qu'exerçaient sur elle son sourire ravageur et sa vitalité intense.

Elle avait tellement envie de le croire innocent, mais il pouvait aussi bien jouer la comédie. Elle scruta son regard pour tenter d'y déceler de la fourberie, mais elle n'y vit que de la curiosité sincère et un enthousiasme bon enfant.

Elle enrageait de ne plus pouvoir se fier à son propre jugement. Cinq ans auparavant, la capacité d'Asher à se jouer de ses émotions et à lui faire perdre tout sens commun avait failli l'anéantir. Par chance, elle s'était reprise à temps. Dieu sait s'il lui en avait coûté de refuser de le suivre en Argentine, mais elle aurait commis une grave erreur en renonçant à ses projets préparés de longue date. Par ailleurs, elle en était convaincue, même si elle avait suivi Asher, leur relation n'aurait pas duré longtemps. Alors, qu'importait que ses journées et ses nuits ne soient pas aussi lumineuses sans lui ? Il suffisait de voir où il en était aujourd'hui. Si ça se trouvait, il l'aurait entraînée dans sa chute.

— *Je* vais rendre visite à Abby Carmichael, répondit-elle, peu désireuse de le laisser enquêter avec elle.

— Abby… Carmichael. Ce nom m'est familier.

— Elle réalisait un documentaire sur le festival.

— Oh ! oui. Elle nous a tous interviewés. Quel est le but de cette visite ?

— J'aimerais visionner les reportages qu'elle a réalisés.

— Que penses-tu y découvrir d'intéressant ?

Il eut une moue railleuse.

— Une vidéo me montrant en train de filer avec les sacs remplis d'argent et de les enterrer quelque part ? demanda-t-il, son ton moqueur dissimulant mal son anxiété.

— Cela me serait très utile. Surtout si le sigle dollar était mentionné en caractères gras sur les sacs !

Sa repartie pince-sans-rire arracha un sourire à Asher.

— Puis-je venir avec toi ? demanda-t-il. Une troisième paire d'yeux pourrait être utile.

Contre toute attente, elle s'entendit répondre :

— Oui, pourquoi pas.

Bon sang, pourquoi continuait-elle à se plier à ses desiderata ? Se figurait-elle qu'en enquêtant ensemble, ils pourraient envisager un avenir en commun ?

Elle faisait fausse route. Asher n'était pas un homme pour elle. Une fois qu'elle l'aurait aidé à prouver son innocence, il y avait fort à parier qu'elle n'entendrait plus jamais parler de lui. Cette pensée lui serra le cœur. Cinq ans auparavant, elle avait cru naïvement qu'en lui expliquant à quel point cette école était importante pour elle, il accepterait d'envisager une relation à distance. Puis, qu'une fois son diplôme en poche, ils s'installeraient ensemble et que leurs différences ne seraient plus un problème.

Mais le destin avait eu d'autres projets pour eux.

— Merci.

Il parut sur le point d'ajouter quelque chose, mais il se ravisa et lui adressa un sourire incertain.

Craignant de céder à son envie de le rassurer, elle s'empressa de récupérer son blazer et se dirigea vers la porte d'entrée. Mais Asher la devança.

— Je suis sincère, dit-il, l'air grave, en effleurant son bras.

Ce léger contact ainsi que la senteur grisante de son eau de Cologne suscitèrent un élan de désir nostalgique en elle. Mais si son visage trahit son trouble, Asher ne sembla pas le remarquer.

— Je te suis reconnaissant de m'accorder le bénéfice du doute.

Ce n'est pas du tout le cas…

Elle s'attendait à devoir résister à ses assauts de persuasion sensuelle, mais il se contentait de lui témoigner sa gratitude sans gestes déplacés. Ses préventions contre lui fondirent comme neige au soleil, et un sentiment de culpabilité l'envahit. Ne comprenait-il pas qu'elle se défiait de lui ? Ou pensait-il que sa tactique fonctionnait ?

— Asher…

Sans lui laisser le temps de parler, il déposa sur ses lèvres le baiser le plus léger et le plus affectueux qui soit. Ce fut si rapide qu'elle eut l'impression d'avoir été embrassée par un papillon. Mais son corps ne se serait pas enflammé à ce point à la suite d'un simple frôlement d'ailes.

— Je suis heureux que tu me permettes de t'accompagner.

Il la prit par la main et l'entraîna dehors.

— Tu n'as pas besoin de me rappeler que je suis toujours le principal suspect. Je suis simplement content d'avoir un semblant de contrôle sur mon destin.

Elle faillit lui dire qu'il n'avait aucun contrôle sur quoi que ce soit, mais elle jugea préférable de ne pas doucher son optimisme.

— Allons-y, dit-elle, lui pressant légèrement les doigts.

La veille, elle avait contacté Abby Carmichael, et elles avaient convenu de se retrouver au ranch de Carter Crane. La réalisatrice était arrivée à Royal deux mois plus tôt pour capturer l'atmosphère de la ville et dresser le portrait de la famille Edmond et des nombreux participants au festival.

Lani avait entendu dire qu'Abby et Carter s'étaient connus à l'occasion des préparatifs de la Soirée dans la Baie et qu'ils étaient tombés amoureux malgré leurs différences. Abby était une citadine dans l'âme et Carter un éleveur profondément attaché à son ranch. Lani ne pouvait pas s'empêcher de comparer le destin romantique du couple à l'échec de sa relation avec Asher. Alors qu'Abby était venue s'installer à Royal, faisant passer l'amour avant tout autre considération, Lani avait sacrifié sa vie personnelle au profit de sa carrière. Elle avait très envie de savoir si Abby ne regrettait pas la décision qu'elle avait prise.

La jeune femme qui leur ouvrit la porte avait de longs cheveux bruns ondulés, un beau regard marron inquisiteur et une peau d'une riche teinte ambrée. Son T-shirt blanc coupé court et son jean ajusté mettaient en valeur son corps élancé. Mais son sourire accueillant se mua en une moue railleuse quand elle aperçut Asher.

— Je serais ravie que vous m'accordiez une autre interview, mais je doute que vous acceptiez.

Lani se raidit. Elle avait oublié que, selon la rumeur en ville, Abby avait l'intention de changer l'angle d'approche de son documentaire afin de dénoncer les nombreuses failles dans l'organisation du festival ainsi que le scandale du détournement de fonds.

— Je verrai une fois que j'aurai été innocenté, répondit Asher avec un sourire suave qui fit chavirer Lani bien qu'elle n'en soit pas la destinataire.

— Vous pensez qu'il n'est pas coupable ?

Le regard stupéfait d'Abby se posa tour à tour sur elle et sur Asher.

— Je suis ici pour enquêter sur le détournement de fonds, rappela-t-elle, furieuse, à Abby.

Elle le savait, ses sentiments personnels pour Asher ne devaient pas faire obstacle à son travail. Mais elle avait d'ores et déjà brouillé les limites existant entre la mission que lui avait confiée Kingston Blue et son désir de sauver son ex-amant de la prison. Elle ne pourrait mener à bien ces deux missions en parallèle que si Asher était innocent.

— Pouvons-nous voir vos reportages ? insista Lani.

— Bien sûr.

Abby les fit entrer dans son studio équipé d'une grande station de travail comportant plusieurs écrans, des claviers et d'autres équipements informatiques.

— J'ai tourné des séquences avec les organisateurs de l'événement lors de mes nombreuses visites sur l'île. J'ai aussi interviewé une foule de personnes. Avez-vous une idée précise de ce que vous cherchez ?

— Commençons par vos visites sur l'île.

Abby fit défiler différents fichiers sur un écran.

— De nombreuses personnes se sont investies dans le projet. Outre la famille Edmond, il y a les équipes des chantiers de construction, les spécialistes en marketing, les fournisseurs, les prestataires de services. La liste est longue…

Comme toutes les preuves désignaient Asher, les enquêteurs avaient cessé de chercher d'autres suspects et commencé à monter un dossier d'instruction contre lui. Ils ne se donneraient pas la peine de visionner les vidéos d'Abby.

Pour Lani, les personnes les plus proches du clan Edmond figuraient en tête de sa liste des suspects. En particulier Ross. Asher avait beau assurer que son frère était incapable de commettre un tel vol puis de le piéger, elle avait la ferme intention de mener une enquête approfondie sur lui.

— C'est curieux, murmura Asher.

— Quoi donc ? demanda Abby.

— Je n'étais pas présent lors de cette visite sur le site du festival. Pourriez-vous revenir environ dix minutes en arrière ?

— Bien sûr.

— Regardez !

La séquence qui avait retenu l'attention d'Asher montrait Rusty et Ross déambulant sur le site, visiblement heureux d'être ensemble. D'après le faible état d'avancement du chantier et l'absence d'acrimonie entre le père et le fils, le reportage devait remonter au tout début du projet.

— Que devons-nous regarder au juste ?

Asher hésita avant de répondre, son regard rivé sur le moniteur.

— Cette partie !

Il désigna un coin de l'écran où Billy Holmes apparaissait. À première vue, on ne remarquait rien de particulier à son sujet, mais à y regarder de plus près, son expression affable avait disparu, et ses traits étaient crispés par la colère.

— Il fixe Ross et Rusty comme s'ils faisaient quelque chose qui le contrarie, expliqua Asher, l'air triomphant. C'est étrange car je l'ai toujours vu satisfait de lui-même.

Intéressant.

— Or, sur cette vidéo, il paraît furieux, poursuivit Asher. Avez-vous tourné d'autres séquences, ce jour-là ?

Pendant qu'Abby et Asher passaient en revue les images défilant sur le moniteur, Lani réfléchissait à ce fait nouveau. Était-ce un élément important ou une fausse piste ?

— Il se trouve que j'ai interviewé Billy à peu près à l'époque où j'ai tourné cette séquence, intervint Abby, faisant face à Asher. Quand je lui ai dit que, selon une rumeur circulant en ville, il manquait de l'argent dans les caisses du festival, il m'a fait une réponse étrange : « *Cela concerne la famille. Nous gérons la situation.* » Il se montrait très protecteur envers Ross. À l'époque, je l'avais attribué au fait qu'ils étaient de très bons amis.

Lani n'avait jamais considéré Billy comme suspect puisqu'il n'avait pas eu accès aux comptes du festival. Mais Kingston Blue pensait que Ross était impliqué dans l'histoire. Se pourrait-il qu'ils soient complices ?

Si c'était le cas, pourquoi Billy était-il mécontent de voir que Ross et Rusty s'entendaient bien ?

Ils passèrent encore une heure à visionner les bandes, mais rien d'autre n'attira leur attention. Néanmoins, Lani demanda à Abby de lui faire une copie de tous les reportages où figuraient les Edmond et Billy ainsi que de leurs interviews.

Après ce rendez-vous, Lani demeura songeuse durant

le trajet de retour à Elegance Ranch, et Asher se demanda s'il ne se montrait pas trop optimiste en croyant discerner quelques fissures dans l'épais mur de doute que Lani avait érigé pour le tenir à distance.

— J'ai trouvé étrange cet air de contrariété qu'avait Billy quand il regardait Ross et Rusty, murmura-t-il, incapable de se taire plus longtemps. Qu'en penses-tu ?

— Je ne sais pas.

Mais à en juger par ses lèvres pincées et ses sourcils froncés, quelque chose la tracassait.

— J'ignorais que c'était Billy qui avait répandu la rumeur concernant le détournement de fonds, poursuivit-il. C'était insensé de sa part ! Il pouvait bien se douter que cette information ferait du tort à notre famille.

— Explique-moi comment Billy et Ross se sont connus et pourquoi Billy réside à demeure dans une des maisons d'hôtes de la propriété.

— Tous deux se sont liés d'amitié à l'université. Puis, Billy est arrivé à Royal deux ans auparavant. Quant à savoir pourquoi il réside dans la maison d'hôtes… Rusty a aussitôt éprouvé de la sympathie pour lui.

Il ne chercha pas à masquer l'amertume dans sa voix.

— Apparemment, le meilleur moyen de s'attirer les bonnes grâces de Rusty, c'est de lui lécher les bottes à longueur de journée. Et Billy excelle dans cet art.

— Tu ne l'aimes pas.

— Au risque de passer pour un salaud, ça m'horripile de voir cet homme sorti de nulle part réussir à se faire apprécier par Rusty alors que je passe ma vie à attendre qu'il me témoigne un peu d'affection et d'encouragement.

— Bien sûr. C'est le seul père que tu aies connu. Il est normal que tu veuilles qu'il soit fier de toi.

L'empathie que lui témoignait Lani sur ce sujet douloureux lui alla droit au cœur. Ils gardèrent le silence jusqu'à leur arrivée au ranch.

Il se tourna vers Lani tandis que quelque chose d'électrique et de puissant grésillait dans l'air entre eux.

— Retournes-tu à Dallas ou restes-tu ici pour le dîner ?

Elle avait d'autres affaires à traiter que celle du festival.

— Je dînerai ici.

Ces trois mots le remplirent de joie.

— Parfait.

Elle le précéda dans l'escalier menant à son appartement et composa le code. À sa demande, il verrouillait désormais sa porte, même si la seule chose de valeur qu'il enfermait ici, c'était son cœur. Mais plus il passait du temps avec Lani, plus il doutait de pouvoir le conserver intact.

— Sers-moi un doigt de whisky, dit-elle, posant son ordinateur et ôtant son blazer. Je reviens dans un instant.

Asher s'exécuta et commença à rassembler les ingrédients dont ils auraient besoin pour préparer ensemble le repas. Il avait des steaks, des pâtes et du Gorgonzola. Elle raffolait de ce fromage. Se souviendrait-elle de la recette qu'ils concoctaient sur le bateau, cet été-là ?

Bientôt, il perçut le bruit de l'eau dans la salle de bains. Lani prenait une douche, faisant peut-être le point sur ce qu'ils avaient appris aujourd'hui. En l'attendant, il se posta à la fenêtre pour siroter son whisky, le regard fixé en direction de la maison d'hôtes où résidait Billy Holmes.

— C'est mon verre ?

La voix de Lani le tira de ses réflexions. Il pivota vers elle et se figea sur place, tétanisé.

Elle portait une de ses chemises, trop grande pour elle, et rien d'autre. La vue de ses jambes nues et de sa chevelure brune dénouée lui serra la poitrine. Elle vida d'un trait le contenu de son verre en cristal, et il sourit en voyant ses yeux s'écarquiller sous l'effet du puissant breuvage et un afflux de sang colorer ses pommettes.

— J'espère que ça ne t'ennuie pas que je t'aie emprunté une chemise, dit-elle. J'étais sous la douche quand je me suis souvenu que je n'avais pas de vêtements propres. J'ai mis les sales dans la machine à laver. Ils seront prêts quand nous aurons dîné.

Elle était *nue* sous sa chemise ? Rien que d'y penser, il sentit une lame de feu se propager dans ses veines.

— Si, ça m'ennuie. Enlève-la.

Il plaisantait, bien sûr, mais c'était une façon de maîtriser le surgissement intempestif de son désir.

Du moins, il réussit à prendre Lani de court car ses lèvres pulpeuses s'entrouvrirent pour former un *O* parfait. Il mit quelques secondes avant de comprendre qu'elle n'avait pas l'intention de protester. Au contraire, elle haussa ses sourcils délicats, l'œil rieur.

— N'as-tu pas entendu quand je t'ai dit que je n'avais rien d'autre à me mettre ?

— Et toi, ne sais-tu pas que c'est mal élevé d'emprunter des vêtements sans demander la permission ? répliqua-t-il en s'avançant vers elle.

Un sourire mutin étira ses lèvres tandis qu'elle reculait vers le couloir menant aux chambres. Le regard d'Asher suivait, comme hypnotisé, le cheminement de ses mains tandis qu'elle défaisait un bouton après l'autre, dévoilant un peu plus de chair ivoirine à chaque étape. Elle le narguait, le défiait de l'attraper avant qu'elle atteigne sa chambre. Mais il serait plus rapide qu'elle. Du moins le pensait-il, jusqu'à ce qu'il reçoive sa chemise en pleine figure.

Son désir exacerbé par ce petit jeu érotique, il se débarrassa du tissu en un tournemain, s'élança à la poursuite de Lani et la rattrapa en trois grandes enjambées. La ceinturant, il la souleva de terre avec l'intention de l'emmener dans sa chambre. Il devait trouver un lit. *Tout de suite*. Pendant que la passion bouillonnait en Lani. Avant que son cerveau reprenne le contrôle de ses émotions.

Mais les trémoussements de son corps nu contre le sien exacerbaient tous ses sens, et il dut se rabattre sur la première surface solide disponible.

Tandis qu'il plaquait Lani contre le mur du couloir, elle noua obligeamment ses bras autour de son cou, encercla sa taille avec ses cuisses et entreprit de lécher délicatement la peau sensible de son cou. Tous ses muscles se tendirent, et une vague de passion le submergea.

— Prends-moi ici.

Elle formula sa demande d'une voix rauque tout en le mordillant, sachant pertinemment que son geste le rendait fou de désir.

— Tout de suite, ordonna-t-elle.

Pour faire bonne mesure, elle captura sa bouche et mêla sa langue à la sienne. Il réagit à cet assaut fougueux avec une ardeur équivalente, embrassant, titillant, agaçant, tant il brûlait d'envie de rattraper leurs cinq années de séparation. La peau de Lani devenait moite tandis que la tempête faisait rage en eux. Il s'écarta légèrement afin de la transporter dans sa chambre, mais elle resserra ses cuisses autour de lui.

— Ici et maintenant, play-boy.

Comme pour mieux le narguer, elle se frotta contre son érection, lui tirant un gémissement de plaisir.

Il n'avait plus la force de discuter avec elle. Si elle tenait à ce qu'il la prenne contre le mur, il lui donnerait satisfaction. Plus tard, il prendrait tout son temps pour cajoler ses courbes affriolantes et leur prodiguer d'exquises attentions. Mais pour l'instant, il devait assouvir leur désir exacerbé.

Remontant sa main le long de son flanc, il cueillit un sein au creux de sa paume et frotta son mamelon avec son pouce. Le souffle de Lani s'accéléra quand il égrena des baisers le long de son cou. Elle ondulait contre lui en un rythme familier, et il brûlait d'envie de bouger avec elle, *en* elle. Oh ! oui, cette femme était comme une drogue pour lui. Il s'en rendait compte à présent, il ne s'était jamais remis de leur séparation.

Il s'empressa de défaire le bouton de son jean et d'abaisser la fermeture Éclair, libérant son érection. Aussitôt, Lani se contorsionna de façon que son intimité chaude et moite entre en contact avec son sexe palpitant. Il était sur le point de la pénétrer quand il se souvint de la nécessité de se protéger.

Il rêvait de ce moment depuis cinq ans. Il n'était donc pas à quelques secondes près. Encore que... Lani toujours accrochée à lui, il se dirigea prestement vers sa chambre et l'allongea sur le lit.

Comprenant sa motivation, elle entreprit de lui ôter sa chemise pendant qu'il récupérait un préservatif dans sa table de chevet. Après s'être débarrassé du reste de ses vêtements, il s'empressa de l'enfiler.

Puis il s'allongea sur elle, ses lèvres cherchant avidement les siennes et ses doigts plaqués au creux de ses reins pour rapprocher leurs deux nudités. Il avait si bien mémorisé chaque courbe sensuelle de son corps qu'il lui suffisait de fermer les yeux et de laisser son imagination s'enflammer.

Il lui mordilla le cou, et elle se cambra, plaquant ses seins moelleux contre son torse. Un feulement délicat s'échappa de sa gorge quand il frotta son pouce contre son mamelon durci. Son esprit anticipait déjà la façon dont elle se trémousserait contre lui quand sa bouche se refermerait sur ce bouton de rose si sensible et qu'il le sucerait délicatement. Oh ! oui, il adorait ces préliminaires.

Après avoir dûment honoré sa poitrine splendide, il promena ses doigts le long de son ventre soyeux, la chatouillant, histoire de l'émoustiller un peu plus. Le souffle rauque, elle écarta les cuisses pour lui permettre d'atteindre le point le plus sensible de sa féminité. Consumé de désir, il caressa sa chair délicate jusqu'à ce qu'elle ronronne de plaisir. Puis il taquina son petit bouquet de nerfs, alternant pressions et effleurements. Perdue dans son plaisir, elle tremblait et cambrait les reins, martelant son prénom. À chaque seconde qui passait, son érection devenait plus douloureuse, mais il refusait d'interrompre ses caresses tant qu'elle n'aurait pas joui pour lui.

— C'est *incroyable*, murmura-t-elle. Je suis sur le point de…

Comme si ces mots avaient été le facteur déclenchant, elle rejeta la tête en arrière, exhalant un gémissement de pure volupté. Ses muscles se bandèrent et ses ongles lui labourèrent les épaules tandis qu'elle atteignait le pic de sa jouissance. Fasciné par la beauté de cette scène, il se frotta contre sa hanche pour grappiller des bribes de son plaisir, et faillit être emporté par la lame de fond qui déferlait sur elle.

Bien sûr, il était fier du plaisir qu'il venait de lui procurer, mais ce n'était pas suffisant. Alors, il glissa un doigt en elle et pressa le talon de sa paume contre son bouquet de nerfs si sensible. Les jambes écartées, elle secouait frénétiquement la tête d'un côté et de l'autre et se plaquait contre sa main, exigeant davantage de sa part.

Comme tout cela lui avait manqué ! Ses halètements,

ses gémissements et sa fragrance intime mêlée à son parfum acidulé. Il captura sa bouche et sourit tandis que sa langue dansait avec la sienne et que la saveur du whisky stimulait ses terminaisons nerveuses. Mais il faillit se consumer tout entier quand Lani resserra ses cuisses autour de lui et qu'elle riva son regard au sien, en proie à un nouvel orgasme dévastateur.

Malgré son besoin impérieux d'unir leurs deux corps, il brûlait d'envie de goûter à nouveau la texture de sa peau et de caresser ses courbes affriolantes.

— Asher, supplia-t-elle.

— Doucement. Laisse-moi prendre soin de toi.

— J'adore quand tu me dis ça, murmura-t-elle.

Ses ongles éraflaient son dos et s'enfonçaient dans les muscles de ses fesses. Un juron lui échappa quand elle glissa sa main entre leurs deux corps et qu'elle enroula ses doigts autour de son érection douloureuse pour la mettre en contact avec son intimité chaude et moite.

— Maintenant, Asher. J'ai besoin de toi *maintenant* !

Lui aussi avait terriblement besoin d'elle. Il rêvait de ce moment depuis cinq longues années. Et son rêve se réalisait enfin. Il devait célébrer ce moment mémorable avec toute la passion brûlante dont il était capable. Mais le désir qui les consumait avait sa volonté propre, et déjà son pénis se pressait à l'orée de l'intimité accueillante de Lani. Il exulta en la pénétrant d'un mouvement souple et en sentant ses muscles féminins se resserrer autour de lui. Il n'y avait qu'avec Lani qu'il éprouvait cette sensation de communion.

Tandis que la magie de ce moment consumait son âme, il commença à bouger en elle avant de se retirer lentement, histoire d'attiser le sentiment d'anticipation qui les faisait vibrer. Il attendit que Lani soulève ses paupières et plonge son regard dans le sien. Elle faisait cela à chaque fois.

Quand elle ouvrit ses yeux d'une belle nuance marron, la joie sauvage qu'il y perçut était la chose la plus sexy qu'il ait jamais vue. Il déposa un baiser sur son front avant de titiller ses lèvres pulpeuses avec son menton hérissé de barbe.

— Si tu savais combien tout ça m'a manqué, murmura-t-il.

Le soupir tremblant de Lani chatouilla sa mâchoire.

— À moi aussi, ça m'a manqué.

L'effet qu'elle produisait sur ses sens était inouï. Son corps était en feu, et elle était le combustible qui le transformait en un brasier de passion. Ils gémirent de plaisir quand il plongea à nouveau en elle et qu'il entama des va-et-vient érotiques, émerveillé de la sentir à l'unisson de ses propres émotions.

Il tremblait de tous ses membres tant il s'efforçait de maîtriser la puissance de son désir et de retarder son orgasme imminent. Car il voulait que Lani jouisse la première. Alors, il accéléra le rythme de ses poussées, son regard toujours rivé à celui de Lani.

Elle dut deviner ses intentions car elle lui mordilla le lobe de l'oreille. L'éclair de douleur se propagea jusque dans son aine et anéantit sa volonté.

— Encore ! ordonna-t-elle, accueillant ses assauts avec un abandon sauvage.

Ce n'était pas la Lani des jours précédents, mais la femme rebelle et téméraire qu'il avait connue, ce fameux été. Elle avait exploré son corps et découvert ses zones érogènes avec la même curiosité et la même application qu'elle mettait aujourd'hui à étudier son dossier de détournement de fonds.

Aiguillonné par son injonction et par l'anticipation de

leur plaisir mutuel, il lui imposa une cadence effrénée. Pour sa plus grande joie, Lani secoua frénétiquement la tête, le souffle court, ses jambes resserrées autour de lui, tel un étau.

Soudain, elle se cambra et exhala d'une voix haletante :

— Jouis avec moi !

Il avait envie de retarder le moment crucial pour décupler le plaisir de Lani, mais le pouvoir qu'elle exerçait sur lui était trop puissant. Aussi s'abandonna-t-il à la jouissance libératrice qui déferla sur lui, le remplissant d'une joie ineffable. Oh ! oui, Lani avait le don de le rendre incroyablement heureux.

Il eut le temps de voir son sourire béat avant de s'effondrer dans ses bras, comblé et repu. Quand il eut repris son souffle, il écarta les cheveux du visage de Lani et égrena des baisers sur son épaule. Puis il ramena la couette sur eux et sourit en la sentant se blottir contre lui.

Quand ils étaient ainsi, en parfaite symbiose, il imaginait que tout irait bien. C'est pourquoi, l'espace d'une nuit, il se concentrerait sur cette pensée positive et se réjouirait que sa vie ait de nouveau un sens.

- 7 -

Tandis que l'enceinte Bluetooth d'Asher diffusait son album favori de Lowercase, Lani s'écarta de son ordinateur et frotta ses yeux fatigués à force de fixer l'écran. La semaine précédente, chacune des pistes qu'elle avait suivies avait conduit à une impasse, y compris l'implication éventuelle de Ross dans le détournement de fonds. Face à tous ces échecs, elle ressentait un début de panique. Asher était-il coupable ? Elle n'aurait pas renoué leur relation physique si elle n'avait pas douté du bien-fondé des preuves accumulées contre lui. Du moins, elle l'espérait. Elle détesterait être sur le point de commettre une erreur colossale.

Entre ses longues heures passées devant son ordinateur et ses nuits torrides dans le lit d'Asher, elle se perdait dans une bulle de travail et de sexe. Pourtant, elle n'avait jamais été aussi heureuse.

— Allons, murmura Asher, écartant ses cheveux de son cou pour poser ses lèvres sur sa peau. Tu as assez travaillé pour aujourd'hui. Il est temps de faire une pause.

— À quel genre de pauses penses-tu ?

Elle leva les yeux vers lui, l'anticipation l'empêchant presque de respirer.

— J'ai douze poneys de polo à entraîner, et ils ont besoin d'exercice. Veux-tu m'aider ?

Lani battit des paupières, déconcertée.

— De quelle façon ?

— À quand remonte la dernière fois où tu es montée à cheval ?

— Un bon moment.

Quand ils avaient fait connaissance, il avait été intrigué qu'elle ait participé à une épreuve de rodéo, le Barrel Race, et il l'avait persuadée de l'emmener visiter la ferme d'agrément de ses parents. La rencontre d'Asher avec son cheval s'était mieux passée que celle avec ses parents ! Quand ils avaient su qu'il était joueur de polo professionnel, ils avaient insisté pour qu'elle rompe avec lui.

Tout en admettant au fond d'elle-même qu'ils étaient trop différents pour que leur relation soit durable, elle avait tenté de rassurer ses parents en leur disant qu'il s'agissait d'une simple idylle estivale et avait ignoré leurs regards sceptiques.

— Qu'entends-tu par *un bon moment* ?

Bien que ses parents aient gardé son cheval, elle avait été trop occupée à créer son entreprise pour consacrer du temps à la détente.

— Un an.

— C'est trop long ! Enfile tes bottes pendant que je selle Royal Flush. C'est la meilleure jument que je possède, elle prendra soin de toi.

— Tu as raison, cette pause est la bienvenue.

Quand elle pénétra dans l'écurie, Asher était en train de seller un des deux chevaux qu'il avait sortis. Elle s'avança vers le plus proche et lui tendit une des carottes qu'elle avait apportées en guise de cadeau de bienvenue.

— Voici Cactus, expliqua Asher en finissant de le sangler. Et voici Royal Flush.

— Hello, ma beauté.

Elle gratta l'épaule de la jument alezane et la sentit se

pencher pour obtenir un surcroît de caresses. Son propre cheval faisait la même chose, songea-t-elle en souriant.

Asher passa les rênes sur l'encolure de la jument baie et positionna le mors dans sa bouche.

— Tu utilises un mors spécial ?

— Oui, un mors à effet releveur très populaire en Argentine car il favorise l'équilibre du cheval sur le terrain.

— Le polo te manque-t-il ?

L'espace d'un instant, Asher s'immobilisa, songeur.

— Tu veux dire, galoper sur un terrain à la poursuite d'une petite balle blanche avec sept autres joueurs dont le maillet siffle au-dessus de ma tête ? demanda-t-il avec un sourire de dérision qui la fit chavirer. Oh ! oui, ça me manque.

— Dans ce cas, pourquoi as-tu mis fin à ta carrière ?

— Penses-tu pouvoir t'accommoder d'une selle anglaise ? Ou préfères-tu une selle western ?

À en juger par la lueur de défi dans le regard d'Asher, il essayait de détourner son attention de la question qu'elle venait de lui poser. Pour autant, la question d'Asher méritait réflexion, car elle avait déjà utilisé une selle anglaise, mais jamais pour galoper à bride abattue sur un terrain de polo ou pour tenter de frapper une balle avec un maillet.

— Si je veux me maintenir en sécurité sur Royal Flush, la selle western me paraît plus indiquée.

Dix minutes plus tard, ils sortaient les chevaux de l'écurie et se dirigeaient vers un grand terrain engazonné et clôturé qu'elle avait pris pour une pelouse bien entretenue, et qui s'avérait être le terrain d'entraînement d'Asher. Par habitude, elle vérifia que la sangle était bien fixée autour de la poitrine de sa jument avant de glisser son pied dans l'étrier.

— Tu doutes de ma capacité à seller un cheval ? demanda-t-il en plaisantant.

— Non. Mais le mien avait une fâcheuse tendance à retenir son souffle quand je le sellais, et j'étais obligée d'ajuster la sangle au bout d'un moment.

Asher hocha la tête et se mit en selle sans effort. En revanche, les muscles de Lani protestèrent en exécutant cet exercice inaccoutumé. Après un atterrissage maladroit sur le dos de la jument, elle jeta un coup d'œil gêné à Asher. Par chance, il était trop occupé à maîtriser sa jument pur-sang nerveuse pour avoir remarqué sa gaucherie.

— Cactus a intégré récemment mon écurie, expliqua-t-il, faisant preuve d'un niveau de patience et de savoir-faire qui produisait un effet dangereux sur les hormones de Lani. Je l'ai adoptée au refuge de Valencia Donovan. Cette jument appartenait à un cavalier inexpérimenté qui la maltraitait. Par chance, Valencia l'a récupérée à temps. Cactus est très rapide, mais elle a encore des progrès à faire dans les ralentissements et les demi-tours.

— Comment se fait-il que tu aies autant de chevaux ? Je pensais qu'une écurie de polo en comptait deux ou trois.

— C'est valable pour les amateurs. Une écurie professionnelle en compte jusqu'à dix.

— Envisages-tu de réintégrer le circuit professionnel ?

— Non. Je me contente d'entraîner les chevaux. J'adore cette occupation.

— Une fois qu'ils sont prêts, qu'en fais-tu ?

— Je les vends. La semaine prochaine, j'attends la visite de plusieurs acheteurs potentiels.

À en juger par son expression rembrunie, il ne le faisait pas de gaieté de cœur.

— Pourquoi les vendre ?

— Pour me procurer de l'argent. Ma famille n'a pas

l'intention de m'aider, et je vais devoir payer des honoraires d'avocats et autres frais de justice très élevés.

Ils chevauchèrent en silence pendant plusieurs minutes, tous deux plongés dans leurs pensées.

— Es-tu prête ? demanda soudain Asher, caressant l'encolure de Cactus.

— Prête ? répéta-t-elle, déconcertée.

Une seconde plus tard, lui et Cactus s'élançaient au grand galop. Sentant que Royal Flush bandait ses muscles pour suivre leur exemple, elle lui donna le signal du départ. Tandis que le sol filait sous les sabots de sa jument, elle se rendit compte à quel point ces chevauchées lui avaient manqué. Donnant libre cours à son excitation, elle poussa un cri de joie. Hélas, bientôt elle dut ralentir le rythme car elle arrivait en vue de la clôture.

Elle ramena les guides vers elle, et sa jument passa au petit galop. Les battements de son cœur résonnaient dans ses tympans, et elle devait sourire comme une idiote à en juger par la lueur d'amusement dans le regard d'Asher.

— Ça t'a plu ? demanda-t-il, conduisant Cactus vers la clôture contre laquelle étaient appuyés deux maillets.

— Oh ! oui. Royal Flush est une véritable flèche !

— Je l'ai achetée dans un haras argentin alors qu'elle avait deux ans, et je l'ai entraînée. C'est ma meilleure monture.

Et pourtant, il la vendait parce que sa famille refusait de l'aider. Encore une fois, Lani dut résister à l'envie de le réconforter. Restait à espérer que la jument trouverait un nouveau maître digne d'elle.

— Voyons voir ce que tu sais faire avec ce maillet, dit-il avec un sourire malicieux. Sa tête pèse cent huit grammes. C'est un des modèles les plus légers. Tu devrais t'en tirer sans difficultés.

Tandis qu'elle se familiarisait avec le maillet, elle se prépara mentalement à relever le défi que lui lançait Asher. Cinq ans auparavant, après s'être découvert une passion commune pour l'escalade, le rafting et le VTT, ils s'étaient encouragés mutuellement à réaliser toutes sortes d'exploits. Après quoi, saturés d'adrénaline et d'endorphines, ils faisaient l'amour passionnément.

Ressentant un picotement familier au creux de ses cuisses, elle bougea sur la selle, mais son geste ne fit qu'accentuer la pression sur sa zone sensible, intensifiant son désir douloureux. Par chance, une rafale de vent rafraîchit sa peau brûlante. Pourquoi fallait-il que cet homme, par sa seule présence, ait le pouvoir de la mettre dans tous ses états ?

Elle fut soulagée quand il entreprit de lui faire une démonstration. Monter à cheval en tenant le maillet était déjà difficile. Mais réussir en plus à frapper la balle exigeait beaucoup de concentration et d'énergie. Ils jouèrent pendant une heure, et Lani eut tout loisir d'apprécier le talent d'Asher.

— Demain, je serai incapable de marcher, marmonna-t-elle, les muscles internes de ses cuisses endoloris, pendant qu'elle montait l'escalier menant à l'appartement.

— Tu as besoin d'un bain chaud et d'un massage. Je peux t'aider pour les deux, proposa Asher, le regard pétillant.

Lani sortit de la chambre, vêtue de sa tenue professionnelle – jean, bottines, chemisier blanc et blouson de cuir noir. Assis au comptoir du petit déjeuner, une tasse de café à côté de lui, Asher pianotait sur son portable. Sa sœur avait-elle répondu à ses nombreux messages ?

Il la contactait une fois par jour depuis sa libération sous caution.

Comme il n'avait pas encore remarqué sa présence, elle en profita pour l'observer. Un jean usagé moulait ses hanches et un polo bleu soulignait ses larges épaules et son torse musclé. Une faible senteur de foin et de cheval flottait dans l'air. Il émanait de lui une énergie contenue. Manifestement, toute cette inactivité lui pesait.

Avait-elle fait du bruit ou était-il tellement en phase avec elle qu'il perçut sa présence ? Toujours est-il qu'il leva les yeux de son portable et regarda dans sa direction. L'impact de son regard fut tel qu'elle sentit des palpitations dans tout son corps. Oh ! c'était mauvais signe. Elle n'aurait jamais dû renouer avec lui. Mais il était irrésistible, et elle était impuissante à lutter contre son propre désir.

— As-tu eu des nouvelles de Gina ? demanda-t-elle, désireuse de changer le cours de ses pensées.

— Oui. Elle dit que si quelqu'un est en mesure de retrouver l'argent, c'est toi.

Son regard s'attarda longuement sur elle.

— Si j'en juge par ta tenue, nous ne passerons pas la matinée au lit.

— C'est toi qui t'es levé.

Sa réplique était un peu trop acerbe, mais elle était déçue qu'il l'ait laissée au lit pour s'occuper de ses chevaux. C'était toujours la même chose. Elle avait tellement besoin de son attention que la moindre distraction suscitait en elle un sentiment d'insécurité, voire d'abandon.

— Je ne m'étais pas rendu compte…

Il posa son téléphone et tendit une main vers elle pour qu'elle le rejoigne – un ordre qu'elle n'eut pas la force d'ignorer.

Au contraire, elle s'avança vers lui, ronronnant presque de plaisir quand il l'attira entre ses cuisses et qu'il effleura de ses lèvres son point sensible sous l'oreille. Oh ! oui, cet homme avait le don de mettre tous ses sens en émoi.

— De quoi ne t'es-tu pas rendu compte ?

Elle s'exprimait d'une voix rauque de désir, et il était trop perspicace pour ne pas s'en apercevoir. Quand il la touchait, elle devenait une autre femme. Elle oubliait qui elle était. Elle perdait la notion de ce qui était raisonnable et déraisonnable. Ne subsistait plus que son contact qui l'ancrait à lui et donnait un sens à ce maelström émotionnel qui bouillonnait en elle. Tout ce dont elle avait besoin, c'était cet homme. Ses baisers ardents. Son corps possédant le sien. Le reste du monde n'existait plus quand il l'embrassait.

— Je ne m'étais pas rendu compte à quel point je te manquais chaque fois que je m'absente, dit-il, plaquant son pubis contre son érection naissante.

Il avait beau avoir raison, elle se sentit mortifiée qu'il ait perçu cette fêlure dans son armure. Relâchant sa prise sur ses biceps musclés, elle le repoussa et fit un pas en arrière.

— Je dois y aller. J'ai un rendez-vous dans une demi-heure, dit-elle, ignorant la lueur malicieuse dans le regard d'Asher.

— Puis-je t'accompagner ?

Elle rectifia la tenue de son blouson.

— Ce n'est pas une bonne idée.

— Parce que cela concerne l'enquête ?

— C'est pour *cette* raison que je suis ici.

— J'espère que ce n'est pas la seule raison.

Il marquait un point. Elle savait qu'il n'avait pas l'intention de quitter la ville. Par ailleurs, la police aurait tôt fait de le rattraper s'il s'aventurait au-delà de la propriété. Elle n'avait donc aucune raison de jouer les baby-sitters. Mais elle n'était pas prête à renoncer à leurs longues nuits passionnées. Ou à réfléchir à l'avenir de leur relation.

— Il faut vraiment que je parte, dit-elle, ennuyée par la tournure prise par ses pensées.

— Qui dois-tu rencontrer ?

— Zach Benning.

L'influenceur sur les réseaux sociaux était venu à Royal pour promouvoir le festival et était tombé amoureux de Lila Jones, représentante de la chambre de commerce de Royal.

— J'ai entendu dire qu'il vivait désormais à Royal et qu'il était en couple avec Lila Jones.

Le regard pénétrant d'Asher demeurait rivé au sien.

— Il a renoncé à la vie qu'il menait à Los Angeles pour être avec elle, insista-t-il.

Ce sous-entendu l'irrita. Quel message cherchait-il à lui faire passer ? Qu'à l'époque, elle aurait dû renoncer à intégrer cette école prestigieuse pour le suivre comme une idiote éperdue d'amour ? Pendant combien de temps ? Il ne lui avait fait aucune promesse. Il n'avait eu aucun projet d'avenir pour eux à Royal. Or, elle avait besoin d'objectifs concrets pour aller de l'avant. Elle détestait l'improvisation.

Éludant son regard, elle jeta un coup d'œil dans la cuisine.

— Je boirais volontiers une tasse de café, mais je n'ai pas le temps. Je suppose que tu n'as pas de mug isotherme.

— Bien sûr que si. Écoute, j'aimerais beaucoup que tu me permettes de t'accompagner. Où dois-tu le rencontrer ?

Tout en parlant, il remplit une tasse de café, y rajouta le sucre et la crème dans les proportions qu'elle aimait.

Cet homme savait si bien la dorloter qu'elle sentit sa résistance mollir. Pourquoi ne pas l'emmener ? Jusqu'à présent, il s'était montré de bon conseil. Par ailleurs, elle avait déjà enfreint les règles de déontologie en couchant avec lui. En outre, si elle ne le croyait pas coupable, son point de vue pourrait s'avérer utile. Quelle barbe ! Voilà qu'elle cherchait des prétextes pour l'avoir à ses côtés !

— Au Royal Diner.

Peut-être la perspective de se rendre dans un endroit public dissuaderait-elle Asher. Il n'était pas le bienvenu à Royal. S'il était raisonnable, il ferait profil bas. Mais il n'était pas homme à chercher la facilité.

— Veux-tu m'attendre pendant que je me change ?

Elle acquiesça d'un signe de tête résigné.

— Je préviens les autorités que tu m'accompagnes.

Il lui adressa un clin d'œil complice avant de se diriger vers la chambre. Un frisson d'excitation la parcourut tandis qu'elle reluquait son derrière moulé dans son jean. Un soupir tremblant lui échappa avant qu'elle se rende compte de ce qu'elle faisait. *Stop !* Bien sûr, il possédait un corps de rêve et il avait le don d'électriser ses sens, mais elle ne devait pas donner libre cours à ses fantasmes durant la journée. Son enquête nécessitait toute son attention.

À peine avait-elle achevé son coup de fil qu'Asher réapparaissait, vêtu d'un jean élégant et d'une chemise gris clair dont le col ouvert révélait sa gorge hâlée. Troublée, elle se souvint de l'avoir mordillée la nuit précédente et d'avoir éprouvé une sensation de griserie en percevant les gémissements de volupté d'Asher. Aussitôt, un picotement familier se forma au creux de ses cuisses. Pourquoi fallait-il qu'elle soit à ce point obnubilée par cet homme ?

— Allons-y, dit-elle sèchement.

— Après toi, murmura-t-il, un sourire ironique adoucissant ses traits virils et lui conférant un charme juvénile.

Lisait-il dans ses pensées ? Elle savait se composer un visage impassible, mais Asher avait le don de décrypter ses émotions. Tandis qu'ils descendaient l'escalier extérieur, elle posa discrètement le dos de sa main sur sa joue. Était-elle plus chaude que d'habitude ? Une rougeur trahissait-elle son émoi ? Comment pouvait-elle demeurer professionnelle quand son corps la trahissait en permanence ?

— Veux-tu que je conduise ? demanda Asher, désignant leurs deux véhicules garés côte à côte.

— Non. C'est moi qui conduis.

— Bon.

Il semblait déçu.

— Qu'y a-t-il ? demanda-t-elle impatiemment.

— Je pensais qu'après notre discussion de la nuit dernière…

Ils avaient évoqué le besoin de Lani d'être tout le temps aux commandes.

— S'agissant de mon affaire, c'est moi qui décide.

— Bien, chef.

Il accompagna sa réplique d'un long soupir douloureux.

— Je ne suis pas ta chef.

— Mais tu te comportes comme telle. Tu aimes tout contrôler. On dirait que ça te plairait d'avoir un subordonné.

Il lui adressa un sourire coquin avant de se diriger vers la portière du passager de son SUV.

Il avait raison. Elle aimerait engager des enquêteurs afin d'élargir sa clientèle, mais pour l'instant, elle n'avait pas suffisamment d'affaires à traiter. Quand elle avait fondé son cabinet, elle n'avait pas compris à quel point il était important d'avoir un réseau de relations. Voilà pourquoi elle devait impérativement résoudre l'affaire que lui avait confiée Kingston Blue. Retrouver les fonds manquants et traduire le voleur en justice lui feraient une excellente publicité…

Sauf que c'était une très mauvaise idée de coucher avec l'homme que tout le monde accusait d'être le coupable.

— Puisque c'est si important pour toi de conduire, prends le volant, dit-elle sèchement.

— Merci.

En le voyant aussi reconnaissant et heureux, elle s'en voulut de sa mauvaise humeur. Tout ce qu'il souhaitait, c'était travailler de concert avec elle pour être innocenté. C'était elle qui avait enfreint les règles de déontologie. Le punir pour sa faute professionnelle était injuste.

Furieuse contre elle-même, elle s'installa sur le siège du passager de sa luxueuse berline.

— Comment se fait-il que tu aies rendez-vous avec Zach ? Le crois-tu coupable ? demanda Asher tandis qu'ils sortaient de la propriété et empruntaient la grande route.

— Je parle avec toutes les personnes ayant participé au festival. Et, non, je ne le crois pas coupable. Notamment, parce qu'il est déjà très riche.

— Oui, mais il a acquis sa fortune en étant influenceur sur les réseaux sociaux. Or, il a interrompu cette activité depuis qu'il s'est installé à Royal. Ce sont peut-être les fonds du festival qui lui ont permis de renoncer à sa vie d'influenceur.

Lani ne savait pas ce qui la surprenait le plus : le fait qu'Asher ait effectué des recherches sur les participants au festival ou sa théorie sur la culpabilité éventuelle de Zach. Elle ne l'avait jamais cru capable de réfléchir sérieusement à une question. C'était injuste, elle s'en rendait compte aujourd'hui. Mais à l'époque, elle l'avait considéré comme un dilettante à cause de son goût pour la fête et les aventures exaltantes, et aussi à cause du train de vie luxueux qu'il menait grâce à la fortune familiale.

Elle songea aux livres d'enquêtes criminelles qui trônaient dans la bibliothèque d'Asher. Ce fameux été, lui avait-elle transmis sa passion pour les meurtres non élucidés ? Depuis qu'elle s'occupait de l'affaire, il l'avait beaucoup interrogée sur sa méthode de travail et il s'était proposé de l'aider dans son enquête. Serait-il aussi intéressé s'il n'avait pas été mis en examen ?

Comment se fait-il que tu n'aies pas d'associé ?

Était-ce simple curiosité de sa part ou avait-il une idée derrière la tête ?

Lani contempla son beau profil et se demanda comment ce serait de collaborer avec lui. De discuter des différents dossiers. De confronter leurs idées. De rencontrer les clients.

Non. Elle commettrait une folie en proposant à Asher de travailler avec elle. Elle s'en tirait très bien toute seule. Et elle s'en sortirait encore mieux une fois qu'elle aurait résolu cette affaire. Après quoi, elle partirait de son côté et Asher, du sien. C'était ce scénario qui s'était produit auparavant. Et il se reproduirait à nouveau.

- 8 -

Un carillon tinta quand Asher ouvrit la porte du Royal Diner. Signal de bienvenue ou d'avertissement, il résonna plus fort que d'habitude car la salle de style classique n'était qu'à moitié pleine. Asher se raidit tandis qu'un silence glacial saluait son apparition. Durant ces derniers jours, il avait oublié à quel point il était devenu tristement célèbre en ville. Mais en voyant que les clients se mettaient à chuchoter en lui jetant des regards méprisants, il se sentit meurtri. Il n'était pas habitué à une telle animosité.

Environ six mètres de carrelage en damier noir et blanc séparaient Lani et Asher de l'alcôve en vinyle rouge où Zach Benning était assis, et une douzaine de paires d'yeux inamicaux surveillaient leur progression.

Surmontant son désarroi, il concentra son attention sur l'homme qu'ils étaient venus voir. Son T-shirt gris de styliste et sa coupe de cheveux sophistiquée trahissaient le citadin.

— Bonjour, Zach. Je vous remercie d'avoir accepté de me rencontrer.

Lani jeta un coup d'œil à Asher avant de corriger :

— De *nous* rencontrer.

— Je vous en prie, dit-il, l'air réservé.

Il fronça les sourcils en voyant qu'Asher s'installait dans l'alcôve à côté de Lani.

— On vous a libéré ?

— Sous caution, s'empressa d'expliquer Lani.

Pour faire bonne mesure, Asher tendit sa jambe et releva l'ourlet de son pantalon pour dévoiler le bracelet électronique.

— Je suis tenu en laisse, dit-il, pince-sans-rire.

La vue de ce dispositif dut rassurer Zach car il reporta son attention sur Lani, la gratifiant d'un sourire charmeur, au grand dam d'Asher.

Les deux hommes avaient à peu près le même âge et une préférence marquée pour un style de vie bohème, avec au programme des fêtes, des femmes et du luxe. Mais alors qu'Asher ne se souciait pas de son image, Zach cultivait celle du mauvais garçon sur les réseaux sociaux, avec un succès tel qu'il était devenu multimillionnaire.

Désireux de marquer son territoire, Asher passa un bras sur le rebord de l'alcôve derrière Lani et pivota afin d'observer plus facilement l'échange entre Zach et Lani.

— Comme je vous l'ai indiqué par téléphone, je recherche les fonds qui ont été détournés du compte dédié au festival.

Zach jeta un coup d'œil à Asher et esquissa une moue de dérision.

— N'est-ce pas à lui que vous devriez poser la question ? demanda-t-il, désignant Asher du pouce.

— Je n'ai pas pris l'argent, répondit-il, furieux. J'essaie de découvrir qui l'a fait.

Zach fixa Lani, déconcerté.

— Je pensais que c'était vous qui meniez l'enquête.

Lani donna un coup de genou à Asher en guise d'avertissement et se pencha vers son interlocuteur.

— J'envisage la possibilité que quelqu'un ait ourdi une machination contre Asher.

Bien que Lani n'admette pas ouvertement son innocence, Asher sentit sa colère refluer. La plupart du temps, il oscillait entre le soulagement en constatant que Lani orientait son enquête vers d'autres pistes, et la peur qu'elle ne se rabatte sur sa théorie initiale, faute de preuve désignant un autre coupable que lui.

— *Quelqu'un ?* répéta Zach, sidéré. Vous pensez à une personne en particulier ?

— Non. Je parle à toutes les personnes ayant un lien avec le festival…

— Attendez une seconde ! l'interrompit Zach, furieux. Je n'ai rien à voir avec l'organisation de l'événement…

Lani leva les mains dans un geste apaisant.

— Je ne pensais pas à vous, bien sûr.

— Si vous vous en prenez à Lila, je n'aurai rien d'autre à vous dire.

— Non, non. Il n'en est pas question, le rassura Lani.

En tant que représentante de la chambre de commerce de Royal et membre du conseil consultatif du festival, c'était Lila qui avait recruté Zach pour promouvoir l'événement sur les réseaux sociaux. Puis ils avaient eu le coup de foudre l'un pour l'autre et s'étaient fiancés.

D'habitude, Asher attachait peu d'importance à la vie amoureuse des personnes autour de lui, mais il commençait à entrevoir un schéma de couples qui s'étaient formés grâce au festival. Il jeta un coup d'œil à Lani. La même magie opérerait-elle pour eux ?

— Mais vous avez côtoyé beaucoup de personnes ayant un lien avec le festival, poursuivit Lani. J'aimerais connaître vos impressions sur elles.

— Je ne vois pas comment je peux vous aider, répondit Zach, toujours sur ses gardes. Au début, j'ai fait quelques séances photo – mais pas à côté du site du festival car il était en cours de construction. À vrai dire, je n'ai pas rencontré énormément de personnes.

Lani lui adressa un sourire encourageant.

— Je suis sûre que vous en savez plus que vous ne croyez.

— En fait, tout était chaotique, désorganisé, déclara Zach, songeur. Je me souviens avoir entendu dire que des matériaux n'étaient pas livrés à cause de factures impayées. Les problèmes d'argent retardaient tout.

Zach jeta un nouveau coup d'œil dans la direction d'Asher. Il se sentit mortifié. Il aurait dû être plus attentif au déroulement des opérations, mais la gestion du projet au jour le jour ne l'avait jamais intéressé.

— Mis à part ce problème, quelque chose d'autre aurait-il attiré votre attention ?

— Il y a peut-être cet homme que j'ai croisé à Royal et que j'avais déjà rencontré à Los Angeles.

Asher sentit Lani se raidir, mais son ton demeura détaché quand elle demanda :

— Quel homme ?

— L'ami de votre frère, répondit Zach à l'intention d'Asher. Je ne me souviens pas du nom qu'il m'a donné quand nous avons été présentés à Royal, mais il ne coïncidait pas avec le nom qu'il portait à Los Angeles. Pourtant, j'en suis *sûr*, il s'agissait du même homme.

L'ami de Ross ? Lequel ? Asher remonta le fil de ses souvenirs. Quand les membres de la famille avaient fait la promotion du festival, ils avaient invité de nombreux fournisseurs, prestataires et autres investisseurs sur Appaloosa Island. Asher avait adoré recevoir toutes ces personnes, leur expliquer qu'il s'agirait d'un événement prestigieux, avec de la nourriture exquise, des vins fins, des musiciens renommés, comme Kingston Blue, et que tous les fonds récoltés seraient distribués à des associations caritatives.

Il avait été un excellent vendeur.

Hélas, le festival avait été victime de la négligence de ses principaux acteurs. Ross avait été très occupé par ses retrouvailles avec Charlotte et la découverte de son fils Ben, âgé de deux ans. Puis il avait été déshérité par Rusty.

Gina avait été perturbée par le retour de sa mère à Royal après dix-neuf ans d'absence et par le drame familial qui s'était ensuivi.

Restait Asher. Il était chargé de promouvoir le festival. Et il avait parfaitement réussi..., jusqu'à ce que les importantes sommes d'argent récoltées se volatilisent.

— Pouvez-vous décrire cet ami ? demanda Lani, tirant Asher de ses pensées.

— Grand. Brun. Les yeux vert pâle. Il semblait bien connaître la famille Edmond. Et il passait beaucoup de temps à caresser votre père dans le sens du poil.

C'était le portrait de Billy Holmes, l'ami d'université de Ross ! De fait, il avait participé à l'organisation du festival au même titre qu'Asher, Ross et Gina.

— Vous dites que vous ne vous souvenez pas de son nom..., commença Lani.

Mais Zach l'interrompit :

— Howard Bond ! Non, attendez... Bond Howard. Je me rappelle l'avoir rencontré lors d'une fête organisée autour d'une piscine par un producteur exécutif d'Universal. Je rencontre beaucoup de personnes dans ce genre d'événements, mais cet homme m'a marqué parce qu'il s'est comporté comme un parfait crétin.

— De quelle façon ? demanda Lani d'un ton détaché, alors que le cœur d'Asher battait à tout rompre.

— La réception était bruyante, et je n'avais pas saisi

son nom. Alors, il l'a répété en imitant Sean Connery : *Mon prénom est Bond, comme dans James Bond*. J'ai pensé que c'était stupide de prénommer un gamin Bond. Puis je me suis dit qu'il avait dû inverser son nom et son prénom, histoire de se rendre intéressant. À Los Angeles, surtout dans ce milieu branché, on cherche toujours à se faire remarquer.

Pendant que Zach parlait, Asher remarqua que le corps de Lani vibrait d'excitation. Elle lui faisait penser à un limier lancé sur une piste, et cette idée mettait tous ses sens en émoi.

— Alors, quand je l'ai rencontré sur l'île et qu'il s'est présenté sous un autre nom, j'ai trouvé ça bizarre. Surtout quand il a insisté sur le fait que nous ne nous étions jamais rencontrés.

— Êtes-vous sûr qu'il s'agit du même homme ?

— Oui. On peut difficilement le confondre avec quelqu'un d'autre.

Était-ce une piste valable ? Asher jeta un coup d'œil à Lani, mais son expression demeurait insondable. Il brûlait d'envie de mettre fin à ce rendez-vous pour se retrouver seul avec elle et lui demander ce qu'elle en pensait. L'espoir grandissait en lui. Pour la première fois depuis que son univers avait basculé, il prenait conscience de toute cette peur qu'il avait refoulée. Car c'était la prison qui l'attendait pour un forfait qu'il n'avait pas commis. Mais depuis que la piste d'un autre suspect se précisait, il sentait que l'étau se desserrait un peu autour de lui.

Ils prirent enfin congé de Zach et sortirent du restaurant.

— À ton avis, demanda-t-il, pourquoi Billy se serait-il présenté sous le patronyme de Bond Howard ?

— D'abord, nous ne sommes pas vraiment sûrs que Bond Howard et Billy Holmes soient la même personne.

Asher n'appréciait guère la prudence de Lani. Il avait envie qu'elle se lance sur cette piste afin de lui prouver qu'elle croyait en son innocence et qu'elle faisait tout son possible pour le blanchir. Hélas, elle paraissait déterminée à poursuivre son enquête à sa façon, pesante et méthodique.

— Comment allons-nous le découvrir ? demanda Asher, peinant à réprimer son impatience.

Il déverrouilla les portières de sa berline et ouvrit celle de Lani. Elle lui décocha un regard bizarre avant de s'installer.

— Quoi ? demanda-t-il.

— Je suis capable d'ouvrir ma portière.

— Cesse de te montrer tellement indépendante, grommela-t-il. Laisse-moi t'aider de temps à autre.

Ce n'était pas simplement une question de portière. Il voulait lui faire comprendre qu'elle pouvait compter sur lui. Elle était trop fière pour accepter son aide financière, mais il pouvait l'aider de bien d'autres façons. En lui soumettant des idées. Ou en jouant les gros bras, au cas où elle se trouverait dans une situation délicate, comme le jour où le mari de Mika Sorenson avait fait irruption dans son bureau.

— Inutile.

Elle claqua sa portière, et il demeura sur le trottoir à la contempler à travers la vitre. Comment cette femme pouvait-elle être aussi sensuelle et confiante au lit, et tellement têtue et susceptible dans la vie courante ? Quand elle était nue dans ses bras, elle s'abandonnait entièrement. Mais s'il lui préparait son cocktail préféré ou – plus grave – s'il lui ouvrait la portière, elle se hérissait, telle une chatte en colère.

Quand il se glissa derrière le volant, elle pianotait

déjà sur son ordinateur. À en juger par son extrême concentration, elle ne devait même pas avoir conscience de sa présence.

— Où allons-nous ? demanda-t-il, mettant le contact.

Si cela ne tenait qu'à lui, il se rendrait tout droit chez Billy Holmes et exigerait des réponses de sa part.

— Une seconde.

Il commençait à s'habituer à l'aptitude de Lani à faire abstraction de ce qui l'entourait quand elle faisait des recherches, et il ne s'en formalisa pas.

Malgré tout, il ne put s'empêcher de penser à voix haute.

— Pourquoi Billy utiliserait-il un patronyme différent à Los Angeles ?

— Nous ignorons s'il s'agit de Billy.

— Pourtant, Zach semblait sûr de lui. Et il a raison quand il dit que Billy a un physique distinctif.

Lani se contenta d'émettre un son vague et continua de travailler. Avec un soupir las, il démarra et sortit du parking. Une des façons d'élucider ce mystère était de poser la question à l'intéressé. L'initiative était tentante mais trop risquée. En revanche, il pouvait interroger Ross.

Ils étaient à mi-chemin de Edmond's Organization quand Lani leva les yeux de son ordinateur et s'aperçut qu'ils ne prenaient pas le chemin de la propriété.

— Où allons-nous ? demanda-t-elle.

— Parler à Ross. Il connaît Billy depuis l'université et est resté en contact avec lui durant toutes ces années. Il sait certainement ce que son meilleur ami a fait avant de venir s'installer à Royal, deux ans auparavant.

— As-tu perdu l'esprit ? Nous ne pouvons pas faire irruption dans le bureau de Ross et le bombarder de questions embarrassantes à propos de son ami.

— Pourquoi pas ?

Voyant qu'elle tardait à répondre, il lui jeta un coup d'œil. Son expression embarrassée l'alerta.

— Lani, pourquoi ne pouvons-nous pas l'interroger ?

— Parce que quelques mois auparavant, ton frère était en butte à de graves difficultés financières.

— Tu ne penses pas sérieusement que Ross soit impliqué dans le détournement de fonds !

Il était outré. Ross ne lui ferait jamais une chose pareille. Pourtant, alors même qu'il repoussait l'argument de Lani, le doute s'instillait dans son esprit. À qui pouvait-il se fier ? À l'homme qu'il considérait comme son frère depuis l'adolescence ? Ou à la femme avec qui il avait passé un été fabuleux, cinq ans plus tôt ? Celle-là même qui enquêtait sur lui ?

— Je soupçonne tout le monde, dit-elle froidement.

Il accusa le coup.

— Même moi, n'est-ce pas ?

— Oui.

Comme il avait été naïf de croire qu'elle commençait à douter de sa culpabilité ! Ce n'était pas parce qu'ils couchaient ensemble qu'elle avait une meilleure opinion de lui. Elle passait du bon temps en sa compagnie pour pimenter sa vie, comme elle l'avait fait cinq ans auparavant, mais elle ne le prenait pas au sérieux et ne le jugeait pas suffisamment fiable pour nouer une relation durable avec lui.

Pendant qu'il nourrissait ces sombres pensées, Lani continuait de pianoter sur son ordinateur. Mais s'ils ne se rendaient pas au siège social des Edmond, il avait besoin de connaître leur destination.

— Où allons-nous, finalement ?

— Il vaut mieux retourner à Elegance Ranch. Je dois

faire des recherches sur ce Bond Howard et savoir si lui et Billy sont une seule et même personne.

— Comment allons-nous nous y prendre ?

— En commençant par son réseau social.

— Celui de Billy ?

— Non. Celui de Bond Howard.

Asher la laissa travailler en paix pendant qu'il roulait en direction du ranch. Le moment de liberté qu'il venait de connaître durant ce trop court trajet lui faisait prendre conscience du peu de cas qu'il avait accordé jusqu'à présent à sa liberté de mouvements.

Tandis qu'il se rapprochait de leur destination, il brûlait d'envie de faire demi-tour et de foncer vers l'aéroport. Bien sûr, il n'irait nulle part avec ce fichu bracelet électronique, mais son agitation et sa peur reprenaient le dessus. Par le passé, il avait exorcisé ses démons en se lançant dans des aventures périlleuses. Mais cette voie lui étant désormais interdite, il en était quitte pour affronter la réalité et en tirer le meilleur parti.

Cette pensée le fit sourire. Était-ce ce qu'on appelait « l'épanouissement personnel ? » Dire qu'il avait fallu cette menace d'emprisonnement pour qu'il reprenne sa vie en main !

— Ce Bond Howard est-il présent sur les réseaux sociaux ?

— Oui, répondit-elle. Il a plusieurs identités numériques.

Asher réfléchit à cette information en se garant à côté du SUV de Lani. Elle était tellement concentrée sur ses recherches qu'il eut le temps de couper le moteur, mettre pied à terre et contourner la berline pour ouvrir sa portière. Il sourit en la voyant froncer les sourcils. Il poussa même l'audace jusqu'à lui offrir sa main pour l'aider à descendre.

Son contact suscita un picotement de plaisir qui se propagea directement dans son bas-ventre. Mais il repoussa bravement toute pensée érotique de son cerveau et demanda :

— Comment as-tu fait pour trouver si rapidement ses autres profils sur les réseaux sociaux ?

— J'ai un logiciel qui me permet de rechercher des images similaires sur Internet. C'est ainsi que j'ai découvert des profils au nom de Bobby Hammond et Brad Howell.

— Cela me paraît plutôt suspect, dit-il, espérant qu'elle serait d'accord.

— Peut-être. Nous devrons approfondir les recherches avant d'y voir plus clair.

— *Nous*, répéta-t-il en souriant. J'adore cette idée.

- 9 -

Les jours suivants, Lani s'en voulut d'avoir permis à Asher de penser qu'il participait à l'enquête. C'était à elle de s'en occuper. Certes, elle appréciait sa compagnie, mais ce n'était pas une raison valable pour l'associer à son travail. Elle en était quitte pour dire adieu à sa politique du loup solitaire. Au fond, peut-être avait-elle minimisé trop vite son besoin d'avoir un associé. La détermination avec laquelle Asher abordait les problèmes bousculait ses convictions. Bien sûr, il avait une approche différente de la sienne, mais cela ne l'empêchait pas d'obtenir des résultats pertinents. Pouvait-elle renoncer à son besoin viscéral de tout contrôler ?

Quoi qu'il en soit, ils avaient pris l'habitude d'installer leurs ordinateurs sur le comptoir du petit déjeuner et de pianoter côte à côte dans un silence studieux. Elle avait fait une recherche approfondie sur Bond Howard pendant qu'Asher se concentrait sur Bobby Hammond et Brad Howell. Il s'avérait que Billy Holmes avait vécu dans plusieurs endroits du pays sous différents noms. Ils avaient contacté toutes les personnes qui avaient inséré un hashtag devant son nom pour légender leurs photos, et un profil de Billy commençait à se dessiner. Les femmes avaient été les plus promptes à répondre. Ainsi, Asher et Lani avaient découvert qu'il avait laissé derrière lui beaucoup d'amantes éconduites et d'investisseurs mécontents.

Et maintenant, il vivait confortablement dans une des maisons d'hôtes des Edmond, aux frais de la princesse, et ne manifestait aucune intention d'en partir. Lani porta son regard en direction de la maison principale, se demandant comment Billy avait réussi ce tour de force. Il faisait pour ainsi dire partie de la famille. Ross connaissait-il les multiples identités de Billy ? Elle n'avait pas eu l'occasion de voir les deux hommes ensemble. Était-il possible qu'ils se soient associés pour ruiner le festival ?

Si oui, pour quelles raisons ?

Il était de notoriété publique que quand l'ex-amoureuse de Ross était revenue en ville avec le fils dont elle lui avait caché l'existence, la relation de Ross avec son père s'était détériorée au point que Rusty l'avait déshérité. Ses problèmes financiers avaient-ils fait de lui un complice involontaire de Billy dans la machination qu'il avait ourdie ? Ou Ross avait-il été dépassé par les événements et avait-il décidé de piéger son propre frère pour éviter la faillite ?

À ce stade, ils ne pouvaient contacter aucun des deux hommes faute d'informations suffisantes.

— Les choses se présentent mal pour notre homme, pas vrai ?

La remarque réjouie d'Asher interrompit le fil de ses pensées. Pour la première fois depuis qu'elle lui avait rendu visite à la prison, il paraissait sincèrement soulagé.

Elle avait envie de le rassurer, mais son instinct lui dictait d'être prudente.

— Je suis moins optimiste que toi. Nous n'avons aucune preuve que Billy soit lié à quelque chose d'illégal concernant le festival. Adopter plusieurs pseudos et convaincre des femmes riches d'investir dans ses projets d'affaires sont des méthodes discutables, mais toutes les initiatives ne sont pas couronnées de succès. Peut-être est-il plus doué pour concevoir des projets que pour les mettre à exécution.

— Je suis donc toujours le présumé coupable.

Il avait souvent passé ses doigts dans ses cheveux durant ces deux dernières heures, et des épis pointaient dans différentes directions. Elle aimait quand il était ébouriffé. Cela lui rappelait ces matins d'été, quand elle se réveillait dans son lit et qu'elle le regardait dormir. Elle avait éprouvé une telle joie lors de ces moments d'abandon. Tout lui avait semblé possible. Comme si elle pouvait tout avoir : une carrière prometteuse et une vie heureuse auprès de l'homme qui lui avait enseigné à lâcher prise et à s'amuser. Lani s'efforça de se ressaisir. Elle ne pouvait pas se permettre de se laisser distraire par ces rêves d'un avenir parfait.

— Il faut que tu gardes espoir. Nous trouverons quelque chose, dit-elle en lui pressant l'épaule.

Asher emprisonna ses deux mains dans les siennes et lui fit face. Son expression sombre la bouleversa. Elle s'imprégna de ses traits bien dessinés, se délectant de la courbe sensuelle de ses lèvres, de l'ossature virile de son visage et de son ombre de barbe qui adoucissait sa mâchoire volontaire. Une émotion puissante traversa ses iris marron. Du soulagement. De la gratitude. Et quelque chose… *en plus*. Elle sentit son souffle se bloquer dans sa gorge en percevant sa vulnérabilité dans cet instant d'abandon. Elle posa sa paume sur son torse, et dans le silence environnant, son cœur se mit à battre à l'unisson du sien.

Une seconde plus tard, il baissa les yeux, et le lien entre eux se rompit. Sa dérobade la blessa. Mais ni l'un ni l'autre n'étaient suffisamment courageux pour admettre l'existence de ce lien. Pourtant, il grandissait de jour en jour. Quand ils étaient séparés, elle avait hâte de le retrouver. Contrairement à ce qui s'était passé il y a cinq ans, elle ne résistait plus à son besoin impérieux d'être avec lui. Dans les moments où la raison l'emportait sur ses émotions, elle se demandait ce qui se passerait quand cette affaire serait résolue.

— J'espère que tu sais à quel point je te suis reconnaissant de croire en moi. Je ne sais pas comment j'aurais surmonté cette épreuve sans toi, dit-il, couvrant sa main posée sur sa poitrine et la pressant légèrement.

L'émotion nouait la gorge de Lani, l'empêchant de parler. C'était le moment idéal pour lui dire qu'elle avait encore des doutes au sujet de son innocence. Son dernier rapport à Kingston Blue avait été professionnel. Craignant de laisser ses sentiments personnels altérer son jugement, elle n'avait pas évoqué une éventuelle machination contre Asher. Encore une fois, elle avait fait passer sa carrière avant sa vie personnelle, et elle doutait qu'Asher la comprenne.

Voilà pourquoi, au lieu d'affronter ses erreurs, elle préféra s'excuser d'une façon qui leur convenait à tous deux.

— Eh, je ferais volontiers une pause, murmura-t-elle, lissant ses cheveux et lui offrant son sourire le plus aguicheur.

Le regard nonchalant d'Asher caressa son visage.

— Moi aussi. J'ai une petite faim.

— Tu sais que je ne parle pas de nourriture, n'est-ce pas ?

Il la gratifia d'un sourire coquin.

— Vraiment ? À quoi penses-tu ?

Descendant du tabouret de bar, elle l'agrippa par sa ceinture et l'entraîna vers le salon.

— Il est temps d'étrenner ce fauteuil, tu ne crois pas ?

— Oh ! oui. Cela fait une heure que j'y pense.

— Et tu n'as rien dit ? le taquina-t-elle, déboutonnant sa ceinture et son jean.

Avec un soupir d'anticipation, elle s'agenouilla devant lui et entreprit de lui ôter ses vêtements avec son aide obligeante. Il écarta délicatement une mèche de cheveux qui lui chatouillait la joue. Elle savait qu'il glisserait ses mains dans sa chevelure pour accompagner le mouvement de sa tête quand elle lui procurerait du plaisir avec sa bouche.

Pour l'heure, elle promena avec délectation ses mains sur ses cuisses robustes recouvertes d'un duvet soyeux, frôlant son érection proéminente avant de remonter sur son ventre aux abdominaux ciselés. Là, elle repoussa légèrement Asher qui se renversa contre le dossier de son fauteuil avec un grognement de surprise. Alors, elle lui écarta les genoux et s'immisça entre eux. Puis, elle déboutonna sa chemise, en écarta les pans et se pencha en avant pour déposer un baiser sur sa gorge. Sa pomme d'Adam entra en action tandis qu'il déglutissait, et elle sourit, alternant baisers et mordillements en direction de son oreille, de sa mâchoire et finalement de la commissure de ses lèvres. Il tourna avidement la tête vers elle pour unir leurs bouches en un baiser langoureux. Les mains de Lani la démangeant, elle poursuivit ses caresses sensuelles le long de son torse et de son ventre plat, se délectant de sa splendide musculature sous sa peau soyeuse. Oh ! oui, cet homme était beau comme un dieu.

Son regard gourmand fixé sur son érection, elle entreprit de se déshabiller. Une fois en sous-vêtements, elle caressa ses seins à travers leur carcan de dentelle avant de s'agripper aux accoudoirs du fauteuil et de se pencher en avant.

— Veux-tu m'aider ?

— Avec plaisir.

Passant ses bras derrière elle, il dégrafa son soutien-gorge. Le tissu glissa le long de ses bras, et elle le retira avec un sourire mutin.

— Merci.

Tandis que le désir douloureux s'intensifiait entre ses cuisses, elle glissa sa paume dans sa culotte. Puisque Asher aimait la contempler ainsi, elle rejeta la tête en arrière, ondula du bassin et pressa ses doigts contre son intimité moite. Quand il émit un son étranglé, elle ouvrit les yeux et contempla avec délice ses traits virils tendus par un désir intense.

L'instant d'après, elle s'agenouilla à nouveau devant lui et dénoua sa queue-de-cheval, car il adorait sentir la caresse de sa chevelure contre sa peau. Un sourire effronté aux lèvres, elle enroula ses doigts autour de son érection.

Voyant qu'il sursautait, elle relâcha sa prise.

— Je serre trop fort ?

— *Non.* C'est parfait.

Il prononça ces mots d'une voix hachée tandis que le pouce de Lani caressait la tête de son pénis et glissait sur la perle de moiteur qui s'y trouvait avant de remonter le long de sa verge soyeuse.

Asher enroula ses doigts autour des accoudoirs et se cala sur le siège, offrant son corps à Lani pour qu'elle en dispose à sa guise. Elle réitéra ses caresses et contempla la façon dont il rejetait la tête en arrière et entrouvrait ses lèvres, la fixant de son regard incandescent sous ses paupières lourdes. Alors que sa posture semblait relâchée, son expression demeurait tendue sous l'effet de l'anticipation. Elle le comprenait. Elle-même avait hâte de poser sa bouche sur lui. Alors, pourquoi différer cet instant que tous deux appelaient de leurs vœux ?

Elle se lécha les lèvres avec gourmandise avant de les poser sur la tête de son pénis, se délectant de sa chair veloutée à la saveur salée. Un grondement monta de la gorge d'Asher quand elle passa sa langue autour de lui, le tourmentant de la même façon qu'il l'avait fait avec elle, la nuit précédente.

— Oh ! Seigneur, Lani !

L'entendre prononcer son prénom d'une voix enrouée de désir était une divine musique à ses oreilles, aussi décida-t-elle de le récompenser. Fermant les yeux pour refouler toute distraction, elle le prit dans sa bouche en chantonnant, et cette vibration fit sursauter Asher. Il s'agrippa aux accoudoirs, prêt à endurer le plaisir coquin qu'elle lui procurait.

Resserrant ses lèvres autour de lui, elle le prit davantage dans sa bouche. C'était beaucoup, mais elle avait appris à se détendre et à s'ouvrir à lui. Quand la tête de son érection toucha le fond de sa gorge, il glissa ses doigts dans sa chevelure, jouant avec ses mèches tandis qu'elle se retirait et le titillait avec sa langue avant de le reprendre délicatement.

Son murmure appréciateur alternant avec ses gémissements de pur plaisir étaient les seuls sons qui émanaient de lui. Il lui ferait savoir quand il serait proche de la jouissance et s'il voulait aller au bout de son plaisir ou le partager avec elle. Entre-temps, elle ferait en sorte de le maintenir au bord du précipice aussi longtemps qu'elle le pourrait grâce à ses caresses érotiques.

Mais Asher avait une endurance au plaisir remarquable,

et elle était passée maître dans l'art de lui dispenser de la volupté à foison. Quand il cueillit son visage entre ses paumes pour l'écarter de son érection, elle sentit son corps vibrer de désir. Puis il captura ses lèvres gonflées et l'embrassa tendrement en guise de remerciement.

— Viens ici.

Il la releva et l'attira dans le fauteuil. Par chance, il y avait juste assez de place pour qu'elle s'agenouille de part et d'autre de ses cuisses. Enserrant ses hanches, il l'aida à se positionner, son érection palpitant contre sa cuisse à la recherche de la connexion dont ils avaient tant besoin.

Lani haleta quand il la pénétra. Il l'emplissait totalement, corps et âme. C'était si bon qu'elle était sur le point de jouir. Quand les lèvres d'Asher capturèrent son mamelon et le sucèrent avec gourmandise, elle sut qu'elle ne pourrait pas se retenir plus longtemps. Les reins cambrés, elle frotta frénétiquement son intimité contre lui, et quelques secondes plus tard, un plaisir fulgurant se propagea dans tout son corps.

Poursuivant ses déhanchements érotiques, elle pressa la tête d'Asher contre sa poitrine, se délectant de ses titillements et de ses suçons. Il accéléra la cadence de ses va-et-vient, et elle cria tandis que la jouissance s'intensifiait encore, au point qu'elle pouvait à peine respirer. Elle pensait avoir atteint le pic de son plaisir, mais les assauts réguliers d'Asher provoquaient en elle une friction si exquise qu'un nouvel orgasme l'emporta toujours plus haut. Il avait déjà réalisé cet exploit par le passé.

C'était pour cette raison qu'elle était folle de lui. De son corps, de son âme et de son cœur qu'il protégeait si soigneusement. Elle avait rêvé à cet homme avant même de le connaître et longtemps après leur séparation. Le destin les réunissait à nouveau. Maintenant c'était à eux de faire en sorte que leur relation fonctionne. Et cette fois-ci, elle ferait en sorte de ne pas le perdre.

Asher n'en revenait pas que son arrestation pour détournement de fonds ne remonte qu'à trois semaines. Il avait l'impression que la menace d'emprisonnement planait au-dessus de lui depuis bien plus longtemps. Quelle ironie que la pire chose qui lui soit arrivée ait eu pour conséquence merveilleuse le retour de Lani dans sa vie !

La semaine précédente avait été magique. Ils avaient retrouvé le même esprit de camaraderie joyeuse et la même passion torride qu'il y a cinq ans. À certains moments, il était convaincu que tout se terminerait bien, puis le bracelet électronique enserrant sa cheville se rappelait à son bon souvenir, et il prenait à nouveau conscience de la précarité de sa situation.

Asher serra la main de l'entraîneur venu récupérer Royal Flush. Après le départ du van pour la Californie, il retourna à son appartement avec un mélange de tristesse et d'espoir.

L'argent de la vente de Royal Flush lui permettait de rembourser Lani. Par ailleurs, en sacrifiant sa monture préférée, il démontrait sa volonté de se comporter en adulte responsable. Il adorait ses chevaux, mais ils le rattachaient trop à son ancienne vie. Ils avaient été son réconfort dans les moments difficiles et ils avaient donné un sens à sa vie.

À l'époque, Lani avait eu raison de lui reprocher de n'avoir eu d'autre but que la quête de son plaisir. Mais leur rencontre avait bouleversé son existence, et il s'était efforcé de changer. Et maintenant qu'elle était de retour dans sa vie, il avait l'intention de progresser davantage pour gagner son estime et plus encore. De nouveaux défis l'attendaient, et Lani occupait une place centrale dans ses futurs projets.

Souriant, Asher grimpa les marches de l'escalier deux par deux. Il avait hâte de partager sa nouvelle vision de l'avenir avec Lani. Elle convenait avec lui qu'il n'était pas à sa place chez Edmond's Organization, et c'était une bonne chose. Ce soir, il l'emmenait dîner au restaurant pour fêter les changements positifs survenus dans sa vie depuis leurs retrouvailles.

Lani était allée à Dallas pour rencontrer une cliente potentielle et elle devrait être de retour vers 18 heures. Asher disposait donc d'une heure pour se doucher et se préparer pour leur rendez-vous galant. Ces deux mots firent courir des frissons d'excitation sur sa peau. Il pénétra dans la salle de bains et aperçut le reflet de son grand sourire dans le miroir au-dessus de la double vasque. Oh ! oui, il était *heureux*.

Une demi-heure plus tard, il émergea de son dressing, habillé pour le dîner. La sonnerie d'un téléphone portable provenant du salon lui fit comprendre qu'il n'était plus seul dans l'appartement. Brûlant d'envie de manifester à Lani sa joie de la retrouver, il atteignait le seuil de sa chambre quand il l'entendit décrocher son téléphone.

— Bonsoir, Kingston.

Asher s'arrêta net en entendant ce prénom. Kingston, comme Kingston Blue ? Une image du célèbre musicien surgit dans son esprit. Taille moyenne, carrure imposante et beau visage encadré par des dreadlocks. Ses manières avenantes et son grand sourire enchantaient tout le monde. Mais c'était son regard pénétrant qui avait frappé Asher quand le chanteur était venu sur Appaloosa Island avant d'accepter d'être la vedette de la Soirée dans la Baie et de participer financièrement à l'organisation de l'événement.

Pourquoi diable appelait-il Lani ?

— Que se passe-t-il ? demanda-t-elle de sa voix professionnelle où perçait une note de défiance.

Il s'avança avec précaution vers la porte du salon pour mieux entendre la conversation, conscient qu'en agissant ainsi, il doutait de la bonne foi de Lani. En un éclair, il se rendit compte qu'il donnait à nouveau la priorité à ses besoins, mettant en danger leur relation naissante. Comment pouvait-il espérer établir un lien solide entre eux s'il se défiait de Lani lors de cette première mise à l'épreuve ?

—… l'avancée de vos recherches, déclara la voix profonde de Kingston Blue.

Lani avait dû le mettre sur haut-parleur.

L'avancée des recherches ? Asher se souvint qu'elle évitait de répondre chaque fois qu'il lui demandait qui l'avait engagée pour retrouver l'argent volé. Kingston Blue était-il ce client ? L'homme n'avait pas bâti toute sa fortune grâce à sa musique. Il était un entrepreneur avisé et semblait déterminé à récupérer les sommes qu'il avait investies.

— Comme je vous l'ai déjà dit, déclara Lani, cette affaire est beaucoup plus compliquée qu'il n'y paraît. L'argent a disparu des comptes bancaires aussitôt après le transfert des fonds. Selon les agents fédéraux, l'argent a été viré sur des comptes off-shore, mais ils ne retrouvent aucune trace de ces comptes sur les ordinateurs personnels ou professionnels d'Asher, sur son téléphone ou chez lui. S'il est l'auteur du détournement de fonds, il s'est montré très prudent.

— *Si* ? Vous doutez de la culpabilité d'Asher Edmond ?

Le ton de Kingston Blue exprimait la préoccupation.

— Je sais que toutes les preuves sont contre lui et

que c'est sa signature électronique qui a déclenché les transferts de fonds, mais il est peut-être victime d'une machination.

Un silence pesant s'ensuivit. Le cœur d'Asher cognait contre sa poitrine. Bien que Lani semble prendre sa défense, il ressortait de cette conversation qu'elle était venue à Royal pour retrouver l'argent volé. Une information qu'il avait commodément remisée à l'arrière de son esprit.

— Si je vous ai engagée, c'est à cause de la relation que vous avez eue avec Asher, déclara Kingston Blue. J'ai pensé que vous vous serviriez de ce lien sentimental pour lui faire avouer où il avait caché l'argent.

Les paroles du musicien lui firent l'effet d'un uppercut dans l'estomac. Sonné, il s'appuya contre la paroi pour essayer de mettre de l'ordre dans ses pensées. Dire que pendant tout ce temps, elle l'avait mené en bateau ! Le coup était terrible. Pour autant, il ne devrait pas être surpris. Cinq ans auparavant, elle lui avait clairement dit que sa carrière passait en premier et qu'il n'était qu'un play-boy insouciant et sans avenir. Bon. Une chose était sûre, elle avait fait des progrès dans l'art de la dissimulation.

— Ce n'est pas de cette façon que je travaille, répliqua Lani sèchement. J'ai enquêté sur plusieurs personnes qui se sont occupées de l'événement, et Asher n'est pas le seul à avoir eu accès aux comptes du festival. Son frère Ross…

Kingston Blue l'interrompit.

— Ce ne sont que des prétextes pour innocenter votre petit ami. Je ne vous paie pas pour le blanchir !

— Asher n'a jamais été mon petit ami, déclara-t-elle avec véhémence. Je n'ai aucun lien sentimental avec lui, si c'est ce que vous pensez. Vous m'avez engagée pour retrouver l'argent, et si vous voulez bien m'accorder un peu de temps, je m'acquitterai de cette mission.

— En suivant des pistes aléatoires !

— En faisant une enquête *approfondie*, insista Lani. Quand les enquêteurs ont découvert l'existence de l'appartement aux Maldives, ils ont cessé d'enquêter sur quelqu'un d'autre.

— Tout indique qu'Asher a signé l'ordre de virer les fonds du festival sur d'autres comptes. Ce que je veux savoir, c'est où se trouvent ces fonds.

— Moi aussi, je veux le découvrir. Mais il faut d'abord que je sache qui les a volés.

— Asher Edmond.

— Peut-être. Mais j'enquête aussi sur Billy Holmes.

— Qui est-ce ?

— Un ami de la famille. Il vit sur la propriété des Edmond. J'ai découvert qu'il avait un passé douteux et je souhaite suivre cette piste.

Kingston Blue marqua une pause, comme pour se laisser le temps de la réflexion.

— Je vous accorde trois jours. Après quoi, je vous retire l'affaire.

Asher prit quelques secondes pour se composer un visage avant de pénétrer dans le salon. Lani était postée devant la baie vitrée dominant le parc qui s'étendait entre l'écurie et la maison principale.

— Tu es rentrée de bonne heure, remarqua-t-il, traversant le salon pour l'attirer contre lui et déposer un baiser sur sa joue. Comment s'est passé ton rendez-vous avec ta nouvelle cliente ?

Elle se raidit un instant avant de se détendre dans ses bras.

— Bien. Elle m'a engagée.

— Super ! Il faut fêter le succès de cette journée.

Il se rendit dans la cuisine pour prendre une bouteille

de champagne dans le refroidisseur à vin et posa deux verres sur le comptoir du petit déjeuner.

— Tu as une nouvelle cliente, et j'ai vendu Royal Flush.

— Tu veux fêter cette vente ? demanda-t-elle en se rapprochant. Je pensais que tu serais triste de te séparer de ta jument favorite.

Encore bouleversé par l'appel qu'il avait surpris, il évita le regard de Lani et s'appliqua à déboucher la bouteille.

— C'est vrai, elle me manque, mais elle est si bien entraînée qu'il aurait été dommage de la garder ici. Et puisque son nouveau propriétaire me l'a payé cent mille dollars, je suis en mesure de te rembourser l'argent que tu as avancé pour le paiement de ma caution et de te dédommager pour le temps que tu as passé à étudier mon dossier.

Il ajouta cette dernière partie pour tester sa réaction.

— J'ai déjà un client, et tu le sais, dit-elle, mal à l'aise.

— Tu pourrais en avoir deux.

— Je ne suis pas sûre que vos objectifs soient compatibles.

— Il souhaite retrouver l'argent. Et moi aussi.

Il lui tendit une flûte remplie du breuvage pétillant avant d'ajouter :

— Je souhaite aussi retrouver la personne qui l'a volé. Nos intérêts ne sont donc pas divergents.

— Il n'empêche que ce n'est pas une bonne idée.

Déconcerté de constater qu'elle continuait de lui faire croire que Rusty l'avait engagée, il préféra ne pas insister. Elle devait avoir ses raisons pour le laisser dans l'ignorance. Ce malentendu subsisterait entre eux tant que l'affaire ne serait pas résolue, mais cette idée ne le préoccupait pas outre mesure. En revanche, il s'inquiétait de savoir comment évoluerait leur relation lorsque tout serait terminé.

Il fit tinter sa flûte en cristal contre la sienne, observant Lani à la dérobée pendant qu'elle sirotait une gorgée de champagne. Elle semblait terriblement mal à l'aise. Manifestement, la culpabilité pesait lourd sur ses épaules.

— Maintenant que j'ai officiellement renoncé à redevenir joueur de polo professionnel…

— Parce que tu t'en laissais la possibilité ? l'interrompit-elle, surprise.

— Chut ! J'ai réfléchi à ce que je voulais faire par la suite.

— Et ton poste chez Edmond's Organization ?

— J'avais promis à Rusty de travailler dans la firme familiale pendant deux ans. Ce laps de temps est écoulé. Et après ces trois semaines passées avec toi, je me rends compte que j'apprécie beaucoup le travail d'investigation. Je pense même être doué dans ce domaine.

Elle faillit s'étrangler avec son champagne sous l'effet de la surprise.

— Mais… n'as-tu pas accepté de travailler dans la firme familiale parce que Rusty menaçait de te couper les vivres ? Comment vas-tu subvenir à tes besoins ?

— En m'associant avec toi.

— Quoi ?

— Tu n'es pas la seule personne capable de dénicher des informations sur autrui. J'ai effectué des recherches sur toi, et il s'avère que ton cabinet tourne au ralenti. Grâce à mon réseau de relations, je pourrais attirer des clients plus en vue.

Lani le dévisageait comme s'il avait perdu l'esprit.

— Tu souhaites travailler avec moi ?

— Pourquoi es-tu aussi surprise ? Nous formons une bonne équipe.

— Je pense plutôt que tu aimes partager mes enquêtes parce que cela t'aide à passer le temps. Mais quand l'affaire sera résolue, et si tu es innocenté…

— *Si ?*

Cette supposition le blessa. Sans elle à ses côtés et sans son acharnement à prouver son innocence, il risquait la prison. Même si l'argent était retrouvé.

Elle poursuivit son raisonnement comme s'il ne l'avait pas interrompue.

— Tu te lasseras de ce travail d'investigation.

Quelle piètre opinion elle avait de lui ! songea-t-il, amer. Il n'arrivait pas à se défaire du sentiment mortifiant de ne pas être assez bien aux yeux d'autrui à cause des erreurs qu'il avait commises par le passé. Ce n'était pas étonnant qu'il ait préféré voyager à travers le monde en tant que joueur de polo professionnel plutôt que de rester à Royal et de lire la déception et la désapprobation dans le regard de son père.

— Est-ce vraiment le travail d'investigation que tu crains de me voir délaisser ? demanda-t-il, au comble de la frustration.

Elle réagit à son insinuation par un léger haut-le-corps.

— De quoi d'autre pourrait-il s'agir ?

— De nous deux ?

- 10 -

Nous deux ?

Lani se raidit. Cette question était trop chargée d'incertitude pour qu'elle y réponde. Asher la courtisait-il uniquement pour qu'elle l'aide à changer de profession ? Au début, elle avait craint qu'il ne veuille l'engager pour qu'elle l'innocente des accusations portées contre lui, mais maintenant elle redoutait qu'il cherche à prendre le contrôle de son cabinet d'enquêtes privées.

— Parce qu'il y a quelque chose entre nous ? demanda-t-elle, incapable de faire la part entre la réalité et le fantasme.

— C'est à toi de me le dire. Souhaites-tu que nous continuions à nous voir quand l'affaire sera résolue ?

Elle avait déjà du mal à admettre qu'elle avait très envie de voir leur relation sexuelle se transformer en un amour profond et durable. Il était donc hors de question qu'elle en fasse part à Asher. Il y a cinq ans, elle lui avait avoué ses sentiments, et il les avait rejetés. Elle ne supporterait pas d'être éconduite une nouvelle fois. Ce serait trop cruel.

— Je ne sais pas, dit-elle, éludant sa question.

Lorsque Asher aurait recouvré sa liberté de mouvements, aurait-il envie de poursuivre leur relation intime ? L'intérêt soudain qu'il portait à son cabinet d'enquêtes privées ne faisait que brouiller la situation.

— Tu vis ici à Royal, et moi à Dallas…

C'était un piètre argument, elle le savait.

— Autrefois, tu souhaitais que nous entretenions une relation à distance, lui rappela-t-il.

— Mais tu n'en avais pas envie.

— Et si je m'installais à Dallas ?

L'espoir surgit en elle, mais elle le réprima aussitôt. Songeait-il à leur relation ou à un partenariat en affaires ?

— Envisages-tu sérieusement de démissionner de ton poste chez Edmond's Organization ?

— Ce travail n'est pas fait pour moi.

— Et qu'en est-il de l'entraînement de tes chevaux ?

— J'ai commencé à vendre mon écurie.

Son regard devenait plus intense à mesure qu'il parlait.

— J'aimerais t'aider dans ton travail, mais je voudrais surtout que tu me donnes ma chance.

— J'ai essayé, autrefois. Et cela s'est mal terminé pour moi, dit-elle, le cœur meurtri.

— Tu ne peux donc plus me faire confiance.

— Franchement, je ne sais pas. Tout est si soudain pour moi. Par ailleurs, il y a beaucoup de bouleversements dans ta vie en ce moment. Qui sait quels seront tes sentiments et tes intentions quand l'affaire sera résolue et que les choses seront rentrées dans l'ordre ?

Elle avait très envie de lui faire confiance, mais la dernière fois, son rejet avait failli l'anéantir.

— Mettons de côté ma situation personnelle, dit-il, sur la défensive. J'aimerais avoir ton avis à propos de ce qui se passe entre nous. S'agit-il d'une relation sexuelle occasionnelle ou sommes-nous en train de passer à quelque chose de sérieux ?

— De *sérieux* ?

Elle répéta ce mot comme pour le tester, mais il la mettait mal à l'aise.

— Je ne sais pas.

Bien qu'ils aient renoué leur lien physique, elle répugnait à lui ouvrir son cœur. L'alchimie sexuelle entre eux était explosive et magique, mais tant que les accusations de détournement de fonds pèseraient sur lui, il aurait besoin de son aide pour boucler l'enquête. Une fois que tout serait terminé, il serait temps d'envisager si elle prenait le risque de nouer une relation sentimentale durable avec lui. Entre-temps, elle n'était pas en mesure de décider quoi que ce soit.

— Parce que tu te sers de moi pour mener à bien ton affaire et rendre ton client heureux ?

— Je ne me *sers* pas de toi.

Certes, elle en avait eu l'intention au début, mais elle y avait renoncé quand les sentiments qu'elle avait eus pour lui autrefois avaient refait surface.

— Mais je ne sais vraiment pas si cela peut fonctionner entre nous, ajouta-t-elle.

— J'ai pourtant l'impression que tu as pris ta décision et que tu me laisses tomber une nouvelle fois.

— C'est *moi* qui *t'*ai laissé tomber ?

Elle n'en croyait pas ses oreilles !

— Je te rappelle que je t'ai proposé une relation à distance, mais tu as estimé que ce genre d'engagements était trop contraignant.

— Tu as donc décidé que c'était terminé entre nous et tu es partie.

— Tu ne m'as guère laissé le choix. Soit je renonçais à intégrer mon école et je te suivais en Argentine, soit c'était fini entre nous, dit-elle, furieuse.

L'instant d'après, la colère céda la place à la panique. Allait-elle le perdre à nouveau ?

— Tu ne voulais pas d'une relation à distance, insista-t-elle.

— Bon. Peut-être ai-je commis une erreur.

— Ou peut-être n'étions-nous pas prêts à nous lancer dans une relation sérieuse, dit-elle. Nous avons donc choisi la solution qui nous semblait la meilleure et nous avons rompu.

— Les choses n'étaient pas aussi tranchées.

Que voulait-il dire ? Lani prit une profonde inspiration pour calmer le flot d'émotions fluctuantes qui l'assaillait. Elle ne s'était pas attendue à ce que leur intimité naissante soit si vite mise à l'épreuve.

— Que veux-tu que je te dise ? Que tu as été mon premier amant et que je n'ai jamais pu t'oublier ?

— Je veux que tu sois honnête au sujet de tes sentiments envers moi.

— Honnête.

Elle inspira une grande bouffée d'air avant de poursuivre :

— Très bien. Puisque tu veux la vérité, je vais te la donner. Si je doute que ce soit une bonne idée que nous devenions partenaires en affaires ou dans la vie privée, c'est parce que je ne suis pas sûre de pouvoir compter sur toi.

— Tu me considères toujours comme un play-boy irresponsable, déclara Asher, furieux. Mais cela fait longtemps que j'ai changé.

Pourtant, il était prompt à se lasser de tout, que ce soit du polo, de son travail dans la firme familiale ou d'elle.

— Vraiment ? demanda-t-elle sur un ton de défi. Si tu avais pris plus au sérieux tes responsabilités au sujet du festival, tu ne te retrouverais pas dans une situation aussi désastreuse.

— Qu'en sais-tu ? Certes, j'avais accès aux comptes…

— Et quelqu'un – sans doute Billy Holmes – t'a piégé.

— Il aurait pu piéger n'importe lequel d'entre nous. Ross. Gina. Même Rusty, puisqu'ils sont proches l'un de l'autre. Il m'a choisi pour une raison que je ne m'explique pas.

Lani percevait la frustration d'Asher, mais elle n'avait pas le courage de le réconforter.

— Avec un peu de chance, je le découvrirai. Je vais demain à Las Vegas pour rencontrer sa mère.

Mais Asher n'était pas disposé à changer de sujet.

— Que faut-il que je fasse pour te prouver que tu peux compter sur moi ?

Elle massa son épaule douloureuse à cause du stress qui pinçait ses nerfs et s'accorda un moment pour réfléchir, mais trop de pensées se bousculaient dans son esprit.

— Je ne vois vraiment pas.

— Au moins, sois franche avec moi sur un point. Penses-tu que j'ai volé l'argent du festival ?

— Non.

Par chance, elle pouvait répondre de façon claire et nette à cette question. Il lui adressa un sourire crispé.

— C'est déjà ça. Quant à l'argent de ma caution, est-ce à toi que je dois rendre les cent mille dollars ?

Lani se figea. Lui demandait-il cela à tout hasard ou avait-il surpris sa conversation avec Kingston ? Elle aurait dû se douter qu'il était dans l'appartement.

Voyant qu'elle ne répondait pas, il poursuivit :

— Ou directement à Kingston Blue ?

Quelle poisse ! Maintenant, il savait qu'elle l'avait induit en erreur depuis le début.

— Tu peux me les donner. Je les lui remettrai.

Il plissa les paupières, l'air soupçonneux.

— Puis-je te faire confiance ?

Elle avait beau savoir qu'il lui demandait cela exprès pour la faire enrager, elle se sentit vexée.

— Bien sûr.

— Je n'en suis pas aussi certain. Tu savais que ma relation avec mon père était très compliquée, pourtant tu m'as fait croire qu'il t'avait engagée. Comment as-tu pu me laisser penser qu'il était de mon côté ?

Lani baissa les yeux, embarrassée.

— J'ai eu tort d'agir ainsi.

— En effet. Tu n'as pas idée à quel point les choses sont compliquées entre mon père et moi. C'était très important pour moi de penser qu'il voulait m'aider.

— Pourquoi était-ce si important puisqu'il subvient à tes besoins depuis qu'il a épousé ta mère ?

Un sourire sardonique étira ses lèvres.

— Il subvient à mes besoins, mais en y mettant des conditions dont j'ignorais l'existence jusqu'à il y a deux ans.

L'expression sombre d'Asher lui fendit le cœur.

Manifestement, elle avait fait une énorme erreur de jugement à son sujet.

— Quelles conditions ?

— Quand ma mère et Rusty ont divorcé, ils ont signé un accord annexe concernant la pension alimentaire : jusqu'à ce que j'atteigne dix-huit ans, les sommes d'argent que Rusty me donnait étaient déduites du montant qu'il versait à ma mère au titre de sa pension. Qui plus est, ma mère avait interdiction de me révéler les termes de cet accord.

Lani émit un halètement de surprise.

— Pourquoi a-t-il fait cela ?

— Parce que c'est un salaud. Je ne sais pas s'il regrettait de m'avoir adopté légalement ou s'il voulait se venger de ma mère. Quoi qu'il en soit, il y a deux ans, j'ai découvert avec stupéfaction que ma mère était presque ruinée. Sur mon insistance, elle m'a finalement dévoilé les termes de son accord avec Rusty. Quand je suis allé le trouver, il m'a proposé un marché : il verserait à ma mère toutes les sommes qu'il avait déduites de sa pension si j'acceptais de signer un contrat de cinq ans avec Edmond's Organization.

— Et tu as accepté ?

Le regard d'Asher demeurait rivé sur la maison principale.

— J'avais très envie d'aider ma mère, mais je savais que je ne supporterais pas de travailler pendant cinq ans dans la firme familiale. Après discussion, Rusty et moi avons convenu que je travaillerais pour lui pendant deux ans et demi en échange de 50 % de l'argent qu'il avait dépensé pour subvenir à mes besoins. Grâce à cet accord et aux investissements que j'avais réalisés, j'ai pu renflouer ma mère.

— Tu aurais dû m'en parler plus tôt, protesta Lani, sincèrement désolée pour tout ce qu'il avait enduré.

— À quoi bon ? Ta défiance envers moi était trop profonde.

De fait, elle avait constamment douté de lui. Et à chaque fois, elle avait fait fausse route.

— Maintenant, tu le sais, je n'ai pas renoncé au polo parce que je redoutais que Rusty me coupe les vivres. Je n'ai pas accepté le poste chez Edmond's Organization parce que j'essayais de m'attirer les bonnes grâces de Rusty. Je ne démissionne pas de ce poste parce que je suis incapable de mener à bien quoi que ce soit. Et je ne veux pas devenir ton partenaire en affaires uniquement pour m'amuser.

Lani n'avait pas de mots assez forts pour réparer le mal qu'elle lui avait fait.

— Je suis désolée.

— Ne le sois pas. C'est mon problème. Pas le tien.

Les lèvres pincées, il fourragea dans ses cheveux.

— Écoute, je n'ai pas envie de faire la fête, ce soir, et tu as un voyage à préparer. Si tu n'y vois pas d'inconvénient, nous en resterons là.

— Bien sûr, je comprends…

Le cœur en miettes, elle le suivit des yeux pendant qu'il se dirigeait vers sa chambre et fermait la porte derrière lui.

Le lendemain matin, après sa dispute avec Lani, Asher se réveilla avec la migraine et une très mauvaise idée.

Organiser une fête.

Non qu'il ait quelque chose à célébrer ou qu'il soit d'humeur sociable. Lani lui avait fait croire qu'elle était de son côté et qu'il avait des raisons de rêver à un avenir meilleur avec elle. Hélas, rien de ce qu'il avait fait durant ces trois semaines ne l'avait convaincue de lui donner une seconde chance. À ses yeux, il était toujours un être frivole, superficiel et égoïste. Avait-il vraiment cru qu'en lui faisant part de son marché avec Rusty elle changerait d'avis à son sujet ? Il en avait plus qu'assez de combattre la mauvaise opinion que les gens avaient de lui et de devoir faire ses preuves auprès des personnes qu'il aimait.

La révélation le frappa de plein fouet.

Il aimait Lani !

Il l'aimait de toute son âme.

Il ne pouvait pas vivre sans elle. Il rêvait de passer le reste de sa vie auprès d'elle, de rire avec elle, de lutter à ses côtés et de lui faire l'amour passionnément. Cette certitude avait grandi en lui au fil des jours. Il avait fallu le choc causé par leur rupture, hier soir, pour qu'il voie enfin clair en lui.

Était-ce donc si étonnant qu'il ait envie de se conduire comme un idiot et de faire croire à tout le monde qu'il était toujours aussi versatile et insouciant que par le passé ?

Il songea à sa première rencontre avec Lani, cinq ans auparavant. Que se serait-il passé s'il s'était montré plus sérieux au lieu de se laisser distraire par des occupations frivoles ? Il aurait évité de graves difficultés financières à sa mère et serait devenu une sommité dans son domaine. À la place, il avait manqué d'ambition et déçu ses proches.

À l'époque, il n'avait pas pris conscience qu'il dilapidait son énergie et ses compétences. Il avait fallu sa rencontre avec Lani, fervente adepte du travail acharné, pour qu'il acquière le sentiment de sa propre valeur. Comme tout aurait été différent s'il avait eu plus tôt quelqu'un à ses côtés pour l'encourager dans la bonne voie !

Quelqu'un capable de transformer son aptitude à charmer son auditoire en solutions positives. Ce qui l'avait surtout attiré dans le festival Soirée dans la Baie, c'était la possibilité de rendre service à autrui, notamment en finançant des associations caritatives. Hélas, au lieu d'aider les gens, il avait contribué à ruiner de nombreuses personnes à cause de son manque de vigilance.

Devenir un paria au sein de sa famille et de sa communauté lui avait fait l'effet d'un électrochoc. Quand il serait innocenté, il changerait radicalement de vie en faisant le bien autour de lui. Il investirait dans les rêves de ses concitoyens et mettrait à leur disposition ses ressources, son temps et son énergie.

Mais tout cela était loin. Pour l'instant, la femme qu'il aimait ne croyait pas en lui. La douleur insoutenable qui lui transperçait le cœur le poussait à adopter un comportement autodestructeur. L'ancien Asher avait envie de noyer son chagrin dans le divertissement. Or, quoi de plus amusant qu'une réception animée avec un grand nombre d'amis ? Puisqu'il n'avait pas le droit de s'éloigner de chez lui sans Lani, il organiserait la fête sur la propriété.

Se doutant que peu de personnes accepteraient de répondre à son invitation, il sollicita l'aide de Gina.

— Contacte toutes les personnes que tu connais. Nous allons organiser une réception à Elegance Ranch.

— Es-tu sûr que ce soit le bon moment ? demanda-t-elle.

— Oui. Rusty est en voyage, et je suis assigné à résidence.

— Je crains que nous ne soyons peu nombreux.

Elle semblait aussi déprimée que lui.

Ils ne s'étaient guère parlé depuis sa sortie de prison, mais il lui avait souvent envoyé des textos pour prendre de ses nouvelles. Bien qu'il soit toujours blessé par la façon dont elle lui avait tourné le dos, elle était sa sœur, et il l'aimait avec ses qualités et ses défauts.

— Même s'il n'y a que vingt ou trente invités, ce sera quand même la fête.

Renonçant à son optimisme forcé, il avoua :

— J'en ai vraiment besoin.

— Je vais voir ce que je peux faire.

Quinze minutes après qu'il eut raccroché avec Gina, Ross l'appela.

— *Une réception ?* As-tu perdu l'esprit ? Ce n'est pas le moment de célébrer quoi que ce soit !

Ce n'était pas une célébration, mais une distraction. Le seul moyen qu'il avait trouvé pour cesser de broyer du noir et oublier sa rupture avec Lani et l'avenir sombre qui l'attendait.

— Je suis coincé ici, livré à moi-même, se plaignit-il.

— Tu es assigné à résidence. Je doute qu'organiser une réception améliore ta réputation.

— Ce n'est pas moi qui l'organise, mais Gina et toi.

La réaction de son frère ne l'étonnait pas. Ross, si pragmatique, n'avait jamais compris l'agitation et l'insatisfaction d'Asher. Et pour cause. Il avait toujours su qui il était, l'héritier légitime d'un des hommes les plus riches du pays. Certes, il avait été négligé par Rusty, comme Asher et Gina, mais cela n'annihilait pas le lien du sang existant entre eux.

— Ce n'est pas une bonne idée.

— Au contraire, c'est une *excellente* idée.

Un plan se dessinait dans son esprit.

— Et n'oublie pas d'inviter Billy. La fête ne serait pas réussie sans lui.

- 11 -

Encore bouleversée par sa dispute avec Asher, la veille au soir, Lani boucla sa ceinture en prévision d'un vol de trois heures entre Dallas et Las Vegas. L'espoir surgit en elle quand la sonnerie de son téléphone retentit. Hélas, ce n'était pas Asher mais Kingston Blue qui l'appelait.

— Bonjour, dit-elle, tandis que l'avion se remplissait. Je suis en route pour Las Vegas.

Assise près du hublot, elle contemplait le personnel au sol en train de charger les bagages dans la soute. Puisqu'elle faisait l'aller-retour dans la journée, elle n'avait emporté qu'un sac contenant quelques objets indispensables, qu'elle avait casé dans le compartiment au-dessus de sa tête.

— Qu'allez-vous faire là-bas ? demanda Kingston d'un ton soupçonneux.

Apparemment, ses qualités relationnelles étaient passées à la trappe. Non seulement, elle avait gravement compromis sa relation avec Asher, mais sa crédibilité vis-à-vis de son client ne tenait plus qu'à un fil.

— Rencontrer Antoinette Holmes, la mère de Billy Holmes.

Un silence pesant irradiait du téléphone. Elle n'avait aucune envie de se disputer avec le musicien, mais elle croyait en ses talents d'enquêtrice *et* en l'innocence d'Asher.

— Je sais que vous désapprouvez la direction que je

fais prendre à mon enquête, mais vous m'avez engagée pour retrouver l'argent, et je ne pense pas qu'Asher soit le coupable. Si vous voulez me dessaisir du dossier, je comprendrai, mais je continuerai à enquêter sur Billy Holmes.

— Avez-vous un intérêt personnel à innocenter Asher Edmond ? Vous étiez amoureuse de lui, autrefois. Pouvez-vous m'assurer que vos sentiments pour lui n'altèrent pas votre jugement ?

Lani se sentit soulagée que son client accepte de l'écouter.

— Quand vous m'avez contactée la première fois, je voulais qu'Asher soit coupable. Notre relation s'était mal terminée, et je me disais qu'il serait enfin obligé d'assumer ses responsabilités pour une faute qu'il avait commise.

Elle avait eu l'intention de démontrer à son cœur qui la trahissait qu'Asher était un être séducteur, menteur, manipulateur et égoïste, et qu'elle avait eu raison de le bannir de ses rêves.

— Qu'est-ce qui vous a fait changer d'avis ?

— Je suis très méthodique. J'ai abordé cette affaire en étudiant les faits. J'ai interrogé de nombreuses personnes. Et j'ai découvert que Billy Holmes avait un passé douteux et qu'il faisait une étrange fixation sur Rusty Edmond.

— Mais qu'est-ce que tout cela signifie ?

— Je ne sais pas, mais j'espère trouver des réponses en parlant avec sa mère.

— Entendu. Tenez-moi au courant.

Lani mit fin à la communication, soulagée que le musicien se soit montré plus conciliant. Tandis qu'il était demandé aux passagers d'éteindre tous les équipements électroniques, elle se remémora sa dernière conversation avec Asher. Elle l'admettait, elle avait commis une erreur en lui faisant croire que son père l'avait engagée. Quand elle atterrirait à Las Vegas, elle l'appellerait pour lui dire qu'elle avait informé Kingston Blue qu'elle ne le considérait plus comme suspect.

Même si ce ne serait sans doute pas suffisant pour qu'il lui pardonne. Elle n'avait pas compris la relation tendue qu'il entretenait avec Rusty, ni sa souffrance d'être ignoré ou critiqué par la seule figure paternelle qu'il ait eue.

Tandis que l'avion roulait sur la piste, elle ferma les yeux et récapitula le peu qu'elle savait sur Billy Holmes : il avait grandi à Las Vegas, élevé par une mère célibataire.

Une fois à destination, elle prit une voiture de location. Antoinette Holmes était serveuse dans un casino du centre-ville et habitait à l'est de la ville, au deuxième étage d'un immeuble dans une résidence vieillissante.

Sous un soleil de plomb, Lani longea une piscine ayant grand besoin d'être rénovée et prit garde à ne pas trébucher sur les dalles de béton ébréchées. Arrivée devant l'appartement numéro 12, elle frappa à la porte.

Bien qu'âgée de cinquante-neuf ans, la femme qui lui ouvrit avait un visage fripé sous son épais maquillage. Le soleil brûlant du désert et des conditions de vie difficiles expliquaient sans doute ce vieillissement prématuré. Pourtant, elle avait dû être belle, étant jeune, songea Lani.

— Bonjour. Madame Antoinette Holmes ? demanda-t-elle tout en connaissant déjà la réponse.

— Oui ?

Sa main gauche reposait sur sa hanche, ses longs doigts ornés de diamants fantaisie et terminés par des ongles longs peints en bleu. Un bleu assorti à celui de ses leggins et de sa brassière de sport. Si le visage d'Antoinette affichait plus que son âge, son corps était svelte.

— Je m'appelle Lani Li. Je suis enquêtrice privée à Dallas, Texas, et je souhaiterais vous parler.

Antoinette avait paru surprise à la mention du Texas. Mais maintenant, tandis qu'elle examinait Lani de la tête aux pieds, la surprise faisait place à la prudence.

— À quel sujet ?

Ne voulant pas donner à Antoinette l'impression qu'elle était nerveuse, elle résista à l'envie d'essuyer la sueur coulant le long de sa tempe. La température extérieure devait flirter avec les 40 degrés.

— Je vérifie les antécédents de votre fils Billy, et vous seule êtes en mesure de répondre à certaines questions.

— Quel genre de questions ?

La femme semblait prête à lui claquer la porte au nez si elle n'appréciait pas sa réponse. Et Lani se doutait qu'elle n'arriverait à rien si elle lui disait la vérité.

— Savez-vous que votre fils vit à Royal, Texas, depuis deux ans ? Il réside dans une maison d'hôtes à Elegance Ranch, la propriété de Russell Edmond.

Le problème quand on portait des faux cils, c'était qu'ils attiraient l'attention sur les yeux d'une femme, et ce que Lani perçut dans le regard vert d'Antoinette était un mélange de nostalgie, de colère et de peur.

— Cela fait des années que je ne l'ai pas vu ni eu de ses nouvelles. Je ne vois donc pas ce que je pourrais vous dire.

Elle examina longuement Lani avec curiosité et méfiance, puis elle s'effaça et l'invita à entrer à contrecœur.

— Merci.

En traversant l'appartement sombre d'Antoinette, Lani eut l'impression de remonter dans le temps. Et pas de la meilleure des façons. Le papier peint datant des années 1970 était défraîchi et la moquette bordeaux élimée. Quel contraste avec l'élégante maison d'hôtes dans laquelle résidait Billy !

— Voulez-vous boire quelque chose ? demanda Antoinette. Je peux vous proposer du soda sans sucre ou de l'eau. Je peux aussi préparer du café.

— Je prendrai un soda, répondit-elle avec un sourire poli après avoir aperçu la pile d'assiettes sales dans l'évier.

Avec un peu de chance, elle aurait droit à une cannette.

Elle s'assit sur le canapé en velours jaune d'or que lui désigna son hôtesse et profita de son absence pour examiner la pièce. Manifestement, Antoinette n'avait pas profité de l'argent que Billy avait escroqué en tant que Bond Howard, Bobby Hammond ou Brad Howell.

Apercevant des photos encadrées sur une table basse, elle se pencha pour les examiner. Ce qu'elle vit l'incita à sortir son téléphone et à prendre plusieurs photos.

Ces clichés racontaient l'histoire d'Antoinette, à commencer par une vieille photo à l'aspect granuleux représentant un homme au visage sévère et son épouse rayonnante le jour de leur mariage. Sans doute ses parents.

Puis venait la photo d'Antoinette adolescente en uniforme de majorette avec deux autres jeunes filles habillées de la même façon. Le trio brandissait triomphalement un trophée.

La photo suivante, la préférée de Lani, montrait Antoinette jeune maman, souriant gaiement et serrant dans ses bras un garçonnet de quatre ou cinq ans. Billy n'avait pas dû manquer d'affection maternelle en grandissant.

Mais la photo qui sidérait Lani était mise en valeur par un beau cadre doré. Antoinette y figurait, rayonnante, aux côtés d'un Rusty Edmond beaucoup plus jeune.

— C'est mon garçon, expliqua Antoinette, lui tendant une cannette de soda sans sucre d'une marque peu connue avant de désigner un mur couvert de photos montrant Billy à différents âges.

— La dernière photo que j'ai prise de lui, ajouta-t-elle, c'est le jour où il a obtenu son diplôme universitaire.

Elle eut un rire amer qui se transforma en une toux rauque de fumeuse.

— Il est le premier de la famille à être allé à l'université.

— Vous devez être très fière de lui…

Elle laissa sa phrase en suspens, espérant qu'Antoinette lui fournirait d'autres détails sans qu'elle ait besoin de l'interroger.

— Il prenait des airs de supériorité.

Puis elle demanda sans préambule :

— Pourquoi faites-vous une recherche des antécédents au sujet de mon fils ?

Nerveuse, Lani résista à l'envie de s'éclaircir la gorge.

— L'homme qui m'a engagée est très exigeant au sujet des personnes avec qui il fait des affaires.

Ce n'était pas un mensonge. Kingston Blue avait fait des recherches sur elle avant de lui confier cette mission.

— Je n'ai pas vu Billy depuis cinq ans. Il est rarement revenu ici après l'obtention de son diplôme. Il est parti, comme tous les hommes le font… Comme son père l'a fait.

Elle jeta un coup d'œil à l'homme dans son cadre doré.

— J'aurais dû m'en douter.

— Billy est-il en contact avec son père ?

Antoinette plissa les yeux, l'air soupçonneux.

— Pourquoi avez-vous besoin de ce genre d'informations ?

— Pour mieux cerner sa personnalité…

Une nouvelle fois, Antoinette observa attentivement Lani.

— Je n'ai plus rien à vous dire gratuitement.

— Pardon ? demanda Lani, interloquée.

— Si vous êtes enquêtrice privée, vous devez avoir un budget alloué à vos notes de frais.

Elle adressa un sourire rusé à Lani avant d'ajouter :

— Si vous voulez en savoir plus, il faudra payer.

Lani comptait beaucoup sur cette entrevue pour innocenter Asher. La photo de Rusty Edmond avec la mère de Billy était un indice capital. Or, elle avait besoin d'un argument de poids pour persuader les agents fédéraux d'orienter leurs recherches sur Billy.

Ouvrant son sac à main, elle vérifia la somme qu'elle avait sur elle. Neuf billets de cent dollars seraient-ils suffisants pour obtenir les informations dont elle avait besoin ? Elle sortit un billet et le posa sur la table basse entre elles.

— Billy voit-il son père ?

Antoinette rafla le billet et le fourra dans son décolleté.

— Non.

S'efforçant de réprimer son impatience, elle sortit un autre billet qu'elle posa sur la table.

— Son père est-il au courant de l'existence de Billy ?

— Il a su que j'étais enceinte, mais il ne croyait pas que Billy était de lui.

La réponse était donc non. La photo d'Antoinette avec Russell Edmond était la seule où elle figurait aux côtés d'un homme. Billy devait donc savoir ou soupçonner que Rusty était son père. Que manigançait-il ? Pourquoi n'avait-il pas parlé à Rusty de leur lien de parenté ?

— Pourquoi doutait-il d'être le père de Billy ?

Antoinette croisa les bras sur sa poitrine, le visage fermé. Lani sortit un autre billet qu'elle posa sur la table.

— Parlez-moi du père de Billy.

Elle désigna la photo dans le beau cadre doré.

— Est-ce lui ?

— Un homme très séduisant avec un accent traînant sexy. Il venait du Texas, comme vous. Un magnat du pétrole qui donnait des pourboires très généreux. Il me procurait le sentiment grisant d'être la plus belle femme de la planète.

Pendant qu'Antoinette revivait cette période enchantée de sa vie, Lani ne put s'empêcher de remarquer la similitude de leurs expériences. Alors qu'Antoinette évoquait avec nostalgie le regard gris hypnotique de Rusty et son rire profond, Lani se remémorait la façon dont Asher l'avait dévorée des yeux et avait sapé sa résistance avec ses sourires sensuels.

— Il aimait venir au casino où je travaillais. Il dépensait sans compter et me traitait comme une princesse.

— C'est merveilleux, murmura Lani, que leurs expériences parallèles mettaient mal à l'aise.

— Jusqu'à ce que je tombe enceinte. Tout s'est arrêté.

Lani se sentit soudain désolée pour cette femme. Si elle et Asher n'avaient pas pris leurs précautions, elle serait peut-être tombée enceinte et aurait été terrorisée par la perspective d'un avenir incertain. D'un naturel impatient et frivole, Asher aurait-il mieux réagi que son père à l'annonce d'une grossesse imprévue ?

Du moins, elle savait que les choses seraient différentes aujourd'hui. Si elle tombait enceinte, Asher prendrait soin d'elle et serait un père attentionné.

Cette pensée la réconforta. Bien qu'elle lui ait laissé croire qu'elle n'avait pas changé d'avis à son sujet, elle avait été touchée par la compassion qu'il avait ressentie envers les victimes du fiasco du festival. Son attitude prouvait qu'il était capable d'altruisme. Et avec le recul, elle savait que ce fameux été, elle ne serait jamais tombée amoureuse de lui s'il ne s'était pas comporté aussi bien envers elle. En fait, après avoir cessé de lui résister, elle avait découvert qu'Asher lui procurait un sentiment de sécurité.

Lani sortit le restant des billets et les déposa sur la table.

— C'est tout ce que j'ai. En contrepartie, vous voudrez bien répondre à mes dernières questions.

Puis, sans attendre le feu vert d'Antoinette, elle enchaîna :

— Lui avez-vous demandé une pension alimentaire ?

— Ça ne m'est pas venu à l'esprit.

— Pourtant, vous avez dit qu'il était riche. Vous auriez pu prouver que Billy était son fils et bénéficier d'une aide financière. Pourquoi n'avez-vous pas fait faire un test de paternité ?

— Vous posez beaucoup de questions, remarqua Antoinette, la mine renfrognée.

— Je vous donne beaucoup d'argent en échange, répliqua Lani, furieuse.

Asher comptait sur elle pour le sauver, et tout dépendrait de ce qu'elle découvrirait.

— Pourquoi pas un test de paternité ? répéta-t-elle, plaquant sa main sur la pile de billets alors qu'Antoinette se penchait pour les récupérer.

Le regard rivé sur l'argent, elle marmonna :

— Je fréquentais d'autres hommes en même temps.

Pourtant, un test de paternité lui aurait permis de savoir si Rusty était ou non le père de Billy. À moins que…

— Combien vous a-t-il versé pour que vous le laissiez tranquille et que vous renonciez au test de paternité ?

— Vous vous croyez très futée, pas vrai ? maugréa-t-elle.

Elle fixa à nouveau l'argent et exhala un profond soupir.

— Très bien. Il m'a donné dix mille dollars pour que je laisse tomber et que je ne le recontacte plus. Et Russell n'était pas le genre d'hommes qu'on contrariait.

— Vous ne savez donc pas s'il est le père de Billy.

Mais Antoinette l'espérait. La photo du magnat dans un beau cadre doré indiquait à quel point il avait compté pour elle. Billy avait grandi en voyant ce visage tous les jours. Il avait dû en conclure que cet homme était son père.

Avait-il nourri du ressentiment, au fil des ans ? Ayant grandi dans la pauvreté, avait-il été obsédé par la richesse de son père ? Avait-il anticipé la façon dont il se lierait d'amitié avec Ross et s'immiscerait au sein de la famille ?

— Billy en voulait-il à son père de ne pas l'avoir reconnu ?

— Non. Pourquoi lui en aurait-il voulu ?

Mais quelque chose sonnait faux dans sa réponse.

Avec un dernier regard en direction du cadre doré, Lani retira sa main de la liasse de billets et se leva. Après un rapide « au revoir », elle s'échappa de cet appartement étouffant, les pensées se bousculant dans sa tête. Finalement, Billy avait un excellent mobile. Non seulement il s'était vengé de la famille de son père, mais il avait réalisé le plus beau coup de sa carrière d'escroc.

Il n'avait donc aucun intérêt à s'attarder dans les parages. En fait, elle était surprise qu'il soit resté en ville aussi longtemps. Cette pensée provoqua un sentiment de panique en elle. Elle devait retourner à Royal dès que possible pour convaincre les autorités de prendre en considération ses découvertes et de poursuivre Billy. Mais d'abord, elle devait appeler Asher pour lui raconter tout ce qu'elle avait appris. Ces nouvelles lui remonteraient le moral.

Hélas, au bout de deux heures et trois coups de fil, il n'avait toujours pas décroché.

Tandis que les passagers commençaient à embarquer pour le vol à destination de Dallas, Lani mit fin à son dernier appel sans laisser de message. Elle ne voulait pas tirer de conclusions hâtives sur le silence d'Asher, pourtant l'anxiété la rongeait. L'avait-elle blessé au point qu'il ne veuille plus entendre parler d'elle ? Elle espérait de tout cœur que ce n'était pas le cas.

Asher ne parvenait pas à détacher son regard de Ross, Charlotte et Ben. Il n'avait jamais autant envié son frère qu'à cet instant. Il aurait pu s'agir de lui avec Lani et leur enfant s'il n'avait pas été aussi effrayé par les changements qu'il aurait dû adopter pour faire évoluer leur relation. Au lieu d'offrir à Lani des perspectives d'avenir dignes de ce nom, il lui avait égoïstement demandé de renoncer à ses projets et de le suivre en Argentine. Pourtant, il savait combien elle tenait à intégrer cette école d'enseignement supérieur. Bien entendu, elle avait refusé sa proposition.

Il aurait peut-être réussi à la convaincre s'il s'était donné la peine de concevoir un projet d'avenir sérieux au lieu de lui dire : *J'ai beaucoup d'argent. Tu n'auras jamais besoin de travailler.*

Il avait su immédiatement que ce n'était pas la bonne tactique à adopter avec elle. Mais il n'avait pas osé déposer son cœur à ses pieds, lui dire qu'il l'aimait éperdument et qu'il ne pouvait pas vivre sans elle. Et si leur relation n'avait pas duré ? Et si elle s'était rendu compte qu'il n'était pas assez bien pour elle ? Il avait redouté que la flamme de l'amour qui brillait dans les yeux de Lani ne s'éteigne, cédant la place à la désillusion.

Elle avait cessé de critiquer son style de vie quand ils avaient commencé à sortir ensemble, mais en la voyant aussi éprise de justice et aussi désireuse d'aider son prochain, il avait vite compris qu'à l'instar de Rusty elle n'approuvait pas son absence de cap dans la vie. Et à la fin de l'été, quand elle avait quitté Appaloosa Island pour reprendre le cours de son existence, il s'était demandé pourquoi il désirait tellement obtenir l'amour et l'approbation de personnes qui ne l'accepteraient jamais tel qu'il était.

— C'est bon de voir Ross aussi heureux, n'est-ce pas ?

Pendant qu'il observait la famille de son frère, Gina s'était avancée vers lui. Malgré sa remarque optimiste, elle paraissait aussi déprimée que lui. Désireux de la réconforter, il la serra dans ses bras. Depuis que Lani menait l'enquête, lui et sa sœur avaient plus ou moins fait la paix.

— Oui. La paternité et l'amour lui vont bien. Crois-tu que cela nous arrivera un jour ? demanda-t-il d'une voix empreinte de nostalgie.

— Je ne sais pas ce qu'il en sera pour toi, murmura Gina, mais cela ne risque pas de m'arriver.

— Pourquoi dis-tu cela ?

À la vue de son air malheureux, Asher prit sa main dans la sienne et la pressa doucement.

— L'homme de ta vie attend peut-être que tu le remarques.

Elle eut un rire amer.

— Qui pourrait vouloir de moi maintenant que la réputation de notre famille est ternie par le fiasco du festival ?

— Tout homme sensé comprendra que tu es une femme merveilleuse. Indépendamment d'être une Edmond, tu as de grandes qualités. Tu le sais, n'est-ce pas ?

Gina était belle, intelligente et généreuse. Il n'était guère surpris qu'elle n'ait pas conscience de tout ce qu'elle avait à offrir. Aucun des trois enfants Edmond n'avait reçu le genre d'amour et d'approbations qui lui aurait donné suffisamment confiance en soi pour entreprendre de grandes choses ou s'épanouir dans une relation.

— Pas vraiment, répondit Gina. Je ne m'étais jamais rendu compte à quel point j'étais chanceuse d'être une Edmond jusqu'à ce que notre nom soit traîné dans la boue.

— J'en suis désolé.

Gina le contempla, l'air contrit.

— Je te connais. Tu n'es pas un voleur. Si tu savais comme je m'en veux d'avoir cru que tu étais coupable.

— Ne t'inquiète pas pour ça. Les preuves contre moi sont si évidentes qu'il m'est arrivé de douter de ma propre innocence, dit-il en manière de boutade.

— Oh ! Asher ! s'exclama-t-elle en riant.

Puis elle se rembrunit.

— Mais comment faire pour prouver ton innocence ?

— Lani et moi avons quelques idées à ce sujet. En fait, nous avons un suspect.

— Vraiment ? De qui s'agit-il ?

Il avait promis à Lani de ne pas dire à Ross ce qu'ils avaient appris sur Billy, mais il pouvait partager cette information avec Gina sans trahir leur accord.

— Nous enquêtons sur Billy.

— Billy Holmes ?

— Chut ! s'exclama Asher, craignant que quelqu'un ne l'entende.

— Pourquoi lui ? demanda-t-elle plus bas.

— Nous avons découvert qu'il a utilisé des fausses identités dans tout le pays pour convaincre des femmes d'investir dans ses projets avant de disparaître avec l'argent.

— Je n'en reviens pas ! s'exclama-t-elle, sidérée. Ça n'a pas de sens ! Il est ami avec Ross depuis l'université. J'ai du mal à imaginer qu'il puisse être à ce point malhonnête sans que Ross s'en soit aperçu.

Asher songea à la facilité avec laquelle Rusty avait

accepté Billy alors qu'il se montrait rarement approbateur, y compris avec ses enfants.

— Manifestement, il est très doué pour charmer les gens et obtenir d'eux ce qu'il désire. J'en veux pour preuve le fait qu'il *vive* sur notre propriété depuis deux ans.

— Qu'est-ce qu'en pense Ross ?

— Je ne lui en ai pas parlé de peur qu'il avertisse Billy. Et tu dois me promettre de ne rien lui dire. Billy a déjà détourné des fonds dans d'autres États, mais pas sur une aussi grande échelle que pour la Soirée dans la Baie. C'est son coup de maître. Et comme toutes les preuves sont contre moi, il risque de passer entre les mailles du filet.

Il se rendit soudain compte qu'il avait involontairement élevé la voix pour exprimer sa frustration.

— Il faut aller voir les autorités, déclara Gina.

— Avec quels éléments ? À ce stade, nous n'avons pas de preuves. Uniquement des hypothèses.

Puis il se souvint que Lani l'avait appelé avant le début de la réception. Encore furieux après elle, il n'avait pas décroché ni écouté ses messages. Il sortit son téléphone.

— À moins que Lani n'ait du nouveau. Elle m'a appelé de Las Vegas.

— Qu'est-elle allée faire là-bas ?

— Voir la mère de Billy pour tenter d'en apprendre davantage sur lui.

— J'ai entendu dire que Lani s'était installée chez toi, remarqua Gina d'un ton neutre. Est-ce uniquement pour des raisons professionnelles ? À une certaine époque, elle comptait beaucoup pour toi.

— C'est toujours le cas, répondit-il, ses émotions à fleur de peau. Mais elle ne voit pas d'avenir pour nous deux.

— Pourtant, autrefois, vous étiez amoureux l'un de l'autre.

— Oui. Mes sentiments pour elle n'ont pas changé. Mais je ne suis pas l'homme de sa vie.

— Alors, deviens-le. Elle te regardait avec des émoticônes en forme de cœur dans les yeux. Je suis sûre que si tu t'en donnes la peine, elle changera d'avis à ton sujet.

Ému aux larmes, il serra Gina dans ses bras, puis il écouta les messages de Lani. Sa voix était à la fois excitée et agacée.

Veux-tu arrêter d'éluder mes appels ? J'en suis quitte pour te laisser un énième message. J'ai parlé à la mère de Billy, et il s'avère qu'elle a eu une liaison avec Rusty. Il lui a donné dix mille dollars pour qu'elle ne le contacte plus jamais. Le fait est, elle n'a aucune preuve que Billy soit le fils de Rusty. Elle n'a jamais eu l'occasion de faire un test de paternité et elle voyait plusieurs hommes à la même époque. Cela expliquerait pourquoi Billy semblait si mécontent la fois où il a vu Ross et Rusty se promener ensemble, visiblement complices, et pourquoi il t'a piégé. Il pense qu'il est le fils de Rusty et ne supporte pas de ne pas avoir bénéficié de tous les avantages que vous avez eus en grandissant… Bon. L'avion s'apprête à décoller, et je dois éteindre mon téléphone. J'arriverai à Dallas dans trois heures. Je t'appellerai quand j'atterrirai.

Asher avait écouté le message de Lani, le regard rivé sur l'écran. Maintenant, il leva les yeux vers sa sœur et perçut une sidération identique à la sienne sur son visage.

— Je n'en reviens pas ! s'exclama Gina. Il faut prévenir Ross ainsi que les autorités.

— Tu as raison.

Mais son attention fut soudain attirée par l'homme aux cheveux bruns qui quittait précipitamment les lieux.

— Sauf que nous risquons de manquer de temps, dit-il en lui montrant Billy.

— Tu penses qu'il nous a entendus ? demanda-t-elle, atterrée.

— Peut-être.

Au grand soulagement d'Asher, la progression de Billy fut stoppée par un trio de femmes.

— Peux-tu essayer de le retenir ? J'ai besoin d'une quinzaine de minutes.

— Que vas-tu faire ?

Asher songea à son appartement au-dessus de l'écurie et à sa porte d'entrée non verrouillée.

— Fouiller la maison d'hôtes.

- 12 -

Asher franchit en un temps record la distance séparant la maison principale de la maison d'hôtes où résidait Billy. Le cœur battant, il grimpa les marches du porche, composa le code de la porte d'entrée et pénétra à l'intérieur.

Le silence de la maison le frappa. Il savait que la gouvernante n'était pas là. Chaque fois qu'il y avait une réception dans la maison principale, elle rejoignait le personnel chargé de servir les invités.

Il ignorait par où commencer ses recherches et disposait d'un temps limité pour les effectuer. Si seulement il pouvait mettre la main sur un ordinateur portable contenant des informations compromettantes, ou un dossier intitulé *Fonds détournés du festival* !

Quand Billy était devenu leur principal suspect, Asher avait proposé à Lani de s'introduire en douce chez lui, mais elle avait refusé tout net, sa méthode de travail excluant toute entrée par effraction. Cela dit, il n'était pas vraiment entré par effraction puisqu'il connaissait le code de la porte, n'est-ce pas ?

Il pénétra dans une première pièce. Quelle ne fut pas sa surprise de voir un ordinateur portable trônant sur un grand bureau. Tout en l'ouvrant, il se demanda s'il ne s'agissait pas d'un leurre. Billy était sûrement trop intelligent pour laisser en évidence un objet aussi compromettant.

Asher mit plusieurs secondes pour afficher l'historique de navigation et le parcourir. À première vue, Billy n'avait pas utilisé cet ordinateur pour avoir accès aux banques. Comme le temps pressait, il chercha un endroit autour de lui pour y dissimuler le portable. Si Billy envisageait de faire ses bagages et de quitter la ville, il ne fallait pas qu'il emporte cette pièce à conviction. Asher décida de le cacher sous les coussins du canapé. Avec un peu de chance, Billy penserait que quelqu'un s'était enfui en l'emportant et il ne se donnerait pas la peine de fouiller la pièce.

Les chambres se trouvaient à l'étage, et Asher grimpa les marches deux par deux. Ô divine surprise, il découvrit un ordinateur portable identique à celui du rez-de-chaussée, coincé entre le sommier à ressorts et le matelas. L'adrénaline pulsant dans ses veines, il glissa l'ordinateur dans une sacoche qu'il trouva dans l'armoire. Excité comme un chasseur sur la piste du gibier, il fouilla rapidement la table de chevet et la commode. La chance lui sourit à nouveau quand il découvrit, fixés à l'arrière d'un tiroir de la commode et derrière le tableau au-dessus du lit une liasse de billets de banque, deux téléphones jetables, un pistolet et plusieurs passeports dont un avec la photo de Billy mais établi au nom d'Asher, qu'il fourra dans sa poche.

Ce n'était *pas* le comportement d'un homme innocent.

Asher s'apprêtait à fouiller l'armoire, se demandant quelles autres découvertes il allait faire, quand la porte d'entrée s'ouvrit. Avec seulement une volée de marches le séparant du rez-de-chaussée, il était piégé. Par chance, il avait tout laissé en place, sauf l'ordinateur. Il sortait de la chambre parentale et pénétrait dans une des deux chambres d'amis quand il entendit Billy monter l'escalier.

Le sang battant à ses tempes, il se glissa derrière la porte, hors de vue, se demandant s'il pourrait descendre sans bruit pendant que Billy préparerait ses bagages, mais le risque était trop grand.

Il marcha sur la pointe des pieds jusqu'à la fenêtre et l'ouvrit pour savoir s'il pourrait sauter sans se blesser. Il eut juste le temps de laisser tomber l'ordinateur dans les buissons. Billy avait dû découvrir son intrusion car il se mit à jurer avant de se ruer hors de la suite parentale.

Décidant que c'était le bon moment pour s'enfuir, Asher attendit, l'oreille aux aguets, que la porte d'entrée s'ouvre et se referme sur Billy. Puis, il descendit au rez-de-chaussée. Après s'être emparé de l'ordinateur caché sous les coussins du canapé, il se dirigea vers la cuisine et la porte donnant sur l'arrière-cour pour récupérer le second ordinateur, mais quand il ouvrit la porte, Billy Holmes se tenait devant lui, un pistolet braqué sur sa poitrine.

— Toi !

La surprise de Billy vexa un peu Asher.

— Oui, moi.

— Donne-moi l'ordinateur.

— Sinon quoi ? Tu me tireras dessus ?

Il regretta ses paroles en voyant le sourire sardonique de Billy.

— Si tu tires, tout le monde l'entendra. Gina sait ce que tu as fait. À l'heure qu'il est, elle a prévenu Ross. Ils verrouilleront les grilles et tu seras coincé ici.

— Il faut donc que je prenne mes précautions, pas vrai ?

Billy recula et lui fit signe avec le pistolet de se diriger vers la voiture garée dans l'allée.

Ne sachant pas ce qu'il avait en tête, Asher décida d'attendre jusqu'à ce qu'une occasion d'agir se présente.

Gardant un œil sur Asher, Billy ouvrit le coffre.

— Donne-moi l'ordinateur et monte.

— Dans le coffre ?

Asher agrippa l'ordinateur, prêt à le jeter à la face de Billy, mais celui-ci secoua la tête.

— Ne sois pas stupide. Si tu m'obliges à tirer, je ne pourrai peut-être pas m'enfuir, mais tu seras mort.

Il avait raison. À contrecœur, Asher lui tendit ce qu'il espérait être l'ordinateur destiné à leurrer les enquêteurs.

— Monte, répéta Billy.

— Pourquoi ? Tu peux t'enfuir sans crainte puisque tu as toutes les preuves en main.

— Sauf que je n'ai pas de longueur d'avance. Alors, pour brouiller les pistes, toi et moi allons faire une petite balade.

Avant qu'Asher ait le temps de protester, Billy leva sa main tenant le pistolet, et tout devint noir.

Jamais un vol de trois heures n'avait paru aussi long à Lani.

Comment avait-elle pu dire à Asher qu'il n'était pas l'homme de sa vie ? *Évidemment*, il l'était. Elle l'aimait tel qu'il était, généreux, passionné et téméraire. Il l'obligeait à sortir de sa coquille et à laisser parler son cœur. L'aimer était une chevauchée chaotique et merveilleuse, et elle était prête à se lancer dans l'aventure à ses côtés.

La première chose qu'elle ferait quand elle le reverrait serait de lui dire à quel point elle l'aimait. Même s'il se montrait furieux ou indifférent envers elle. Elle n'hésiterait pas. Au diable la prudence ! S'il pensait qu'elle avait attendu qu'il soit innocent pour lui ouvrir son cœur, elle lui expliquerait que ses sentiments envers lui avaient changé le jour où ils s'étaient rendus sur Appaloosa Island. Mais elle avait été trop effrayée pour se fier à ses émotions.

À peine l'avion avait-il atterri qu'elle rallumait son téléphone. Elle chercha fébrilement un message d'Asher, mais les seuls qu'elle avait reçus provenaient de Ross, de Gina et du bureau du shérif du comté de Maverick.

Maudissant l'homme de sa vie pour son fichu entêtement, elle composa à nouveau son numéro et exhala un soupir de frustration en obtenant sa boîte vocale. Asher étant injoignable, elle consulta ses messages, en commençant par celui de Gina.

Nous pensons que Billy a entendu le message vocal que tu as laissé à Asher. Ross et Asher vont lui parler.

Quelle poisse ! Elle s'aperçut que Gina lui avait envoyé ce texto il y a une heure.

Comble de malchance, elle avait trois messages de Ross, plus inquiétants les uns que les autres.

Billy sait que nous l'avons démasqué et il s'enfuit.

Asher s'est rendu dans la maison d'hôtes pour l'arrêter.

J'ignore ce qui se passe, mais le shérif Battle vient d'appeler pour dire qu'Asher s'est enfui.

Que diable se passait-il ? Elle composa le numéro de Ross, mais après plusieurs sonneries, elle atterrit sur sa boîte vocale. Elle fit défiler ses contacts et localisa les coordonnées du bureau du shérif. Pianotant nerveusement sur son accoudoir, elle attendit que quelqu'un décroche.

— Bonjour. Je m'appelle Lani Li, expliqua-t-elle quand la standardiste répondit enfin. Je souhaiterais parler au shérif Battle au sujet d'Asher Edmond.

— Un moment, je vous prie.

Tout en patientant, Lani observa par le hublot l'avion

qui roulait sur la piste, contraint de faire de fréquents arrêts pour laisser passer d'autres avions en direction du terminal encombré de Dallas/Fort Worth. Son cœur s'emballait tandis que son agitation intérieure grandissait à chaque seconde.

Qu'est-ce qui avait pris à Asher de poursuivre Billy ? Ne savait-il pas qu'il était déjà dans un sacré pétrin ? Lui et Ross auraient dû appeler le shérif et lui laisser le soin de régler l'affaire. Mais ce n'était pas dans la nature d'Asher de rester assis tranquillement quand l'aventure était au rendez-vous.

— Shérif Battle. Que puis-je pour vous ?

La voix énergique et calme de l'homme ne contribua pas à apaiser ses émotions en forme de montagnes russes.

— Je suis Lani Li. Je viens d'atterrir à Dallas et je sais qui a détourné les fonds destinés au festival Soirée dans la Baie et qui a piégé Asher Edmond pour le faire accuser à sa place.

— Vous semblez ignorer qu'Asher Edmond est en fuite.

— Il n'est pas en fuite puisqu'il n'est pas coupable. Apparemment, il essaie d'empêcher Billy Holmes de quitter la ville et de disparaître dans la nature.

— Que vient faire M. Holmes dans cette histoire ?

— Je suis allée à Las Vegas pour rendre visite à sa mère. J'ai découvert un lien entre elle et Rusty Edmond.

Après un moment de silence, le shérif Battle demanda :

— Racontez-moi tout ce que vous savez.

Quand elle eut fini de s'expliquer, l'avion était arrivé au terminal et la passagère à côté d'elle la contemplait, les yeux écarquillés par la surprise. Lani l'ignora et conclut :

— Maintenant, vous comprenez pourquoi Billy Holmes doit être arrêté et interrogé.

Elle ajouta, hors d'haleine :

— C'est pour cette raison qu'Asher Edmond s'est lancé à sa poursuite.

— Si tout ceci est vrai, ils se dirigent tous deux vers l'aéroport, déclara le shérif.

— Il ne faut pas que Billy Holmes s'échappe !

Autrement, l'argent disparaîtrait à jamais, et Asher pourrait ne jamais être innocenté.

— Je tiens au courant les agents fédéraux en charge de l'affaire ainsi que mon adjoint qui recherche Asher.

Lani raccrocha et se leva. Tandis qu'elle débarquait de l'avion, elle s'en voulut de ne pas avoir appelé les enquêteurs fédéraux avant de s'envoler pour Las Vegas. Mais comment aurait-elle pu prévoir qu'Asher serait assez imprudent pour se lancer seul à la poursuite de Billy ? Quand elle le retrouverait, elle l'abreuverait de reproches… ou l'embrasserait passionnément.

Une fois dans le terminal, n'ayant pas de bagage à récupérer, elle se dirigea vers la zone des arrivées. Si Billy et Asher étaient en route pour l'aéroport, le meilleur endroit pour les repérer était l'espace réservé au contrôle des billets. Ce n'est qu'en franchissant les portes menant à la navette qui desservait les cinq terminaux qu'elle prit conscience de l'étendue de la zone de ses recherches. Le désespoir s'empara d'elle. Comment retrouver Billy parmi les milliers de personnes qui se présentaient à l'enregistrement ?

Elle scrutait les visages autour d'elle quand elle aperçut une silhouette familière sortant de l'espace réservé au contrôle de sécurité. Malgré ses lunettes de soleil et sa casquette de base-ball, elle reconnut Billy Holmes.

Elle fonça dans sa direction pour l'intercepter. Ce n'est qu'en arrivant à sa hauteur qu'elle se rendit compte qu'elle n'avait pas réfléchi à la meilleure façon de l'arrêter.

— Billy Holmes !

Il s'arrêta, au grand soulagement de Lani et examina les alentours avant de fixer son regard sur elle.

— Je ne crois pas vous connaître.

— Je m'appelle Lani Li. J'ai été engagée par Kingston Blue pour enquêter sur le détournement des fonds destinés au festival Soirée dans la Baie.

Il eut un rictus ironique.

— Tant mieux pour vous.

— J'aimerais vous parler de votre lien avec les Edmond.

— Désolé, je n'ai pas le temps. J'ai un avion à prendre...

Billy fit un pas de côté afin de la contourner, mais Lani avait anticipé sa manœuvre et lui barra le chemin.

— Je suis allée voir votre mère, aujourd'hui, dit-elle, espérant le retarder suffisamment longtemps pour que la police puisse l'appréhender.

— Je connais votre lien avec Rusty Edmond.

Il haussa les épaules avec détachement.

— Ils ont eu une liaison. Et alors ?

— Alors, vous pensez qu'il est votre père et qu'il vous a abandonnés, vous et votre mère. Vous vouliez vous venger. C'est pourquoi vous avez volé l'argent du festival et fait accuser Asher.

— Ridicule. C'est Asher le voleur. Tout le monde le sait.

Il lui adressa un sourire narquois, mais la tension crispait chaque muscle de son corps.

— Je suis aussi au courant pour Bond Howard, Bobby Hammond et Brad Howell.

— Qui ?

Il la dévisageait comme si elle avait perdu l'esprit. Toutefois, elle perçut une lueur d'inquiétude dans son regard.

La sonnerie de son téléphone retentit. Espérant que

c'était Asher, elle consulta l'écran. Constatant que c'était Ross, elle prit l'appel, mais quand elle releva les yeux, Billy avait disparu.

— Quelle poisse ! maugréa-t-elle.

— Lani ? C'est toi ?

Ross semblait bouleversé et confus.

— Oui. Où est Asher ?

Tout en parlant, elle scrutait les alentours à la recherche de Billy. Sans résultat. À croire qu'il s'était volatilisé.

— Il a été arrêté.

L'anxiété chassa toute pensée de Billy Holmes de son esprit. Elle devait rejoindre Asher au plus vite.

— Où es-tu ?

— À l'extérieur du terminal A.

Par chance, Lani avait débarqué à ce même terminal.

Elle se précipita dehors et contempla, effarée, la scène qui se déroulait devant elle. Quatre voitures de police encerclaient une berline avec le coffre ouvert, garée le long du trottoir. Un homme était allongé sur le sol tandis qu'un autre discutait et agitait son bras en direction du terminal. Elle mit quelques secondes avant de comprendre que c'était Ross qui gesticulait et Asher qui gisait face contre terre, les mains menottées dans le dos.

Elle se rua vers eux et ajouta sa voix à la cacophonie ambiante.

— Billy Holmes se trouve dans le terminal. Il s'enfuit.

Ross se tourna vers elle, soulagé.

— C'est ce que je me tue à leur dire, mais ils ne m'écoutent pas !

Deux policiers remirent Asher sur ses pieds. L'un portait l'insigne du bureau du shérif du comté de Maverick et l'autre était un policier d'État.

— J'ai été kidnappé, protesta Asher.

Puis il écarquilla les yeux en l'apercevant.

— Eh, Lani. Dieu merci, tu es là !

Elle se précipita vers lui, mais le policier d'État s'interposa, les mains sur l'étui de son pistolet.

— Qui êtes-vous ?

— Lani Li. Je viens de parler au shérif Battle.

Elle jeta un coup d'œil au badge de l'autre policier.

— Shérif adjoint Vesta, le shérif Battle vous a-t-il contacté ? Vous vous trompez de coupable.

— Je ne crois pas. Cet individu a tenté de s'enfuir, dit-il, le regard mauvais, désignant Asher du pouce.

— Non, je ne tentais pas de m'enfuir !

Il tourna la tête de côté pour montrer l'estafilade sanglante qui barrait sa tempe.

— Ce salaud de Holmes m'a assommé et jeté dans le coffre.

— Vous n'étiez pas dans le coffre quand nous sommes arrivés, remarqua le policier d'État.

— Comme la voiture était enfin à l'arrêt, je me suis dit que je pouvais sortir sans risque.

— L'homme que vous devez rechercher est Billy Holmes, déclara Lani, détournant son regard de la blessure d'Asher.

Elle espérait de tout cœur qu'elle était moins grave qu'il n'y paraissait.

— Je ne suis pas au courant, répliqua le policier d'État. Nous avons reçu un avis de recherche du comté de Maverick concernant Asher Edmond.

— Il ne s'échappait pas de la ville puisqu'il est innocent ! insista Lani, furieuse. C'est Billy Holmes que vous devez rechercher. Je l'ai croisé dans l'aéroport. Il va s'enfuir.

— J'ignore qui est ce Billy Holmes, dit le policier d'État.

Entre-temps, le shérif adjoint entraînait le prisonnier vers une voiture de police.

— Attendez une minute, protesta Asher en opposant de la résistance. J'ai quelque chose à dire à Lani.

Désespérée, elle fit un pas vers eux, mais le policier d'État la retint par le bras.

— Laissez-moi l'accompagner, s'il vous plaît.

Il fallait absolument qu'elle dise à Asher qu'elle l'aimait.

— Nous le ramenons à Royal. Vous pourrez le voir au poste de police.

— Je vous en prie. Il faut qu'il sache quelque chose.

— Entendu. Mais faites vite.

Le shérif adjoint Vesta avait déjà poussé Asher sans ménagement à l'arrière de la voiture et s'apprêtait à fermer la portière quand Lani arriva à sa hauteur.

— Attendez ! s'exclama-t-elle, paniquée. Accordez-moi quelques secondes avec lui.

À son grand désespoir, Vesta esquissa une moue ironique et commença à fermer la portière. Il ne lui restait qu'une seconde pour prononcer les trois mots qu'elle avait dissimulés au fond de son cœur. S'armant de courage, elle riva son regard à celui d'Asher. Mais alors qu'elle ouvrait la bouche pour lui avouer son amour, elle s'aperçut qu'Asher avait aussi quelque chose à lui dire.

Tandis que la portière claquait, leurs paroles se chevauchèrent.

— Je t'aime.

— J'ai récupéré l'ordinateur de Billy.

- 13 -

Voilà qu'Asher se retrouvait à nouveau dans cette maudite cellule de prison ! Sa tempe le lançait sous le pansement appliqué à la hâte. Une heure auparavant, il avait cessé de faire les cent pas, résigné à passer la nuit sur sa couchette inconfortable. Du moins, cette fois, il n'avait pas à craindre d'être coincé ici indéfiniment. Il le savait, les policiers avaient trouvé l'ordinateur de Billy dans les buissons où il l'avait caché, et les spécialistes de la police scientifique examinaient le disque dur pour rechercher les comptes bancaires sur lesquels les fonds avaient été virés. Grâce à Lani, ils avaient retracé le passé douteux de Billy. La liaison de sa mère avec Rusty lui fournissait un excellent mobile pour détruire la réputation des Edmond et faire accuser Asher pour le vol des fonds destinés au festival musical.

Malheureusement, Billy avait profité de la confusion la plus totale qui avait suivi l'arrestation d'Asher pour se fondre dans la foule des passagers et disparaître. Grâce à ses nombreux papiers d'identité sous des noms d'emprunt et à l'argent du festival, il avait les moyens de refaire sa vie dans n'importe quel endroit du monde.

Mais pour l'heure, Asher se désintéressait du sort de Billy. Ce qui le mettait dans tous ses états, c'était d'être enfermé ici sans nouvelles de Lani. Il serait bientôt libéré. Mais ensuite, que se passerait-il ? Lui et Lani n'avaient pas résolu leurs problèmes. Avant de partir pour Las Vegas, elle lui avait clairement fait comprendre qu'elle se défiait toujours de lui.

À mesure que les heures passaient sans que Lani se manifeste, l'inquiétude et le désespoir le rongeaient. Il se remémorait sans cesse le bref instant avant que le shérif adjoint Vesta referme la portière sur lui. Une fois de plus, il avait tout gâché. Pendant que Lani lui avouait qu'elle l'aimait, il n'avait rien trouvé de mieux que de se vanter d'avoir récupéré l'ordinateur de Billy ! Elle devait sûrement penser qu'il se souciait uniquement de sauver sa peau alors qu'il s'était donné tout ce mal pour lui permettre de retrouver l'argent volé et de résoudre l'affaire.

Et maintenant, elle l'évitait, persuadée que son amour n'était pas réciproque. Lui donnerait-elle l'occasion de s'expliquer ? Ou était-ce déjà trop tard ? Peut-être en avait-elle terminé avec les autorités et était-elle retournée à Dallas, l'abandonnant à son triste sort, une nouvelle fois.

Il ne pouvait pas lui en vouloir de le laisser mariner. Si les rôles avaient été inversés, s'il lui avait dit qu'il l'aimait pour s'apercevoir ensuite qu'elle cherchait seulement à sauver son cabinet d'enquêtes privées, il aurait été furieux. Avec un peu de chance, elle lui donnerait l'occasion de se racheter. Et il lui témoignerait son amour éternel de mille et une façons.

La porte menant aux cellules s'ouvrit, et le cœur d'Asher se serra douloureusement. Car son visiteur n'était pas Lani, mais le shérif adjoint Vesta qui le méprisait.

— Bonsoir, shérif Vesta, dit-il d'un ton dégagé. Je pensais que vous m'aviez oublié.

Vesta lui décocha un regard ulcéré.

— Quelqu'un veut vous voir.

Asher s'agrippa aux barreaux, immensément soulagé.

Son cœur s'emballa quand Lani s'avança vers lui à pas comptés. Des mèches folles encadraient son beau visage aux traits tirés, et ses épaules tombantes semblaient porter un lourd fardeau. Les nouvelles étaient-elles si mauvaises ?

— Que se passe-t-il ? demanda-t-il, dévoré d'inquiétude.

— Tu as une mine épouvantable, dit-elle, s'arrêtant à mi-chemin.

Sa répugnance à soutenir son regard et son retard à venir le voir le mettaient au supplice. Soit elle avait échoué à convaincre les autorités que Billy était le vrai coupable, soit sa mission était terminée, et elle venait lui dire au revoir.

— La prison ne me réussit pas, dit-il, pince-sans-rire. En revanche, tu es splendide.

Elle eut une moue sceptique.

— J'en doute. Je suis épuisée et j'ai désespérément besoin de me doucher.

Il brûlait d'envie de la toucher, de la serrer dans ses bras et de lui dire des mots d'amour. Mais cette fois, il le savait, son charme facile ne suffirait pas à la convaincre. Il devait lui exprimer ses sentiments de la façon la plus honnête possible.

— À propos de ce qui s'est passé à l'aéroport…

— Billy s'est enfui. Nous ne sommes pas sûrs qu'il soit le fils de Rusty, mais il en est persuadé et il a cherché à se venger de Rusty – et de sa famille – pour l'avoir abandonné ainsi que sa mère.

Asher se fichait éperdument de Billy ou de l'affaire. Tout ce qui lui importait, c'était de faire comprendre à Lani combien il s'en voulait d'avoir tout gâché. Avec un peu de chance, il n'était pas trop tard pour lui dire qu'il regrettait de n'avoir pas laissé parler son cœur, comme *elle* l'avait fait en lui avouant son amour durant cette fraction de seconde si chaotique. Le croirait-elle, maintenant ?

— Pour l'instant, ce n'est pas ma principale préoccupation, insista-t-il.

Si seulement elle arrêtait de détourner le regard, elle verrait à quel point il était sincère. En désespoir de cause, il se jeta à l'eau :

— Je tiens à m'expliquer au sujet de ce qui s'est passé quand tu m'as dit que tu m'aimais et que je t'ai parlé de l'ordinateur de Billy. Ce que j'essayais de te dire, c'est que je t'aime, moi aussi.

Après lui avoir jeté un rapide coup d'œil, elle fit un pas en avant. Sa tête baissée et ses poings crispés trahissaient un sentiment d'incertitude, inhabituel chez elle. Il reprit espoir et saisit cette occasion pour lui ouvrir son cœur.

— Je t'aime depuis cette première fois où tu m'as traité de play-boy, dit-il, prêt à lui dévoiler sa peur et ses regrets, sa joie et ses espoirs.

Il avait besoin d'être sincère pour toucher son cœur et pour l'encourager à lui – à *leur* – donner une chance de bonheur.

Il tendit les bras vers elle, et elle fit un autre pas timide dans sa direction. Elle demeurait silencieuse, mais elle consentait à l'écouter, et l'espoir grandit en lui.

— À partir de maintenant, je suis à tes ordres, dit-il. Je serai l'homme que tu veux que je sois et je promets de ne plus jamais te décevoir.

Elle s'approcha suffisamment près pour qu'il l'agrippe par les revers de sa veste et l'attire vers lui.

— Je t'aime, dit-il, mettant toute son âme dans ces mots.

Lani se raccrocha à ses poignets, plus pour garder l'équilibre que pour lui résister. Toutefois, il le pressentait, il n'y avait pas que cette grille métallique qui les séparait.

— Je t'aime tel que tu es, murmura-t-elle, levant enfin les yeux vers lui.

L'angoisse qu'il perçut dans son regard lui coupa le souffle. La gorge nouée, il enserra sa joue dans sa paume, se maudissant pour tout le gâchis qu'il avait fait. Si seulement il avait eu, autrefois, le courage de lui offrir son cœur !

— Mais grâce à toi, je suis déjà différent, dit-il. J'avais commencé à m'améliorer un peu à ton contact, ce fameux été. Oh ! bien sûr, j'étais toujours un crétin arrogant, au point de te demander de renoncer à tes rêves parce que je n'étais pas prêt à assumer mes responsabilités.

Il secoua la tête, dégoûté.

— J'ai vraiment été stupide de vouloir à tout prix obtenir l'approbation de Rusty. Cette idée m'obnubilait, et j'enrageais de ne pas y parvenir.

— Nous avions tous deux besoin de mûrir, de devenir adultes, dit-elle avec un sourire triste. J'avais tellement envie d'intégrer cette école que je n'étais pas prête à nouer une relation sérieuse. Je me disais que je ne pourrais pas tout avoir. Une carrière prospère *et* toi.

— Il est vrai qu'être avec moi n'aurait pas été une partie de plaisir, plaisanta-t-il, soulagé et heureux qu'elle ne lui ait pas fermé son cœur.

— Oh ! bien sûr que si, mais avec beaucoup de surprises et de disputes à la clé ! Tu n'es pas de tout repos, admit-elle, pince-sans-rire.

Elle avait raison. Ils avaient une façon très différente d'aborder les problèmes. Elle était méthodique alors qu'il était impulsif. Cela étant, ils aimaient les défis et les aventures exaltantes.

— Du moins, la vie avec toi ne sera jamais monotone.

Elle lui donna une petite tape sur la poitrine, histoire de lui dire : *Ne me fais pas regretter ma décision.*

— Je promets de ne jamais te décevoir, murmura-t-il, ému aux larmes de la confiance qu'elle plaçait en lui.

Il pressa son visage dans l'espace étroit entre les barreaux. Hélas, les lèvres de Lani demeuraient hors de portée.

— Je suppose que tu n'as pas la possibilité de me faire sortir d'ici afin que nous puissions sceller notre nouveau partenariat par un baiser.

Elle lui adressa un sourire mutin.

— Oh ! aurais-je oublié de te dire que tu es libre ?

Il se sentit transporté de joie.

— C'est la meilleure deuxième nouvelle de la journée.

Elle le contempla, perplexe.

— Quelle est la première ?

— Le shérif adjoint Vesta m'a promis un pain de viande pour mon dîner.

En voyant le regard noir que lui décocha Lani, il fut content d'être protégé de sa fureur par les barreaux de sa cellule. À cet instant, le shérif adjoint pénétra à nouveau dans la pièce et déverrouilla la porte de sa cellule.

— Essayez de vous tenir tranquille, cette fois, maugréa-t-il, la mine renfrognée.

Lançant un sourire effronté à Vesta, il prit la main de Lani pour l'entraîner vers la liberté. Cette fois, son incarcération n'avait duré que quelques heures, mais elle lui avait paru une éternité.

Alors qu'il se dirigeait vers la porte donnant sur la rue, Lani le retint.

— Il faut qu'on t'enlève le bracelet électronique. Officiellement, tu n'es plus suspect dans cette affaire.

Étourdi de bonheur, il enlaça Lani et la souleva de

terre. Tandis qu'il la faisait tournoyer, elle noua ses bras autour de son cou en riant. Rien n'était plus délectable que le corps de Lani pressé contre le sien, son beau visage transfiguré par la joie.

Quand il la reposa sur ses pieds et qu'il inclina la tête vers elle, elle se dressa sur la pointe des pieds pour unir leurs lèvres en un long baiser exaltant. Il avait l'impression de flotter sur un petit nuage. Cette femme dans ses bras personnifiait le bonheur qui lui avait tant fait défaut dans la vie.

— Je retire ce que j'ai dit tout à l'heure, dit-il, détachant ses lèvres des siennes. *Ce baiser* est la deuxième meilleure nouvelle de la journée.

Tout en parlant, il se dirigea vers la salle où on lui avait posé ce fichu bracelet, un mois auparavant. Une demi-heure plus tard, il sortit dans la chaleur humide du soir et aspira une longue goulée d'air pur.

— Nous devons fêter ma liberté, dit-il. Où pourrions-nous aller ? À New York ? Buenos Aires ? Tahiti ?

— Pourquoi ne pas retourner à Elegance Ranch et voir comment fonctionne ce nouveau partenariat entre nous ?

— Quand tu parles de partenariat…

Il retint son souffle, se demandant ce qu'elle avait en tête. S'agissait-il d'un partenariat professionnel ou personnel ?

— J'envisage d'engager un associé, et je me disais qu'avec ton réseau de relations, nous pourrions accéder à une clientèle plus huppée. Nous ne gagnerons pas des mille et des cents, mais en travaillant très dur, nous ferons prospérer notre cabinet.

— Je te suis très reconnaissant de la confiance que tu places en moi, mais…

— Mais ? demanda-t-elle, le doute assombrissant son visage.

— Mais j'ai un point de vue un peu différent concernant notre partenariat.

Il l'attira dans ses bras et posa son front contre le sien.

— Le mien inclut des anneaux, des vœux et des enfants. En résumé, je veux que nous vivions heureux ensemble pour l'éternité.

Lani mordilla sa lèvre inférieure, lui faisant endurer mille morts, avant de lever les yeux vers lui.

— Es-tu vraiment prêt à t'engager dans ce genre de partenariats ?

— J'y songe depuis longtemps. J'ai besoin d'être maintenu dans le droit chemin. Et tu es la mieux placée pour cela.

Il plongea son regard dans le sien pour qu'elle lise dans ses yeux l'adoration fervente qu'il lui vouait.

— Et puis, je t'aime à la folie et je ne pourrais pas vivre sans toi. Je veux que nous ayons des enfants et que nous formions une famille heureuse.

Hélas, à mesure qu'il parlait, Lani se figeait dans ses bras. Elle semblait hésiter à le prendre au sérieux, et sa réticence le mettait au désespoir.

— Cette déclaration d'amour te paraît peut-être prématurée, mais elle est sincère, insista-t-il.

Désespérant de ne pas parvenir à la convaincre, il s'agenouilla devant elle et prit sa main dans la sienne.

— Lani Li, je t'offre mon cœur. L'acceptes-tu ?

À sa grande consternation, elle se mit à rire.

— Qu'y a-t-il de si amusant ? J'essayais d'être romantique.

— Toi, romantique ?

Elle semblait toujours sceptique, mais les commissures de ses lèvres se relevaient en une esquisse de sourire.

— Donne-moi ma chance, supplia-t-il. Épouse-moi.

L'espace de quelques secondes, le seul son perceptible entre eux était leurs souffles saccadés. Tandis qu'il attendait son verdict en silence, il savait d'ores et déjà qu'il ne renoncerait pas à elle au cas où elle lui opposerait une fin de non-recevoir. Elle comptait trop à ses yeux pour qu'il admette sa défaite. Il se battrait bec et ongles pour mériter cette femme merveilleuse et l'avenir fabuleux qu'ils pourraient avoir ensemble. Par chance, quand elle parla, il devint évident que les batailles qu'elle engagerait, quelles qu'elles soient, se feraient à son côté.

— Oui, j'accepte de t'épouser.

Un soulagement libérateur l'envahit. Se relevant, il enlaça Lani et la fit à nouveau tournoyer, au comble du bonheur.

— Enfin, tu seras mienne.

— Je l'ai toujours été, haleta-t-elle.

Il la reposa sur ses pieds, sans pour autant la lâcher.

— J'en ai assez de fuir parce que j'ai trop peur d'être rejeté. Cette fois, je ne te ferai pas faux bond, c'est promis.

— Je t'aime, Asher Davidson Edmond.

Elle enserra son visage dans ses paumes, et son regard ardent embrasa son sang dans ses veines.

— Je regrette de ne pas nous avoir donné une chance, il y a cinq ans. J'avais peur de te faire passer avant ma carrière parce que je pensais que la relation que nous avions était trop fragile. Je n'ai jamais envisagé de me battre pour nous deux. Mais je sais maintenant que je ne serai jamais pleinement heureuse sans toi. Alors, tournons la page du passé et commençons une nouvelle existence ensemble. Avec des enfants et une entreprise prospère.

Un sourire radieux illumina son visage.

— Nous pouvons tout avoir.

Il déposa un baiser sur ses lèvres.

— Et nous serons les plus heureux du monde.

BRENDA HARLEN

Fiancée à un don Juan

Traduction française de
CLAIRE NEYMON

PASSIONS

HARLEQUIN

Titre original :
HER SEVEN-DAY FIANCÉ

- 1 -

Jason Channing n'était pas matinal. Il lui fallait une bonne dose de café pour émerger. Pourtant, chaque jour, il programmait son réveil à 7 heures, se jetait dessus à la première sonnerie, enfilait sa tenue de jogging et sortait courir cinq kilomètres.

C'était une habitude qu'il avait prise dès le lycée, lorsqu'il faisait partie de l'équipe de football américain. « Discipline et régularité », leur avait martelé leur coach. Voilà comment on formait une équipe gagnante.

Jason ne jouait plus au football mais il courait tous les matins. Et depuis deux mois, il avait une nouvelle motivation pour sortir battre le pavé : Alyssa Cabrera.

Arrivée à la fin de l'été précédent, elle occupait un appartement dans la petite résidence dont il était propriétaire. À l'époque, il n'avait pas vraiment prêté attention à sa nouvelle voisine. Il avait toutefois remarqué qu'elle était extrêmement séduisante. Mais il était beaucoup trop occupé par son travail et il avait pour principe d'éviter toute relation avec des femmes proches, voisines ou collègues de travail. Il s'était donc contenté de la regarder.

Jusqu'à ce fameux matin, début mars, où il avait devancé le réveil et décidé de sortir faire son jogging. Il était tombé sur Alyssa, juste au moment où elle revenait du sien.

Elle portait un petit blouson, un legging très moulant et

des chaussures high-tech qui prouvaient que la course était une affaire sérieuse pour elle, pas seulement un hobby.

Le lendemain, il avait mis son réveil à sonner une heure plus tôt afin d'accorder son horaire au sien. Elle s'était montrée très réticente, au départ, mais avait finalement accepté qu'il l'accompagne. Il avait renouvelé l'opération le jour d'après, et le suivant encore, parce qu'il appréciait de passer du temps avec une femme qui ne se sentait pas tenue de parler de tout et de rien pour meubler le silence. Puis les jours étaient devenus des semaines et il s'était rendu compte que ce jogging n'était plus une routine mais un réel plaisir.

En dehors de ces rencontres matinales, leurs chemins ne se croisaient pas souvent. Entre deux sprints, elle lui avait confié être professeur de mathématiques et de sciences au lycée. Son emploi du temps suivait donc les horaires scolaires tandis qu'Adventure Village, le parc de loisirs qu'il dirigeait, requérait sa présence du mercredi matin au dimanche soir non-stop.

C'est alors, que de manière tout à fait inattendue, un jour de tempête, en mars, elle était venue sonner à sa porte, portant un grand plat couvert d'un linge. Le blizzard qui bloquait la ville avait provoqué l'annulation d'un repas entre enseignants et Alyssa se retrouvait avec une quantité de chili con carne propre à nourrir dix personnes.

Tandis qu'elle expliquait à Jason la raison de sa visite, il s'était surpris à n'écouter que d'une oreille distraite, fasciné par le dessin de sa bouche, la sensualité de ses lèvres. Et par son corps tonique, moulé dans un jean et un T-shirt qui ne laissaient rien ignorer de ses courbes harmonieuses. Il se dégageait d'elle une énergie, une vitalité incroyables.

Puisqu'il était de toute façon bloqué chez lui par la

tempête, il l'avait invitée à dîner. Il avait ouvert une bouteille de merlot et, tandis qu'ils partageaient le chili tout en discutant, il s'était senti de plus en plus intrigué par cette séduisante jeune femme.

Après cette soirée passée en sa compagnie, il s'était davantage intéressé à ses allées et venues. Et les séances de jogging matinales ne semblaient plus suffire, désormais, à satisfaire la curiosité grandissante qu'il éprouvait à son égard.

— Il semblerait que le printemps soit enfin arrivé, fit-il remarquer lorsqu'il la retrouva pour aller courir, un vendredi matin, début mai.

— La dernière fois que vous avez dit cela, nous nous sommes retrouvés ensevelis sous quinze centimètres de neige.

— Aucun risque aujourd'hui, renchérit Jason. Le ciel n'a jamais été d'un bleu aussi pur.

— Jusqu'à présent ! conclut Alyssa.

Ils entamèrent leur échauffement.

— Vous avez des projets pour le week-end ? demanda Jason lorsqu'ils se mirent à courir.

Pour toute réponse, Alyssa secoua la tête, envoyant voler sa queue-de-cheval.

— Vous ne me demandez pas si j'en ai ? ajouta-t-il.

— C'est inutile. Je doute qu'un homme qu'on a surnommé *don Juan* n'en ait pas.

Jason accusa le coup. Il pensait que l'époque où on l'appelait ainsi était révolue.

— Où avez-vous entendu parler de ce surnom ?

— Dans la salle des professeurs du lycée.

Il aurait dû s'en douter. Il était sorti avec quelques enseignants et une conseillère d'éducation.

— Le bruit court que vous avez brisé le cœur de toutes

les femmes célibataires de Haven et que vous sortez en ce moment avec quelqu'un de Battle Mountain.

— Je *sortais*, précisa Jason.

— Elle vous a déjà laissé tomber ?

La question le prit tellement au dépourvu qu'il s'arrêta net de courir.

Alyssa mit quelques secondes à s'apercevoir qu'il n'était plus à ses côtés. Elle se retourna et continua de jogger sur place en attendant qu'il la rejoigne.

— Elle ne m'a *pas* laissé tomber.

— C'est vous, alors, qui l'avez quittée ?

— Nous avions des aspirations différentes, précisa-t-il, reprenant la course.

— Elle voulait une relation suivie et vous n'en vouliez pas, c'est ça ?

— Elle trouvait que je travaillais trop et que je ne lui consacrais pas suffisamment de temps.

— Et au lieu de tenter de la convaincre du contraire, vous avez préféré lui donner raison.

— Elle a toujours adoré avoir raison. Et de toute façon, la relation était déjà dans le rouge.

Alyssa ne put s'empêcher de rire.

— Dans ce cas, c'était peut-être la bonne décision.

— Quelle est votre couleur préférée ?

— Je ne vois pas ce que cela a à voir avec le sujet.

— C'est une simple question. Encore qu'elle soit assez personnelle, finalement.

— Le orange, répondit Alyssa.

— Pourquoi ?

Alyssa accéléra un peu sa course. Jason pensa qu'elle n'allait pas répondre.

— Parce que c'est la dernière couleur que l'on voit

lorsque le soleil disparaît à l'horizon et inonde l'océan, dit-elle finalement.

— C'est vrai, j'oubliais. Vous êtes californienne, je crois ?

— J'étais.

— Qu'est-ce qui vous a fait quitter le surf et les plages de sable blond pour le désert du Nevada ?

Alyssa eut un petit haussement d'épaules.

— Le moment était venu pour un changement.

— J'ai l'impression que cela cache quelque chose.

Alyssa ne répondit pas. Visiblement, elle n'avait pas l'intention d'épiloguer sur le sujet.

— Bonne journée, lança-t-elle, lui adressant un petit signe lorsqu'ils arrivèrent à la résidence.

Tandis que Jason grimpait les escaliers qui menaient à son duplex, il songea que la vie de la séduisante professeure recélait sans doute plus de mystère qu'elle ne voulait bien l'avouer.

En tout cas, il savait qu'elle partait tous les matins à 7 h 35 précises pour se rendre au lycée de Westmount et qu'elle en revenait généralement en milieu d'après-midi, à quelques exceptions près. Apparemment, elle n'avait personne dans sa vie et ne sortait que rarement le soir.

Une constatation qui n'était pas sans aiguiser sa curiosité. Elle était très séduisante, et nouvelle à Haven, deux facteurs susceptibles d'attirer irrésistiblement les célibataires. Jason en déduisit que rester chez elle, la plupart des soirs, était un choix de sa part. Restait à savoir pourquoi.

Avait-elle un petit ami en Californie ? Soignait-elle une blessure amoureuse ou n'avait-elle rencontré personne qui l'intéressait ?

Jason était curieux de nature, mais il détestait par-dessus

tout qu'une femme occupe son esprit. Aussi s'empressa-t-il de chasser la belle Alyssa de ses pensées et il se prépara pour aller travailler.

Alyssa ferma le robinet de la douche, attrapa une serviette et se sécha rapidement. Elle n'avait pas besoin de montre pour savoir qu'il était 7 heures Sa vie était parfaitement réglée. Elle se réveillait tous les jours à 6 heures et, dix minutes plus tard, dûment équipée, elle partait courir.

Elle ne cherchait pas la performance, mais elle aimait se lancer des défis, se prouver qu'elle pouvait aller un peu plus loin, un peu plus vite. Après des années passées à s'entendre dire qu'il fallait faire attention, ne pas prendre de risque parce qu'elle était de santé fragile, elle avait une revanche à prendre.

Elle avait commencé à courir trois ans plus tôt. Une petite distance, tout d'abord, à une allure modérée, pour voir. Puis elle avait progressivement augmenté la distance, la vitesse. Aujourd'hui, elle se sentait forte, en forme, et désormais décidée à vivre sa vie comme elle l'entendait.

Elle ne faisait pas de cette activité un secret, mais c'était une affaire personnelle et elle la pratiquait en solitaire.

Jusqu'à ce qu'elle rencontre Jason Channing.

Et voilà comment, depuis huit semaines, elle avait hérité d'un partenaire dont elle n'avait ni besoin ni envie. En dépit du peu d'enthousiasme dont elle avait fait preuve au départ, il avait persisté à vouloir l'accompagner. Aujourd'hui, contre toute attente, non seulement elle appréciait sa présence, mais elle attendait avec impatience le moment de le retrouver.

Et ce n'était pas sans l'inquiéter, car la compagnie de ce séduisant voisin était loin de la laisser indifférente.

Il n'y avait rien d'exceptionnel à cela. S'il fallait en croire les rumeurs, et elles allaient bon train, la quasi-totalité de la population féminine d'Haven était sous son charme. Car il ne se contentait pas d'être extrêmement séduisant, il était cultivé, dynamique et riche. Il n'en faisait pas étalage, bien au contraire. C'était tout à fait par hasard qu'elle avait découvert que la résidence lui appartenait.

Il avait fallu un moment à Alyssa pour admettre qu'elle ne faisait pas exception et qu'elle était très attirée par lui. Il y avait de quoi !

Brun, superbement bâti, les yeux d'un bleu profond et un sourire à tomber à la renverse, il ne manquait rien à Jason Channing pour faire chavirer les cœurs. Rien que d'y penser, Alyssa sentit un frisson courir sur sa peau.

Mais être attirée par lui ne l'empêchait pas de demeurer lucide. Cet homme n'était pas pour elle. Et c'était très bien ainsi. Au petit jeu de la séduction, elle préférait rester sur la touche et regarder les autres jouer.

Un jour, peut-être, elle se sentirait prête à entrer dans la danse. Mais après tant d'années passées à être surveillé par ses parents et les médecins, elle entendait profiter de sa liberté. Voilà pourquoi elle avait quitté la Californie, décidée à prendre ses distances avec une famille pleine de bonnes intentions, mais trop étouffante.

Huit mois s'étaient écoulés depuis, mais Renata, sa mère, n'avait toujours pas renoncé à mener campagne pour qu'elle revienne. Sa toute dernière tentative avait eu lieu durant les vacances de Noël, lorsqu'elle lui avait parlé de Diego Garcia. Un garçon très séduisant et célibataire, avait-elle insisté. Mais Alyssa n'était pas intéressée.

Malheureusement, Renata n'entendait pas en rester là. Chaque fois qu'elles se téléphonaient, elle lui parlait de Diego Garcia. Récemment, elle avait fait allusion à sa venue possible dans le Nevada pour aider un cousin qui habitait Elko à déménager. Alyssa redoutait que sa mère ait pu encourager Diego à entreprendre ce voyage en lui laissant entendre qu'elle s'intéressait à lui. Elle en était capable ;

Son gobelet de café dans une main et ses clés dans l'autre, Alyssa venait juste de sortir de chez elle quand son téléphone sonna. Inutile de vérifier, il n'y avait qu'une personne pour l'appeler aussi tôt le matin.

Elle décrocha.

— *Buenos dias*, mama.

— Je t'appelle pour de dire que Diego sera dans le Nevada ce week-end, annonça Renata sans préambule.

Alyssa ferma un instant les yeux, réprimant un soupir.

— J'ignorais que c'était sûr.

— C'est parce que tu ne m'as pas écoutée.

— Je travaille ce week-end, dit Alyssa.

— Tu travailles ce soir, rectifia sa mère. Diego a dit qu'il passerait au Diggers' pour que vous puissiez décider de ce que vous ferez ensemble… lorsque tu ne travailleras pas !

— Je te rappelle que je suis enseignante. J'ai des copies à corriger pour lundi et des préparations de cours.

— Tu travailles trop, protesta Renata. Le lycée dans la journée et un second emploi le soir, je ne sais pas si tu te rends compte !

— Deux soirs par semaine, objecta Alyssa, précisant son statut de barmaid à temps partiel au Diggers'.

— Si tu ne lèves pas le pied, tu vas t'épuiser, poursuivit Renata comme si elle ne l'avait pas entendue.

Alyssa ne prit pas la peine de lui faire remarquer que sa sœur travaillait à plein temps, qu'elle s'occupait de son mari et de son fils, et que personne ne s'inquiétait de savoir si elle allait s'épuiser.

— Tout va bien, mama, se contenta-t-elle de répondre.

— Tu as besoin de faire une pause ! s'exclama Renata. Et je pense que passer du temps avec Diego est exactement ce qu'il te faut.

— Diego est un garçon charmant, commença Alyssa, soucieuse d'apaiser sa mère.

— Issu d'une excellente famille. Et prêt à se fixer et à fonder la sienne, ajouta cette dernière.

Ce qu'Alyssa, elle, n'était absolument *pas* prête à faire.

— Mama…

— Ce serait vraiment une telle épreuve pour toi de passer du temps avec un célibataire séduisant et cultivé ?

— Bien sûr que non, mais…

Il fallait qu'elle trouve le moyen de mettre un terme définitif aux délires de sa mère.

— Je sors avec quelqu'un, ici.

Le mensonge était énorme. Mais à situation désespérée, mesure drastique.

— Tu sors avec quelqu'un ? répéta Renata, ne cherchant même pas à dissimuler son incrédulité.

— Oui, renchérit Alyssa, réitérant le mensonge.

— Et pourquoi a-t-il fallu que j'attende aujourd'hui pour être au courant ?

— C'est peut-être idiot, mais je craignais de porter malheur à cette relation si j'en parlais trop tôt.

Par contre, Alyssa ne craignait pas d'aller directement en enfer pour mensonge éhonté !

— Voilà qui me met dans une situation très délicate, Alyssa. Si j'avais su pour cette… relation, je n'aurais pas encouragé Diego à venir te voir lorsqu'il sera en ville.

En ville ? Renata oubliait qu'il ne s'agissait pas de la même ville. Elko ne se trouvait pas tout à côté.

— Peut-être n'est-il pas trop tard pour le contacter et lui conseiller de changer ses plans, suggéra Alyssa pleine d'espoir.

— Si, malheureusement. Il se trouve déjà dans le Nevada. Aussi, j'espère que lorsque tu le verras, ce soir, tu l'accueilleras chaleureusement. Il vient de loin pour te voir.

— Bien sûr, murmura Alyssa, l'esprit de nouveau en ébullition. Maintenant, il faut que je te laisse, je vais être en retard au lycée.

— Parfait. Et n'oublie pas d'appeler Nicolas, la semaine prochaine. C'est son anniversaire.

— Je n'oublierai pas, promit Alyssa.

Elle se réjouissait par avance de parler avec son neveu qui allait fêter ses cinq ans. Lui, au moins, ne cherchait pas à la culpabiliser pour qu'elle revienne en Californie.

— Au revoir, mama. *Te quiero.*

Alyssa raccrocha et poussa un soupir rageur.

— Et voilà ! Cette fois, je suis bonne pour aller en enfer !

— Je ne suis pas prêtre, mais je suis tout à fait disposé à écouter votre confession si cela peut aider, dit soudain Jason Channing, derrière elle.

Alyssa sursauta et se retourna, une main posée sur la poitrine. Son cœur battait à tout rompre.

— Désolé de vous avoir fait peur, dit-il.

Les cheveux encore humides de la douche et fraîchement rasé, il était plus beau que jamais. Alyssa sentit les battements de son cœur redoubler.

— C'est que je ne m'attendais pas… vous ne partez pas si tôt d'habitude ?

— Non. Et vous, jamais aussi tard.

Alyssa jeta un bref coup d'œil à sa montre.

— Vous avez raison.

— Je ne veux pas vous retenir, mais je suis curieux de savoir ce qui est censé vous envoyer en enfer.

— J'ai menti à ma mère.

— Il faut que ce soit énorme pour mériter pareil châtiment, non ?

— Je lui ai dit que je sortais avec quelqu'un.

— Et ce n'est pas le cas ?

Alyssa secoua la tête.

— Non.

— Il y a une raison particulière pour expliquer cet… ascétisme ?

— J'ai tout simplement d'autres priorités en ce moment. Par exemple, la préparation d'un test de mathématiques pour mon cours de demain.

Jason saisit l'allusion.

— Dans ce cas, bon courage, dit-il, gagnant sa voiture.

Lorsqu'il démarra, Alyssa lui adressa un petit signe de la main. Sa décision était prise. La détermination de sa mère ne faiblissant pas, il était temps de déclencher le plan B.

- 2 -

— À l'entrepôt. Ce soir. 18 heures.

Jason leva les yeux de son écran d'ordinateur. Carter Ford, son ami de toujours et bras droit de la Jason Channing Enterprises, se tenait dans l'encadrement de la porte.

— Impossible, répondit-il.

Il désigna la paperasse entassée sur son bureau.

— Je ne sais pas si tu imagines le temps qu'il va me falloir pour régler tout ce bazar.

— Quel bazar ? demanda Carter.

— Les factures à payer, les réservations à enregistrer, les mails auxquels il faut répondre.

— Ce n'est pas le boulot de Naomi ?

— C'*était*, rétorqua Jason, jusqu'à ce que je me rende compte que nous avions deux mois de retard dans le paiement de l'assurance et que nous avions raté l'occasion d'accueillir un groupe de cinquante personnes pour un week-end d'intégration à cause d'un mail resté sans réponse.

Le week-end représentait une perte non négligeable, mais le défaut d'assurance aurait carrément pu se solder par la fermeture de l'entreprise.

— Pour l'assurance, tu n'avais pas mis en place un prélèvement automatique ? dit Carter.

— Si. Au début, c'était sur mon compte personnel, le temps de laisser à l'entreprise la chance de devenir rentable. Ensuite, les prélèvements automatiques étaient censés passer sur le compte d'Adventure Village. Mais Naomi n'a pas fait le nécessaire auprès de la banque.

Carter étouffa un juron.

— Rappelle-moi pourquoi nous la payons chaque mois.

— Elle a reçu son dernier chèque aujourd'hui.

— Tu as viré ta cousine ?

— Exactement.

— Ta tante risque de très mal le prendre.

— Vraisemblablement.

Jason s'y attendait. Mais au cas où la nouvelle déclencherait un drame familial, il savait pouvoir compter sur l'appui de son père. C'était lui, Benjamin Channing, qui avait insisté pour qu'il embauche la jeune femme. Il n'en voulait pas à la Blake Mining. Naomi avait de l'expérience, mais elle était incapable de garder longtemps un emploi.

— Tu sais que je ne suis pas opposé à un peu de piston, reprit Jason. En revanche, je ne supporte pas l'incompétence. Tu comprends, maintenant, pourquoi je dois me taper toute cette paperasse.

— Certes. Mais tu peux te permettre une pause, non ?

— Demain soir.

— Non, c'est ce soir.

— Pourquoi ?

— Parce que c'est notre anniversaire.

Jason était conscient de l'importance que revêtait la date anniversaire de leur collaboration, mais il ne put s'empêcher de le taquiner.

— Et tu ne m'as pas apporté de fleurs ?

— Il n'y avait plus de roses jaunes chez le fleuriste, répondit Carter du tac au tac. Je sais que ce sont tes préférées.

— Je n'ai même pas une carte ?

— De simples mots ne suffiraient pas à exprimer ce que je ressens. Mais je te paierai une bière ce soir, après le paintball. Nous trinquerons à notre première année de travail ensemble.

— Et aux comptes définitivement sortis du rouge, ajouta Jason, se calant contre le dossier de son siège.

Il travaillait dur, mais il aimait le jeu, les challenges, et il exerçait justement un métier dans lequel travail et jeu se mêlaient étroitement. Un luxe que lui offrait sa position de P-DG d'Adventure Village, le parc d'attractions d'Haven et il ne s'en privait pas, relevant les défis qu'ils se lançaient régulièrement entre amis.

Lorsqu'il avait acheté sa première propriété, deux hectares de terrain désertique et poussiéreux, de nombreuses personnes en ville s'étaient demandé pour quelle raison il gaspillait ainsi son argent. Peu de gens imaginaient qu'il avait un projet. Et encore moins un projet viable. Il n'en avait parlé à personne, sauf à ceux qu'il avait choisis pour en assurer le développement avec lui. Le moyen le plus sûr d'éveiller la curiosité était de ne rien dire. Moins les gens en savaient, plus ils se posaient de questions. C'était ainsi qu'on créait le buzz.

Lorsque Adventure Village avait ouvert, Jason espérait que les détracteurs, les sceptiques, et tous les autres comprendraient qu'en achetant le terrain, il avait réalisé un investissement, non seulement pour son propre compte, mais pour Haven. Elle faisait partie des trois villes du Nevada dans lesquelles les jeux d'argent étaient interdits. Régulièrement, le soir ou le week-end, ses résidents se rendaient dans les casinos de la région. Comment le leur reprocher ? Il n'y avait pas beaucoup de distractions en ville.

Désormais, une autre option s'offrait aux habitants

d'Haven. Désormais, non seulement ils étaient de moins en moins nombreux à partir le week-end, mais une nouvelle clientèle affluait des environs.

Jason savait qu'il devait une partie de son succès à l'attrait de la nouveauté. Mais dans un État où la plupart des gens dépensaient leur argent aux tables de jeu, un parc qui offrait toute une variété d'activités physiques pour tous les âges faisait figure d'ovni. Et semaine après semaine, cet ovni concourait à faire de lui l'homme le plus riche d'Haven.

Voilà qui valait largement la peine d'être fêté.

— Qu'est-ce qu'il y a au programme ?

— *Assassins*, répondit aussitôt Carter.

Il avait visé juste. C'était son jeu préféré.

— Qui participe ?

— Kevin, Matt, Nat, Hayley, toi et moi.

Jason hocha la tête, jetant de nouveau un coup d'œil à la paperasse étalée sur son bureau.

— Je te rappelle que si tu as choisi ce secteur d'activité, dit Carter, c'est parce que tu aimes jouer et te dépasser, non ?

— Certes. Mais je n'aurais jamais imaginé que ce parc me donnerait autant de travail.

— D'où le besoin de faire un break. De plus, ce soir, Kev veut passer au Diggers'. Il a en tête de tenter sa chance auprès de la nouvelle barmaid. Elle est super sexy, à ce qu'il paraît. Et elle ne travaille pas le samedi.

— Kev est nul en drague. Et quand il trouve une fille super sexy, en général, elle n'est pas terrible.

— Tu as raison pour ce qui est de draguer, Kev n'est pas une flèche. Mais je peux t'assurer que d'après la description qu'il m'a faite de cette fille, c'est une bombe.

— Ah, voilà qui est intéressant !

Jason décida que la paperasse attendrait le lendemain. Elle n'allait pas s'envoler.

Alyssa adorait son métier d'enseignante. Il était une passion pour elle et une fierté. Éveiller les jeunes esprits aux disciplines scientifiques la comblait. Toutefois, malgré son temps complet d'enseignement et les heures consacrées aux préparations et aux corrections, elle avait pas mal de temps libre. Elle avait donc cherché à rencontrer des habitants et à participer à la vie de la communauté.

Elle faisait partie d'un club de lecture, mais les quelques livres à lire et les réunions mensuelles étaient loin de remplir ses soirées. Elle s'était essayée à la poterie, mais n'était pas douée et n'avait pas remporté davantage de succès avec le tricot. C'est ainsi qu'elle s'était retrouvée à passer nombre de longues soirées d'hiver à regarder des séries.

Puis, un jour, alors qu'elle faisait ses courses au supermarché, elle avait entendu qu'il manquait une barmaid au Diggers'. Alyssa avait un peu d'expérience dans ce domaine. Étudiante, elle avait travaillé au bar du campus universitaire.

Le patron du Diggers', Duke Hawkins, n'était pas emballé à l'idée d'engager une enseignante pour tenir le bar, mais elle était la seule postulante à avoir de l'expérience et il avait accepté de lui donner sa chance. Très vite, il avait été convaincu, et elle travaillait désormais tous les mardis et vendredis soir.

Le lundi et mardi, il n'y avait qu'une seule barmaid, mais le week-end, elles étaient deux. Skylar Gilmore arrivait plus tard et faisait la fermeture. Sky travaillait au bar depuis qu'elle était en âge et elle était passée maître dans l'art de charmer les clients. Ils revenaient, fidèles, sans attendre d'elle autre chose que de remplir leurs verres.

Tout le monde en ville savait que Sky était la fille de David Gilmore, propriétaire du Circle G, le ranch le plus étendu et le plus prospère du Nevada. Peu de gens, en revanche, savaient qu'elle préparait un master en psychologie. Elle était d'une nature ouverte, chaleureuse et drôle, et savait tout des clients réguliers du bar et pas mal de choses concernant les plus occasionnels.

Elle était la troisième d'une fratrie de quatre. Sa sœur aînée était avocate. Liam, le deuxième, travaillait au ranch avec son père et son frère et fréquentait beaucoup le Diggers'. C'est ainsi qu'Alyssa avait été amenée à faire sa connaissance.

— Liam m'a dit de te prévenir. Un taureau s'est échappé, dit Sky, rejoignant Alyssa derrière le bar.

— Ça veut dire qu'il ne viendra pas ce soir ?

— Si, mais il sera en retard.

— D'accord, répondit Alyssa, déçue.

S'il était *trop* en retard, son plan B tomberait à l'eau.

— Ce qu'il ne m'a pas dit, en revanche, poursuivit Sky, c'est pourquoi il était si important qu'il vienne, ce soir, ni pourquoi ça t'intéressait tant.

— C'est une longue histoire, dit Alyssa.

— Nous avons tout le temps. C'est calme, à cette heure.

Alyssa mit Sky au courant de la visite de Diego et des manœuvres de sa mère. Elle s'empressa de lui dire qu'elle n'était absolument pas intéressée.

— Pourquoi ? demanda Sky.

— Il ne manque pas de charme, mais il ne m'attire pas, c'est tout.

— Il a une bonne situation ?

— Oui. Il est ingénieur dans l'aéronautique.

— Et il ne te plaît pas ? Alors, là, explique-moi ! s'exclama Sky.

— Je n'ai pas envie de sortir avec un garçon en ce moment. Et surtout pas un garçon choisi par ma mère dans le seul but de me faire revenir en Californie.

— OK. Mais que vient faire mon frère dans cette histoire ?

— Je lui ai parlé de Diego. C'est lui qui a suggéré que le moyen le plus sûr de mettre un terme aux manigances de ma mère, c'était de lui dire que je sortais avec quelqu'un, ici. Et... Liam va se faire passer pour mon petit ami, ce soir.

Sky haussa les sourcils.

— Ton petit ami ?

— On fait semblant, c'est tout, dit Alyssa d'un ton ferme.

— Oh ! dommage. J'imaginais déjà une histoire d'amour torride entre vous, comme dans le roman que je suis en train de lire.

— Tu pourras me le prêter quand tu l'auras fini, parce que pour moi, les histoires d'amour en ce moment, c'est au cinéma ou dans la littérature.

— Pourquoi ?

— Parce que j'aime ma vie telle qu'elle est. Je n'ai aucune envie de la compliquer avec les attentes d'un homme.

— La plupart des hommes sont mus par des désirs très simples, manger, dormir et faire l'amour.

Sky eut un large sourire.

— Pas forcément dans cet ordre.

— Je n'ai aucune envie de cuisiner pour un homme ni de faire son lit.

— Je remarque que tu ne parles pas de faire l'amour.

— Mon expérience dans ce domaine est très limitée.

— Mais encore ?

— Eh bien, je n'ai pas grand-chose à en dire, justement.

— C'est parce que tu n'as pas connu le genre d'hommes qu'il te faut. Et c'est sans doute une bonne chose que tu ne fasses que semblant avec Liam.

— Ah bon ?

— J'aime tendrement mon frère, mais il est… disons qu'il n'est pas très attentif à ce que peut ressentir une femme. Je crois même qu'il ne nous comprend pas beaucoup.

— Voilà qui tombe bien. Je te l'ai dit, je ne cherche pas du tout à craquer pour qui que ce soit.

— C'est la plupart du temps quand on ne cherche pas que cela arrive, déclara Sky. Depuis combien de temps habites-tu à Haven ? demanda-t-elle, rangeant un plateau de verres.

— Huit mois.

— Tu es sortie combien de fois avec des garçons ?

— Deux.

— Avec le même ou avec deux différents ? demanda Sky, continuant de s'affairer.

— Deux différents, précisa Alyssa. Mais je n'ai pas eu envie de les revoir, ni l'un ni l'autre.

— Tu as couché avec ?

Alyssa secoua la tête.

— Tu n'as pas fait l'amour depuis huit mois ? s'exclama Sky, interloquée.

Le visage d'Alyssa s'empourpra violemment.

— En fait, depuis un peu plus longtemps que ça. Beaucoup plus longtemps, en réalité, ajouta-t-elle.

Mais elle n'avait pas envie de révéler à son amie qu'elle était encore vierge à vingt-six ans.

— Et depuis ce temps, tu n'as rencontré personne qui t'ait donné envie de te retrouver nue dans ses bras ?

Alyssa secouait la tête, sûre d'elle, lorsque l'image de Jason Channing surgit dans son esprit, faisant courir une onde de chaleur dans tout son corps. Chaque fois qu'elle se trouvait en sa compagnie, elle était assaillie d'une multitude de sensations étranges et délicieuses. Des sensations qui lui faisaient presque oublier qu'elle se trouvait très bien seule et ne cherchait absolument pas à vivre la moindre relation amoureuse. Et de toute façon, c'eut été une erreur d'en imaginer une avec lui.

— Non, dit-elle, en réponse à la question de Sky.

À cet instant, comme s'il avait surgi de ses pensées, elle vit Jason Channing entrer dans le bar et crut que son cœur allait s'arrêter de battre.

Il n'était pas seul. Bien sûr, *don Juan* ne pouvait que se trouver en bonne compagnie, surtout un vendredi soir. Une superbe blonde venait d'entrer. Et... une deuxième femme, un peu plus grande, brune, et très belle aussi. Un homme entra après elle et tous se dirigèrent vers l'un des boxes.

Chacun avec sa petite amie, songea, Alyssa.

Puis deux autres hommes entrèrent à leur tour et vinrent se glisser à leurs côtés sur les banquettes.

Peut-être tout simplement un groupe d'amis, rectifia-t-elle.

Elle détourna le regard et jeta un coup d'œil à la pendule. Jason Channing avait beau être très séduisant, ce n'était pas lui qu'elle avait envie de voir arriver, ce soir.

De toute façon, elle ne pouvait pas se permettre d'en avoir envie.

- 3 -

Lorsque Jason s'avança vers le bar, Alyssa souriait à un client en lui rendant la monnaie. Elle leva soudain les yeux et il aurait juré voir son sourire s'épanouir lorsqu'elle le reconnut.

— C'est donc vous ! s'exclama-t-il.

— Quoi, moi ? Que voulez-vous dire ?

— Mon ami Kevin a insisté pour que nous passions, ce soir. Il tenait absolument à voir la nouvelle barmaid. Une femme extrêmement sexy, selon ses dires.

Alyssa jeta instinctivement un coup d'œil en direction de la table où étaient installés les amis de Jason.

— En tout cas, j'espère qu'il n'a pas fait cette proposition devant votre nouvelle petite amie.

— Ma nouv… oh ! s'exclama Jason, jetant un coup d'œil par-dessus son épaule. Et de laquelle s'agit-il, selon vous ?

— Je ne sais pas. Les deux, peut-être.

— Je suis flatté, mais non. Nat et Hayley sont des employées et des amies.

— C'est leur patron, alors, qui offre la première tournée ?

— Exactement. Il y aura trois whiskys, un gin tonic et un coca.

Alyssa se détourna pour attraper les boissons dans

le réfrigérateur, offrant à Jason une très jolie vue sur la courbe de ses hanches.

— Comment se fait-il que vous soyez barmaid ? demanda-t-il.

— J'ai du temps libre à occuper.

— Vous avez perdu votre poste d'enseignante ?

— Pas du tout.

— Par temps libre, vous voulez dire trop de soirées en solitaire, alors ?

— Je ne suis pas solitaire, mais je passe pas mal de temps seule et j'ai pensé que ce serait une excellente façon de faire des rencontres.

— Et c'est concluant ?

Alyssa versa une rasade de gin dans un verre et sourit.

— Les pourboires sont plutôt généreux.

Jason eut un petit rire.

— De plus, poursuivit-elle, servant les whiskys, c'est une activité très instructive. Par exemple, saviez-vous qu'il y a trois sortes d'hommes qui fréquentent un bar ?

— Ah oui, et lesquels ? demanda Jason, intrigué.

— Type 1, les habitués. Souvent des gens aimables, mais qui n'ont de véritable relation qu'avec leur verre d'alcool.

Alyssa préleva quelques glaçons dans un bac.

— Type 2, ceux qui viennent pour rencontrer une femme, mais ne s'y intéressent que dans la mesure où ils pourront rapidement la mettre dans leur lit.

Elle ajouta les glaçons aux whiskys.

— Quant au type 3, c'est le pire, à mon sens. Il est tout à fait charmant, toujours accompagné d'une fille. Mais il passe la soirée à regarder les autres femmes. Vous voyez le genre !

— Je suggère l'existence d'un quatrième type, dit

Jason. Un homme qui vient prendre un verre avec des amis et flirter avec une jolie fille, si l'occasion se présente.

— Pourquoi pas ? reconnut Alyssa, peu convaincue.

— Ah, voici Carter ! dit Jason, lorsque ce dernier les rejoignit au bar.

— Bonsoir, dit Alyssa, l'accueillant d'un sourire chaleureux.

— Pour une fois, Kevin avait raison, dit-il, la couvrant d'un regard charmeur.

Jason secoua la tête.

— Exemple de type 2. Le cas n'est pas totalement désespéré, mais il est assez grave.

Carter fronça les sourcils.

— C'est quoi cette histoire de type 2 ?

— Ça signifie qu'il est hors de question que tu fasses du charme à la barmaid qui, de plus, se trouve être ma voisine, déclara Jason, très sérieux.

Carter prit un air outré.

— Tu habites près d'une créature de rêve et tu ne m'as jamais invité à venir faire sa connaissance ?

— Et voilà ! Il va prétendre ne pas être en train de faire du charme, dit Jason tendant quelques billets à Alyssa par-dessus le comptoir.

Elle rit.

— Je suis flattée.

— Faites-moi savoir lorsque vous souhaiterez que je ne me contente pas de prétendre, dit Carter, s'emparant des deux whiskys et rebroussant chemin.

Jason refusa la monnaie que lui tendait Alyssa. Soudain, elle s'immobilisa, le regard inquiet.

— Que se passe-t-il ?

— C'est ce que j'allais vous demander.

Elle tendit la main, effleura sa joue du bout des doigts, l'ecchymose qui marquait sa peau sous la barbe naissante.

— Oh ! ça ? dit Jason, soudain troublé.

Comment ce simple petit geste pouvait-il provoquer en lui une telle réaction ?

— Matt a réussi à m'attraper au moment où ma visière était relevée.

— Votre visière ?

— Oui. On porte un casque pour le paintball.

— Ah, les garçons et leurs jeux virils ! soupira Alyssa.

Elle avait ôté sa main, mais Jason en sentait encore la douceur sur sa peau. Il saisit les boissons et quitta prestement le bar. Pas question qu'il se passe quoi que ce soit avec sa voisine !

— Alors, on pose des jalons ? demanda Carter dès que Jason s'installa à leur table.

— Des jalons ? C'est quoi cette histoire ? s'enquit Matt Hutchinson, curieux.

— Jamais de la vie, protesta Jason.

— Il se place auprès de la barmaid, dit Natalya Vasilek.

— Si quelqu'un doit tenter sa chance avec elle, c'est moi, déclara Kevin Dawson. Je suis le premier à l'avoir repérée.

— C'est faux, coupa Carter. Notre séduisante barmaid est en fait une amie et la voisine de notre P-DG.

Kevin étouffa un juron.

— Mais il ne s'intéresse pas à elle, il vient de le dire, leur rappela Matt.

— Parce qu'il aime et respecte trop les femmes pour parler d'elles en termes de drague, coupa Hayley MacDowell d'un ton sec.

— Quelles que soient ses raisons, insista Kevin, s'il n'y va pas, j'y vais.

— Personne ne tente quoi que ce soit avec Alyssa, déclara Jason d'un ton qui n'admettait pas de réplique.

Carter porta son verre à ses lèvres sans quitter son ami des yeux, acquiesçant silencieusement.

La conversation dériva vers d'autres sujets et notamment les moments forts de la partie de paintball qu'ils venaient de disputer.

— À mon avis, c'est à cause d'Alyssa que tu as rompu avec ta dernière conquête, dit Carter lorsque le sujet commença à s'épuiser.

— J'ai rompu avec elle parce que dans la liste de mes priorités, elle passait après mon travail et mes amis, répondit Jason.

— Peut-être, concéda Nat. Mais cela n'explique pas pourquoi tu n'arrives pas à détacher les yeux de cette barmaid.

Jason détourna le regard.

— Qui paie la prochaine tournée ? demanda-t-il, levant son verre.

— C'est mon tour, je crois, dit Hayley.

— Je suis hors jeu, ajouta Matt. Je dois rentrer retrouver Cassie.

Kevin eut une moue éloquente.

Leur ami, qui devait se marier prochainement, demeura impassible.

— Oui, je sais, c'est affreux d'être le fiancé d'une femme sublime qui partage avec moi beaucoup de centres d'intérêt, me gratifie de conversations passionnantes et qui, plus est, est une bombe au lit.

Nat se leva.

— Je t'accompagne, Hayley, dit-elle, saisissant le prétexte des boissons pour laisser les hommes entre eux.

Lorsqu'elles revinrent, la conversation reprit un tour plus neutre.

Peu de temps après, Kevin quitta le bar avec Hayley. Ils allaient dans la même direction. Puis ce fut au tour de Nat et de Carter. Jason savait qu'il aurait été sage qu'il rentre, lui aussi. Le week-end était le moment le plus chargé à Adventure Village et il faisait l'ouverture le lendemain, sans compter qu'il avait deux anniversaires sur site à superviser.

Mais il demeura assis à la table, sirotant son verre tout en réfléchissant à cette découverte peu banale. Sa voisine et la nouvelle barmaid super sexy étaient une seule et même personne.

Alyssa avait beau être occupée à servir les boissons, elle avait le regard qui faisait la navette entre la pendule et la porte, sans oublier, de temps en temps, la table où Jason était assis avec ses amis. Et où il se trouvait seul, désormais.

Sky la poussa soudain du coude.

— Si nous reprenions notre petite conversation de tout à l'heure ?

— À quel sujet ? demanda Alyssa, regardant de nouveau la pendule.

— Si je ne me trompe pas, tu prétendais n'avoir jamais rencontré un homme qui te donne envie de te retrouver nue dans ses bras. Parce que pendant que tu fais semblant de ne pas regarder Jason Channing, lui aussi fait semblant de ne pas te regarder.

Alyssa haussa les épaules.

— Jason est mon voisin.

— Ça, c'est plutôt pratique.

— Tu as des nouvelles de Liam ? demanda Alyssa, pressée de changer de conversation.

Et surtout impatiente de le voir arriver.

Sky jeta un coup d'œil à la pendule et fronça les sourcils.

— Non. Et il n'est pas normal qu'il ait un tel retard.

Heureusement, Diego lui aussi était en retard. Peut-être ne viendrait-il pas, finalement. Alyssa croisa les doigts. Si seulement elle pouvait avoir cette chance !

— Je vais essayer de le joindre sur son portable, dit Sky.

Alyssa jeta de nouveau un coup d'œil à la pendule. 9 h 28.

Le coup de fil n'avait rien donné. Sky remit le portable dans sa poche et reprit son service.

Alyssa poussa un soupir.

— Quelque chose ne va pas ? demanda soudain Jason.

Elle sursauta, surprise. Son cœur s'emballa aussitôt.

— Décidément, je passe mon temps à vous faire peur, dit-il. Je suis désolé.

— Ce n'est rien. J'étais ailleurs, c'est tout.

— Ailleurs ? Alors que je suis là, en face de vous ? dit-il, affichant le plus grand sérieux.

Alyssa rit.

— Je vous sers quelque chose à boire ?

— Non. Merci. J'ai remarqué que vous surveilliez la porte. Vous attendez quelqu'un ? ajouta-t-il, s'installant sur un tabouret.

— En quelque sorte.

— En quelque sorte ?

— Oui, il y a une personne que j'espère voir arriver et une autre qui j'espère ne viendra pas.

— Vous m'intriguez.

Par-dessus l'épaule de Jason, Alyssa vit un visage familier entrer dans le bar.

— Oh non ! murmura-t-elle.

Jason haussa les sourcils, intrigué, attendant visiblement une explication qu'elle n'eut pas le temps de lui donner. Diego l'avait aperçue et avançait d'un pas décidé dans sa direction.

Ce n'était pas Jason qui était prévu, mais puisqu'il fallait faire semblant d'avoir un homme dans sa vie, autant que ce soit le plus désirable qu'elle connaissait.

— Je vous expliquerai plus tard, promit-elle, l'urgence de la situation lui faisant oublier tout bon sens. Pour l'instant, je vous en prie, acceptez !

— Accepter qu.. ? commença-t-il.

Mais Alyssa ne lui laissa pas le temps de terminer sa phrase. Elle se pencha par-dessus le bar et l'embrassa.

Si c'était cela qu'il fallait accepter, décida Jason tandis qu'Alyssa pressait ses lèvres contre les siennes, il était d'accord. Et pour aussi longtemps qu'elle en aurait envie, car ses lèvres chaudes et douces étaient définitivement enivrantes.

Il mentirait en prétendant ne jamais avoir eu envie de l'embrasser. Elle était le type de femmes qui ne peut laisser un homme indifférent. Mais Jason savait que ce n'était pas une bonne idée de céder à une impulsion soudaine lorsque la femme qui la suscitait était une amie, une collègue de travail ou une voisine. Et Alyssa remplissait deux de ces critères. Alors, aussi violent que soit le désir qu'elle éveillait en lui, il avait tout fait pour l'ignorer.

Mais à présent, c'était une tout autre histoire…

Le parfum de sa peau l'enivrait et, plus encore, le goût de ses lèvres. S'il n'y avait pas eu le bar entre eux, il l'aurait prise dans ses bras et plaquée contre lui. Il saisit ses poignets, en caressa l'intérieur, là où la peau est si douce. Il sentit battre son pouls, rapide, preuve que son cœur battait aussi fort que le sien.

— Je pense que ça devrait suffire, murmura-t-elle contre ses lèvres avant de s'écarter.

Suffire à quoi ? se demanda Jason, fixant sa bouche. Mais avant qu'il ait eu le temps de reprendre son souffle pour poser la question, quelqu'un intervint derrière lui.

— J'avais entendu dire que le Diggers' était un établissement accueillant. On ne m'a pas menti. Tous les consommateurs bénéficient-ils de ce genre d'attentions ?

Les joues d'Alyssa s'empourprèrent violemment.

— Non, bien sûr, dit-elle, très vite. Euh... bonsoir, Diego.

— Vous devez être quelqu'un de proche, dans ce cas, reprit ce dernier, scrutant le visage de Jason.

— Oui, très proche, déclara aussitôt Alyssa. Jason est... mon petit ami.

Interloqué, Jason faillit protester, mais le regard d'Alyssa le suppliait de ne pas la contredire.

— Et vous êtes ? demanda-t-il, fixant à son tour le fameux Diego.

Ce fut Alyssa, de nouveau, qui intervint.

— Diego Garcia, un ami de la famille. Il vient de Californie.

— Enchanté. Les amis d'Alyssa sont mes amis.

Diego serra la main que lui tendait Jason avec un peu plus de poigne que nécessaire.

— C'est un long voyage que vous avez entrepris.

— Je suis venu voir un cousin à Elko, expliqua Diego. Et dans la mesure où je n'étais pas loin, Renata a suggéré que je passe dire bonjour à sa fille.

— Voilà qui est fait !

Diego acquiesça d'un signe de tête et se tourna vers Alyssa.

— Si tu ne travailles pas demain soir, peut-être pourrions-nous dîner ensemble ?

— Je ne travaille pas, en effet, répondit-elle, suppliant de nouveau Jason du regard, mais…

— Nous avons des projets pour demain soir, dit-il, venant à son secours.

— Des projets impossibles à modifier pour faire plaisir à un ami venu de loin ? insista Diego, adressant la question à Alyssa.

— Oui, malheureusement. Nous fêtons notre troisième mois de rencontre et j'ai prévu une surprise, répondit Jason.

— Et pour le déjeuner ? proposa Diego.

— Désolé, vraiment, dit Jason, se substituant de nouveau à Alyssa. Nous sommes pris tout le week-end.

— Et moi, je repars dimanche matin, dit Diego.

— Dans ce cas, je te souhaite un agréable week-end avec ton cousin et un bon voyage de retour, dit Alyssa, visiblement impatiente de le voir partir.

Jason était curieux concernant la présence de Diego dans la vie d'Alyssa. Et comme elle était peu encline à répondre aux questions qu'il lui posait sur sa vie d'avant, il trouva l'occasion trop belle pour la laisser passer.

— Puisque vous êtes là, dit-il à Diego, permettez-moi de vous offrir un verre.

- 4 -

Alyssa ne comprenait pas. Que faisait Jason ? Elle lui jeta un regard réprobateur.

Diego n'allait tout de même pas accepter. Elle retint son souffle tandis qu'il jetait un coup d'œil à sa montre.

— Pourquoi pas ? dit-il. Je prendrais volontiers un café avant de repartir.

— Ça fera deux cafés, sweetie, dit Jason.

Il l'avait appelée *sweetie ?*

De toute façon, il était hors de question de protester. Elle avait besoin de son aide si elle voulait que le stratagème réussisse.

— Bien sûr, *trésor*, répondit-elle, plaquant un sourire sur ses lèvres.

Jason haussa imperceptiblement les sourcils et sourit. Puis il guida Diego vers une table libre.

— Trésor ? s'exclama Sky, narquoise.

— C'est la première chose qui m'est venue à l'esprit.

— Tu n'as pas attendu longtemps avant de te jeter au cou d'un autre homme.

— Ton frère m'a laissée tomber. Je n'ai pas eu le choix.

Mais, le cœur battant encore à tout rompre après le baiser échangé avec Jason, Alyssa ne pouvait s'empêcher de se dire qu'elle venait peut-être de faire une énorme bêtise.

Sky jeta un coup d'œil à la table où Jason et Diego étaient installés.

— Il n'est pas mal du tout, en fait.

— Jason ?

— Mais non ! rétorqua Sky d'un ton sec. Diego.

Sa réaction surprit Alyssa.

— Il s'est passé quelque chose entre Jason et toi ?

— Pas personnellement.

— Mais encore ?

Sky eut un petit rire.

— C'est juste que je suis une Gilmore et qu'il est un Blake. Ou plutôt, sa mère était une Blake.

— Et alors ?

— Tu n'as pas entendu parler de la querelle ?

— Non.

Sky allait lui en parler lorsqu'une serveuse s'approcha du bar avec une commande qu'elle se mit aussitôt à préparer. Alyssa s'empara d'un chiffon et commença à nettoyer les tables.

Jason et Diego étaient en pleine discussion. Elle aurait aimé savoir de quoi ils parlaient, mais elle n'était pas inquiète. Diego devait avoir enfin compris qu'il n'avait plus rien à espérer la concernant.

Elle terminait d'essuyer une table lorsque, se retournant, elle se trouva face à lui.

— Je voulais te dire au revoir avant de partir.

— Oh… oui, bien sûr.

Alyssa serra le chiffon entre ses doigts tandis que Diego se penchait et l'embrassait sur les deux joues.

— J'ai eu beaucoup de plaisir à te voir, Alyssa, même si ce fut très bref.

— Ce fut un plaisir pour moi aussi, répondit-elle, s'efforçant de paraître sincère.

Autant se montrer aimable. Que risquait-elle, de toute façon ? Il partait.

Mais sans doute parut-elle plus sincère qu'elle ne l'avait voulu car il revint aussitôt à la charge.

— Es-tu certaine de ne pas avoir un moment de libre, ce week-end ?

Elle jeta un bref coup d'œil en direction de la table où se trouvait toujours Jason et secoua la tête.

— J'ignore ce que Jason a prévu, mais je sais que nous sommes très pris.

— Dans ce cas, je te verrai en juillet.

— En juillet ?

— Oui, pour l'anniversaire de mariage de tes parents. J'imagine que tu seras en Californie pour l'occasion ?

— Oh ! oui. Certainement.

— Dans ce cas, je t'y verrai.

Alyssa poussa un soupir de soulagement lorsqu'il prit enfin congé et quitta le bar, croisant Liam Gilmore qui entrait au même instant.

Il la chercha tout de suite des yeux et la rejoignit en quelques enjambés.

— Désolé, je suis en retard, dit-il, essoufflé.

— Ce n'est pas grave. Tout va bien, à présent, dit Alyssa.

— Tu es vraiment compréhensive.

Et, sans plus attendre, il l'attira dans ses bras et l'embrassa.

En embrassant Jason Channing, Alyssa avait déjà pas mal attiré l'attention. Et voilà qu'à peine une heure plus tard, elle embrassait Liam Gilmore !

Elle le repoussa, s'écarta.

— Arrête, s'il te plaît.

— Pourquoi ? Qu'est-ce qui ne va pas ?

— Ce qui ne va pas, dit soudain Jason, derrière lui, c'est que vous êtes en train d'embrasser ma petite amie.

Liam se retourna, l'air furibond.

— Je vous demande pardon ?

Jason glissa un bras autour des épaules d'Alyssa.

— Sweetie, tu devrais lui dire que tu as finalement trouvé un homme, un vrai.

Le regard de Liam s'assombrit, dangereux.

Alyssa s'interposa aussitôt entre les deux hommes.

— Diego est arrivé et tu n'étais pas là, expliqua-t-elle. Jason a joué ton rôle.

— Mais pourquoi l'as-tu choisi, *lui* ? s'exclama Liam.

Alyssa le poussa doucement vers le bar.

— Calme-toi et demande à ta sœur de te servir une bière.

Liam s'éloigna, non sans décocher un nouveau regard haineux à Jason.

— Merci d'avoir joué les doublures, Jason, dit Alyssa. Mais Diego n'est plus là, vous êtes libre de partir.

— Je n'ai pas payé les cafés.

— Ils sont pour moi.

— Pourquoi ?

— C'est le moins que je puisse faire pour vous remercier de votre aide.

Jason laissa son regard glisser vers sa bouche. Et lorsqu'il entrouvrit légèrement les lèvres, comme s'il revivait le baiser qu'ils avaient partagé, Alyssa sentit les siennes frissonner.

Elle se ressaisit aussitôt. *don Juan* avait dû embrasser plus d'une femme ! Il ne fallait surtout pas qu'elle commette l'erreur de croire que ce baiser improvisé ait pu lui faire le moindre effet.

— Vous aider ne fut pas difficile, assura Jason, un léger sourire aux lèvres.

Alyssa récupéra le chiffon avec lequel elle nettoyait les tables.

— Excusez-moi… je dois aller à la cuisine, dit-elle très vite.

La porte franchie, elle ferma les yeux, s'efforçant de reprendre son souffle, de laisser les battements de son cœur se calmer.

Il s'agissait d'un simple baiser.

Un baiser qui ne signifiait rien, ni pour elle ni pour cet homme.

Et pourtant…

Alyssa porta une main à ses lèvres.

Pourtant, tant de sensations l'avaient assaillie lorsque leurs bouches s'étaient unies. Des sensations qu'elle n'avait jamais ressenties auparavant, avec aucun homme.

— Alyssa ?

Elle sursauta, ôta très vite la main de ses lèvres.

— J'arrive.

— En fait, tu peux partir plus tôt, si tu veux, dit Sky. La plupart des tables sont vides et il ne reste que quelques consommateurs au bar.

— Tu es sûre que ça ne te dérange pas ?

— Certaine. Et je crois que tu as eu une soirée suffisamment agitée, ajouta-t-elle, d'un ton amusé.

— C'est le moins qu'on puisse dire. Mais il faut que je parle à ton frère avant de partir.

— Ne t'inquiète pas, ça va. C'est l'autre qui avait l'air sur le point de faire une attaque lorsqu'il a vu Liam t'embrasser.

— Jason ?

— J'ai bien cru qu'il allait en venir aux mains. Tu te rends compte ? Mon frère aurait été banni de cet établissement s'ils s'étaient battus.

Le patron ne plaisantait pas. Il ne tolérait aucune bagarre dans son bar.

Alyssa suivit Sky dans la salle et découvrit avec surprise que Jason était installé au bar.

— Je ne m'attendais pas à vous trouver encore ici, dit-elle, jetant un regard méfiant à Liam.

Assis un peu plus loin, il buvait une bière.

— Quel homme faudrait-il être pour laisser sa petite amie barmaid seule dans ce genre d'endroits, un vendredi soir ?

— Un homme dont la barmaid n'est pas la petite amie.

— Il me semble que c'est pourtant ce que vous vouliez faire croire à Diego.

— Il est déjà loin, à présent.

— Je me suis dit qu'il valait mieux que je reste dans les parages, au cas où il reviendrait.

— Je pense qu'il a compris.

— Je n'en suis pas si sûr. Vous avez envoyé des signaux plutôt contradictoires. D'abord, vous m'embrassez, puis vous embrassez Gilmore.

Alyssa esquissa un faible sourire.

— Oui, je sais. Heureusement que Diego était déjà parti, ça n'aurait pas été facile de le lui expliquer.

— Vous pourriez essayer de me l'expliquer à moi ?

— Je vais avoir besoin d'un bon verre de vin pour cela.

— Vous êtes autorisée à boire pendant le travail ?

— Je voulais dire chez moi. J'ai fini mon service.

Jason haussa les sourcils.

— Nous n'avons échangé qu'un baiser et vous m'invitez déjà chez vous ?

— Je vous propose seulement de continuer l'explication dans un endroit où je vais pouvoir ôter mes talons hauts et m'installer confortablement dans un fauteuil.

Jason se leva tandis qu'Alyssa faisait le tour du bar.

— Je vous aurais volontiers proposé de vous ramener, mais je suis venu avec mes amis et ils m'ont abandonné.

— Si je comprends bien, vous me demandez de vous raccompagner ?

Jason lui décocha ce sourire à tomber à la renverse dont il avait le secret.

— Si cela ne vous oblige pas à faire un détour.

— Vous avez de la chance. J'ai justement fait le plein d'essence ce matin.

Jason songea qu'il aurait dû quitter le bar avec ses amis. S'il était parti avec Carter ou Kevin, il ne se serait pas trouvé dans la situation d'embrasser Alyssa. Car, depuis, il n'arrêtait pas d'y penser et n'avait qu'une envie, recommencer.

À vingt-neuf ans, il possédait suffisamment d'expérience pour savoir ce qu'il attendait de la vie, des femmes et des relations avec elles. Au lycée, il avait été la coqueluche de toutes les filles et n'avait jamais su dire non à aucune. L'université l'avait rendu un peu plus circonspect. Il ne cherchait plus à séduire toutes les femmes désirables qui croisaient sa route et il s'assurait que celles avec lesquelles il sortait ne se faisaient aucune illusion. Quelques nuits dans son lit ne signifiaient pas qu'il leur passerait la bague au doigt. Il était également parvenu à la conclusion que certaines relations étaient particulièrement périlleuses, raison pour laquelle il s'était fait une règle de ne jamais sortir avec une amie, une collègue de travail ou une voisine.

Alyssa était la première femme, depuis très longtemps, qui lui donnait envie d'enfreindre cette règle.

Elle habitait l'appartement situé juste au-dessous du sien. Cela aurait dû être suffisant pour lui rappeler qu'il devait garder ses distances. Pourtant, la tentation demeurait très forte.

— Vous étiez sur le point de me parler de votre amoureux transi, dit-il, franchissant le seuil derrière Alyssa.

C'était la première fois qu'elle l'invitait à entrer et il prit soudain conscience d'être en train de pénétrer dans son intimité. Il s'immobilisa près de la porte tandis qu'elle traversait le salon et gagnait la cuisine.

— Je le crois surtout influencé par ma mère, dit-elle. Je vous sers un verre ?

— Volontiers.

Alyssa servit deux verres de vin et les apporta sur la table basse.

— Vous avez l'intention de boire sur le pas de la porte ? demanda-t-elle avec un sourire amusé.

Jason n'avait pas bougé, souhaitant mettre le plus d'espace possible entre eux. Comme si la distance avait pu atténuer l'attirance qu'il éprouvait pour la jeune femme.

Il se décida à entrer, mais choisit prudemment de s'asseoir dans un fauteuil, face au canapé où s'était installée Alyssa.

— Pour avoir passé un peu de temps avec Diego, je peux vous dire qu'il n'est pas influencé du tout. Il est follement épris de vous.

— Quoi qu'il en soit, expliquez-moi pourquoi vous l'avez invité à prendre un verre alors qu'il allait partir.

— Une impulsion soudaine, répondit Jason. Et la définition même d'une impulsion, c'est de ne pas avoir d'explication. Et, de toute façon, c'est vous qui m'avez promis une explication.

— Vous avez raison.

— Ai-je également raison de penser que ce qui s'est passé ce soir est lié à la conversation que vous avez eue avec votre mère, ce matin, et dans laquelle vous avez menti en prétendant avoir un petit ami ?

Alyssa acquiesça d'un signe de tête. Elle porta le verre de vin à ses lèvres, but une gorgée.

— Pourquoi avez-vous menti ? demanda Jason.

— À cause de Diego. Enfin… pas seulement. Diego est le dernier exemple en date de ce que ma mère ne cesse de manigancer pour me marier.

— Elle fait cela souvent ?

— Régulièrement.

— C'est son métier d'organiser des rencontres ?

— Pas du tout. Elle est analyste financière. Mais c'est devenu une obsession de chercher un homme pour moi. Le but n'est pas vraiment de trouver quelqu'un qui me convienne, c'est de trouver quelqu'un qui me convaincra de revenir vivre en Californie. Et Diego n'est pas seulement le neveu préféré de sa meilleure amie, il vit dans le même quartier que mes parents.

— Alors là, drapeau rouge ! Pas question de se lier avec quelqu'un que l'on risque de rencontrer sans arrêt une fois la relation terminée. Ça ne peut être que source de problèmes.

Alyssa l'observa un instant par-dessus le bord de son verre.

— C'est un argument qui se défend. À un point près.

— Lequel ?

— Cela sous-entend que toute relation est condamnée par avance.

— Vous avez déjà vécu une relation qui ne s'est pas terminée ? demanda Jason, provocateur.

— Non. Mais cela ne m'empêche pas de croire que l'amour existe. Et je sortirai avec qui je veux, où et quand j'en aurai envie.

— C'est pour cette raison que vous m'avez embrassé ? Vous en aviez assez d'attendre que je fasse le premier pas.

Alyssa n'en revenait pas.

— Je n'ai *jamais* attendu quoi que ce soit de votre part. Et si je vous ai embrassé, c'est parce que j'étais totalement désespérée.

Jason fronça les sourcils.

— Vous êtes en train de me dire que vous ne voulez *pas* sortir avec moi ?

— Mon Dieu, non. Jamais de la vie !

— Vous pourriez au moins prendre une minute pour réfléchir avant de répondre, rétorqua Jason, sèchement.

— Je n'ai pas besoin de réfléchir, même une minute. C'est non, dit-elle. Je ne *veux pas* sortir avec vous.

Jason Channing était peut-être l'homme le plus sexy qu'elle ait jamais rencontré, mais il n'était pas son type. Ou plutôt, c'était elle qui n'était pas son type. À plusieurs reprises, elle l'avait croisé en ville, toujours en compagnie de femmes grandes, minces et blondes. Elle, elle mesurait un mètre soixante-cinq avec des talons et elle était un peu plus enveloppée que le style mannequin. De plus, elle était brune aux yeux sombres, témoignage de son héritage mexicain.

— Sérieusement, reprit-elle, comment pouvez-vous me poser une question pareille ? Il faut avoir un ego démesuré pour croire que je cherchais à tout prix l'occasion de me rapprocher de vous !

— Beaucoup de femmes dans cette ville en auraient envie.

— C'est possible, mais pas moi.

— Donc, si je comprends bien, je me suis trouvé au mauvais endroit au mauvais moment ?

— Exactement.

Mais à l'instant même où Alyssa prononçait ces mots, elle songea que c'était peut-être le contraire et qu'il s'était trouvé au bon endroit, au bon moment.

- 5 -

Jason se trouvait dans son bureau, le lendemain matin, lorsqu'il entendit un bruit de voix dans le couloir. Il leva la tête au moment où Carter, Nat et Kevin entraient, apportant le café et les pâtisseries. Il saisit son habituel gobelet de café long et noir. Il était temps d'absorber un peu de caféine pour chasser les brumes de son esprit.

— Merci, dit-il. C'est vital, ce matin. J'ai peu dormi, cette nuit.

Carter ouvrit le carton de pâtisseries et Jason repéra aussitôt son donut préféré, chocolat et amandes. Mais avant même qu'il ait eu le temps de tendre la main, Kevin s'en emparait et mordait dedans à belles dents.

— Il était pour moi, non ?

— Ah bon ? répondit Kevin, savourant sa bouchée. C'est dur de voir quelqu'un s'approprier ce que l'on convoitait, tu ne trouves pas ?

Jason jeta un regard interrogateur à ses amis.

— J'ai comme l'impression qu'il ne s'agit pas seulement du donut.

— En effet, il s'agit d'Alyssa, dit Nat.

— Et alors ? Quel est le problème avec Alyssa ?

— Lorsque nous sommes passés au Daily Grind prendre les cafés, nous avons entendu dire que tu l'avais embrassée, hier soir, dit Nat.

Jason aurait dû s'en douter. *Le* Daily Grind n'était pas

seulement la meilleure pâtisserie de Haven, c'était surtout un lieu où les commérages allaient bon train.

— Ce n'est pas ce que tu crois, dit-il.

— Tu vas peut-être me dire que tu ne l'as pas embrassée ? lança Kevin d'un ton de défi.

— Ce n'est qu'une partie de l'histoire.

— Je me moque éperdument de l'histoire. Ça recommence comme avec Lacey Bolton.

— Sérieusement, Kev, c'était il y a douze ans, dit Jason. Tu n'as pas encore oublié cette fille ?

— Il ne s'agit pas d'elle. Ce que je n'ai pas oublié, c'est que tu es capable de trahir un ami pour les beaux yeux d'une nana.

— La situation est totalement différente.

— Pas pour moi. Tu te permets de draguer une fille alors que tu sais pertinemment que je m'intéresse à elle.

— Premièrement, je ne l'ai pas draguée, c'est elle qui m'a embrassé, objecta Jason pour sa défense. Deuxièmement, ce n'est pas ma faute si tu n'as pas le courage de draguer une fille à laquelle tu t'intéresses depuis des semaines.

— J'attendais le bon moment.

— Et tu comptais attendre longtemps ?

— J'avais décidé de l'aborder hier soir. Si tu te souviens, c'est moi qui ai insisté pour aller au Diggers'.

— Et si tu te souviens, tu as quitté le bar sans rien tenter.

— Elle était occupée.

— Ça n'a pas empêché Carter de flirter avec elle.

Kevin jeta un regard noir à son ami.

— Flirter est un bien grand mot. En tout cas, ce n'est pas moi qui l'ai embrassée, s'empressa d'objecter Carter, tirant son épingle du jeu.

Jason comprit qu'il était inutile de vouloir s'expliquer. Le baiser avait bel et bien eu lieu. Il choisit une autre option.

— Tu attends des excuses, c'est ça ? dit-il.

Kevin le fixa droit dans les yeux.

— Tu regrettes ?

En songeant aux lèvres d'Alyssa pressant les siennes, Jason sentit un désir soudain assaillir ses reins. Il pouvait toujours prétendre que ce baiser n'avait pas été aussi torride que le disait la rumeur, son souvenir l'avait tout de même tenu éveillé la moitié de la nuit. De plus, Kevin et lui étaient amis de longue date, il n'avait pas envie de lui mentir.

— Non, je ne regrette pas, reconnut-il.

Kevin secoua la tête.

— Tu ne changeras jamais.

— Ça veut dire quoi, au juste ?

— Qu'avec toi, c'est toujours la compétition. Il t'a toujours fallu les filles les plus belles.

— Cette époque est révolue. J'étais un crétin.

— Et tu crois qu'embrasser Alyssa, ce n'était pas se conduire en crétin ?

— Lorsque tu m'as parlé de la nouvelle barmaid du Diggers', j'ignorais totalement qu'il s'agissait d'Alyssa. Si je l'avais su, il y a longtemps que je t'aurais dit que je la connaissais.

— Je me moque éperdument que tu l'aies connue en premier. Tu n'aurais pas dû l'embrasser, c'est tout.

— Bon, on arrête avec les querelles de mec, chacun bombant le torse pour savoir qui aura la fille, dit Nat. Vous oubliez deux points importants.

— Lesquels ? demanda Carter.

— Premièrement, ce n'est pas à vous de décider qui séduira Alyssa. C'est à elle de choisir. Et très honnêtement, je ne vois pas pourquoi elle perdrait son temps avec l'un ou l'autre d'entre vous.

— Merci, dit Jason. Voilà qui nous aide considérablement.

— Deuxièmement, poursuivit-elle, comme s'il n'avait rien dit, et cela concerne Kevin. Tu crois que Jason a embrassé Alyssa parce qu'il savait que tu avais le béguin pour elle, mais c'est faux.

— Comment sais-tu que c'est faux ? demanda Kevin.

— Parce que Jason n'est pas un lève-tôt et que depuis plusieurs semaines, il est le premier à arriver au bureau.

— Il possède 70 % de l'entreprise, c'est normal, non ? fit remarquer Kevin.

— J'ignorais qu'être un lève-tôt m'attirerait autant de compliments, rétorqua Jason, adressant un petit signe de tête à Nat pour qu'elle se taise.

Bien évidemment, elle n'en fit rien.

— Tu ne te lèves pas aux aurores pour récolter des compliments. C'est pour aller courir avec Alyssa.

— C'est vrai ? demanda Kevin.

— Tous les matins, du lundi au vendredi, depuis début mars, ajouta-t-elle.

Jason se maudit. Il n'aurait jamais dû lui en parler.

— Ça fait presque deux mois, dit Carter, profondément surpris. C'est la relation la plus longue que tu aies eue avec une femme depuis des années.

— Dans ce cas, pourquoi tu ne lui as pas demandé de sortir avec toi ? dit Kevin. À moins que tu l'aies fait et qu'elle t'ait envoyé promener.

— Je ne lui ai rien demandé. Je ne sors pas avec une voisine, pas question d'enfreindre cette règle.

— Tu ne lui demandes pas de sortir avec toi, mais hier tu l'embrasses !

— Ce baiser n'a strictement aucune importance, ni pour elle ni pour moi.

— Admettons, dit Nat. Dans ce cas, tu as tout à fait raison d'être furieux contre lui. Mais je pense que tu devrais lui accorder le bénéfice du doute… et lui donner une chance de prouver qu'il n'a pas embrassé Alyssa pour t'embêter, mais parce que cette fille lui plaît vraiment.

— Et comment va-t-il le prouver ?

Nat réfléchit un instant.

— Jason se lasse très vite dans une relation. Au bout de deux mois, il commence à chercher une porte de sortie.

— C'est faux, dit Jason.

— Cite-moi la dernière femme avec laquelle tu es resté plus de deux mois.

Jason ne tenait pas à en parler. Il était à la fac à l'époque, et sa petite amie l'avait quitté. Le traumatisme avait été sévère. Il n'avait pas renoncé à aimer mais, depuis, il n'avait plus jamais rencontré une femme à qui pouvoir faire confiance et ouvrir son cœur.

Nat semblait tout à fait décidée à croire qu'Alyssa Cabrera puisse être cette femme, mais Jason ne l'envisageait pas une seconde.

— Alors, poursuivit-elle, se tournant vers Kevin, si Jason invite Alyssa à être sa cavalière pour le mariage de Matt…

— C'est hors de question, coupa Jason.

—… il devra rester avec elle encore deux mois, ce qui va le rendre fou et, j'imagine, ne sera pas pour te déplaire.

— Et s'il ne devient pas fou ?

— Alors, cela voudra dire qu'il éprouve véritablement des sentiments pour elle et tu ne chercheras pas à te mettre au milieu, j'imagine ?

— Je ne sais pas. Il faut que j'y réfléchisse, dit Kevin.

— Ce ne sont que vaines spéculations, dit Jason, parce que je n'ai aucune intention de demander à Alyssa de m'accompagner au mariage de Matt.

— Dans ce cas, dit Kevin, j'en conclus que notre amitié compte encore moins pour toi que le baiser échangé avec Alyssa.

— Enfin, Kev, tu sais bien que c'est faux.

— Je le saurai si tu invites Alyssa.

— Tu es sérieux ? Si j'invite Alyssa, tu me pardonneras de l'avoir embrassée ?

— Il faut qu'elle accepte l'invitation, dit Nat. Et tu ne pourras sortir avec aucune autre femme dans l'intervalle.

— Exact, dit Kevin.

Jason était conscient d'être en train de se faire piéger.

— OK, c'est d'accord, dit-il, cédant finalement.

Kevin et lui étaient de vieux amis et il y avait pire que de devoir danser avec Alyssa au mariage de Matt.

— Bon, maintenant, on pourrait peut-être se mettre au travail, dit-il. À 10 heures, nous avons un groupe de quinze personnes pour le paintball, ce qui signifie qu'ils vont avoir besoin de tenues, d'armes et de munitions.

Carter saisit l'allusion et quitta le bureau pour aller préparer les équipements.

— Hayley supervise l'anniversaire prévu cet après-midi. Mais des ballons et un gâteau vont arriver sous peu. Tu t'en occupes, Kevin ?

Kevin acquiesça et sortit, laissant Jason et Nat seuls.

— Il faut que j'aille vérifier le…, commença-t-elle, désireuse de se sauver au plus vite.

Jason l'interrompit aussitôt.

— Qu'est-ce qui t'a pris ?

— Je crois que tu devrais me remercier.

— Ah bon ? Il faudrait que je te sois reconnaissant ?

— Absolument. Je viens de te fournir un prétexte pour enfreindre cette règle de voisinage stupide et sortir avec une fille qui a su éveiller ta curiosité plus que personne ne l'a fait depuis longtemps.

— Je n'ai pas besoin de prétexte. Si je voulais enfreindre cette règle, je le ferais. Que je ne l'aie pas fait devrait suffire à te prouver que j'ai…

— Peur ? suggéra Nat.

— Et de quoi serais-je censé avoir peur ?

— D'avoir une relation adulte avec une femme qui compterait vraiment pour toi.

— Tu ne connais même pas Alyssa.

— C'est exact. Mais je te connais.

— Je n'ai pas l'intention de te remercier.

— Tu le feras, tu verras ! lança Nat s'échappant du bureau.

Lorsque Alyssa se réveilla, le lendemain matin, elle n'était vraiment pas dans son assiette. Heureusement, Jason travaillait de bonne heure, le samedi matin, et elle ne le verrait pas. Elle n'avait pas envie de s'habiller, d'aller courir, mais elle se sentirait mieux, une fois dans l'action, elle le savait.

Tandis qu'elle courait, martelant le sol d'un pas décidé, elle s'efforça de se vider l'esprit. Ce fut peine perdue. Les souvenirs de ce qui s'était passé la veille ne cessaient d'envahir ses pensées et, tout particulièrement, le baiser échangé avec Jason.

Elle avait embrassé Liam, également. Enfin, c'était plutôt lui qui l'avait embrassée. Quoi qu'il en soit, dans la même soirée, elle avait échangé un baiser avec deux célibataires très séduisants. Mais si le baiser avec Liam l'avait laissée totalement indifférente, c'était une tout autre expérience qu'elle avait vécue avec Jason.

À l'instant où leurs lèvres s'étaient effleurées, elle s'était sentie chavirer, le corps parcouru d'une onde de chaleur, comme un feu coulant dans ses veines. Une sensation si intense qu'elle en était demeurée ivre.

Bien sûr, après le départ de Diego, Jason s'était comporté comme si de rien n'était. Il n'avait montré aucun signe laissant supposer que ce baiser ait eu un quelconque effet sur lui.

Si seulement, il avait pu en être de même pour elle. Ce baiser n'avait duré que quelques secondes et, pourtant, il lui semblait en sentir encore l'empreinte sur ses lèvres.

Elle qui se voulait indépendante, heureuse d'être libre, durant ce bref moment avec Jason, elle avait éprouvé l'envie irrésistible d'autre chose.

Envie de l'embrasser de nouveau. Envie de bien davantage encore. Et les rêves qui avaient peuplé sa nuit ne laissaient planer aucune ambiguïté sur ses désirs.

Alyssa changea de trajet, décidée à aller plus loin, plus vite, dans une tentative désespérée pour retrouver sa sérénité. Rien n'y fit. La caresse envoûtante des lèvres de Jason ne cessait de la hanter.

Après s'être douchée et avoir pris son petit déjeuner, elle corrigea des comptes rendus d'élèves, ce qui absorba un moment son esprit. Elle ne s'interrompit que brièvement pour déjeuner, termina ses corrections et se retrouva désœuvrée, ne sachant trop que faire du reste de sa journée.

Elle était en plein ménage lorsqu'on frappa à la porte. Elle n'attendait personne, mais sa voisine s'arrêtait parfois, juste pour lui dire bonjour, et Alyssa aimait beaucoup ces petites visites improvisées.

Elle ouvrit la porte, s'attendant à voir la vieille dame,

mais c'était Jason et son cœur se mit aussitôt à battre plus fort.

— Hello, sweetie. Je suis rentré, dit-il.

Elle lut la surprise sur son visage tandis qu'il regardait sa queue-de-cheval ébouriffée, son vieux T-shirt, ses gants de caoutchouc.

— Vous n'êtes pas prête ?

Alyssa écarta une mèche de cheveux de ses yeux.

— Prête pour quoi ?

— Notre rendez-vous.

Elle le fixa, méfiante.

— Auriez-vous bu, par hasard ?

Il secoua la tête, affichant clairement sa déception.

— Je ne peux pas croire que vous ayez oublié notre soirée.

— Nous n'avons prévu aucune soirée.

— Pour fêter notre troisième mois de rencontre.

— Mais de quoi…

Brusquement, Alyssa se souvint du prétexte que Jason avait donné à Diego pour justifier qu'elle ne pouvait pas dîner avec lui.

— Tout cela n'était que pure invention ! Il n'y a jamais eu de troisième mois de rencontre, ni de rendez-vous prévu.

Jason jeta un coup d'œil à sa montre.

— Je vous pardonne… si vous êtes prête dans vingt minutes.

— Vous êtes sérieux ?

— Tout à fait.

Alyssa le fixa, méfiante.

— Hier soir, vous m'avez accusée d'avoir voulu vous séduire…

— Je me suis trompé.

—… et maintenant, vous venez me chercher. Pourquoi ?

— Parce que, de votre propre aveu, vous êtes une effroyable menteuse et je ne voudrais pas que vous ayez à mentir de nouveau à votre mère lorsqu'elle vous demandera ce que vous avez fait pour fêter notre rencontre.

— Elle ne me le demandera pas, rétorqua Alyssa.

— C'est vraiment un risque que vous êtes prête à prendre, plutôt que de poser votre balai, vos gants de caoutchouc et de m'accompagner ?

— Vous accompagner où ?

Jason lui fit la même réponse que celle qu'elle lui avait faite juste avant de l'embrasser.

— Acceptez.

- 6 -

Jason l'emmena à Adventure Village. Ce n'était pas un choix habituel pour lui, surtout pour un premier rendez-vous, mais il voulait lui montrer le parc qu'il avait créé et en profiter pour passer un moment à s'amuser.

— J'ignorais qu'il y avait un minigolf ici, dit Alyssa lorsqu'il lui tendit un club et une balle.

— Nous avons commencé par quelques sites de paint-ball mais, depuis, nous nous sommes considérablement agrandis, expliqua-t-il, très fier. Hayley travaille en ce moment au design d'une nouvelle brochure et à la campagne de marketing qui l'accompagnera afin de présenter la gamme complète de nos installations.

Jason désigna le départ.

— Honneur aux dames.

D'un geste souple et élégant, Alyssa frappa la balle qui franchit la première colline, puis la deuxième et poursuivit sa course. Le reste du parcours fut des plus aisés. Un véritable succès. Jason eut moins de chance et récolta d'entrée une pénalité, mais il recolla très vite au score et la partie se termina par une parfaite égalité.

— C'était vraiment amusant, ce parcours, dit Jason, récupérant les clubs. J'ai passé un très bon moment.

— Moi aussi, acquiesça Alyssa. En tout cas, c'est plus distrayant que le ménage !

— C'est à cela que vous passez vos soirées du samedi ?

— Non, je ne lave pas le sol tous les samedis. Parfois, je fais les vitres.

Jason rit, glissa un bras autour de ses épaules.

— Nous avons une salle de jeux électroniques. Si cela vous dit, nous pouvons y passer quelques minutes en attendant que notre repas arrive.

À peine entrée dans la salle, Alyssa se dirigea tout droit vers la première machine.

— Vous jouez au Tetris ?

Jason toucha l'écran, fit apparaître le tableau de classement et désigna le joueur JC12, en seconde position.

— Qui est Ford68 ? demanda-t-elle, pointant du doigt le premier.

— Mon ami Carter, celui qui prétendait ne pas être en train de vous faire du charme au Diggers'.

Jason sortit deux jetons de sa poche.

— Vous voulez essayer ?

— Volontiers.

Jason glissa les deux jetons dans la fente et sélectionna une partie à deux joueurs. Un instant plus tard, bouche bée, il regardait Alyssa franchir avec aisance les paliers successifs.

Elle était toujours en train de jouer lorsqu'il se rendit à l'entrée pour récupérer la pizza qu'il avait commandée.

— Vous voulez faire une pause et manger la pizza tant qu'elle est chaude ? demanda-t-il lorsqu'il la rejoignit.

— J'ai besoin de deux petites minutes pour passer en tête.

Il ne lui en fallut qu'une.

Jason n'avait jamais été capable de détrôner Carter au Tetris. Alyssa, elle, y était parvenue sans le moindre effort. Il était très impressionné.

Elle aurait pu obtenir un score plus élevé encore, mais elle se détourna de la machine.

— Je ne savais pas ce que vous aimiez, alors j'ai pris moitié fromage, moitié poivron.

— C'est parfait. J'adore la pizza.

Il ouvrit le carton. Elle opta finalement pour une part au poivron. Jason sortit la pizza, s'installa en face d'elle et se servit à son tour.

— Vous avez dû passer beaucoup de temps dans les salles de jeu pour avoir ce niveau, fit-il remarquer.

— J'ai surtout passé beaucoup de temps sur la Game Boy que mes parents m'avaient offerte pour que je ne trouve pas le temps trop long lorsque j'allais à l'hôpital ou en consultation chez les médecins.

Jason s'immobilisa, sa part de pizza à la main.

— Vous étiez malade ?

— Je suis née avec une communication inter-atriale. Pour faire simple, il s'agit d'une malformation cardiaque, une ouverture anormale entre les oreillettes. Enfant, j'ai subi plusieurs opérations, après quoi les médecins m'ont déclarée en bonne santé et capable de faire tout ce que faisaient les autres enfants.

— J'imagine que ce fut un immense soulagement pour vous.

— Cela aurait dû, en effet. Mais mes parents n'ont pas cru les médecins et on a continué à me soumettre à de nombreux examens afin d'obtenir d'autres avis.

Alyssa mordit dans sa part de pizza.

— Je vous assomme avec toutes ces considérations médicales.

— Pas du tout. En revanche, je crois que je commence à comprendre pourquoi vous avez quitté la Californie.

— En fait, c'est ma sœur qui en a eu l'idée. Pas du Nevada, mais de quitter la maison.

— Elle est plus jeune ou plus âgée que vous ?

— Plus âgée de trois ans. Elle s'appelle Cristina. Elle est cadre dans une entreprise, mariée avec un homme fantastique et maman d'un petit garçon adorable qui va avoir cinq ans.

— Vous avez d'autres frères et sœurs ?

— Non. Mes parents rêvaient d'une maison pleine d'enfants, mais ce projet a tourné court tant ils étaient préoccupés par ma santé.

— J'ai un frère et deux sœurs, dit Jason, tous plus jeunes que moi. Des casse-pieds, enfants, et qui continuent de l'être.

— Parlez-moi d'eux.

— Ma sœur, Regan, a vingt-sept ans. Elle est comptable dans l'entreprise familiale, la Blake Mining. Spencer a vingt-cinq ans et il voyage beaucoup, c'est un cow-boy professionnel, fan de rodéos. Brielle va avoir vingt-quatre ans. Elle est institutrice de primaire dans une école privée de Brooklyn.

— Elle est très loin de chez elle.

— Elle était partie faire ses études à New York et elle a décidé d'y rester.

— Vous allez la voir, parfois ?

— J'y suis allé à plusieurs reprises.

— La ville est-elle aussi fantastique que dans les films ?

— Oui, si de gigantesques gratte-ciel, des embouteillages monstres et une foule oppressante sont l'idée que vous vous faites d'une ville fantastique.

Alyssa poursuivit, pas le moins du monde découragée.

— J'ai toujours rêvé d'y aller. De voir Times Square, Central Park, la statue de la Liberté. De contempler la ville du haut de l'Empire State Building, d'assister à un spectacle à Broadway et de visiter les collections des musées, comme le MOMA et le Guggenheim.

— Visiblement, vous avez déjà réfléchi à tout un programme.

— Oh ! oui.

— Pourquoi n'y êtes-vous jamais allée, alors ?

C'était une bonne question.

Il y avait tant de choses qu'elle s'était empêchée de faire pour ne pas causer d'inquiétude supplémentaire à ses parents. Renata Cabrera n'aurait pas supporté de savoir sa fille en train d'arpenter le pays.

— J'irai peut-être un jour, dit-elle.

À cet instant, son portable se mit à sonner. Elle leva les yeux au ciel.

— Je ne sais pas comment elle fait.

— Qui ? demanda Jason.

— Ma mère.

Elle sortit le téléphone de son sac.

— Vous ne répondez pas ?

— C'est tentant, je vous assure. Mais si je ne le fais pas, elle rappellera jusqu'à ce que je décroche.

— Je vous laisse, alors, dit Jason, s'éloignant.

La conversation ne dura pas longtemps.

— Je peux savoir ce que vous avez dit à Diego, hier soir ? demanda Alyssa lorsqu'elle eut raccroché.

Jason sentit la tension dans sa voix.

— J'avoue ne plus me souvenir très bien des détails de notre conversation, répondit-il, prudent.

— Lui avez-vous dit que j'étais la femme dont vous rêviez depuis longtemps et que vous étiez impatient que je rencontre votre famille ?

— Oui, cela me rappelle vaguement quelque chose. J'ai improvisé.

— Vous auriez pu parler de n'importe quoi, ce ne sont pas les sujets qui manquent. Pourquoi a-t-il fallu que vous inventiez des détails sur une relation qui n'existe pas ?

— Parce que Diego me fatiguait à ne parler que de vous.

Alyssa secoua la tête.

— Il s'agissait de jouer la comédie face à lui, je ne vous en demandais pas davantage.

— Bon, ce n'est pas si grave, si ?

— Si, c'est grave. Parce que mes parents ont décidé de venir à Haven pour faire votre connaissance.

— Oh là ! s'exclama Jason, levant les mains en l'air. Rencontrer les parents, ce n'est pas pour moi.

— Croyez-moi, je n'ai pas davantage envie qu'ils vous rencontrent.

Jason aurait dû être soulagé, mais il se sentit un peu vexé par sa réponse.

— Pourquoi n'en avez-vous pas envie ?

— Vous n'êtes pas mon petit ami.

— C'est un argument qui se défend, reconnut-il.

— Et maintenant, je vais devoir dire à ma mère que nous avons rompu. Elle va s'empresser de le faire savoir à Diego et la prochaine fois que je le verrai, il ne sera que trop heureux de m'aider à soigner mon cœur brisé.

— Vous n'avez pas franchement l'air d'une personne au cœur brisé.

— Comment est-il possible qu'il m'arrive une chose pareille ?

Jason savait qu'elle n'attendait pas de réponse, mais il ne put résister à l'envie de la provoquer.

— Parce que vous avez menti à votre mère.

— Vous plaisantez, mais c'est peut-être vrai. Il existe une intuition maternelle, j'en suis certaine.

Jason n'en était pas convaincu. Il songea à sa propre mère, Margaret-Blake Channing, qui avait toujours été bien trop occupée par sa carrière et ne s'était guère souciée de ses enfants. Il avait même du mal à imaginer qu'elle ait pu quitter son bureau suffisamment longtemps pour les concevoir tous les quatre !

Mais il ne se plaignait pas. Il y avait eu Céleste pour s'assurer que les devoirs étaient faits et les repas toujours prêts. Nounou et employée de maison, elle n'était pas trop stricte sur la discipline et Jason n'avait jamais éprouvé le besoin de lui mentir.

— Qu'est-ce qui vous faire croire à cette intuition maternelle ? demanda-t-il.

— Chaque fois que je n'ai pas été totalement honnête avec ma mère, elle l'a toujours senti. C'est comme un sixième sens chez elle.

— Vous ne savez peut-être pas mentir.

— C'est vrai et je n'aime pas ça.

— Mais, qui sait, elle ne pense peut-être même pas que vous soyez en train de lui mentir. Elle a peut-être sincèrement envie de faire la connaissance du garçon avec lequel vous sortez.

— C'est de la faute de Liam. S'il n'avait pas été en retard, c'est lui que j'aurais embrassé, pas vous.

— Il y a quelque chose entre vous et ce… Gilmore ?

— Non. Je vous l'ai dit. Je ne sors avec personne. Je vis comme je l'entends et c'est très bien ainsi.

— Et vous croyez que sortir avec un garçon y changerait quelque chose ?

— Pas nécessairement, si ce garçon était autre que Diego. Mais si je consentais à dîner avec lui, ce serait ouvrir la porte à de nouveaux rendez-vous, puis très vite à une relation exclusive et je me retrouverai piégée.

— Vous croyez vraiment ?

Alyssa hocha vigoureusement la tête.

— Voilà pourquoi, lorsque ma mère a téléphoné pour me dire qu'il venait dans le Nevada, j'ai inventé cette stupide histoire de petit ami. La suite, vous la connaissez.

Alyssa poussa un soupir.

— Je vais devoir trouver comment expliquer notre rupture à mes parents.

— Pourquoi ne leur dites-vous pas la vérité, que vous n'avez pas envie d'un homme dans votre vie, pour l'instant ?

Alyssa considéra un instant cette option et secoua la tête.

— Peut-être que je pourrais demander à Liam, dit-elle. Pour cela, il faudrait que je sache quels détails de votre conversation Diego a donnés à ma mère.

— Comme le nom de votre petit ami, par exemple ?

— Oui. À moins que… je demande à Liam de se faire passer pour vous, juste pour un soir.

— Il n'acceptera pas.

— Pourquoi ?

— C'est un Gilmore et ma mère est une Blake.

— Je ne vois pas le rapport.

— Vous n'avez pas entendu parler de la querelle entre les Blake et les Gilmore ?

— Sky l'a vaguement évoquée, hier soir.

— C'est une longue histoire, vieille de cent cinquante ans. Une histoire de terres vendues deux fois et qu'ils ont accepté de se partager. Sauf qu'Everett Gilmore est arrivé le premier et s'est attribué les pâtures les plus grasses, laissant à Samuel Blake les terres les moins hospitalières. Le résultat, c'est que la famille Blake a vécu des années très difficiles avant que de l'or et de l'argent ne soient trouvés dans ses collines.

— Maintenant, les deux familles sont riches, fit remarquer Alyssa. Alors, où est le problème ?

— Il n'y en a pas, mais l'animosité persiste.

— Je sais que je ne suis pas en droit de vous demander cette faveur, dit-elle, poussant un soupir, mais pourriez-vous simplement rencontrer mes parents une fois…

— Non, dit Jason, avant même qu'elle ait eu le temps de terminer sa phrase.

— L'idée, ce serait juste de se voir, de leur dire que vous êtes heureux de connaître enfin des parents dont vous avez tant entendu parler…

— Je n'ai pas entendu parler d'eux. Je ne connais même pas leurs noms.

— Miguel et Renata.

— Ça ne change rien. Je ne rencontre jamais la famille d'une femme avec laquelle je sors, alors celle d'une femme que je n'ai même pas embrassée… Non, hors de question.

— Sauf que vous m'avez embrassée, fit remarquer Alyssa.

— Non. *Vous* m'avez embrassé.

— Quelle différence cela fait-il ?

— Quelle différence ? Si j'avais voulu vous séduire, je vous garantis que cela ne se serait pas passé dans un bar bondé, un vendredi soir, avec un comptoir entre nous.

Mais tandis que Jason s'efforçait de réunir toutes les raisons pour lesquelles il ne devait pas séduire sa belle voisine, son regard fut attiré par sa bouche, par la courbe délicate de ses lèvres sensuelles. Le baiser qu'elle lui avait donné l'avait troublé et avait éveillé en lui des désirs qu'il refusait d'admettre.

— Très bien, dit-elle finalement.

Mais il sentait bien qu'elle n'avait pas abandonné la partie et cherchait une autre solution.

— Dites-leur la vérité, suggéra-t-il.

— Impossible. Je vous l'ai déjà dit. Acceptez de m'aider.

Jason songea à la promesse qu'il avait faite à Kevin et maudit l'impasse dans laquelle il se trouvait.

En emmenant Alyssa à Adventure Village, il voulait lui montrer qu'il était d'agréable compagnie et savait s'amuser, afin qu'elle accepte de l'accompagner au mariage de Matt. C'était le prix à payer pour que Kevin passe l'éponge. Mais la panique qui l'avait l'assailli à la perspective de rencontrer des parents lui avait fait oublier cet objectif.

À présent, son calme revenu, il commençait à entrevoir ce que chacun pouvait tirer de la situation.

— Il faut que j'apprenne à tenir tête à mes parents, je le sais, dit Alyssa. Ils sont intrusifs et trop présents, mais ils se font du souci pour moi. Ils ont toujours été très protecteurs.

— À cause de votre problème de cœur ?

— Oui.

— Je ne voudrais pas me montrer désagréable, mais ce côté protecteur, c'est leur problème, pas le vôtre.

— Je le sais. En tout cas, merci pour cette très agréable soirée, je vais rentrer chez moi, à présent et réfléchir à un plan C.

— Et ce plan C pourrait concerner Gilmore ?

— C'est possible. Je ne sais pas encore.

— Ne prenez pas de décision trop hâtive. Parlons plutôt de nos projets pour demain.

— Quels projets pour demain ?

— Je suis libre pour le dîner, et le chili que vous aviez préparé le jour de la tempête était délicieux.

— Vous voulez que je cuisine pour vous ?

— Je travaille toute la journée. Ce serait très agréable de partager un délicieux repas avec ma petite amie.

— Je croyais que vous ne vouliez plus entendre parler de rien.

— La soirée de demain me fera peut-être changer d'avis.

Alyssa le fixa, méfiante.

— Vous êtes sérieux ?

— Il n'y a qu'une façon de le savoir.

Fallait-il jouer le tout pour le tout ?

Alyssa trancha.

— Très bien, dit-elle. Dîner à 19 heures.

- 7 -

Alyssa doutait que Jason change d'avis, mais s'il n'existait qu'une infime chance de le faire revenir sur sa décision, elle devait la tenter.

De toute façon, elle lui devait bien un repas. Il avait joué le jeu avec Diego. Et puis, elle aimait cuisiner et ne préparait jamais un repas pour elle toute seule.

Pour faire ses courses, elle s'était rendue au petit supermarché d'Haven. En scannant ses articles, Lizzie, curieuse, lui avait aussitôt demandé pour qui elle préparait ce bon repas. Alyssa s'était efforcée de la convaincre qu'elle expérimentait une nouvelle recette. Mais, au moment de régler ses achats, elle avait bien vu que la caissière ne la croyait pas.

Peu importait. Si elle avait avoué préparer un repas pour son charmant voisin, la rumeur se serait propagée dans toute la ville avant même qu'elle ait eu le temps de rentrer chez elle et de déballer ses courses. Bien sûr, la solution la plus sage aurait été d'aller faire ses achats à Battle Mountain. Le problème aurait été réglé. Mais elle avait du mal à réfléchir sereinement depuis qu'elle avait embrassé Jason.

D'ailleurs, était-ce vraiment raisonnable de continuer à lui demander son aide ? À force de passer du temps avec lui, elle courait sérieusement le risque d'en tomber amoureuse.

Elle couvrit la cocotte, la mit dans le four afin de garder le poulet au chaud, vérifia la cuisson des pommes de terre et ajouta les pointes d'asperges. Puis elle émінça l'ail, le fit revenir un instant dans l'huile d'olive et versa le tout dans un petit bol avec l'origan, le poivre noir, le vinaigre balsamique et le parmesan frais râpé.

Lorsque tout fut prêt, elle se refit une beauté. Un peu de blush, une pointe de mascara sur les cils et une touche de brillant sur les lèvres. Et elle se changea.

Elle n'avait pas prévu de tenue particulière, mais un jean frangé et un vieux T-shirt n'étaient peut-être pas l'idéal si elle voulait que Jason ait envie de jouer le jeu de la fausse petite amie. Elle opta pour une tunique qu'elle porta ceinturée sur une jupe longue et fluide, s'efforçant d'ignorer la nervosité qui la gagnait. Pourquoi se mettait-elle dans un tel état ? Il s'agissait simplement de partager un repas avec un homme qu'elle voyait quasiment tous les jours. Pourtant toute l'attention qu'elle avait portée à la préparation de ce repas lui donnait l'allure d'un rendez-vous amoureux.

Sauf que ce genre de rendez-vous avec un homme comme Jason n'était pas pour elle. Il était trop séduisant, trop charismatique, trop sûr de lui. Dire qu'il l'avait accusée d'avoir inventé cette histoire de petit ami dans le seul but qu'il l'embrasse ! Elle n'en revenait toujours pas.

Il fallait donc qu'elle se détende. Il ne s'agissait que d'un dîner au cours duquel elle tenterait de le convaincre de la suivre jusqu'au bout de son plan. Ce qu'il finirait sans doute par refuser, elle ne se faisait guère d'illusion. Et à la fin de la soirée, il la remercierait pour le repas, lui souhaiterait une bonne nuit et regagnerait son appartement sans l'embrasser.

Ce serait de loin la solution la plus sage, terminer la soirée sans échanger un baiser.

Mais ce n'était pas ce dont Alyssa avait envie.

Ce repas chez Alyssa tenait davantage d'une négociation que d'un véritable rendez-vous. Mais Jason se surprit à s'arrêter chez le caviste pour acheter une bouteille de vin. Puis il passa par le Jardin d'Eden, le fleuriste. Après avoir hésité un moment, il opta finalement pour un bouquet à dominante orange.

De retour chez lui, il se doucha rapidement et se rasa. Il était parfaitement à l'heure lorsqu'il sonna chez Alyssa.

— Bonsoir, dit-il, lui tendant le bouquet.

— Oh.

Alyssa fixa les fleurs, embarrassée.

— Vous pouvez dire merci et les mettre dans un vase, suggéra Jason.

— Euh… oui, merci, dit-elle, prenant le bouquet.

— Je vous en prie.

Elle s'écarta aussitôt pour le laisser entrer.

Il la suivit jusqu'à la cuisine tandis qu'elle s'occupait des fleurs. Dès qu'elle eut terminé, il lui tendit la bouteille.

— Vous êtes très observateur, dit-elle, remarquant qu'il s'agissait du même vin que celui qu'ils avaient bu lorsqu'il était passé chez elle.

— En parlant d'être observateur, je sens une odeur délicieuse qui me rappelle que je suis affamé. Je n'ai pas eu le temps de déjeuner, aujourd'hui.

— Au menu, nous avons du poulet Marsala et des légumes rôtis au four.

— Je vois que vos talents culinaires ne se limitent pas au chili.

— C'est vrai. Et j'adore cuisiner.

— Si vous aviez un petit ami, vous cuisineriez souvent pour lui ?

— Je ne sais pas, répondit Alyssa, apportant sur la table les petits canapés prévus en entrée. Cela dépendrait sans doute du nombre de fois où il m'inviterait au restaurant.

— Vous êtes censée me convaincre de vous suivre dans votre plan, lui rappela Jason.

Alyssa eut un geste vague de la main.

— Ça, c'était hier. Aujourd'hui, je me suis faite à l'idée que vous n'aviez pas envie de vous laisser convaincre.

— Pourtant, vous avez préparé à dîner pour moi ?

— Vous m'avez offert une pizza, hier.

Alyssa l'invita à s'asseoir.

— Je vous sers un verre de vin ?

— Volontiers.

Elle déboucha la bouteille, servit un verre qu'elle posa devant lui, sur la table élégamment dressée, avec assiettes de porcelaine, jolis couverts et serviettes en tissu.

— Vous vous êtes vraiment mise en quatre, dit Jason. Lorsque je me suis imposé pour ce dîner, je ne pensais pas vous donner toute cette peine.

— Ce n'est rien. J'adore les jolies tables et en particulier ces assiettes. Je n'ai pas souvent l'occasion de les utiliser.

Jason saisit un petit canapé. Dès la première bouchée, une explosion de saveurs titilla ses papilles.

— Hum, c'est délicieux !

Alyssa en saisit un qu'elle goûta à son tour et hocha la tête.

— Oui, c'est très bon, j'avoue.

— C'est la première fois que vous faites cette recette ?

— Celle-ci, oui. C'est une variante d'une recette que j'ai déjà expérimentée. C'est un plaisir d'inventer, de varier les ingrédients, de créer des nouveautés.

— Qu'auriez-vous mangé, ce soir, si vous n'aviez pas cuisiné pour moi ?

— Sans doute du poulet grillé et de la salade.

— De la nourriture de fille, dit Jason, faisant la moue.

— Au cas où vous ne l'auriez pas remarqué, je *suis* une fille.

— Je l'ai remarqué, dit-il, laissant son regard glisser lentement sur elle. Et même parfaitement remarqué.

Alyssa sentit ses joues s'empourprer. Elle enchaîna aussitôt.

— J'ai entendu dire que vous alliez ouvrir une piste de karting à Adventure Village, cet été.

— Vous êtes passionnée de karting ou vous cherchez à changer de sujet ?

— Je m'intéresse à ce que vous faites, c'est tout.

Elle se leva, gagna la cuisine et ouvrit la porte du four. Elle en sortit la cocotte et les légumes.

— Je croise les doigts, dit Jason. La piste devrait ouvrir le premier juin.

— Voilà qui va vous occuper tout l'été.

— Elle m'occupe déjà beaucoup, avoua-t-il.

Alyssa disposa le poulet et les légumes dans deux assiettes qu'elle apporta sur la table.

— Dans ce cas, c'est sans doute une bonne chose que j'ai décidé de changer le casting pour le rôle du petit ami.

Jason regarda son assiette. Tout avait l'air délicieux, mais il fixa d'un air circonspect les petites pointes vertes.

— Je ne suis pas fan d'asperges, dit-il.

— C'est parce que vous n'avez jamais goûté les miennes. Essayez.

Jason saisit son couteau, préférant goûter d'abord au poulet.

— Que voulez-vous dire par « j'ai changé de casting » ?

— J'ai eu tout le temps d'y réfléchir, aujourd'hui, dit Alyssa. Je comprends, à présent, pourquoi Liam risque d'éprouver quelque réticence à se faire passer pour un Blake, surtout après votre commentaire hargneux au Diggers'.

— Quel commentaire hargneux ?

—... je crois, poursuivit Alyssa, ignorant sa question, qu'avec une motivation appropriée, je pourrais le convaincre de marcher dans mon plan.

— À quel genre de motivations pensez-vous ?

— Je ne crois pas approprié de discuter de ces détails avec vous.

Jason haussa les sourcils, surpris.

— Oh mon Dieu, non ! s'exclama Alyssa. Comment pouvez-vous penser que...

— Vous ne pouvez pas m'en vouloir d'y penser. Ce serait une motivation tout à fait irrésistible.

Alyssa le regarda, méfiante.

— C'est un compliment, dit Jason.

— J'avais seulement l'intention d'apporter à Liam mon aide dans une... une affaire délicate.

— Heather Cross cherche toujours à le reconquérir ?

— Vous êtes au courant de leur relation ?

— Tout se sait dans cette ville. Et il s'agit d'une histoire compliquée. Mieux vaudrait ne pas vous en mêler.

— J'avoue être à court d'idées.

— La possibilité demeure toujours de dire la vérité.

— Vous avez rencontré Diego.

— Qui est follement amoureux de vous, je dois l'admettre.

— À cause de ma mère. Je n'ai rien fait pour l'encourager, mais il refuse de croire que je n'éprouve rien pour lui.

— Et vous pensiez réellement que votre petit jeu allait y changer quelque chose ?

— J'étais désespérée.

Jason haussa les sourcils.

— C'est la deuxième fois que vous dites m'avoir embrassé parce que vous étiez désespérée.

— Et surtout parce que Liam n'était pas là.

— Et aujourd'hui, le voilà qui réapparaît dans l'histoire.

— Il était censé être mon petit ami.

— Faux petit ami.

— Ça, personne n'était censé le savoir. Et comme de toute façon, vous m'avez fait clairement comprendre que vous n'entendiez pas poursuivre le mensonge ni rencontrer mes parents, je ne vois vraiment pas pourquoi nous avons cette conversation.

— Je suis en train de reconsidérer la question.

— J'avoue avoir du mal à vous croire.

— Vous êtes sans doute d'un naturel méfiant.

— Et vous, du genre à vous laisser acheter par un poulet Marsala ? J'en doute.

— J'en suis le premier surpris, mais il faut avouer que votre poulet est délicieux.

— Merci.

Bien évidemment, ce n'était pas le poulet qui avait amené Jason à reconsidérer la question. En effet, il avait envie de se réconcilier avec Kevin, mais c'était surtout l'empressement que mettait Alyssa à chercher de l'aide auprès de Liam Gilmore qui l'avait emporté.

C'était peut-être mesquin de sa part, mais alors qu'il n'avait aucune envie de jouer le rôle de petit ami que lui proposait Alyssa, il ne supportait pas l'idée que ce soit Liam Gilmore qui le joue.

— Si j'accepte, je pose mes conditions, dit-il.

— Je vous écoute.

— Un repas deux fois par semaine le temps que durera notre prétendue relation.

— Vous attendez de moi que je cuisine régulièrement pour vous ?

— Je n'y connais rien en cuisine et il devient lassant de manger des plats réchauffés au micro-ondes. Deux bons repas par semaine rompraient la monotonie.

— Un, rétorqua Alyssa.

— Deux vous feraient autant de bien qu'à moi. Ils vous sauveraient de la routine du poulet grillé salade.

La remarque fit sourire Alyssa, mais elle contre-attaqua aussitôt.

— Trois repas toutes les deux semaines.

Jason se savait en position de force pour négocier, mais il admirait son cran, son refus de se plier à ses exigences.

— C'est d'accord, dit-il.

Alyssa tendit la main, prête à sceller leur accord, mais il secoua la tête.

— Ce n'était que la première condition.

— Que vous faut-il d'autre ?

— Que vous m'accompagniez au mariage de Matt Hutchinson, un des amis avec lesquels je me trouvais au Diggers'.

— Et il est à quelle date, ce mariage ?

— Le 14 juillet.

— C'est dans plus de deux mois.

— Vous prévoyez de me quitter avant ?

— C'est vous qui allez certainement rencontrer quelqu'un de plus intéressant pour vous y accompagner.

— Impossible. Je vais passer tout mon temps libre avec ma petite amie qui m'adore.

— Vous n'en faites pas un peu trop ?

— S'il vous plaît. Si un homme arrive seul à un mariage, on pense immédiatement qu'il a été incapable de trouver une cavalière.

— Je doute que quiconque puisse penser cela de vous.

— Serait-ce un compliment ?

— C'est un fait.

— Sans parler des avances dont il va faire l'objet de la part des célibataires qui refusent de se rendre seules à un mariage.

— Je suis certaine que vous sauriez tout à fait les éconduire si vous en aviez envie.

— Dernière solution, demander à une petite amie occasionnelle de vous accompagner, mais elle risque de se faire des idées.

— Donc, si je comprends bien, vous réclamez trois repas tous les quinze jours et ma présence au mariage de votre ami en juillet, résuma Alyssa. C'est tout ce qu'il vous faut ?

Un sourire effleura les lèvres de Jason.

— Je prendrais volontiers un dessert.

- 8 -

Alyssa fixa l'assiette de Jason.

— Vous n'avez pas mangé vos asperges ?

— Je ne suis pas un grand amateur de légumes verts.

— Vous préférez les desserts, apparemment.

— Oui, je l'avoue. Qu'y a-t-il, d'ailleurs, pour dessert ?

— Une tarte framboise mascarpone.

Pris de remords, Jason piqua une pointe d'asperge et la croqua du bout des dents.

— Hum… ce n'est pas si mal, finalement.

— C'est une approbation un peu tiède, mais je m'en contenterai, dit Alyssa.

Jason piqua une seconde bouchée.

— Pour les repas futurs, vous pourriez faire l'impasse sur les légumes verts, non ?

— Je tiens à ce que mes repas soient sains et équilibrés. Sinon, ce sera sur les desserts que nous ferons l'impasse, déclara Alyssa.

Jason termina les asperges. Elle se leva aussitôt et débarrassa.

— Vous prendrez du café ? demanda-t-elle.

— Non merci, répondit soudain Jason, derrière elle.

Elle sursauta, faillit lâcher la tarte qu'elle venait de sortir du réfrigérateur.

— Doucement, dit-il. Ça aurait été dommage, cette tarte a l'air délicieuse.

— Je… je vous croyais encore à table… vous m'avez surprise.

Jason prit la tarte, la posa sur le comptoir. Il était si proche d'elle qu'il pouvait voir battre son pouls dans le petit creux, à la base de son cou. Et il battait très vite.

— Je dois vous faire un aveu, dit-il.

— Lequel ?

— Avant même que nous nous mettions à table, j'avais pris ma décision. J'accepte de vous aider à mener à bien votre plan.

— Vraiment ? Et pour quelle raison ?

— Le baiser.

— Le baiser ?

— Depuis que je vous ai embrassée au Diggers', je n'ai qu'une envie, recommencer. De plus, si nous devons convaincre vos parents que nous vivons une relation depuis… ça va faire bientôt quatre mois… il va falloir prendre l'habitude que je vous embrasse.

— Mes parents viennent seulement un week-end. Je crois que nous pourrons aisément nous passer de ce genre de démonstrations.

— Et si je n'ai pas envie de m'en passer ? rétorqua Jason, refermant les mains sur sa taille.

— Vous aviez réclamé un dessert, je crois ? dit Alyssa, très vite.

Il sentit la nervosité dans sa voix, mais il y avait dans son regard, dans le rose qui lui était soudain monté aux joues, la preuve d'une attirance qu'elle ne pouvait dissimuler. Elle s'efforçait de donner le change, mais il était certain qu'elle aussi avait envie de l'embrasser.

— Un dessert ? murmura-t-il, se penchant vers elle. Oui, bien sûr…

Mais, déjà, il posait ses lèvres sur les siennes.

Embrasser Alyssa faisait partie du jeu et Jason ne voyait pas le moindre inconvénient à devenir plus intime avec sa séduisante voisine. Il se faisait fort de maîtriser la situation. Pourtant, ce qui était en train de se passer lui prouvait que les choses n'étaient pas aussi simples. Il n'avait pas seulement répondu à l'envie d'embrasser Alyssa, mais au besoin impérieux de le faire.

Il brûlait de savoir si ses lèvres étaient aussi douces et envoûtantes que dans son souvenir. Dès qu'il les sentit sous les siennes, il en eut la confirmation et il comprit que la situation lui échappait. Son corps vibrait d'un désir intense et il avait envie d'elle, envie de tout ce qu'elle avait à offrir.

Il referma les mains sur ses épaules, la maintint fermement tandis qu'il l'embrassait. Elle entrouvrit les lèvres, lui offrit sa bouche, et leurs langues se cherchèrent, s'unirent, impatientes, fébriles.

Leur premier baiser avait été semblable à un éclair, fulgurant, électrique. Celui-ci fut différent, profond, intense, bouleversant.

Jason caressa son dos, ses reins, et il la plaqua contre lui. Instinctivement, elle lova son corps contre le sien, surprise de sentir soudain son sexe en érection presser son ventre. Mais elle ne s'écarta pas, enivrée par les sensations qui déferlaient en elle.

Jason s'était totalement illusionné. Le contact troublant du corps d'Alyssa pressé contre le sien mettait en péril son contrôle. Et les petits gémissements qui montaient de sa gorge faillirent avoir définitivement raison de la retenue qu'il s'imposait.

À regret, il la lâcha et s'écarta.

Alyssa cilla à plusieurs reprises, bouleversée. Elle se sentait chavirer, les jambes chancelantes.

Le silence régnait dans la pièce. Jason fut le premier à le rompre.

— Alyssa, voulez-vous que nous parlions de…

— Non, coupa-t-elle.

L'air était encore chargé d'électricité. Elle se détourna pour prendre la pelle à tarte dans le tiroir. Ses mains tremblaient. Son corps tout entier tremblait, mais elle ne voulait surtout pas qu'il s'en aperçoive.

— Je ne veux plus que vous m'embrassiez ainsi, déclara-t-elle.

— Et comment voulez-vous que je vous embrasse ?

Elle sentit l'amusement dans sa voix.

— Je ne veux plus que vous m'embrassiez du tout.

— Menteuse.

— Je ne nie pas qu'il existe une certaine… attirance. Mais je n'ai pas l'intention de coucher avec vous.

— Je ne vous le demande pas.

— Dans ce cas, c'est parfait, répondit-elle, soulagée.

Mais elle ne put s'empêcher de ressentir une pointe de déception.

— Ne vous méprenez pas, dit Jason. Je pense que ce serait certainement très agréable de me retrouver nu avec vous dans un lit. Mais en la circonstance, cela ne ferait que compliquer la situation.

— Et c'est la dernière chose dont j'ai besoin, renchérit Alyssa.

— Il reste une dernière chose que nous devons clarifier. Cette prétendue relation ne peut en aucun cas déboucher sur quoi que ce soit entre nous.

— Il n'en est pas question, je vous le confirme, précisa Alyssa.

Parce qu'au départ, c'était exactement ce qu'elle voulait.

Faire semblant d'être en couple afin que sa mère la laisse définitivement tranquille.

Mais depuis qu'elle passait de plus en plus de temps avec Jason et, surtout, depuis qu'il l'avait embrassée à lui faire perdre la tête, elle se surprenait à rêver de bien davantage.

Le jour des cinq ans de son neveu Nicolas, Alyssa passa un long moment avec lui sur Skype, d'autant qu'il insista pour qu'elle le regarde assembler les Lego qu'elle lui avait envoyés. Elle observa son petit visage concentré, reconnaissante à la technologie qui lui permettait de le voir, même si rien ne remplacerait jamais la douceur de ses petits bras autour de son cou et le parfum de shampoing de bébé dans ses cheveux.

Elle était également impatiente de discuter avec sa sœur. Elle pouvait toujours compter sur Cristina pour l'écouter, lui donner des conseils avisés. Si passer du temps avec Jason n'était pas franchement un problème, elle avait néanmoins besoin d'entendre quelqu'un lui dire qu'elle n'avait pas commis une énorme erreur en concluant ce marché avec lui.

Sauf que lorsque Cristina s'empara de l'I Pad de son fils, Alyssa fut aussitôt soumise à un flot de questions au sujet de son nouveau petit ami. Renata s'était, bien entendu, empressée de répandre la nouvelle.

— C'est lui, le beau sportif avec lequel tu cours le matin depuis plusieurs mois ? demanda Cristina. J'espérais tellement qu'il allait se passer quelque chose entre vous.

— Pourquoi ? demanda Alyssa, surprise.

— Parce qu'à l'instant où tu m'en as parlé, j'ai tout de suite senti qu'il t'attirait. En plus, avoir des goûts et des activités en commun ne peut que renforcer une relation.

— On ne peut pas vraiment parler de relation. En réalité…

— Je sais que tu es méfiante, toujours sur tes gardes et je peux comprendre, coupa Cristina. Mais il est grand temps que tu sortes de ta réserve et que tu laisses un homme t'aimer comme tu le mérites.

— Mais…

— Je sais, cette relation est toute récente et tu dois penser que je brûle les étapes, reconnut sa sœur. Mais j'ai tellement envie que tu sois heureuse. Bien sûr, une femme n'a pas forcément besoin d'un homme pour l'être, mais partager sa vie avec quelqu'un vaut vraiment la peine. Et puis c'est un tel soulagement de savoir que je peux enfin cesser de me faire du souci pour toi.

Alyssa marqua un temps d'arrêt. Elle savait que ses parents s'inquiétaient pour elle, aussi ne leur parlait-elle jamais de ses angoisses ni de ses moments de déprime. En revanche, elle ne cachait rien à Cristina, mais elle n'avait jamais imaginé qu'en lui confiant ses craintes et ses doutes, sa sœur puisse se faire du souci pour elle.

Aussi, lorsque le moment se présenta de lui dire qu'elle avait inventé cette relation dans le seul but d'avoir la paix, elle en fut incapable.

Et durant la demi-heure qui suivit, tandis qu'elles parlaient de choses et d'autres, Alyssa sentit que le piège se refermait sur elle.

Le samedi suivant, il était tard, et Jason venait juste de fermer son ordinateur lorsque Hayley passa la tête dans l'entrebâillement de la porte. Kevin aidait une amie à déménager, Nat et Carter jouaient aux fléchettes dans la salle de repos et Matt envoyait des messages sur son téléphone.

— Après une journée d'activités avec les préados, j'apprécierais volontiers un peu de compagnie adulte, ce soir, dit-elle.

— Il y a un nouveau film avec Daniel Craig qui passe au cinéma, dit Carter.

— Parfait pour moi, dit Hayley.

— Pour moi aussi, renchérit Nat. Mais on mange quelque chose avant, j'ai faim.

— Et toi, Matt ? demanda Carter.

— Impossible. J'ai promis à Carrie de l'aider à faire le plan de table pour le mariage.

— La tension commence à monter ? demanda Hayley.

— Non. Mais elle m'a demandé d'insister pour que tu lui donnes le nom de ton cavalier. C'est en vue de rédiger les bristols qui seront placés sur les tables.

— Tu sais très bien que c'est Carter. Je t'ai dit que nous venions ensemble.

— Kevin sera accompagné ? demanda Jason.

— Oui, il vient avec Sydney, la fille qu'il aide à déménager aujourd'hui.

— Mais ne crois pas que cela signifie qu'il t'a pardonné pour la barmaid, dit Nat.

— Encore cette histoire ! Tout ça, c'est dans sa tête.

— En tout cas, il faut que je me souvienne de ne pas le mettre à côté d'elle à table, dit Matt.

— Kevin s'inquiéterait davantage si tu mettais Sydney à côté de Jason. Au cas où il déciderait de lui piquer encore une fille sur laquelle il a des vues.

— Je ne lui ai pas piqué Alyssa, dit Jason.

— C'est bien elle qui t'accompagne au mariage, non ? intervint Hayley.

— Uniquement parce que Kevin m'y a contraint.

C'était vrai, mais Jason ne s'en plaignait plus. Ce qui

aurait dû être une épreuve était devenu un plaisir. Il aimait passer du temps avec Alyssa et il était reconnaissant à cette histoire de prétendu petit ami de lui en donner l'occasion.

— Peut-on oublier un instant la vie amoureuse de Jason et nous concentrer sur ce que nous allons faire ce soir ? suggéra Nat. Que mange-t-on ?

— Personnellement, j'en ai marre des pizzas, dit Carter.

— On n'a qu'à aller au Diggers', proposa Hayley.

— Ça te va, Jason ? demanda Nat.

— Je ne serai pas de la partie. Alyssa prépare à dîner pour moi, ce soir.

— Ça devient une habitude, dit Hayley.

— Elle aime faire la cuisine.

Nat eut un petit rire narquois.

— La cuisine… bel euphémisme !

— Un peu de décence, s'il te plaît.

— Pourquoi ? Tu ne couches pas avec elle ?

— Bien sûr que non.

— Pourquoi « bien sûr que non » ? s'étonna Carter.

— Parce que nous faisons semblant d'être ensemble.

Nat fronça les sourcils.

— Qu'est-ce que c'est que cette histoire ?

— Grâce à votre intervention, j'ai dû demander à Alyssa d'être ma cavalière pour le mariage de Matt. En échange de quoi, j'ai accepté de jouer le rôle de son petit ami lorsque ses parents vont venir en ville.

Hayley eut un sourire ironique.

— Tu as dû soudoyer une fille pour qu'elle t'accompagne ?

— Disons que nous avons conclu un accord avantageux pour les deux parties.

— De toute évidence, j'ai manqué une étape, dit Hayley.

— En effet, tu n'étais pas là, la semaine dernière.

Il y a eu une explication après que Jason a embrassé la fille sur laquelle Kevin avait des vues. Nat a joué les pacificatrices.

Pacificatrice ou entremetteuse…, songea Jason.

— Et maintenant, tu vas rencontrer ses parents ? insista Hayley.

— Une simple formalité. Ils vont être en ville pour le week-end, je vais donc passer du temps avec eux, endosser le rôle du petit ami, puis ils regagneront la Californie et nous reviendrons au statu quo.

— Tu veux dire qu'Alyssa et toi, vous redeviendrez de simples voisins ? Des amis ? dit Nat, sceptique.

— Oui.

— Et si toute cette mascarade vous conduisait à éprouver de véritables sentiments ?

— Ça n'arrivera pas, répondit Jason, sûr de lui.

— Pour toi, peut-être pas, mais Alyssa ?

— Aucun danger. Elle n'a absolument pas envie d'avoir quelqu'un dans sa vie en ce moment.

— Je persiste à penser que tu joues un jeu dangereux, dit Hayley. Mais prendre des risques, ça te connaît, non ? C'est ce que tu fais de mieux.

Alyssa servit le rôti de porc, assaisonné d'ail, de thym et de romarin, accompagné de riz sauvage et de haricots verts.

Tandis qu'ils dînaient, Jason lui parla de l'organisation qu'il avait prévue pour l'inauguration de la piste de karting. Il était tellement pris par son sujet qu'il ne se rendit même pas compte qu'il avait mangé les haricots verts.

Le repas terminé, il aida Alyssa à desservir et se mit à ranger la vaisselle dans le lave-vaisselle.

— Laissez, vous n'êtes pas obligé, dit-elle, comme après chaque repas lorsqu'il offrait de l'aider.

— C'est le moins que je puisse faire pour vous témoigner ma reconnaissance pour ces délicieux repas.

— Vous me remercierez en jouant l'amoureux devant mes parents.

— Une tâche très difficile ! J'aurais dû négocier quelques repas de plus.

— Trop tard, le marché a été conclu.

Jason gagna le réfrigérateur et l'ouvrit.

— Où se trouve le dessert ?

— Quel dessert ? Il n'y en a pas.

Il avait l'air tellement déçu qu'Alyssa se sentit presque coupable de le taquiner.

— Mais si, il y en a un. Il est dans le four.

Déjà, Jason se retournait, prêt à l'ouvrir.

— On ne touche pas !

Il sourit et croisa les mains derrière son dos.

— Gâteau au chocolat ! annonça Alyssa.

— Et il sera prêt dans combien de temps ?

— Cinq minutes, d'après le minuteur.

— Ça devrait suffire, dit Jason.

— Suffire pour quoi ?

— Pour vous embrasser.

— Ou pour finir de débarrasser, répondit Alyssa, reculant instinctivement d'un pas.

— Ce que vous proposez est nettement moins distrayant.

— On ne vous a jamais dit qu'il fallait finir le travail avant de penser à se distraire ?

— Vous avez raison, acquiesça Jason, retournant à la table. De plus, mieux vaut attendre, je détesterai être interrompu par la sonnerie du minuteur.

— J'ai réfléchi au baiser, dit Alyssa.

— Moi, il n'a cessé de m'obséder.

— Il est inutile de s'embrasser pour convaincre mes parents que nous sortons ensemble.

— C'est possible. Mais des personnes qui sortent ensemble depuis plusieurs mois sont en général très libres et à l'aise l'une avec l'autre. Or, à part le soir où vous m'avez pratiquement hissé par-dessus le bar pour m'embrasser, chaque fois que je m'approche de vous, vous vous éloignez.

— Désolée, dit Alyssa. J'ai tendance à protéger un peu trop jalousement mon espace personnel.

— Si vous voulez qu'on nous croie ensemble, vous allez devoir vous montrer nettement moins distante.

— Vous avez raison.

Jason la regarda, la vit rassembler son courage et, finalement, faire un pas vers lui.

— Ne me dites pas que je vous fais peur, tout de même.

— Bien sûr que non.

— Alors pourquoi avez-vous le cœur qui bat si vite ?

— C'est juste que… en fait, je ne sais pas pourquoi il bat si fort.

— Je crois que vous le savez très bien, mais que vous refusez de l'admettre.

— D'admettre quoi ?

— Que l'attirance entre nous est tellement évidente qu'elle devient difficile à ignorer.

Alyssa avala sa salive, la gorge nouée.

— C'est pourtant ce que nous avons convenu de faire. Ne pas en tenir compte.

— Ce serait la solution sage, en effet.

Mais ce n'était pas du tout ce dont Jason avait envie.

Pour la première fois de sa vie, il avait envie de transgresser les règles qu'il s'était fixées. Il avait envie de prendre Alyssa dans ses bras et de…

La sonnerie du minuteur coupa net son élan.

- 9 -

— Je dois vous faire une confidence, dit Jason, piquant un morceau de gâteau au chocolat.

— Vous n'aimez pas les framboises fraîches que j'ai mises dessus ou vous êtes recherché par le FBI ?

Jason sourit.

— Rien de tout cela. Lorsque vous avez fait la connaissance de mes amis, le week-end dernier, avez-vous senti une certaine… tension ?

— Vous voulez dire entre Kevin et vous ?

— Donc, vous l'avez sentie. Kevin, Carter, Matt et moi, nous faisions partie de la même équipe de football américain au lycée.

— Vous êtes donc amis de longue date.

— Oui. Il n'y a eu qu'une brève période, en première année de fac, où Kevin s'est fâché avec moi.

— J'imagine que c'était à cause d'une fille.

— Effectivement. Elle s'appelait Lacey Bolton.

— Et il était amoureux d'elle.

— Sauf qu'elle ne faisait absolument aucun cas de lui. Elle s'occupait davantage de ses études que des garçons. Mais Kevin était patient et il avait un plan. Il espérait qu'elle l'accompagnerait au bal donné en l'honneur de l'équipe de foot.

— Je n'y ai assisté qu'une fois, mais je sais que c'est un événement important.

— Les joueurs de foot sont les stars du week-end et toutes les filles ont envie de sortir avec eux. Mais dès le match d'ouverture, j'ai été blessé. C'est Gilmore qui a pris ma place et m'a piqué ma petite amie, au passage. Le dépit m'a rendu fou et j'avoue avoir mal agi.

— Qu'avez-vous fait ?

— J'ai demandé à Lacey d'être ma cavalière pour le bal et elle a accepté.

— Je vois. Et Kevin a mis longtemps à vous pardonner ?

— Très longtemps. Malheureusement, il y a peu, j'ai remis le feu aux poudres en vous embrassant. En fait, c'est vous qui m'avez embrassé, mais ça, Kevin s'en moque.

— Vous voulez que j'explique à Kevin ce qu'il en est ?

— Cela ne servirait à rien.

— Dans ce cas, pourquoi me racontez-vous cette histoire ?

— Kevin ne l'avouera jamais, mais c'est un grand sentimental. Il serait prêt à me pardonner ce qu'il considère être une trahison si je parvenais à le convaincre qu'elle était motivée par de réels sentiments pour vous.

— Puisqu'il vous connaît depuis longtemps, il devrait savoir que vous n'êtes pas du genre à tomber amoureux.

Jason haussa les sourcils, surpris.

— Je ne fais que réaffirmer un fait connu de tous, dit Alyssa.

— Pour lui prouver que la situation n'est pas une réédition de l'épisode Lacey Bolton, je dois sortir avec vous, et exclusivement avec vous, jusqu'au mariage de Matt.

— Vous êtes sérieux ?

— On ne peut plus sérieux.

— Je comprends mieux, à présent, cette étrange invitation à être votre cavalière.

— Vous n'avez pas cru que c'était moi qui y tenais ?

— Non. Les garçons dans votre genre ne font pas de prévisions à long terme. Ils ne sont jamais certains d'avoir encore envie d'être avec la même fille au moment du mariage.

— C'est un peu sévère comme jugement.

— Possible. Mais je doute qu'il soit faux.

— Bon, en tout cas, puisque nous devons jouer la comédie durant les deux mois à venir et également rencontrer vos parents, il serait temps de nous familiariser avec la situation, de passer du temps ensemble, de sortir.

— Cela me paraît une bonne idée.

— Vous avez quelque chose de prévu, demain ?

— Non.

— Très bien. Je termine mon travail à 15 heures Je passe vous prendre à 16 heures ?

— Pour aller où ?

— C'est une surprise.

— Vous prévoyez une partie de laser ou vous avez l'intention de me faire faire de l'escalade ?

— Les deux sont tentants, mais non, pas demain.

Jason l'avait déjà initiée au paintball et elle s'était très vite prise au jeu. C'était si bon de pratiquer une activité physique intense alors qu'on le lui avait si longtemps interdit. Elle avait adoré tester ses capacités et elle était prête à tout essayer.

Depuis qu'elle avait évoqué son problème cardiaque, Alyssa n'avait plus jamais fait allusion à son état de santé. Jason savait que ses opérations dataient de nombreuses années et n'étaient plus pour elle au rang de ses préoccupations. Mais il avait remarqué qu'elle s'habillait toujours en prenant bien soin qu'aucune cicatrice ne soit visible.

Curieux, il s'était renseigné au sujet de l'affection dont elle avait souffert. Ce qu'il avait appris lui avait permis de comprendre pourquoi les parents d'Alyssa s'étaient montrés aussi protecteurs avec elle. Il n'en concevait que plus de respect pour elle, pour la détermination et le courage dont elle avait fait preuve en se construisant une vie loin de toutes les restrictions qu'on avait tenté de lui imposer.

— Si vous ne voulez pas me dire où nous allons, donnez-moi au moins une idée de la façon dont je dois m'habiller, dit Alyssa.

— Mettez quelque chose de confortable et de saison.

On était au mois de mai et le Nevada n'était pas la Californie. À cette saison, il y aurait eu longtemps qu'elle aurait rangé ses vêtements d'hiver. À Haven, il faisait très bon dans la journée, mais dès que le soleil était couché, la température chutait très vite et il pouvait faire extrêmement frais.

Après réflexion, Alyssa opta pour une tunique fleurie à manches longues, un jean étroit et des boots. Elle se maquilla très légèrement et mit une touche de son parfum préféré.

Jason l'accueillit par un petit baiser sur la joue.

Il le faisait assez souvent, ces derniers temps. Il avait également pris l'habitude de glisser un bras autour de ses épaules, de s'asseoir tout près d'elle, de lui tenir la main. Si son intention était de l'habituer à cette proximité, à ces marques de tendresse, c'était réussi.

Malheureusement, au lieu de s'y accoutumer sans que cela porte à conséquence, Alyssa éprouvait pour lui une attirance grandissante et elle commençait sérieusement à s'inquiéter, à redouter de prendre trop au sérieux cette prétendue relation.

— Alors, allez-vous enfin me dire où nous allons ?

demanda-t-elle après qu'ils eurent parcouru plusieurs kilomètres en voiture.

— Twelve-oh-two Miners'Pass.

— Cela ne répond pas franchement à ma question.

— Il s'agit pourtant de la réponse exacte.

— Mais encore ?

— C'est une maison.

Alyssa ouvrit de grands yeux étonnés.

— Et pouvez-vous me dire qui y vit ?

— Oui, tout à fait.

Alyssa fixa un moment le paysage qui défilait par la vitre.

— Allez-vous me répondre ? finit-elle par demander, impatiente.

— Oui, mais j'attendais que nous soyons presque arrivés. Je ne voulais pas que vous commenciez à vous affoler à la perspective de rencontrer mes parents.

— Vos parents ? Pour quelle raison voulez-vous que je les rencontre ?

— Pourquoi pas ? Je vais bien rencontrer les vôtres.

— Cela ne fait pas partie de notre accord.

— Pour tout vous dire, lorsque ma mère m'a appelé pour m'inviter à un barbecue, j'ai pensé que votre présence allait accroître considérablement les chances de passer une soirée tolérable.

— Ils sont si redoutables ?

— Non, j'exagère. Un peu prétentieux et parfois très égocentriques, mais plutôt sympathiques dans l'ensemble. Et puis, je me suis dit que ce serait une excellente occasion pour tester notre fausse relation.

— Qu'avez-vous dit à vos parents à mon sujet ? demanda Alyssa.

— Rien.

— Ils savent que je vous accompagne ?

— Non.

Jason quitta la route et engagea la voiture dans une vaste allée bordée d'arbres. Elle menait à une maison qui tenait davantage du manoir. Alyssa demeura interdite.

— Je ne crois pas que ce soit une bonne idée.

Jason coupa le contact, descendit et vint lui ouvrir la portière.

— Détendez-vous, il ne s'agit que d'un barbecue. Il n'y a pas pire cuisinière que ma mère, mais mon père se débrouille plutôt pas mal question grillades.

— Je ne sais pas si je dois vous croire, répondit Alyssa, peu sensible au ton enjoué de Jason.

— Vous pouvez parce que c'est vrai ! s'exclama soudain une voix féminine derrière eux. Ma mère serait capable de faire brûler une casserole en mettant de l'eau à chauffer.

Alyssa descendit de voiture et se tourna vers la jeune femme qui venait de parler. Elle ne pouvait être que la sœur de Jason. Mince, blonde, les mêmes yeux bleus et le même sourire spontané que son frère. C'était Regan, sans aucun doute.

— Ravie de faire votre connaissance, dit Regan.

Au lieu de tendre la main à Alyssa, elle la serra spontanément dans ses bras.

— Et, Dieu merci, vous n'avez pas le genre de regard vide que Jason affectionne généralement chez les femmes avec lesquelles il sort, ajouta-t-elle, jetant un regard provocateur à son frère.

— Tu essaies de faire bonne impression ? s'exclama ce dernier.

Regan eut un large sourire et prit Alyssa par le bras.

— Venez, tout le monde a hâte de faire votre connaissance.

— Mais…

Alyssa se tourna vers Jason, l'air paniqué.

— Je n'ai pas dit à papa et maman que je venais accompagné.

— Mais tu me l'as dit, à moi, rétorqua Regan.

— Une erreur, de toute évidence.

— Tu sais comment est maman. Si elle savait que j'étais au courant pour Alyssa et que je ne lui aie rien dit, elle ne me le pardonnerait jamais.

— Tu veux dire qu'elle t'en voudrait pendant trente secondes, petite gâtée.

— Je suis la deuxième. C'est une place très difficile.

— Tu es surtout une provocatrice et une faiseuse d'embrouilles.

— Je suis la surdouée de la famille, en fait. Jason le plus têtu. Spencer, le plus insaisissable et Brielle la plus adorable.

Alyssa se demanda ce qu'auraient dit ses parents s'ils avaient dû les qualifier. Cristina aurait-elle été la *parfaite,* et elle, la *réparée* ?

Quoi qu'il en soit, ce n'était pas ainsi qu'elle se vivait auprès de Jason. Avec lui, elle ne se sentait pas seulement normale, mais attirante, désirable. Et quel que soit le moment ou la façon dont ce jeu de fausse relation se terminerait, elle lui en serait à tout jamais reconnaissante.

Normalement, un barbecue laissait supposer un repas décontracté. Mais apparemment, chez Ben et Margaret Channing, cela signifiait dîner dans l'immense salle à manger avec couverts en argent, verres en cristal et vaisselle de porcelaine, le tout éclairé par un lustre qui aurait paru minuscule dans le hall d'un grand hôtel.

— Et que faites-vous dans la vie ? demanda Margaret.

— Je suis professeur de mathématiques et de sciences au lycée de Westmount.

— J'adorais les maths, mais je détestais les sciences, dit Regan.

— Notre fille la plus jeune, Brielle, est enseignante, elle aussi, expliqua Ben.

— Jason m'a dit qu'elle vivait à New York, dit Alyssa.

— Elle enseigne dans une prestigieuse école privée de Brooklyn, précisa Margaret. Ils lui ont déjà proposé de renouveler son contrat pour l'année prochaine.

— C'est une très bonne nouvelle, dit Jason.

Ses parents échangèrent un regard.

— Elle aime enseigner à Briarwood, leur rappela Regan.

— Ce serait parfait si Briarwood ne se trouvait si loin d'ici, soupira Margaret. Nous n'aurions jamais dû la laisser partir.

— Elle avait dix-huit ans et elle avait envie de quitter Haven, dit son mari.

— Il n'y avait pas besoin de lui faciliter la tâche.

— Ne crois pas que cela ait été facile pour elle.

— Je veux dire financièrement. Nous avons payé ses frais d'université et toutes ses dépenses.

— Comme nous l'avons fait pour chacun de nos enfants.

— Sauf pour Spencer, intervint Regan. Lui, il a préféré les rodéos aux études.

— Notre plus jeune fils a en effet interrompu ses études pour devenir cow-boy professionnel, expliqua Ben à Alyssa.

— Mais il réussit très bien, fit remarquer Margaret. Après le dîner, Alyssa, vous devriez demander à Jason de vous emmener dans le bureau voir les trophées qu'il a remportés.

— Oui, ça va lui faire marquer des points auprès

de sa petite amie de lui montrer la quincaillerie de son frère, railla Regan.

— Jason aussi a gagné son lot de coupes, dit Margaret, se lançant mollement à la défense de son fils aîné.

— En courant après un ballon, dit Regan.

— Je te rappelle que ton frère possède un master en management, dit Ben. Ce qui ferait de lui un réel atout dans la Blake Mining.

— Serait-il possible de dîner en famille sans que les mêmes discussions reviennent sans arrêt sur le tapis ? demanda Jason, très calme.

— Je suis certain que ce master est l'une des raisons pour lesquelles il a fait d'Adventure Village une entreprise aussi florissante, dit Alyssa.

Ben eut un petit rire ironique.

— Il a acheté un champ à l'abandon où de faux soldats se tirent dessus avec de fausses armes.

Alyssa sentit Jason se tendre à ses côtés. Elle posa une main sur son bras.

— Le paintball n'est pas forcément une activité à laquelle on pense pour se distraire, mais elle remporte un franc succès.

— Auprès des adolescents, rétorqua Ben d'un ton dédaigneux.

— Oui. Et au dire des professeurs de Westmount, ils ont au moins quelque chose à faire durant leur temps libre plutôt que de tagger des bâtiments ou de voler des voitures.

— Et il n'y a pas que du paintball, il y a aussi du laser et de l'escalade, fit remarquer Regan.

— Et du minigolf, ajouta Alyssa.

— Certes, ce doit être amusant, reconnut Ben. Mais

je persiste à penser que le temps et le talent de Jason seraient mieux employés à la Blake Mining.

— J'y ai travaillé pendant six ans, dit Jason. J'ai tout essayé et rien ne m'a plu. J'ai détesté tout ce que j'y ai fait.

— Si le travail était une partie de plaisir, il ne s'appellerait pas travail, dit Ben.

— On passe au dessert ? coupa soudain Margaret, impatiente d'interrompre la discorde.

— Tu as fait un dessert ? s'exclama Regan, surprise.

— Bien sûr que non, répondit sa mère, comme si l'idée même était impensable. Celeste a tout préparé. Je n'ai plus qu'à disposer les fruits sur le gâteau.

— Je viens te donner un coup de main, dit Regan.

— Désolé d'avoir assaisonné votre hamburger d'une dose de conflit familial, dit Jason tandis qu'ils roulaient sur le chemin du retour.

— Je connais ce genre de situations. Votre père aurait rêvé d'une carrière différente pour vous, mais votre mère semble très heureuse de votre choix.

— Je ne sais pas si elle est heureuse ou si elle préfère ne rien dire de peur que je décide de faire comme Spencer et Brielle.

— Vous avez déjà eu envie de quitter Haven ?

— Oui. Adolescent, je détestais cette ville. Il n'y avait rien à y faire et je m'étais juré de la quitter à la première occasion. Mais lorsque je suis parti à l'université, je me suis rendu compte qu'elle me manquait. Cela m'a amené à me demander pourquoi j'avais eu envie de partir et ce qui pourrait faire qu'on ait envie d'y vivre.

— Et c'est ainsi que vous est venue l'idée d'Aventure Village ?

— Oui. Et il y a eu aussi l'argent que m'a donné mon grand-père.

Jason engagea la voiture dans l'allée de la résidence et se gara.

— Je vais rester dehors un moment, dit-il. Lorsque je reviens de chez mes parents, j'ai besoin de me vider la tête…

— Vous avez envie de compagnie ?

— Volontiers.

— Dans ce cas, je vais chercher un pull et je reviens.

— J'ai un sweat-shirt à l'arrière.

Jason l'attrapa et le lui tendit. Alyssa l'enfila aussitôt. Il sourit et l'aida à rouler les manches.

— Je crois qu'il est un peu grand.

— Mais très confortable, dit Alyssa, ravie.

Elle pencha la tête pour regarder le logo.

— Ma sœur a étudié à Berkeley, elle aussi.

— Et vous ?

— À Irvine.

— Vous n'avez pas eu envie d'y rester ?

— Oh si ! J'en rêvais. Mais ma mère était trop inquiète de me savoir loin des médecins qui m'avaient soignée.

— Comment a-t-elle réagi lorsque vous lui avez dit que vous partiez dans le Nevada ?

— Elle n'était pas emballée, c'est le moins que l'on puisse dire. Surtout en sachant l'hôpital le plus proche à cinquante kilomètres.

— Et vous, cela ne vous a pas inquiétée ?

— Non, pourquoi ? Les médecins considéraient que tout allait bien, je leur ai fait confiance. Je n'ai pas besoin d'être rassurée ni qu'on me rappelle constamment ce qui appartient désormais au passé.

Il y avait une question que Jason avait toujours eu

envie de lui poser depuis qu'elle lui avait parlé de ses opérations. Peut-être était-ce parce qu'il faisait sombre ou parce qu'il la connaissait mieux qu'il s'en sentit capable.

— C'est pour ne plus y penser que vous cachez vos cicatrices ?

- 10 -

Jason sentit Alyssa se tendre brusquement. Quelques secondes s'écoulèrent avant qu'elle réponde.

— Je les cache parce qu'elles sont horribles.

— Qui vous l'a dit ?

— Je n'ai pas eu besoin qu'on me le dise, je les ai vues.

Mais Jason connaissait suffisamment Alyssa, à présent, pour se douter que ce n'était pas la seule explication. L'idée lui était odieuse que quelqu'un ait pu lui faire une remarque, lui faire du mal.

— Montrez-les moi, dit-il doucement.

Alyssa secoua vigoureusement la tête.

— Changeons de sujet. Je voulais vous dire que j'ai passé une très bonne soirée.

Jason n'avait pas envie de la mettre mal à l'aise. Il n'insista pas.

— Moi aussi. Pour l'essentiel.

— C'est vrai que votre mère ne sait pas faire la cuisine ?

— Vous n'imaginez pas ! J'ai été élevé à la pizza et aux céréales.

Alyssa eut l'air tellement horrifiée que Jason se mit à rire.

— Je plaisante. Nous avions une nounou. Je n'ai jamais manqué de rien.

— Nous venons vraiment de mondes différents. Et dans le mien, on se lève tôt le matin.

Jason saisit l'allusion.

— Il faut que je fasse attention aux horaires de cours lorsque je sors avec ma petite amie professeure.

— Petite amie très provisoire, précisa Alyssa.

Mais pour Jason, cette prétendue relation devenait de jour en jour plus vraie, plus profonde que tout ce qu'il avait vécu jusque-là.

Après ce dîner en famille, Alyssa eut le sentiment très net que quelque chose avait changé dans sa relation à Jason. Elle l'avait observé parmi les siens et entrevu des vulnérabilités qu'elle ne soupçonnait pas derrière la façade de confiance qu'il affichait.

Elle n'avait pu s'empêcher de comparer sa famille à la sienne. Elle n'avait pas grandi dans un milieu aussi aisé que celui de Jason, dans cette opulence visible aussi bien dans la maison que dans les vêtements de créateur de Mme Channing, mais elle n'avait jamais douté de l'amour ni du soutien des siens.

Elle ne se sentait que davantage coupable de leur avoir menti. Et plus la visite de ses parents approchait, plus sa nervosité grandissait à la perspective de leur présenter Jason. Elle avait envie qu'il leur plaise alors que le seul but était qu'ils soient convaincus que c'était à elle qu'il plaisait.

Et c'était le cas.

Elle était de plus en plus attirée par lui.

Leurs mains qui se touchaient, leurs corps qui se frôlaient, l'habitude qu'avait prise Jason de l'embrasser, tout éveillait en elle des désirs de plus en plus forts. Elle n'avait pas encore connu tous les plaisirs que peuvent partager un homme et une femme, mais elle aspirait chaque jour davantage à les connaître.

— Quand vos parents arrivent-ils ? demanda Jason, la ramenant brusquement au présent tandis qu'ils couraient, le vendredi matin.

— Demain. Leur avion est prévu pour atterrir aux environs de 14 heures.

— Nous avons un événement important prévu l'après-midi, mais je peux demander à Matt de me remplacer si vous souhaitez que je vous accompagne à l'aéroport.

— Non, c'est très gentil, mais je pense qu'il vaut mieux limiter autant que possible le temps que vous passerez avec mes parents.

— Vous craignez que je ne sois pas un petit ami très convaincant ?

— Autant réduire les occasions de faire un faux pas.

— Quand vais-je les rencontrer, alors ?

— Pour dîner au Hideway, samedi soir.

— Je pensais que vous alliez réserver au Diggers'.

— J'y avais pensé, en effet. Puis je me suis dit que ce serait plus discret si nous dînions en dehors d'Haven.

— À Battle Mountain, j'aurais plutôt choisi le El Aguila. Ils font les meilleurs burritos du monde.

— On voit que vous n'avez jamais goûté ceux de ma grand-mère.

— Vous êtes déjà allée à El Aguila ?

— Non, malheureusement.

— Alors, nous irons.

— J'aimerais beaucoup, mais…

— Mais quoi ?

— Vous oubliez qu'à l'issue de ce week-end, vous n'aurez plus à faire semblant d'être mon petit ami.

— En revanche, vous allez devoir continuer à faire semblant d'être ma petite amie jusqu'au mariage de Matt.

— Selon notre accord, j'étais votre cavalière, c'est tout.

— Je préfère notre arrangement, petit ami petite amie. Mais rassurez-moi, une fois que tout sera terminé, nous resterons bons amis ?

— J'imagine que oui.

— Et nous irons à El Aguila.

— D'accord. Mais dans l'immédiat, il faudrait peut-être passer à la vitesse supérieure sinon je vais être en retard au lycée.

— Bien, madame la professeure, s'exclama Jason, piquant un sprint qui la laissa sur place.

Alyssa riait lorsqu'elle le rejoignit.

Avant de se rendre à Adventure Village, le samedi après-midi, Jason passa chez Alyssa apporter un pack de bière et un cadre contenant une photo de lui en tenue d'alpiniste, suspendu à une paroi.

Alyssa regarda le tout, surprise.

— Une femme se doit d'avoir une photo de son petit ami et de stocker dans son réfrigérateur quelques bières au cas où il passerait à l'improviste, non ? dit Jason.

— Bravo. Je vois que vous fournissez également les accessoires, dit Alyssa, taquine.

— C'est inclus dans la prestation.

Alyssa rangea les bières dans le réfrigérateur et posa la photo sur le bureau, à côté de son ordinateur. Elle attrapa au passage le sweat-shirt qu'il lui avait prêté.

— J'avais complètement oublié que c'était vous qui l'aviez. Vous devriez le garder encore un peu. Ce sera parfait pour compléter la mise en scène. Le sweat-shirt du petit ami négligemment abandonné sur le dossier d'une chaise.

— Ma mère serait offusquée de constater que je n'ai pas tout rangé impeccablement pour leur arrivée.

— Que diriez-vous de le poser, soigneusement plié, sur le dessus de votre panier à linge ?

— Excellente idée.

— Vous savez si leur vol sera à l'heure ?

— Oui. Je l'ai vérifié.

— Quand partez-vous pour l'aéroport ?

— Dans une dizaine de minutes.

— Je n'ai pas beaucoup de temps, alors, dit Jason, l'attirant dans ses bras.

Il l'avait si souvent embrassée qu'elle aurait dû être habituée au contact de ses lèvres. Mais son cœur continuait de s'emballer et, chaque fois, la tête lui tournait. Elle était incapable d'opposer la moindre résistance et n'avait aucune envie de le faire. Elle désirait cet homme, voilà tout.

Mais, lui, il semblait toujours tellement maître de ses émotions. Parfois, dans le feu d'un baiser, il se laissait aller à une caresse, toujours au travers de ses vêtements. Cette retenue lui donnait l'envie folle de les arracher pour sentir enfin le contact de ses mains sur sa peau nue, celui de son corps contre le sien.

Jusque-là, elle était parvenue à garder le contrôle, à résister à l'envie de le supplier de lui faire l'amour. Mais tandis qu'il l'embrassait, que sa langue caressait la sienne, la titillait, faisant naître le désir dans chaque fibre de son corps, il lui devenait de plus en plus difficile de se taire.

— Si je ne pars pas maintenant, nous allons être tous les deux en retard, murmura Jason, libérant sa bouche.

Il la fixa et un sourire effleura ses lèvres sensuelles.

— Voilà ce qui manquait.

De quoi parlait-il ? Alyssa avait perdu le fil…

— À présent, lorsque vous retrouverez vos parents,

vous aurez vraiment l'air d'une femme qui pense à l'homme qu'elle aime, dit-il.

Bien sûr, Jason n'était pas l'homme qu'elle aimait, mais tout l'enjeu de ce week-end était que ses parents le croient. Le plus difficile serait de se souvenir qu'il ne s'agissait que d'un jeu et de ne pas mettre son cœur en péril.

Alyssa était de plus en plus nerveuse. Jason allait-il se montrer convaincant ? Renata était tellement déterminée à ce qu'elle tombe amoureuse de Diego qu'elle pouvait très bien avoir décidé par avance que Jason ne lui plairait pas. Miguel avait moins de raisons de partir avec un préjugé défavorable. Néanmoins, Alyssa demeurait anxieuse.

Durant le repas, ses parents se montrèrent réservés, mais aimables. La discussion s'engagea facilement. Son père semblait très intéressé par l'activité de Jason et il lui posa de nombreuses questions au sujet d'Adventure Village. Et lorsque sa mère se montra curieuse au sujet de la bataille qui avait donné son nom à la ville, Jason lui fit très brièvement un petit point historique.

Si, par ailleurs, Alyssa avait pu craindre que Jason en fasse un peu trop pour rendre leur relation crédible, il n'en fut rien. Il se montra attentif, sans ostentation, et très courtois. Durant le repas, il piqua un champignon dans son assiette comme s'ils avaient l'habitude de partager ainsi leurs plats et lorsqu'ils regagnèrent le parking, il mêla ses doigts aux siens, comme si, là encore, ils accomplissaient un geste coutumier.

Lorsqu'ils regagnèrent Haven, ils passèrent tous les quatre un moment dehors, sur la terrasse, à déguster un dernier verre de vin. Lorsque Miguel annonça qu'il était fatigué et souhaitait aller se reposer, Renata le suivit et ils se retirèrent, laissant Jason et Alyssa seuls sous le ciel étoilé.

Jason se rapprocha, glissa un bras autour de sa taille et l'attira contre lui.

— Que faites-vous ? demanda-t-elle, surprise.

— Je me rapproche de ma petite amie.

Il se pencha à son oreille comme s'il lui murmurait des mots doux.

— C'est au cas où vos parents nous observeraient.

Son souffle chaud dans son cou fit courir un délicieux frisson sur sa peau.

— Vous pensez sérieusement qu'ils nous espionnent ?

— S'ils ont le moindre doute, ils pourraient chercher un indice, une preuve de supercherie.

— Les questions de ma mère durant le repas n'étaient pas très subtiles, dit Alyssa, s'efforçant de se concentrer sur leur conversation.

Mais ce n'était pas chose facile alors qu'une foule de sensations affluaient dans son corps.

— Je crois m'en être assez bien sorti, dit Jason. Toutefois, en admettant qu'ils soient convaincus que nous sommes ensemble, ils s'attendent certainement à ce que le petit ami de leur fille profite de leur absence pour lui voler quelques baisers, voire un peu plus…

Alyssa rit.

— Je commence à trouver cette fausse relation plus intéressante qu'une vraie.

— Pourquoi ? demanda Jason, surpris.

— Nous passons du bon temps sans qu'il y ait ni pression ni attentes.

— Je suis d'accord. Mais ça n'a pas été simple.

— Je sais que vous avez dû jongler pas mal avec

votre emploi du temps, reconnut Alyssa. Je vous en suis reconnaissante.

— L'emploi du temps, ça n'a pas été le plus dur.

— Que voulez-vous dire ?

— Rien. Ça ne concerne que moi.

— Sauf que c'est moi qui vous ai entraîné dans cette aventure.

— Je n'y étais pas totalement opposé.

— Visiblement, nous n'avons pas la même vision de la façon dont tout ça a commencé, fit remarquer Alyssa.

— Je n'y étais pas totalement opposé après le poulet Marsala, bien que vous m'ayez fait manger des asperges.

Alyssa rit et posa la tête sur son épaule.

— Vous êtes bon joueur, Jason Channing.

— Je dirais plutôt habile négociateur.

— Certes, mais je crois que c'est moi qui ai la part belle dans ce marché.

— N'oubliez pas le 14. J'espère que c'est noté.

— Le 14… Ah oui, le mariage de votre ami.

Jason songea au défi lancé par Kevin. Certes, il s'était fait piéger mais, aujourd'hui, il n'existait qu'une seule personne avec laquelle il avait envie d'aller à ce mariage et c'était Alyssa. Ce qu'il vivait avec elle lui semblait si fort, si vrai, qu'au bout de trois semaines seulement, il avait envie d'arrêter de faire semblant.

Mais peut-être se trompait-il, était-il tenté par une véritable relation parce qu'ils étaient bien ensemble, sans attentes ni complications. Il en serait peut-être tout autrement s'il avait cherché à aller plus loin, à la mettre dans son lit. Quant à imaginer une relation sur la durée, cela ne lui était même pas venu à l'esprit. Ils vécurent heureux et eurent beaucoup d'enfants, ce n'était pas son style. Peut-être se fixerait-il, un jour, mais ce n'était pas pour tout de suite.

Pourtant, plus il passait de temps avec Alyssa, plus il se rendait compte qu'elle lui plaisait et cette constatation le troublait profondément. Heureusement, ses parents repartaient pour la Californie, le lendemain, et ils en reviendraient au statu quo.

Le lundi, après le déjeuner, Jason passa chercher Alyssa et ses parents afin de les accompagner à l'aéroport. Elle lui en fut reconnaissante, elle n'avait pas envie de faire le voyage de retour seule.

À l'aéroport, ils attendirent ensemble qu'ils aient franchi la porte d'embarquement.

— Ça s'est plutôt bien passé, non ? dit Jason.

— Sauf que je viens de vivre les trois jours les plus longs de ma vie, rétorqua Alyssa, adressant un dernier petit signe à ses parents. Mais au moins, c'est fait, et nous allons pouvoir reprendre nos vies respectives comme si ce week-end n'avait jamais existé.

Elle se sentait soulagée, mais elle ne put s'empêcher d'éprouver un petit pincement au cœur à cette perspective.

— Juste au moment où je commençais à entrer parfaitement dans mon rôle de petit ami, dit Jason.

— Vous avez été parfait.

— Beau ? Charmant ? Attentif ?

Alyssa lui sourit.

— Les trois à la fois. Mais plus important que tout, temporaire.

— Vous ne voulez vraiment pas d'une relation ?

— Pourquoi est-ce si surprenant ? On trouve normal qu'un homme ne veuille pas d'attaches, mais d'une femme, on attend toujours qu'elle veuille un mari et une famille.

— Vous n'en voulez pas ?

— Si, un jour peut-être. Mais je ne suis pas pressée.

— Dans ce cas, vous avez tout de la petite amie idéale.

— Et vous, tout du petit ami idéal, non ? Bon, trêve de plaisanterie, dit Alyssa, merci sincèrement pour ce week-end.

— La journée n'est pas finie et j'ai une petite faim.

— Vous allez devoir faire des progrès en subtilité.

— Non, non, je ne suis pas en train d'essayer de vous soutirer un repas supplémentaire. En fait, j'avais dans l'idée de cuisiner pour vous, si une grillade peut être considérée comme de la cuisine. Un steak, des pommes de terre, et une bonne bouteille de vin pour fêter le succès de ce week-end, qu'en dites-vous ?

— J'apprécie votre proposition, répondit Alyssa, tentée, mais…

— Je ne veux entendre aucun « mais », dit Jason.

— Toutefois…, commença-t-elle.

Jason la coupa aussitôt.

— « Toutefois » c'est la même chose que « mais » avec deux syllabes de plus.

— Que faut-il que je dise, alors ?

— Quelque chose du genre : c'est une excellente idée, j'adorerais dîner avec vous.

— C'est une excellente idée, j'adorerais dîner avec vous, répéta consciencieusement Alyssa.

— Ça n'a pas été si difficile, si ?

— Non. Je pensais seulement qu'après tout le temps que nous avions passé ensemble, vous auriez besoin d'un peu d'espace.

— Il se trouve que je partagerais volontiers cet espace avec vous.

— Oh ! comme c'est *charmant* !

Jason eut un grand sourire.

— Prévenez-moi si vous pensez vous évanouir, que j'aie le temps de vous rattraper.

— À moins de revenir deux bons siècles en arrière, je ne vais pas m'évanouir, lui assura Alyssa.

— Les femmes modernes ne s'évanouissent pas ?

— Pas plus que les hommes modernes ne règlent leurs différends en duel, à l'aube.

— Nous préférons le paintball, au crépuscule.

— Justement. Êtes-vous certain de ne pas avoir envie d'aller vous détendre à *Advent*ure Village ?

— Hum… laissez-moi réfléchir. Entre une partie de paintball avec des types en sueur et un tête-à-tête avec une séduisante jeune femme… le choix est difficile, je l'avoue.

Jason prit la main d'Alyssa.

— Mais c'est vous que je choisis.

- 11 -

Pour accompagner les steaks et les pommes de terre. Alyssa composa une salade et ils dînèrent sur la terrasse de Jason.

— Vous aviez raison, dit-elle, tandis qu'il lui versait un verre de vin.

— Voilà des mots qu'un homme a toujours plaisir à entendre. Et à quel propos ai-je eu raison ?

— Je cache mes cicatrices.

Jason fut surpris qu'elle aborde ce sujet maintenant. Se sentait-elle particulièrement détendue parce que le week-end s'était bien passé ? Se pouvait-il qu'elle en soit arrivée à lui faire confiance ?

— Je le sais. En revanche, j'ignore pourquoi.

— Les vieilles habitudes ont la vie dure. Ma mère s'assurait toujours que les vêtements qu'elle m'achetait les dissimulent. Je sais que ce n'était pas parce qu'elle les trouvait disgracieuses, mais parce qu'elles lui rappelaient avec trop d'acuité que j'avais failli mourir.

— Il doit y avoir une autre explication, je me trompe ?

— Il y a eu l'attitude de filles odieuses, un jour à la plage, lorsque j'étais en terminale.

— Des filles jalouses, sans doute.

Alyssa acquiesça.

— Je sortais avec un garçon, Craig. Il était beau, intelligent, et pas mal de filles lui tournaient autour. Nous

nous connaissions depuis de nombreuses années et il n'avait jamais fait attention à la petite gamine que j'étais.

— Et alors, que s'est-il passé ?

— Un jour, la petite fille un peu maigrelette a pris des formes, si vous voyez à quoi je fais allusion.

Jason hocha la tête.

— C'est le genre de choses qui a tendance à attirer l'attention des garçons... et des hommes aussi, ajouta-t-il, laissant glisser sur elle un regard admiratif.

— Contre toute attente, il m'a demandé d'être sa cavalière pour le bal de fin d'année et j'ai accepté. Ma mère m'a acheté une robe, de superbes chaussures et elle a pris rendez-vous pour moi chez le coiffeur et la manucure. J'ai passé une soirée merveilleuse. C'était tout ce dont j'avais rêvé. Nous avons dansé et flirté.

Le lendemain, au lycée, il y avait un petit déjeuner organisé pour les bacheliers et ensuite, nous sommes tous partis à la plage.

La voix d'Alyssa s'était tendue brusquement. Elle parlait plus vite, comme si elle avait hâte d'en finir avec ce récit.

— La plupart des filles se sont mises au soleil, en bikini. Moi aussi, j'en portais un, mais j'avais mis un chemisier par-dessus. Elles m'ont dit que c'était ridicule, que je n'allais pas bronzer. Mais j'étais mal à l'aise et je n'avais pas envie que l'on voie mes cicatrices.

Comme je résistais, une fille m'a accusée d'être prude et mon amie, Amy, a lancé : « Tu n'es pas faite différemment de nous. Alors, où est le problème ? »

Alyssa détourna le regard. Jason avait envie de lui dire qu'il avait compris, qu'elle n'avait pas besoin d'en dire davantage. Mais il sentit qu'il était important pour elle d'aller jusqu'au bout et il se tut, attendant qu'elle poursuive.

— Amy était au courant pour les cicatrices. Nous

étions amies depuis l'enfance. Nous dormions souvent l'une chez l'autre et j'ai pensé…

Alyssa secoua la tête comme si elle s'en faisait encore le reproche.

— J'ai pensé qu'elle cherchait à me rassurer. Ces cicatrices n'étaient rien, je n'avais pas à m'en faire.

Jason posa doucement une main sur son bras.

— Je n'avais pas pris en compte que nous nous étions éloignées au fil des années. Et l'une de ses amies, Tiffany, qui cherchait depuis des mois à attirer l'attention de Craig, était furieuse que ce soit à moi qu'il ait demandé d'être sa cavalière. Enfin, quoi qu'il en soit, encouragée par Amy, j'ai ôté mon chemisier.

Alyssa ferma les yeux et Jason sut qu'elle revivait ce moment douloureux.

— Lorsque Tiffany a aperçu ma poitrine, elle a poussé un tel cri d'horreur qu'elle a attiré l'attention de tout le monde.

Jason imaginait combien cette expérience avait dû être épouvantable. Mais rien ne pouvait changer le passé. Tout ce qu'il pouvait faire, maintenant, c'était être là pour elle.

— Elle a fait semblant d'être gênée d'avoir réagi ainsi et elle s'est même excusée, poursuivit Alyssa, en disant qu'on ne pouvait pas m'en vouloir de cacher des cicatrices aussi horribles. J'ai remis mon chemisier, mortifiée.

— Et Craig ?

— Il a été décontenancé mais surtout, je crois, effrayé à l'idée que j'aie pu avoir plusieurs opérations du cœur. Et lorsqu'il m'a raccompagnée chez moi et qu'il m'a embrassée, il n'a pas glissé les mains sous mon chemisier comme il le faisait d'ordinaire. Et avant la fin de l'été, il sortait avec Tiffany.

— Ils étaient faits pour s'entendre, visiblement, dit Jason.

— Voilà l'histoire, conclut Alyssa. Depuis, c'est difficile. Il faut que je me sente vraiment en confiance avec quelqu'un pour oser montrer ces cicatrices.

Jason la comprenait parfaitement. Mais il pensait également qu'il était temps qu'elle s'allège de ce fardeau.

— C'est un choix qui vous appartient, bien sûr. Je pense seulement que…

Il s'interrompit brusquement lorsqu'il la vit déboutonner son chemisier. Elle se leva, se tint face à lui, les pans du chemisier toujours fermés.

— Que faites-vous ? demanda-t-il, la gorge brusquement nouée.

— Je vous prouve que je vous fais confiance.

Elle ouvrit alors son chemisier, révélant la peau claire, satinée de sa gorge, ses seins ronds pigeonnant dans un soutien-gorge de dentelle rose pâle. Jason sentit une brusque chaleur irradier ses reins.

Il déglutit. Il était conscient que c'était son âme, bien plus que son corps, qu'elle mettait à nu en cet instant.

Il savait où chercher la cicatrice et il s'efforça de se concentrer sur la fine ligne claire qui marquait son torse et passait entre ses seins. Des seins parfaitement immobiles et il prit soudain conscience qu'elle retenait son souffle.

Il leva les yeux, croisa son regard.

— Vous ne dites rien. Vous ne poussez pas de cri, mais vous ne dites rien non plus.

— J'ai peur de ne pas trouver les mots justes, dit Jason. Vous êtes belle et je veux aussi vous remercier pour la confiance que vous me faites. Mais je vais vous demander de refermer votre chemisier car je ne sais pas si je serai capable de résister à l'envie de vous déshabiller entièrement et de me livrer à une exploration très complète et très personnelle de votre corps magnifique.

Alyssa referma aussitôt les pans de son chemisier.

— C'est plus sage, reconnut Jason. Mais je le regrette.

Les doigts d'Alyssa tremblaient tellement qu'il l'aida à reboutonner le chemisier. Mais avant qu'il le soit totalement, il se pencha, posa les lèvres sur la peau satinée de sa gorge.

C'était un baiser d'une infinie douceur et, pour Alyssa, ce fut comme si, au plus profond de son être, commençait la guérison de ses blessures.

Elle s'écarta.

— Oh ! mon Dieu, s'exclama-t-elle. Vous avez vu l'heure ?

— Vous n'allez pas vous sauver déjà ?

— J'ai encore du travail, ce soir. Il ne reste que deux semaines de cours. J'ai les examens à préparer et des évaluations à rédiger.

Mais la vraie raison n'était pas là. Jason la troublait de plus en plus. C'était donc une très bonne chose que cette comédie du faux petit ami soit enfin terminée, songea-t-elle, sûre d'elle.

La décision qu'elle avait prise de s'éloigner de Jason fut battue en brèche, dès le lendemain matin, lorsqu'elle le vit arriver à 6 heures pour courir. Un scénario qui se répéta tous les matins de la semaine.

Mais courir faisait partie de leur routine et plus les jours passaient, plus Alyssa était persuadée que tout était rentré dans l'ordre et qu'elle se trouvait désormais en terrain sûr.

Elle conservait de merveilleux souvenirs du temps qu'ils avaient passé ensemble, des parties endiablées de laser game aux dîners chaleureux chez elle, de la frénésie du paintball au calme des longues soirées passées à discuter sous les étoiles, de sa main dans la sienne, de son bras autour de ses épaules, des baisers enivrants qu'ils avaient échangés.

Elle décida de ranger ces souvenirs tout au fond de sa mémoire, résolue à se concentrer sur le présent. Malheureusement, ce petit exercice mental ne parvint pas à calmer le manque qu'elle ressentait, le désir qui brûlait en elle.

— J'ai acheté des crevettes surgelées et des pâtes en passant au supermarché, hier, dit Jason, alors qu'ils finissaient leur jogging, le vendredi matin. J'aimerais que vous me montriez comment réaliser cette recette dont vous m'avez parlé.

— Vous voulez que je vous donne un cours de cuisine ? demanda Alyssa, sceptique.

— Oui. Si vous n'y voyez pas d'inconvénient.

Alyssa n'en voyait aucun, mais elle savait qu'il aurait mieux valu refuser. Elle s'efforçait de garder ses distances et ce n'était certainement pas en partageant un tête-à-tête avec Jason dans sa cuisine qu'elle allait y parvenir.

— De quels ingrédients disposez-vous chez vous ? s'entendit-elle demander soudain, au lieu de décliner son offre.

— Que me faut-il d'autre ?

— Bon, nous verrons. Quand voulez-vous prendre votre leçon ?

— Ce soir ? Demain ? Quand vous serez libre.

— J'ai changé de jour au Diggers', cette semaine. Je travaille samedi. Je suis donc disponible ce soir.

— Génial. 19 heures, ça vous va ?

— Parfaitement, dit Alyssa.

Et elle passa le reste de la journée sur un petit nuage, impatiente de voir arriver l'heure du rendez-vous.

Lorsqu'elle rentra du lycée, elle prépara un carton contenant un faitout pour l'eau des pâtes, une passoire, une spatule, un presse-ail, de l'huile d'olive, du coulis de tomate, des oignons et du poivre en grains.

Jason ne cacha pas sa surprise en la voyant arriver, les bras chargés.

— J'ignorais ce que j'allais trouver dans votre cuisine, expliqua-t-elle.

— Vous avez bien fait. En revanche, j'ai acheté une bouteille de votre pinot noir préféré et un dessert chez Caroline's Sweets.

— Je peux voir ? demanda Alyssa, repérant aussitôt le carton de la pâtisserie sur le comptoir.

— Vous le découvrirez en fin de repas, répondit Jason.

Elle sourit. Les rôles étaient inversés, aujourd'hui.

— Très bien, dit-elle. La leçon commence !

Quarante minutes plus tard, ils se mettaient à table.

— Ça a l'air fabuleux, dit Alyssa.

— Avec vos conseils, je ne pouvais pas rater la recette.

Elle prit sa fourchette, goûta une bouchée.

— Hum… félicitations, Jason Channing, dit-elle, saisissant son verre pour porter un toast. Vous avez gagné vos galons de cuisinier.

Jason trinqua avec elle et se décida enfin à goûter son plat.

— C'est vrai que c'est bon, dit-il, très fier.

Ils discutèrent à bâtons rompus durant le repas. Le dessert, un gâteau au chocolat avec mousse à la noisette fut, lui aussi, un régal. Jason proposa alors d'aller boire un dernier verre de vin sur sa terrasse.

— La vue est magnifique d'ici, dit Alyssa s'installant dans un fauteuil. Ma mère l'a beaucoup appréciée.

— Oh ! j'allais oublier. Elle a appelé tout à l'heure.

— Ma mère vous a appelé ?

— Non, elle a appelé sur votre portable pendant que vous étiez partie chercher du basilic chez vous.

Alyssa jeta un coup d'œil à sa montre.

— Je la rappellerai tout à l'heure.

— En fait, elle a dit qu'elle serait chez Cristina, ce soir, et qu'elle vous téléphonerait demain.

— Vous avez décroché sur mon portable ?

— J'aurais dû laisser le répondeur se mettre en route ?

— Non, ça va. Au moins, elle va passer une bonne soirée sans aller imaginer n'importe quoi. Que je suis tombée dans la douche, par exemple, et que je me suis fendu le crâne.

— Si c'est un souci, je veux bien venir vous surveiller sous la douche, dit Jason, le regard provocateur.

Alyssa secoua la tête.

— Il n'y a pas de souci. Ce sont les délires de ma mère dès qu'elle ne parvient pas à me joindre.

— Et pour venir vous assister sous la douche, c'est oui ou c'est non ?

— C'est définitivement non, répondit Alyssa.

— Parce qu'il paraît que plus de 30 % des accidents domestiques ont lieu dans la salle de bains.

— Il semblerait que j'échappe aux statistiques, alors, répondit-elle en souriant.

— Durant notre brève conversation, votre mère m'a également parlé de l'anniversaire des trente-cinq ans de mariage.

— C'est exact, acquiesça Alyssa. Mais je ne vois pas pourquoi elle vous en a informé.

— Elle… elle voulait savoir si je comptais vous accompagner en Californie à cette occasion.

— Bien entendu, vous lui avez répondu que votre travail ne vous permettait pas de vous libérer.

— Elle m'a pris au dépourvu et…

Alyssa fronça les sourcils.

— Non, Jason, je vous en prie… rassurez-moi. Vous ne lui avez pas dit que vous viendriez ?

Jason détourna le regard. Il était évident qu'Alyssa n'allait pas aimer sa réponse.

— Il ne m'est venu aucune idée pour lui dire non.

— Votre travail ? Des obligations familiales ? Un autre engagement ? Vous aviez l'embarras du choix !

— C'est vrai, j'aurais dû trouver un prétexte, reconnut Jason. Et c'est ce que j'aurais fait, mais elle a aussitôt ajouté que ce serait l'occasion parfaite pour que le reste de votre famille fasse ma connaissance.

— C'est uniquement parce qu'ils croient que nous sommes ensemble, lui rappela Alyssa.

— C'était bien l'objectif, non ?

— L'objectif était de rencontrer ma mère *une* fois afin qu'elle arrête de vouloir me marier.

— Apparemment, elle a abandonné l'idée de vous trouver un mari.

— Je vous en suis très reconnaissante, mais vous ne venez pas avec moi en Californie.

Ce n'était absolument pas envisageable. Passer une semaine auprès de Jason Channing alors qu'elle luttait déjà pied à pied contre le désir irrépressible qu'elle éprouvait pour lui !

Combien de fois ne s'était-elle pas demandé ce qui se passerait si elle abandonnait la lutte et faisait l'amour avec lui ? La perspective était plus que tentante. Mais elle savait ce qui se passerait si elle craquait pour *don Juan*. Elle finirait le cœur en miettes.

— J'aurais dû trouver le moyen de vous libérer de votre promesse, dit Alyssa lorsqu'ils pénétrèrent dans l'État de Californie.

— Vous n'en êtes pas responsable.

— Si. Si je ne vous avais pas embrassé devant Diego, mes parents ne seraient jamais venus à Haven et vous n'auriez jamais été invité à cet anniversaire.

— J'aime beaucoup la Californie, dit Jason.

— Sauf que nous ne sommes pas venus pour profiter des plages, visiter les vignobles ou nous amuser dans des parcs d'attractions, mais pour un événement familial.

— J'aime bien votre famille.

— Vous ne connaissez que mon père et ma mère.

— Et Diego.

— Il ne fait pas partie de ma famille.

Certes, mais il était un ami proche qui aspirait à s'en rapprocher davantage encore, surtout d'Alyssa. C'était à cause de lui que Jason avait décidé d'entreprendre le voyage.

— Il ne fait peut-être pas partie de votre famille, mais il sera à l'anniversaire, non ?

— Oui. Et vu qu'il habite dans le voisinage, je crains que nous n'ayons à le croiser assez souvent durant la semaine.

— Dans ce cas, c'est une bonne chose que j'aie accepté l'invitation de votre mère.

— Votre présence sert mon propos, mais je ne vois pas ce que vous avez à y gagner.

— Le plaisir de votre compagnie.

Alyssa poussa un soupir.

— Et puisque vous avez parlé de plages, de vignobles et de parcs d'attractions, peut-être pourrons-nous nous sauver quelques heures pour en profiter ?

— Oui, c'est possible. Mais je crains que quelques heures de détente ne suffisent pas à compenser une semaine avec mes parents. J'ai eu beaucoup de difficulté à me faire remplacer au Diggers'. Je me demande comment vous avez pu vous libérer pour ce voyage.

— Je vous rappelle que je suis le patron.

— D'une entreprise toute récente.

— Mais florissante. En partie parce que j'ai su m'entourer des bonnes personnes.

Jason songea au problème qu'il avait eu avec Naomi.

— Du moins lorsque j'ai embauché qui je voulais en refusant les pressions familiales.

— J'ai l'impression qu'il y a un contentieux à ce sujet et nous avons encore quatre heures de route. Je vous écoute.

Jason lui raconta les péripéties avec sa cousine, et les conséquences. Depuis, sa tante ne parlait plus à ses parents, ce qui n'était pas pour déplaire à sa mère qui n'avait jamais porté sa belle-sœur dans son cœur.

Alyssa s'amusa beaucoup, heureuse de l'écouter. Au cours des semaines passées, ils avaient beaucoup discuté, s'étaient souvent confiés, et Jason se demandait parfois s'il en irait de même s'ils avaient une véritable relation. Car la compagnie d'Alyssa lui donnait un aperçu de ce que signifiait partager la vie de quelqu'un. Et c'était un plaisir de la retrouver, en fin de journée, pour dîner ensemble.

Il lui était également arrivé de se demander ce qui se passerait s'ils couchaient ensemble, mais il chassait très vite cette pensée. Vouloir davantage que ce qu'ils avaient serait se comporter de manière égoïste et, surtout, stupide.

Et s'il y avait une chose qu'il s'était juré de ne plus être, c'était stupide.

- 12 -

Alyssa avait raison, songea Jason. Il aurait facilement pu trouver une excuse pour ne pas assister à l'anniversaire de mariage de ses parents. Mais il aimait passer du temps avec elle et il avait envie de poursuivre le jeu.

Pourquoi ? Était-il possible qu'il soit en train de tomber amoureux ? Il s'empressa de chasser cette idée. Il n'était même pas certain de savoir ce qu'aimer voulait dire.

Alyssa avait l'exemple de ses parents auquel se référer. Miguel et Renata étaient mariés depuis trente-cinq ans et ils étaient encore très amoureux l'un de l'autre. Les regards qu'ils échangeaient, leurs gestes tendres, tout témoignait de leur profonde complicité et de l'affection qu'ils se portaient.

Il n'existait rien de tel chez ses parents. Ce qu'ils avaient en commun, hormis leurs quatre enfants, c'était le même amour de l'argent et du statut social qu'il leur conférait. Le jugement était peut-être sévère, mais il correspondait à la réalité. Comment s'étonner, dans ce cas, qu'il doute de pouvoir reconnaître si ce qu'il éprouvait était véritablement de l'amour ?

Il avait cru aimer Jenny, la jeune fille avec laquelle il était sorti plusieurs mois au lycée. À l'université, il avait rencontré Melanie. Il ne lui avait jamais dit qu'il l'aimait. C'était elle qui le lui avait dit et il avait été pris de panique, pensant qu'aimer signifiait se marier et avoir des enfants. Il avait vingt ans, à l'époque, et ne se sentait absolument pas prêt pour ce genre d'engagements.

Mais aujourd'hui, à vingt-neuf ans, il voyait ses amis commencer à se mettre en couple avec l'homme ou la femme de leur vie. De plus en plus, il se rendait compte de l'attrait qu'il pouvait y avoir à partager la vie avec quelqu'un, surtout si ce quelqu'un s'appelait Alyssa.

Jason poussa un soupir. Il avait peut-être tout simplement besoin d'une bonne dose de caféine pour lui remettre les idées en place.

Il prit une douche rapide et se dirigea vers la cuisine d'où provenait une délicieuse odeur de café. Lorsqu'il entra, Valentina, la grand-mère d'Alyssa, était en train de s'en servir une tasse. Elle la lui tendit.

— Il y a de la crème dans le réfrigérateur et le sucre est sur la table.

— C'est parfait, répondit Jason. Merci.

— Je prends toujours ma première tasse sur la terrasse, en compagnie des oiseaux. Vous êtes le bienvenu.

— J'accepte volontiers.

Jason la suivit à l'extérieur et s'assit face à elle.

— Renata préparera le petit déjeuner dès que tout le monde sera arrivé, précisa Valentina.

— Tout le monde ?

Il se souvenait de la foule qui se trouvait rassemblée ici, la veille, pour accueillir Alyssa. Famille et amis s'y mêlaient dont Lucia, la meilleure amie de Renata, Daniel, son mari, et Diego, le neveu bien-aimé. Diego qui ne s'était jamais beaucoup éloigné d'Alyssa durant la soirée. Elle n'y avait guère prêté attention et ne semblait pas en avoir été gênée. Lui, si.

— Il n'y aura que Cristina, Steven et Nicolas, dit Valentina, en réponse à sa question.

— Oh ! dit Jason, soulagé.

Valentina sourit, portant sa tasse à ses lèvres.

— Seriez-vous en train de regretter d'avoir laissé Alyssa vous convaincre de l'accompagner ?

— En vérité, elle a plutôt tenté de m'en dissuader.

— Mais vous êtes venu quand même.

— J'avais envie de faire la connaissance de sa famille.

Et de rappeler à Diego qu'Alyssa n'était plus seule, songea-t-il. Mais il garda bien sûr cette réflexion pour lui.

Une portière claqua soudain.

— En parlant de famille, je crois que voilà Nicolas, dit Valentina.

Quelques instants plus tard, le petit garçon traversait la pelouse dans leur direction, courant à toutes jambes.

— Hi, abuela ! s'exclama-t-il. Les pancakes sont prêts ?

Il se rua vers sa grand-mère, referma ses petits bras autour de sa taille. Elle lui caressa les cheveux d'un geste affectueux.

— Nous attendions ton arrivée pour les faire.

— Je suis là ! annonça-t-il d'une voix de stentor.

— C'est ce que je vois.

— Et tout le quartier est au courant, à présent, dit son père apparaissant à son tour.

— Vous êtes en avance, fit remarquer Valentina.

— Maman a eu le malheur de parler des pancakes à Nicolas, hier soir et il s'est réveillé avec ça en tête, expliqua Cristina.

Nicolas se tourna vers Jason.

— Tu aimes les pancakes ?

— Je les adore.

— Moi aussi, dit le petit garçon. Des fois, mamie met de la banane et des pépites de chocolat dans les miens. C'est trop bon !

— J’imagine, dit Jason.

— Viens, nous allons dire à mamie que nous sommes arrivés, dit Cristina, entraînant son fils vers la maison.

Steven leur emboîta le pas.

— Et voilà, fin de la tranquillité ! s’exclama Valentina.

Mais Jason la sentait ravie de voir arriver tout son petit monde. Avant qu’il ait eu le temps de dire quoi que ce soit, une silhouette apparut à l’angle de la terrasse et son humeur s’assombrit aussitôt.

— *Buenos dias*, Diego.

— *Buenos dias*, abuela, répondit ce dernier, se penchant pour l’embrasser sur les deux joues.

Puis il se tourna vers Jason.

— Bonjour.

— Bonjour, répondit Jason.

— Nous étions sur le point de préparer le petit déjeuner. Tu te joins à nous ? proposa Valentina.

Diego déclina l’offre, pour le plus grand plaisir de Jason.

— C’est gentil, mais j’ai déjà mangé. Je suis juste venu récupérer le plat que ma mère a laissé hier soir.

— Je vais le chercher, dit Valentina.

Nicolas sortit en courant de la maison au moment où elle y entrait.

— Le bacon est en train de cuire et mamie m’a dit qu’elle mettrait de la banane et des pépites de chocolat dans mes pancakes !

Il aperçut soudain Diego.

— Tu manges avec nous ?

Cette seconde invitation apporta à Jason la preuve que Diego n’était pas un visiteur occasionnel chez les Cabrera, mais qu’il devait assez souvent s’asseoir à leur table.

— Pas aujourd’hui, répondit Diego.

Cristina sortit sur ces entrefaites et posa un album à

colorier et une boîte de crayons de couleurs sur la table. Puis elle tira une chaise pour Nicolas.

— Je peux aider à faire quelque chose ? demanda Jason, espérant ne pas avoir à faire la conversation à l'admirateur un peu trop présent d'Alyssa.

— Non, tout va bien. En revanche, si vous pouviez jeter un œil sur Nicolas et l'empêcher de venir à la cuisine, cela nous aiderait beaucoup.

— C'est entendu, dit Jason.

Cristina disparut dans la maison, le laissant seul avec son fils. Et Diego.

Ce dernier ne perdit pas de temps et attaqua aussitôt.

— Je veux que vous cessiez de voir Alyssa.

— Je n'en doute pas un instant, répondit Jason.

— Elle est fragile.

— Non, elle ne l'est pas. Peut-être préférez-vous le croire pour justifier votre envie de la protéger. Mais c'est l'une des personnes les plus fortes que je connais.

— Cela ne l'empêchera pas de souffrir lorsque vous la laisserez tomber.

— Vous vous montrez très péremptoire alors que vous ignorez tout de notre relation et de l'homme que je suis, rétorqua Jason.

— Dites-moi que vous envisagez sérieusement un avenir avec Alyssa et je considérerai que j'ai tort.

— Bien sûr que j'envisage sérieusement un avenir avec Alyssa.

Alors même que Jason répétait mot pour mot ce qu'avait dit Diego, il se rendit compte que ce n'était pas faux.

Il avait vraiment besoin d'Alyssa dans sa vie. Peut-être n'était-il pas tout à fait prêt à lui glisser la bague au doigt, mais lorsqu'il songeait aux semaines et même aux mois à venir, il n'avait aucune envie de les imaginer sans elle.

Diego fronça les sourcils.

— Je ne vous crois pas.

— Je me moque éperdument de ce que vous croyez ou non.

— Plus cette histoire dure entre vous, plus elle souffrira lorsqu'elle sera finie.

— Cela vous ferait plaisir, n'est-ce pas ? Vous pourriez accourir pour la consoler.

— Oui, je serai toujours là pour l'aider. Et pour lui montrer ce que signifie véritablement être aimée. Et lorsqu'elle sera prête, je l'épouserai.

— Je suis vraiment désolé de devoir détruire votre beau petit projet, mais elle ne vous épousera pas.

— Qu'en savez-vous ?

— Parce que c'est moi qu'elle va épouser.

À ces mots, Diego pâlit, son arrogance soudain envolée. Pour la première fois, il parut hésitant.

— Vous ne pouvez pas… vous n'avez pas…

La stupéfaction de Diego laissa à Jason le temps de se ressaisir. Il se rendait compte qu'il était allé trop loin, qu'il avait parlé sans réfléchir, provoqué par la morgue de cet homme. Il était temps qu'il fasse machine arrière, qu'il suggère qu'Alyssa et lui avaient parlé de mariage sans prendre d'engagement fixe.

Il allait en informer Diego lorsqu'il s'entendit dire :

— Oui. Je l'ai fait. J'ai demandé à Alyssa de m'épouser.

— Vous lui avez demandé de vous épouser ? répéta Diego d'une voix blanche.

— Et elle a dit oui, répondit Jason, totalement incapable de maîtriser ses paroles.

Valentina choisit cet instant précis pour ramener à Diego le plat de sa mère. Ce dernier le prit, murmura un rapide merci et disparut tandis que Valentina regagnait la cuisine.

Jason poussa un soupir de soulagement, certain d'en avoir fini avec lui et de pouvoir gérer les éventuelles retombées de cette conversation.

C'est alors qu'il se souvint de la présence du petit garçon assis à la table et dont les yeux écarquillés confirmaient qu'il n'avait pas perdu un mot de ce qui s'était dit.

Après le long voyage et les émotions dues aux retrouvailles avec sa famille, Alyssa s'était effondrée dans son lit, épuisée. Mais le sommeil avait été long à venir et lorsqu'elle s'était finalement endormie, elle avait rêvé de Jason.

Il était presque 7 heures lorsqu'elle avait émergé. Elle avait enfilé sa tenue de jogging et, ne trouvant pas Jason en bas, elle en avait conclu qu'il devait dormir et elle était partie courir seule ses cinq kilomètres habituels.

Au retour, elle avait pris une douche rapide, elle s'était habillée et se sentait de nouveau elle-même, prête à affronter la journée. Et sa famille. Car tout le monde était là, à la table du petit déjeuner, lorsqu'elle entra. Ses parents, sa grand-mère, mais également sa sœur, Steven et Nicolas, probablement attirés par les célèbres pancakes de Renata.

— Nicolas nous a annoncé la nouvelle, dit cette dernière tandis qu'Alyssa se servait une tasse de café.

Alyssa regarda sa mère, rayonnante de joie, son neveu en train de se régaler de pancakes, puis les autres. Son père hochait la tête, approuvant visiblement quelque chose, mais quoi ? Elle l'ignorait. Cristina et Steven souriaient et Valentina avait les yeux pleins d'étoiles.

— Quelle nouvelle ? demanda-t-elle.

— Nicolas a entendu la conversation entre Diego et Jason, dit Valentina, tout excitée.

— C'est incroyable, reprit Renata. Il faut que ce soit mon petit-fils qui me l'apprenne. Pourquoi ne nous as-tu rien dit hier soir ?

— Vous dire quoi ? demanda Alyssa, méfiante, au moment précis où Jason rentrait de la terrasse.

Il lui sourit dès qu'il l'aperçut. Un sourire trop prompt, trop ostensible pour être naturel et son inquiétude grandit aussitôt.

— Que Jason et toi étiez fiancés, répondit Renata.

Alyssa resta sans voix.

Elle regarda Jason, espérant lire une réponse dans ses yeux. Mais il continuait d'afficher ce sourire totalement faux lorsqu'il vint glisser un bras autour de sa taille et l'attira contre lui.

— Nous n'avons rien dit parce que ce n'est pas encore officiel, expliqua-t-il. Comme vous pouvez le constater, je n'ai même pas encore eu l'occasion d'acheter une bague.

Alyssa ignorait ce qui avait amené Jason à parler de mariage. Mais une chose était certaine, elle devait intervenir au plus vite avant que sa mère ne les presse de choisir la date d'un mariage qui n'aurait jamais lieu.

C'était la confusion dans son esprit, mais il fallait absolument qu'elle dise quelque chose.

— De plus, cette semaine est celle de votre anniversaire et nous ne voulions surtout pas vous voler la vedette.

— Mais c'est une merveilleuse nouvelle, dit Renata. Et il n'est pas de plus beau cadeau pour un parent que de savoir ses enfants aimés.

— Buvons une coupe de champagne pour fêter l'événement, proposa Miguel.

— Papa, il n'est que 9 h 30, objecta Alyssa.

— Un cocktail, alors, dit Renata. Nous avons du jus d'orange.

— Je vais chercher le champagne, dit Steven.

— C'est du bacon ? demanda Jason, en apercevant le plat sur la table.

— Oui. Et il y a également des saucisses et des pancakes, précisa Valentina. Venez vous asseoir.

Jason n'eut pas besoin qu'on le lui dise deux fois.

Alyssa s'assit à contrecœur à côté de son *fiancé*, mais elle toucha à peine à la nourriture. Même le café, dont elle avait tant envie un moment plus tôt, ne passait pas. Et ce n'était rien encore, comparé au sourire qu'elle dut afficher tandis que tous levaient leurs verres pour leur présenter leurs vœux de bonheur.

Lorsque tout le monde eut copieusement déjeuné et que la bouteille de champagne fut vide, Alyssa avertit discrètement Jason qu'elle voulait lui parler.

Elle glissa son bras sous le sien et l'entraîna au fond du jardin, là où personne ne pourrait surprendre leur conversation.

— Qu'est-ce que c'est que cette histoire ? commença-t-elle. Pourquoi avez-vous dit à mon neveu que nous allions nous marier ?

— Je n'ai rien dit à Nicolas.

— Mais enfin… comment… dites-moi ce qui s'est passé ?

— Je prenais tranquillement le café sur la terrasse avec votre grand-mère lorsque Diego est arrivé. Il venait récupérer un plat appartenant à sa mère. Valentina est partie le chercher. Dès que nous avons été seuls, il est passé à l'attaque. Il m'a accusé de me moquer de vous. Plus cette relation durait, plus vous alliez souffrir lorsqu'elle se terminerait. J'allais vous abandonner, le cœur brisé.

— Et vous n'avez rien trouvé de mieux à lui répondre que de prétendre que nous allions nous marier ?

— J'avais besoin de le convaincre qu'il se trompait totalement sur notre relation.

— Sauf qu'il ne se trompait pas. Notre relation est une imposture.

— Vous auriez préféré que je le lui dise ?

— Bien sûr que non.

Mais ce mensonge prenait des proportions insensées et Alyssa sentait la situation lui échapper totalement.

— Le moment est peut-être venu de leur dire la vérité, suggéra-t-elle.

— Et avant ce soir, Diego sera de retour avec une bague.

— Je me charge de Diego, rétorqua-t-elle, bravache.

— Si vous en étiez si sûre, vous ne m'auriez jamais embrassé.

— Je ne m'en sentais pas capable, à ce moment-là. Maintenant, si.

— Je comprends votre envie de révéler toute la vérité, mais le moment n'est peut-être pas très bien choisi. Et puis ce n'est que pour une semaine.

— Je n'arrive pas à croire que vous ayez envie de continuer à vous faire passer pour mon fiancé.

— Fiancé ou petit ami, ce n'est pas très différent.

— Vous croyez !

Le lendemain matin, Alyssa trouva sa mère dans la cuisine. Elle préparait les œufs brouillés du petit déjeuner.

— Plus que cinq jours avant le grand événement, maman.

— Nous avons un problème, dit Renata. La tante Deanna et l'oncle Carlos ont décidé de venir, finalement.

Et bien sûr, ils viennent avec Selena et Sofia. Nous allons manquer de place.

— Ils peuvent aller à l'hôtel.

— C'est impossible. Ils sont de la famille.

— Où vont-ils dormir, alors ?

— Deanna et Carlos prendront la chambre du bas et les filles la tienne.

— Et je vais où, moi ?

— Tu dormiras dans la chambre d'amis, chez Cristina.

— Et Jason ?

— Dans celle de Nicolas.

— Il n'y a que des lits superposés.

— Oui, mais celui du bas est double.

— Avec une couette et un décor de dinosaures ! J'imagine que tu en as discuté avec Cristina ?

— L'idée vient d'elle, dit Renata.

Alyssa poussa un soupir.

— Bon, je vais dire à Jason de rassembler ses affaires après le petit déjeuner.

— Je suis désolée de devoir vous faire déménager, dit Alyssa tandis qu'ils se rendaient chez Cristina et Steven.

— Il n'y a pas de souci.

— Mais vous allez devoir dormir dans une chambre avec des lits superposés, insista Alyssa.

— Ce qui a l'air de vous soucier davantage que moi. Je peux dormir n'importe où. Espérons seulement que d'autres invités ne vont pas arriver, sinon nous risquons de nous faire mettre à la porte de chez Cristina et Steven, cette fois ! dit Jason en riant.

— Bienvenue dans le chaos ! dit Cristina lorsqu'ils descendirent de voiture.

Alyssa grimpa les marches du porche et se retrouva aussitôt attirée dans les bras de sa sœur.

— Je suis si heureuse que tu sois là ! Et que vous soyez là, vous aussi, ajouta-t-elle à l'adresse de Jason.

— Merci de nous accueillir.

— Tout le plaisir est pour nous, dit-elle, s'effaçant pour les laisser entrer. Steven est dans le jardin, derrière. Il est allé allumer le barbecue dès que maman a appelé pour nous annoncer votre arrivée. Nicolas est avec lui. Il ne tient plus en place, il est tellement heureux de voir sa tia Lyssa ! Si vous alliez les rejoindre, Jason, que je puisse papoter un peu avec ma sœur ?

— Bien sûr. Où dois-je poser nos bagages ?

— Laissez-les dans l'entrée pour l'instant.

— Je sais que ce n'est pas génial de devoir déménager, dit Cristina dès qu'il fut sorti, mais au moins, cela nous laisse un peu de temps pour parler tranquillement, loin des oreilles indiscrètes de la famille.

— Tu veux dire que nous avons des secrets à nous raconter ? dit Alyssa.

— Et comment !

Cristina l'entraîna aussitôt dans le salon et s'installa sur le canapé, à côté d'elle.

— Parle-moi de ton beau fiancé.

— Que veux-tu savoir ?

— Tout. Quand ? Comment ? Le pourquoi, pas de problème, ça crève les yeux.

Alyssa comprenait la curiosité de sa sœur, mais elle avait espéré qu'elle lui parlerait d'autre chose afin de ne pas avoir à en rajouter dans les mensonges.

— Tu sais déjà tout.

— Oui, mais tu ne m'as jamais parlé de mariage.

— Je ne voulais pas en faire toute une histoire.

Et c'était vrai. Il n'y avait pas matière à faire toute une histoire à propos d'un projet qui n'existait pas.

— Et puis, il n'y a encore rien d'officiel, ajouta Alyssa.

— Tu ne portes peut-être pas de bague, dit Cristina. Mais il est évident que vous êtes éperdument amoureux l'un de l'autre.

Une seule chose était évidente pour Alyssa. Cristina avait envie de croire que sa petite sœur allait enfin connaître le bonheur dont elle avait toujours rêvé pour elle.

Et elle ne se sentit pas le courage de briser son rêve.

— Diego n'a pas l'air de partager cet avis, se contenta-t-elle de répondre.

— Évidemment, il est amoureux de toi depuis l'âge de quinze ans.

— Tu plaisantes ?

— Pas du tout. Tu ne te rappelles pas. Une fois, il était seul et tu l'avais invité à venir prendre une glace avec nous.

— Ne me dis pas qu'une glace a changé sa vie ?

Cristina eut un petit haussement d'épaules.

— Je suis mariée depuis sept ans et la psychologie masculine demeure un mystère pour moi. Mais le lendemain de cette glace, il m'a dit qu'il allait t'épouser.

— Comme si un gamin de quinze ans pouvait penser au mariage.

— Je te ferai la même réponse, la psychologie masculine…

— C'était il y a douze ans, fit remarquer Alyssa.

— C'est vrai. Mais lorsqu'il t'a vue pour le nouvel an, il m'a dit que tu étais encore plus belle que jamais et qu'il allait avoir le courage de te dire ce qu'il ressentait pour toi.

— Je ne m'étais même pas rendu compte qu'il s'agissait

du même garçon. Je n'ai vu qu'un mari potentiel de plus que maman mettait sur mon chemin.

— Tu lui manques terriblement, tu sais. Elle a envie que tu reviennes.

— Elle se fait du souci pour moi et ne me croit pas capable de me débrouiller toute seule.

— Elle a toujours été très protectrice avec toi. J'ai toujours pensé qu'elle l'était trop, jusqu'à ce que Nicolas soit opéré des amygdales. Une opération tout à fait bénigne comparée à tes opérations à cœur ouvert, mais qui est source d'angoisse quand c'est son propre enfant qui se trouve sur la table d'opération.

— Je regrette sincèrement de n'avoir pas pu venir.

— Tu as oublié l'ours en peluche que tu lui as envoyé ? Il lui a constamment tenu compagnie à l'hôpital. Il l'adore et ne s'endort jamais sans lui.

Alyssa sourit.

— Je voulais qu'il sache que je pensais à lui. Et à propos de dormir, tu ne crois pas que ce serait plutôt à moi de prendre la chambre de Nicolas ?

— Probablement, dit Cristina, s'il était question que quelqu'un y dorme.

Alyssa la regarda, surprise.

— C'est ce que j'ai dit à maman, expliqua-t-elle. Mais il n'est pas question que je vous fasse coucher, toi ou ton fiancé, dans la chambre de Nicolas. J'ai beau être mariée depuis sept ans, je me souviens de ce que c'est que d'être jeune et amoureux. Et tout juste fiancés ! ajouta-t-elle avec un clin d'œil complice.

— Où allons-nous dormir, alors ? Je veux dire où va dormir Jason et où vais-je dormir ? insista Alyssa, soucieuse de lever toute ambiguïté.

— Dans la chambre d'amis, répondit tout naturellement Cristina.

Et soudain Alyssa se rendit compte que tout espoir de se tenir à distance de Jason venait de s'envoler.

Dans la chambre d'amis, il n'y avait qu'un seul lit.

- 13 -

Jason appréciait beaucoup Cristina et son mari. Il était plus circonspect en ce qui concernait Nicolas. Outre le fait qu'il ait clamé haut et fort qu'Alyssa et lui allaient se marier alors qu'il lui avait demandé de garder le secret, le gamin était très fatigant. Une véritable tornade. Toutefois, il était évident qu'il adorait Alyssa et que ce sentiment était réciproque.

Pour le dîner, Steven fit griller du chorizo qu'ils dégustèrent accompagné de maïs grillé et de riz rouge, tout en buvant du vin, installés dans le jardin, à profiter de la douceur de cette belle soirée d'été. Bientôt, en pyjama et les dents lavées, Nicolas grimpa sur les genoux de sa tante et s'endormit.

En le regardant, Jason ne put s'empêcher d'éprouver une pointe d'envie. C'était ridicule, il le savait, d'être jaloux d'un gamin tout simplement parce qu'il était blotti contre elle.

Tout n'était que mensonge, le mariage, leur relation. Tout. Sauf l'attirance toujours grandissante qu'il éprouvait pour Alyssa.

— Il faut que j'aille coucher Nicolas, dit Cristina.

Mais elle n'avait visiblement pas envie de bouger, lovée contre son mari, la tête sur son épaule.

— Je peux y aller, si tu veux, proposa Alyssa.

— Volontiers. Mais, surtout, ne le réveille pas. Il ne se rendort plus, après.

Alyssa se leva, Nicolas dans les bras. Jason l'avait observée, jouant avec lui dans la journée, et tout dans son attitude prouvait qu'elle savait s'y prendre avec un enfant. Le jour venu, elle serait une très bonne mère, c'était évident.

Il lui ouvrit la porte.

— Il a perdu son ours ! s'exclama Cristina. S'il se réveille et qu'il ne le trouve pas, c'est le drame assuré. Merci, ajouta-t-elle lorsque Jason vint le récupérer.

Lorsqu'il pénétra dans la chambre, Nicolas était déjà couché. Alyssa glissa l'ours dans ses bras.

— Je profite de l'occasion pour venir voir où je vais dormir, dit-il tout doucement.

— En fait, vous ne dormirez pas ici.

Alyssa posa un baiser sur la joue de Nicolas et sortit sur la pointe des pieds.

— Ma sœur nous a mis dans la chambre d'amis, dit-elle.

— Nous ?

Alyssa hocha la tête.

— Oui. Une seule chambre. Un seul lit.

Un voyant rouge clignota aussitôt dans l'esprit de Jason.

— Et vous ne vous y êtes pas opposée ?

— Cristina pense nous faire une faveur. Quel jeune couple n'aurait pas envie de se retrouver sous la couette ?

Un instant plus tôt, Jason enviait Nicolas. Jamais il n'aurait imaginé se retrouver dans la même chambre qu'Alyssa. Pire encore, dans le même lit.

— Le lit est grand ? demanda-t-il.

Alyssa longea le couloir et ouvrit une porte. Il jeta un coup d'œil à l'intérieur.

— On est loin du king size !

— Décidément, je vous ai entraîné dans une aventure insensée. J'imagine que vous devez regretter d'être venu.

— Pas du tout. Rien que les *burritos* de votre grand-mère valent d'avoir fait le trajet.

— Et à part la cuisine de ma grand-mère, il y a autre chose ?

— Je renonce à tous les *burritos* pour un seul de vos baisers.

Jason savait qu'il jouait avec le feu, mais il ne put résister. Il attira Alyssa dans ses bras et prit sa bouche.

Il n'avait jamais rien connu d'aussi délicieux. Mais au lieu de satisfaire sa faim, le goût de ses lèvres ne fit qu'accroître son désir et il la plaqua contre lui. Alyssa se cramponna à ses épaules tandis que leurs langues se cherchaient, se mêlaient, que leurs bouches s'unissaient en un baiser profond, intense.

Un petit coup frappé à la porte entrebâillée les fit s'écarter aussitôt.

— Alyssa, tu es là ?

— Oui.

Alyssa ouvrit plus largement la porte.

— Je... je montrais juste à Jason où nous allions dormir.

— Je voulais m'assurer que vous ne manquiez de rien et vous souhaiter bonne nuit. Steven et moi allons nous coucher.

— Nous avons tout ce qu'il nous faut. Merci.

Cristina posa un baiser sur la joue de sa sœur.

— Bonne nuit, alors.

Puis elle se tourna vers Jason.

— À tous les deux. Et fermez la porte à clé, conseilla-t-elle. Nicolas se lève tôt et il ne pense pas toujours à frapper.

Elle tira la porte derrière elle, laissant Jason et Alyssa seuls.

Ils se préparèrent à aller se coucher. Alyssa prit la salle de bains la première et s'arrangea pour se glisser dans le lit avant que Jason ait fini et en sorte à son tour. Elle était couchée sur le dos, fixant le plafond, lorsqu'elle sentit le matelas s'enfoncer légèrement sous son poids. Il éteignit la lumière, plongeant la chambre dans l'obscurité.

Alyssa se tourna sur le côté, s'efforçant de se rapprocher le plus possible du bord. Mais malgré ses efforts, elle se sentait glisser vers le milieu du lit. Elle fit une seconde tentative.

— Pourriez-vous arrêter de bouger une minute ? demanda Jason.

— Je suis désolée, je n'ai pas l'habitude de partager un lit.

— Moi non plus. Ou, du moins, pas pour dormir, précisa-t-il.

Inutile d'insister, elle était au courant. Jason savait comment satisfaire une femme. Les femmes. Raison suffisante pour ne pas tomber amoureuse de lui. Mais il devenait de plus en plus difficile de s'en souvenir, surtout à présent, dans ce lit, alors que son corps troublant était tout près du sien.

— Alors, comment allons-nous faire ? demanda-t-elle.

— Vous allez fermer les yeux et dormir.

— Oui, bien sûr ! Comme si je n'avais pas déjà essayé !

— Eh bien, essayez encore.

Alyssa ferma les yeux, tenta d'imaginer qu'elle était seule. Mais elle sentait la chaleur du corps de Jason tout proche, elle entendait sa respiration et elle décida soudain de laisser son imagination dériver. Elle roulait vers lui et ses mains chaudes et fermes prenaient possession de son corps, lui ôtaient sa chemise de nuit, caressaient sa peau nue, exploraient ses secrets les plus intimes…

Elle ouvrit brusquement les yeux dans un effort désespéré pour chasser les images qui avaient envahi son esprit, embrasé son corps…

Elle prit une longue inspiration et souffla lentement.

— J'ai l'habitude de dormir au milieu, confia-t-elle.

— Moi aussi, répondit Jason. Il est clair que cela ne va pas être possible.

Quelques minutes s'écoulèrent dans un silence tendu.

— Comment dormez-vous d'habitude ? Sur le ventre, le dos, le côté ? demanda-t-elle.

— Comment voulez-vous que je le sache ? Je dors.

Alyssa leva les yeux au ciel, mais insista néanmoins.

— Vous êtes dans quelle position lorsque vous vous réveillez, le matin ?

— Le bras tendu pour arrêter le réveil.

Le ton sec la fit sourire. La nuit allait être longue.

Ce fut Alyssa qui s'endormit la première. Jason sentit son corps se détendre et sa respiration se faire de plus en plus régulière. Puis il glissa à son tour dans le sommeil.

Il était quasiment certain de s'être endormi face au mur, fermement décidé à s'éloigner d'elle au maximum. Pourtant, lorsqu'il s'éveilla, elle était là, dans ses bras, lovée contre lui, la tête nichée au creux de son épaule. Il respira le parfum grisant de ses cheveux, de sa peau et sentit le désir l'assaillir tout entier.

Elle avait un corps sensuel et doux, tout en courbes et, en cet instant, ses jolis seins étaient pressés contre son torse, une de ses jambes glissée en travers des siennes et sa bouche n'était qu'à quelques centimètres de ses lèvres.

Les paroles d'Alyssa lui revinrent à l'esprit. « Acceptez ! » lui avait-elle dit juste avant de l'embrasser, au Diggers'. Fallait-il qu'il accepte de reconnaître qu'il avait envie d'elle et depuis des semaines, qu'il lui était de plus en plus difficile de résister à la tentation et ce, avant même d'avoir partagé ce lit ?

Mais il était prisonnier d'un tissu de mensonges, englué dans tant de faux-semblants qu'il se demandait s'il en sortirait un jour. Il ne pouvait pas en vouloir à Alyssa. Elle avait seulement voulu, l'espace d'un week-end, faire croire qu'elle avait un petit ami. C'était lui qui avait répondu à la provocation de ses amis et accepté de prolonger le jeu. Et lui, encore, qui avait fait monter les enchères, bêtement, égoïstement, mais de son plein gré, parlant de mariage pour en finir une bonne fois pour toutes avec les prétentions de ce Diego.

Pourquoi se préoccupait-il de ce que cet homme croyait ou faisait ? Il n'avait aucun besoin de jouer les héros et Alyssa ne manquait ni de force ni de répondant. Alors, comment en était-il arrivé à se retrouver ici, dans ce lit, avec elle qu'il désirait et qu'il n'osait pas toucher ?

Tout était la faute de Gilmore, conclut Jason. L'idée qu'il joue le rôle du petit ami lui avait été insupportable et il avait foncé sans trop réfléchir. Mais il avait eu une nouvelle occasion de se retirer du jeu en ne venant pas en Californie. Il ne l'avait pas saisie. Il voulait passer davantage de temps encore avec Alyssa. Et c'était *cela* qui le préoccupait.

Jamais encore il ne s'était impliqué à ce point avec une femme. Il ne l'avait pas cherché, c'était ainsi. Lorsqu'il se trouvait avec Alyssa, que ce soit en train de courir au petit matin ou de prendre un verre sous les étoiles, il se sentait bien, heureux. Il ne se souvenait pas avoir jamais éprouvé pareil sentiment. Et bien loin d'être lassé, en dépit de semaines passées si souvent en sa compagnie, il avait le sentiment qu'il restait encore tant de choses qu'il ignorait chez elle et qu'il avait envie de découvrir.

Était-il en train de tomber amoureux ? L'était-il déjà ?

S'agissait-il d'amour ou simplement d'une l'irrésistible attirance physique propre à lui brouiller les idées ?

Oui, c'était cela, sans aucun doute. Car, selon les termes de leur accord, il n'était pas question de relation avec Alyssa. Mais le fruit défendu est toujours le plus tentant. Alors, pour cesser de fantasmer, de s'imaginer la déshabillant et faisant l'amour avec elle, il allait devoir le faire. Cela tombait sous le sens.

Bien évidemment, il n'était pas question que cela se passe chez sa sœur. La première fois où il ferait l'amour avec Alyssa, il voulait que ce soit dans une intimité parfaite, sans le moindre risque d'interruption. Mais quelle torture de devoir attendre alors qu'elle était là, blottie contre lui, abandonnée, si désirable !

Brusquement, Alyssa bougea dans son sommeil, poussa un petit soupir.

Le regard rivé au plafond, Jason maudit son amie Nat. Elle n'aurait pas fini de se moquer de lui si elle le voyait, au lit avec une femme sexy et délicieuse avec laquelle il ne s'autorisait rien d'intime.

— Vous allez me rendre fou, Alyssa, murmura-t-il.

Elle ne réagit pas, toujours plongée dans le sommeil. Elle se contenta de se lover plus près de lui. Il sentit ses seins presser plus fort son torse, leurs pointes se dresser, toutes dures, sous le coton léger de sa chemise de nuit.

— Alyssa ? tenta-t-il, de nouveau.

— Humm…

Elle battit un instant des paupières, puis ouvrit les yeux.

— Je crois que nous avons tous les deux fini par dormir au milieu, dit Jason.

— En effet, reconnut-elle, ses joues s'empourprant brusquement.

Elle s'écarta et, ce faisant, sa cuisse effleura le ventre de Jason. Le souffle lui manqua.

— Vous êtes… humm…

— Oui. En érection, précisa Jason. C'est ce qui se passe lorsqu'un homme se réveille auprès d'une femme très désirable et quasiment couchée sur lui.

— Je suis désolée, dit Alyssa, battant en retraite au bord du lit. Je ne suis pas habituée à… euh…

— Vous n'avez pas à vous excuser. Mais évitez, désormais, de venir me cajoler la nuit.

— La situation devient très compliquée.

— D'autant que vos parents commencent vraiment à m'apprécier, je crois.

— Toute ma famille vous apprécie.

— Ça n'a pas l'air de vous faire plaisir ?

— Je ne m'attendais pas à ce que vous leur plaisiez à ce point. Ils vont être tellement déçus lorsqu'ils apprendront que nous annulons notre mariage.

Jason tendit la main, écarta une mèche de cheveux de son visage.

— Je nous ai vraiment mis dans de beaux draps, si je puis dire !

— Je sais ce que vous avez voulu faire par rapport à Diego et je ne vous en veux pas. De toute façon, projet de mariage ou pas, tout le monde sera triste que nous nous séparions. Tout est ma faute, je n'aurais jamais dû inventer cette stupide histoire de petit ami.

— Au point où nous en sommes, tâchons d'aller jusqu'au terme de ce séjour sans franchir les limites que nous nous sommes fixées. À moins que vous ne souhaitiez renégocier les termes de notre accord…

— Nous pourrions dire qu'un incident s'est produit à Adventure Village qui vous oblige à rentrer ou que quelqu'un dans votre famille…, commença Alyssa.

— Vous ne croyez pas qu'il serait temps d'arrêter avec les mensonges ? C'est ce qui nous a conduits là où nous en sommes.

— Vous avez raison. J'essayais seulement de trouver un moyen pour vous d'échapper à tout ce stress.

— Pour y échapper, je vais commencer par sortir de ce lit !

- 14 -

Les préparatifs de la grande fête d'anniversaire occupaient toute la famille, mais Alyssa parvint à trouver un peu de temps pour s'échapper et emmener Jason découvrir la région.

Ils visitèrent un vignoble, une galerie d'art et quelques beaux sites. Aujourd'hui, elle avait choisi d'aller voir le coucher du soleil à Lugana Beach. Et tandis qu'ils marchaient sur la plage, main dans la main, elle songea au temps qu'elle avait passé avec Jason, ces dernières semaines, et à ce qu'elle avait appris sur lui. Il était prévenant, attentionné, drôle. Il pouvait se montrer assez sarcastique, parfois, mais il possédait un grand sens de l'humour.

Comment expliquer, alors, qu'il soit encore célibataire ?

Alyssa connaissait la réponse. Il n'avait pas envie de se laisser piéger dans une relation. Mais cela ne lui suffisait pas. Elle ne pouvait s'empêcher de se poser des questions à son sujet.

— Avez-vous déjà eu une relation vraiment importante dans votre vie ? demanda-t-elle.

— Je n'ai eu qu'une fiancée, répondit Jason, glissant un bras autour de ses épaules.

Alyssa poussa un soupir.

— J'essaie d'avoir une conversation sérieuse.

— C'est moi qui vous en empêche ?

— Essayez de m'écouter. Avez-vous déjà dit à une femme que vous l'aimiez ? Je veux dire, autrement que pour l'attirer dans votre lit.

— Je n'ai jamais eu besoin de mentir à une femme pour l'attirer dans mon lit.

— Vous ne répondez pas à ma question.

— Personnellement, je pense que les gens attachent trop d'importance au mot *aimer*.

— Et moi, je pense que vous éludez la question. Alors, si vous préférez, je vais la poser autrement. Avez-vous déjà connu une femme avec laquelle vous auriez pu envisager de passer votre vie ?

— Non, pas vraiment.

— Pas vraiment ?

— J'ai cru, une fois, avec Melanie, à l'université. Mais être avec elle, c'était oublier toutes les autres et j'ai décidé que ce n'était pas fait pour moi.

— C'est la seule raison ?

— Oui, il y avait de très belles étudiantes à Berkeley.

— Vous aviez vingt ans, c'est très jeune pour penser à l'avenir. Mais je ne crois pas que vous soyez aussi superficiel que vous le prétendez.

Jason eut un petit rire.

— Superficiel ? Pourquoi voudrais-je laisser croire que je le suis ?

— Pour qu'on n'attende pas trop de vous, rétorqua Alyssa.

Jason demeura un moment silencieux avant de répondre.

— Melanie aimait parler d'avenir, comme s'il allait de soi que nous resterions ensemble. Je n'avais pas la même foi dans notre relation.

— Pourquoi ?

— Vous avez rencontré mes parents.

— Vous pensez qu'ils ne sont pas heureux ensemble ?

— Je trouve leur relation très creuse. Je n'ai aucune envie de leur ressembler.

— Chaque relation est unique.

— Je le sais, aujourd'hui. Mais, à l'époque, c'était différent. Et lorsque Melanie m'a dit qu'elle m'aimait, j'ai paniqué.

— Vous le regrettez ?

— Non.

— Vous ne l'aimiez peut-être pas vraiment, alors ?

— Peut-être, mais j'y ai cru.

Cet aveu rassura Alyssa. Peut-être en allait-il de même pour elle ? Peut-être croyait-elle aimer Jason. Depuis qu'ils avaient entrepris ce voyage en Californie, ils passaient énormément de temps ensemble. Il était logique que cette proximité physique rende plus intenses encore les sentiments qu'elle éprouvait pour lui et lui donne l'impression que les émotions qu'elle vivait étaient vraies.

Le seul fait de songer à ses baisers, elle était parcourue de frissons… Mais elle ne doutait pas qu'une fois de retour à Haven, lorsqu'ils reprendraient chacun leur vie, ces sentiments finissent par se dissiper. Et plus tard, lorsqu'elle serait amoureuse, lorsqu'elle aurait rencontré l'amour, le vrai, elle se souviendrait avec tendresse de cet épisode.

Le jour de la fête d'anniversaire, Jason fut recruté par les hommes de la famille pour aider à installer la tente et les chaises dans le jardin. Il se rendit donc chez Renata et Miguel tandis qu'Alyssa demeurait chez sa sœur afin de se préparer.

Pour l'occasion, elle avait emporté sa petite robe noire préférée. Le haut, sans manches, soulignait parfaitement sa silhouette tandis que le bas, évasé, virevoltait à chaque pas. Elle se sentait très féminine et l'avait assortie de sandales noires à talons hauts. Elle avait relevé ses cheveux et de longues boucles d'oreilles en cristal complétaient sa tenue.

Fin prête, elle descendit voir sa sœur à la cuisine. Nicolas, installé à la table, mangeait un des petits gâteaux qu'elle avait préparés pour le dessert. Dès qu'il aperçut Alyssa, il se précipita vers elle.

— Nicolas, non ! s'exclama Cristina.

Mais il était déjà trop tard. Le petit garçon avait sauté au cou d'Alyssa et maculé sa robe de sucre glace.

Les yeux du petit garçon s'emplirent de larmes.

— Ce n'est rien, ça va partir, dit Alyssa, se voulant rassurante.

Mais rien n'y fit, les traînées blanches demeurèrent.

— Je ne vois qu'une solution, annonça Cristina. Je fonce voir ce que je peux trouver pour toi dans ma garde-robe.

Deux minutes plus tard, elle entrait dans la chambre d'amis, les bras chargés de robes.

— Une me suffira, dit Alyssa.

— Oui, mais nous devons trouver celle qui t'ira le mieux.

— N'importe laquelle fera l'affaire, je suppose.

Cristina secoua la tête.

— Tu n'as jamais aimé jouer les mannequins.

— Et toi, tu as toujours adoré les robes, les chaussures et le maquillage. Tu piquais tout à maman.

— C'était le bon temps, dit Cristina. Ta présence ici fait resurgir tant de souvenirs ! Tu me manques, si tu savais... Mais je vois que vivre dans le Nevada te réussit. À moins que ce ne soit Jason Channing.

Alyssa sourit, s'efforçant d'oublier qu'elle mentait à sa sœur. Cristina était la seule personne avec laquelle elle avait toujours été profondément honnête. Lorsqu'elle était à bout, lasse des traitements médicaux et des précautions que ses parents l'obligeaient à prendre, c'était à sa sœur qu'elle se confiait. Cristina l'écoutait, compréhensive, sans jamais la juger. Et c'était elle qui l'avait encouragée lorsqu'elle avait commencé à courir. Elle comprenait que courir était une façon de prouver qu'elle prenait en charge non seulement son corps, mais sa vie.

— Que dis-tu de celle-ci ? demanda Cristina, lui tendant une robe fourreau.

— Elle est rouge et je ne porte jamais de rouge.

— Je suis certaine qu'elle sera fabuleuse sur toi.

— Je ne suis même pas sûre de rentrer dedans.

— Essaie-la, s'il te plaît, implora Cristina.

Alyssa s'exécuta. Elle ôta sa robe, enfila le fourreau.

— Je crois que je ne pourrai plus jamais la mettre, dit Cristina.

— Je suis en train de te l'agrandir, c'est ça ?

— Non. C'est parce qu'elle te va tellement mieux qu'à moi.

Alyssa regarda son reflet dans le miroir.

— Je crois que je vais essayer la grise.

— Pas question. Je refuse !

— Maman va halluciner quand elle va me voir.

— Jason aussi, crois-moi !

Alyssa mit aussitôt son collier.

— Je l'adore. Tu te rappelles quand tu me l'as offert ?

— Oui. Il est joli, mais je ne te l'ai pas offert pour qu'il te serve de bouclier.

— De bouclier ? Que veux-tu dire ?

— Il ne va pas avec cette robe. Je sais que tu le mets pour cacher tes cicatrices.

— Tu sais comment est maman à ce sujet ?

— Oui. Mais c'est son problème, pas le tien.

— C'est exactement ce que dit Jason.

— Ton fiancé est un homme sensé.

Oui, Jason était un homme sensé, mais il n'était pas son fiancé.

Jason comprenait, à présent, qu'Alyssa se sente coupable de mentir à ses parents. Les Cabrera étaient des gens chaleureux, accueillants, et plus il passait de temps avec eux, surtout avec Valentina, plus il se sentait mal à l'aise de leur faire vivre cette situation fausse. Si un jour il se mariait et fondait une famille, il espérait…

Se marier ? Fonder une famille ? Où avait-il la tête ?

Il n'avait que vingt-neuf ans, son entreprise démarrait tout juste et il n'avait aucune envie de faire des plans à long terme. Alors, pourquoi ne cessait-il de penser à Alyssa ? Toute la journée, il tourna et retourna cette question dans sa tête.

De retour chez Cristina et Steven, il prit une longue douche, songeant qu'Alyssa et lui ne s'étaient quasiment pas quittés depuis leur arrivée en Californie. Voilà pourquoi il pensait autant à elle. Dès le retour à Haven, ils reprendraient leurs distances et tout rentrerait dans l'ordre. Alyssa serait sa cavalière pour le mariage de Matt, point final.

Cette certitude l'habita jusqu'au moment où Alyssa entra dans la pièce. Il demeura totalement subjugué.

— Vous êtes absolument magnifique, dit-il.

— Ce n'était pas la robe prévue, mais il y a eu un petit accident et Cristina m'a prêté celle-ci.

— Elle vous va parfaitement. Mais est-ce que je peux me permettre une suggestion ?

— Allez-y.

— Enlevez le collier. Il jure avec la ligne du décolleté.

— Seriez-vous devenu styliste, par hasard ? Moi, il me plaît.

— Ce qui vous plaît, surtout, c'est qu'il cache vos cicatrices. Elles n'enlèvent rien à la femme très belle que vous êtes, Alyssa.

— Oui, et elles surpassent même les tatouages en matière de body art ! rétorqua-t-elle, sarcastique.

— Sans parler d'art, elles ne sont ni des défauts ni des imperfections. Pourquoi ne pas les considérer plutôt comme des témoignages de courage ?

— Quel courage ? Je suis née avec une maladie cardiaque et les médecins m'ont guérie, c'est tout.

— Vous avez survécu, surmonté de nombreuses difficultés. Et je suis heureux que vous soyez de ce monde.

Alyssa se tourna lentement vers le miroir et ôta son collier. Jason posa les mains sur ses épaules et la regarda. Instinctivement, elle porta les doigts à la cicatrice qui dépassait légèrement de son décolleté.

Jason saisit doucement son poignet et écarta sa main.

— Regardez-vous, dit-il. Vous êtes belle, Alyssa. Belle à couper le souffle.

— Lorsque vous me regardez ainsi, je me sens belle.

— Dans ce cas, je vous promets que je vais passer toute la soirée à vous regarder, répondit Jason.

Lorsqu'ils arrivèrent chez Renata et Miguel, ils retrouvèrent tout le monde à la cuisine, s'affairant aux derniers préparatifs du repas qui se présenterait sous la forme d'un buffet disposé sur une grande table ornée de fleurs.

Renata embrassa sa fille et la regarda, surprise.

— Ce n'est pas une robe de Cristina que tu portes ?

— Si.

— Et je trouve qu'elle lui va beaucoup mieux qu'à moi ! s'exclama Cristina.

— J'ai une écharpe en soie que j'ai achetée à Florence. Il y a un ton dedans qui est exactement celui de la robe.

— Il fait trop chaud pour porter une écharpe, dit Valentina.

— C'est un accessoire qui mettrait la robe en valeur, insista Renata.

Jason surprit tout le monde en prenant la parole.

— Personnellement, je trouve Alyssa très bien comme elle est.

Les joues de Renata s'empourprèrent.

— Oui, bien sûr. Je pensais simplement que la robe pouvait bénéficier d'un peu de… peps.

— Je crois que les courbes d'Alyssa lui en donnent suffisamment, intervint Valentina.

— Merci, abuela. Je ne me sentais pas suffisamment intimidée.

— Une femme devrait toujours être fière de ses attributs.

Steven posa une main sur l'épaule de Jason.

— Je crois que c'est le moment d'aller voir si nous avons tout ce qu'il nous faut en boissons.

Jason sourit à Alyssa et les deux hommes s'éclipsèrent.

— Je n'aime pas voir tes cicatrices, avoua Renata. Elles me rappellent tellement que j'ai failli te perdre.

Alyssa prit les mains de sa mère dans les siennes et les serra tendrement.

— C'était il y a vingt ans, maman.

— Je le sais, mais c'est encore tellement présent dans mes pensées.

— Si tu me montrais cette écharpe ?

— Non, répondit Renata. Jason a raison, tu es magnifique comme tu es. Et tellement plus forte que je le croyais. Je suis heureuse que tu aies rencontré un homme qui t'apprécie à ta juste valeur, pour toutes les qualités que tu possèdes. Je vais devoir dire à Lucia qu'il lui faut renoncer à tout espoir de voir son neveu vivre une histoire d'amour avec toi. J'espérais tellement que cela te ferait revenir.

— Tu me manques aussi, maman, tu sais. Mais j'ai un travail que j'aime à Haven, des amis, une vie agréable.

— Et tu as Jason.

— Bien sûr, dit-elle très vite.

— Et tu te marieras ici ?

La question fit resurgir l'urgence de devoir dire toute la vérité à Renata. Mais ce n'était pas le moment.

— Lorsque nous serons prêts, ce sera ici que je viendrai me marier et je porterai la robe d'abuela.

Les yeux de Renata s'embuèrent de larmes.

— Mais aujourd'hui, nous fêtons *ton* mariage, dit Alyssa, entraînant sa mère à l'extérieur.

L'heure était venue d'aller rejoindre les convives.

Et de pouvoir cesser de mentir, ne serait-ce qu'un moment.

- 15 -

Alyssa avait quitté la Californie pour de nombreuses raisons. Notamment, pour échapper à la comparaison avec sa sœur Cristina qui, au même âge, était déjà mariée depuis quatre ans et mère d'un enfant de deux ans. Elle, elle avait besoin de temps pour réfléchir à ce qu'elle voulait faire de sa vie avant de songer à la partager avec quelqu'un.

Mais à l'occasion de cet anniversaire, en observant ses parents, en les écoutant parler, elle se rendait compte du bonheur qu'il y avait à partager la vie à deux. Se soutenir, se choyer, rire ensemble. Jusqu'à présent, elle n'avait pas mesuré combien c'était précieux. Elle n'était pas pressée de se marier, mais elle se surprenait à envier ses parents et le couple que formaient Cristina et Steven.

— Tout va bien, sweetie ? demanda Jason en lui tendant un verre de vin.

— Oui, à condition qu'on ne m'appelle pas sweetie !

Mais Alyssa souriait en prenant le verre.

— J'étais en train de me dire que j'avais de la chance.

— C'est vrai, vous avez une famille merveilleuse, des amis et un fiancé attentionné et séduisant. Et dont la mère a insisté pour qu'il apprenne à danser.

— Vraiment ?

— Voulez-vous que je vous le prouve ?

Alyssa posa son verre et prit la main qu'il lui tendait.

— Voyons voir !

Jason avait beau savoir qu'il devait garder ses distances, comment pouvait-il rendre leur relation crédible aux yeux de tous sans danser avec Alyssa ? Ils avaient dormi plusieurs nuits dans le même lit, ce n'était pas une danse qui allait lui faire peur.

Mais la musique coulait, si douce et sensuelle, et le corps d'Alyssa avait trouvé si naturellement sa place dans ses bras qu'il lui semblait soudain avoir à sa portée tout ce qu'il avait toujours désiré.

Il chassa aussitôt cette pensée ridicule. Pourtant, elle continua de l'obséder, troublant non seulement son esprit mais son cœur.

— Qui est cette femme en robe à fleurs ? demanda-t-il, faisant pivoter Alyssa.

— Lucia, la tante de Diego.

— Je comprends mieux pourquoi elle me fusille du regard depuis un moment.

— Elle était très déçue lorsque ma mère lui a appris que j'allais épouser quelqu'un d'autre que son neveu chéri.

— Dans ce cas, vous êtes peut-être heureuse que je sois là.

— Il n'y a pas de *peut-être*. Je suis heureuse que vous soyez là.

— Alors, faisons en sorte que Lucia le sache, dit-il.

Et il se pencha vers elle, posa ses lèvres sur les siennes.

À cet instant, pour Jason, il ne fut plus question ni de Lucia, ni de Diego, ni de la centaine d'invités présents. Il n'y avait qu'Alyssa et, jamais, il n'avait désiré une femme à ce point.

Leur relation avait débuté comme un « plan B », mais au cours des dernières semaines, tout avait changé. *Il* avait changé. Le rôle qu'il avait accepté de jouer appartenait au passé. Désormais, il se projetait dans un avenir avec elle.

Le lendemain matin, ils se levèrent tôt et se rendirent chez les parents d'Alyssa pour prendre le petit déjeuner avec eux avant de regagner le Nevada. Alyssa avait aimé ces moments passés en famille et elle savait qu'ils allaient lui manquer. Mais elle était heureuse de retrouver Haven et la vie qu'elle s'y était construite. Jason avait été merveilleux. Il avait joué à la perfection le rôle de fiancé et convaincu tout le monde qu'il l'aimait et envisageait l'avenir avec elle. Elle lui en était reconnaissante, mais c'était une illusion qu'il fallait dissiper au plus vite.

Lorsque le petit déjeuner fut terminé, Alyssa entraîna sa mère à l'écart.

— Il faut que je te dise quelque chose, maman. Jason et moi n'allons pas nous marier.

— Tu as refusé sa demande en mariage ?

— Non. Il ne m'a pas demandé de l'épouser.

— Je ne comprends pas.

— Nous ne sortons ensemble que depuis quelques mois, expliqua Alyssa.

Elle ne voulait pas entretenir le mensonge au sujet d'un mariage possible, mais elle n'était pas prête à avouer que Jason n'était pas son petit ami, que tout était faux depuis le début.

— Nous sommes bien ensemble, mais il est encore beaucoup trop tôt pour songer à un avenir en commun.

— Dans ce cas, pourquoi a-t-il dit à Diego que tu avais accepté de l'épouser ?

— Parce que Diego ne voulait pas comprendre qu'il n'avait aucune chance avec moi.

— J'avoue qu'il s'est montré tenace. C'est un peu ma faute. Je l'ai encouragé, mais c'était avant de faire la connaissance de Jason, de savoir que vous étiez amoureux.

— Je ne te fais aucun reproche, maman. Quoi qu'il

en soit, inutile de dire à Diego, ou à Lucia, que nous n'allons pas nous marier.

— Vous le ferez peut-être… un jour.

— Peut-être, dit Alyssa, ne voulant pas anéantir les espoirs de sa mère. Mais ce n'est pas pour tout de suite.

— Sait-on jamais ? Cela pourrait arriver plus vite que tu ne crois, dit Renata. En attendant, je suis rassurée de savoir qu'il existe un jeune homme aussi charmant pour veiller sur toi à Haven.

— Je me débrouille très bien toute seule, tu sais.

— Bien sûr. Mais quel mal y a-t-il à laisser quelqu'un s'occuper de toi comme je suis certaine que tu le fais avec lui ?

Alyssa n'avait jamais beaucoup réfléchi à la question. Elle n'avait jamais connu de véritable relation auparavant. Mais feindre d'être un couple lui avait donné une idée de ce que l'on peut y gagner. Et elle ne trouvait plus aussi négatif qu'un homme puisse lui témoigner de l'intérêt et ait envie de passer du temps avec elle.

Sauf que cet homme ne serait jamais Jason Channing. Il avait été très franc depuis le départ, cette prétendue relation ne déboucherait sur rien de réel.

De retour à Haven, Jason retrouva avec bonheur son lit king size. Il allait enfin pouvoir dormir. Mais lorsqu'il se glissa sous la couette, il lui parut terriblement vide. Alyssa lui manquait, l'odeur de sa peau, la chaleur de son corps, tout.

Le lendemain, il n'alla pas courir. Il avait besoin de prendre ses distances avec elle, de chasser de son esprit les pensées ridicules qui l'avaient assailli en Californie, de ramener son cœur à la raison. Malheureusement, ne pas la voir ne l'empêcha ni de penser à elle ni d'avoir envie d'elle.

Il n'avait pas l'habitude qu'une femme occupe à ce point ses pensées. Il se rendit compte qu'il était distrait, qu'il avait du mal à se concentrer sur son travail.

Il partit courir, ce soir-là, décidé à établir une nouvelle routine dont elle ne ferait pas partie. Mais elle lui manqua.

Le mardi matin, il n'alla pas courir. Il avait couru quinze kilomètres la veille. Il n'y alla pas non plus le mercredi, décidant de partir travailler tôt et de rentrer le plus tard possible. Mais toute la journée, il pensa à elle.

De retour chez lui, il inspecta le maigre contenu de son réfrigérateur et s'apprêtait à commander une pizza lorsqu'on sonna à la porte.

Son cœur s'emballa. Lorsqu'il ouvrit, Alyssa se tenait sur le seuil.

— J'aurais pu vous appeler, dit-elle, mais j'ai préféré que nous ayons cette conversation face à face.

— Je crains le pire, dit Jason.

— Pas du tout. Je voulais seulement vous dire que si vous avez changé d'avis pour le mariage de votre ami…

— Oh là, seriez-vous en train de revenir sur les termes de notre accord ?

— Non. Je vous libère de votre engagement, c'est tout.

Jason ouvrit plus grand la porte.

— Il est préférable que vous entriez pour en parler.

Alyssa hésita, surprise qu'il ait brusquement envie de la voir, mais elle accepta finalement l'invitation.

— Je vous offre un verre de vin ? proposa-t-il.

— Volontiers.

Jason déboucha une bouteille, servit deux verres et la rejoignit.

— Pourquoi pensez-vous que j'aie pu changer d'avis ?

— Parce que vous m'évitez depuis que nous sommes rentrés de Californie.

— Pas du tout.

— Nous avons menti à beaucoup de gens, mais je pensais que nous serions au moins honnêtes l'un envers l'autre.

— J'ai pas mal de travail en retard. Je pars de bonne heure, en ce moment.

— C'est normal. Vous avez pris des jours de vacances en pleine saison haute.

— Je l'ai choisi.

— Et vous le regrettez, à présent ?

Jason le regrettait peut-être, mais certainement pas pour des raisons liées à son travail.

— Non, dit-il. J'ai beaucoup aimé ces journées avec vous.

Il les avait tellement aimées qu'il se sentait vide sans Alyssa. Voilà pourquoi il avait voulu s'éloigner d'elle. Pour se prouver qu'il pouvait vivre sans elle, qu'il n'était pas en train de tomber amoureux.

Le résultat n'était pas concluant. Pour preuve, la façon dont son cœur s'emballait dès qu'il la voyait.

— Mais, à présent, vous cherchez à mettre le plus de distance possible entre nous, dit Alyssa. Auriez-vous peur qu'il commence à y avoir du vrai dans cette fausse relation ?

— C'est possible.

Elle fronça les sourcils.

— Je ne veux pas perdre votre amitié, Jason.

— Vous ne la perdrez pas.

— Très bien. Mais si vous avez changé d'avis concernant le mariage de votre ami…

— Non, je n'ai pas changé d'avis. Je passerai vous prendre à 15 heures, samedi.

Alyssa termina son verre de vin et se leva.

— Je serai prête.

— Une chose encore, dit Jason.

— Oui ?

— Portez du rouge.

Alyssa le regarda, surprise.

— Il y a une couleur imposée pour les invités ?

— Non. C'est juste que vous êtes superbe en rouge.

Et lui, il n'était qu'un pauvre idiot en train de tomber amoureux ! Car la résolution qu'il avait prise de garder ses distances avait à peine tenu trois jours. Déjà, il comptait les heures qui le séparaient du samedi, lorsqu'il la reverrait.

Alyssa s'habillait de manière assez classique et, généralement, dans des tons doux. Elle ne possédait pas de robe rouge et n'avait pas l'intention d'en acheter une. Jusqu'à ce qu'elle repense à la façon dont Jason l'avait regardée lorsqu'elle était apparue, portant la robe de Cristina. Elle avait envie qu'il la regarde de nouveau ainsi.

Elle avait envie qu'il la désire autant qu'elle le désirait.

Leur prétendue relation prendrait fin après le mariage, ainsi le voulait leur accord. Mais Alyssa n'avait pas renoncé à l'espoir de vivre une vraie passion avec Jason. Pour cela, il fallait d'abord qu'elle parvienne à le convaincre de renoncer aux limites qu'il avait fixées les concernant et elle n'avait aucune idée de la façon de s'y prendre.

Heureusement, elle connaissait une experte en matière de comportement humain. Elle invita Sky à venir faire les magasins avec elle afin de trouver une tenue adéquate pour le mariage, mais également pour qu'elle lui donne des conseils sur la façon de séduire un homme. Un homme qui n'avait aucune envie de l'être.

Elles se rendirent toutes les deux dans une boutique que connaissait Sky, à Battle Mountain. La seule susceptible, d'après elle, de proposer des robes vraiment élégantes.

— Quand a lieu le mariage ? demanda Sky.

— Samedi.

— C'est celui de Matt Hutchinson et Carrie Morgan ?

— Oui. Tu les connais ?

— Je suis allée au lycée avec la sœur de Carrie et Liam est sorti avec elle, il y a quelques années. Il est invité au mariage, d'ailleurs.

— Il vient avec quelqu'un ?

— Heather, répond Sky, levant les yeux au ciel.

— Ils sont de nouveau ensemble ?

— Liam dit que non, mais choisir de se rendre à un mariage avec une personne n'a rien d'innocent.

— Pourquoi ?

— Parce que ça t'amène à réfléchir à ta propre vie, à ce que tu veux, à tes choix.

— En parlant de choix, que penses-tu d'un homme qui ne veut pas faire l'amour ? demanda Alyssa, s'enhardissant soudain.

— Ça existe, ce genre de créatures ?

— Apparemment.

— Es-tu en train de me dire que Jason et toi, vous n'avez pas couché ensemble ?

Alyssa regrettait déjà d'avoir abordé le sujet.

— Exact.

— Vu la réputation de ton petit ami, c'est plutôt surprenant.

— Nous faisons semblant d'être ensemble.

— Et ça dure depuis combien de temps ?

— Nous nous connaissons depuis six mois, mais nous ne faisons réellement semblant d'être ensemble que depuis trois.

Sky ouvrit de grands yeux.

— Réellement semblant ? Tu te rends compte de ce que tu es en train de dire ?

— Oui, je sais, ça a l'air complètement fou.

— Admettre que tu as un problème est le premier pas vers la guérison. Excuse-moi si je suis curieuse, mais vous faites aussi semblant de vous tenir par la main, semblant de vous embrasser ?

— Oui. Il faut ce genre de démonstrations en public pour être crédibles.

— Et il ne t'a jamais embrassée ni caressée quand personne n'était là pour vous voir ?

— C'est arrivé.

— Il n'a jamais cherché à te déshabiller ? insista Sky.

— Non. J'en rêve, mais non.

— À toi de faire le premier pas, alors.

— Ça a l'air très simple, dit comme ça. Et puis, s'il ne fait rien, c'est peut-être parce que je ne l'attire pas.

— Là, tu te trompes complètement. J'ai vu la façon dont il te regarde. Je peux te dire que tu lui plais.

Alyssa espérait que Sky avait raison. Parce que si elle ne parvenait pas à prendre l'initiative, samedi soir, ou à faire en sorte que Jason se décide, c'en serait fini de ses espoirs. La porte se refermerait définitivement.

— Bon, maintenant que nous avons la robe, les chaussures et les boucles d'oreilles, nous pouvons peut-être aller déjeuner ?

— Il me reste une petite course à faire, dit Sky tandis qu'elles s'arrêtaient devant leur restaurant préféré. Installe-toi, je n'en ai pas pour longtemps.

Quelques minutes plus tard, Sky la rejoignait. Elle posa un petit paquet sur ses genoux.

— Qu'est-ce que c'est ? demanda Alyssa.

— Ce que toute personne avisée est censée utiliser.

— J'espère que j'aurai l'occasion de m'en servir, dit-elle, rangeant la petite boîte de préservatifs.

— Je t'ai vue dans cette robe, tu es irrésistible, conclut Sky. À toi de passer à l'action !

Lorsque Alyssa ouvrit la porte, Jason vit qu'elle avait accédé à sa demande, qu'elle était vêtue de rouge et, surtout, magnifique. Aussitôt, tous les efforts qu'il avait faits pour tenter d'oublier l'attirance qu'elle exerçait sur lui furent réduits à néant. Il avait déjà envie d'elle.

La robe paraissait toute simple et montait suffisamment, sur le devant, pour cacher ses cicatrices. Dans le dos, en revanche, le beau décolleté plongeant dénudait sa peau claire, satinée. Elle avait laissé ses cheveux libres et ils cascadaient sur ses épaules, soyeux. Jason ne put résister à l'envie d'y glisser les doigts, d'attirer le visage d'Alyssa vers le sien et de prendre sa bouche.

Il y avait des semaines qu'il refrénait le désir qu'il éprouvait pour elle. Ils s'étaient embrassés, et davantage que ne le demandait le jeu qu'ils jouaient par rapport aux autres. Toutefois, il avait fait en sorte que ces baisers ne les conduisent jamais plus loin. Mais si aujourd'hui devait être son ultime rendez-vous avec elle, il entendait bien en profiter.

— Hum… bonjour, dit Alyssa lorsqu'il libéra ses lèvres.

— Bonjour.

Jason lui sourit et recula d'un pas pour l'admirer.

— Merci pour la robe rouge, vous êtes superbe.

— Je n'avais rien de rouge dans ma garde-robe. Je

suis allée faire les magasins avec Sky et elle m'a aidée à choisir ce modèle.

— Je vois que même les Gilmore sont capables de faire quelque chose de bien, de temps en temps.

Alyssa poussa un soupir.

— Pour quelques heures, ce soir, vous ne pourriez pas oublier cette querelle entre les Blake et les Gilmore ?

— Pourquoi ?

— Parce que Liam sera là. Il est invité.

— Je m'en doutais. Encore que j'aie du mal à comprendre qu'on ait envie de voir une ex épouser quelqu'un d'autre.

— Liam et Carrie sont sortis longtemps ensemble et ils sont restés bons amis. Cela ne vous est jamais arrivé de rester ami avec une ex ?

— Pas au point de l'inviter à mon mariage.

Alyssa le fixa, interdite.

— C'est si surprenant ? demanda-t-il.

— Ce qui est surprenant, c'est de vous entendre dire *mon mariage* sans vous étouffer.

— Ha, ha !

— Je suis sérieuse.

Compte tenu de sa réputation, la réaction d'Alyssa était plus que compréhensible. Mais il n'était plus le même homme.

Et ce soir, il allait concentrer tous ses efforts pour séduire la seule femme qu'il désirait.

- 16 -

La cérémonie du mariage, à l'église, fut très réussie. Déclarés mari et femme, Carrie et Matt sortirent sur le parvis, accueillis par les applaudissements de la famille et des amis réunis.

La réception fut un beau moment de convivialité au cours duquel Alyssa put apprécier le lien qui unissait Jason et ses amis. Le repas, en tout point délicieux, se termina par le traditionnel gâteau de mariage. Après l'avoir découpé et en avoir dégusté la première tranche, les mariés ouvrirent le bal, bientôt rejoints par les invités.

Ce n'était pas la première fois qu'Alyssa dansait avec Jason, mais c'était différent, ce soir. Sans doute parce qu'elle se sentait elle-même différente, nerveuse mais déterminée. Elle savait ce qu'elle voulait et ce qu'elle voulait c'était lui. Trouverait-elle le courage de le séduire ?

Ils dansèrent et dansèrent encore. Lorsque Alyssa s'éclipsa pour aller se rafraîchir, Jason gagna le bar pour remplir leurs verres.

Dès qu'elle l'aperçut, Nat le rejoignit.

— Honnêtement, je ne pensais pas que tu réussirais.

— Tu sais que je relève toujours les défis qu'on me lance.

— Contrat rempli. Tu n'es sorti qu'avec Alyssa durant toutes ces semaines et tu es venu avec elle au mariage. Et maintenant, que se passe-t-il ?

Jason prit les boissons que lui tendait le barman.

— Maintenant, je vais apporter ce verre de vin à ma cavalière.

— Inutile de te presser, dit-elle. Elle danse.

Jason jeta un coup d'œil par-dessus son épaule. Nat avait raison. Alyssa était de retour et elle dansait avec Gilmore. Il ne s'agissait pas d'un slow mais Jason n'apprécia pas pour autant de la voir danser avec Liam. Toutefois, il avait promis d'oublier leur animosité pour un soir et il s'efforça de desserrer ses doigts crispés sur le verre avant que le pied ne se brise dans sa main.

— Je connais la règle que tu t'es fixée, poursuivit Nat. Mais il y a parfois de bonnes raisons d'enfreindre une règle, tu ne crois pas ?

Jason jeta de nouveau un coup d'œil par-dessus son épaule.

— Et le moment est venu de me remercier, non ? ajouta Nat.

— Je devrais peut-être, en effet.

— Pourquoi *peut-être* ?

— Parce que je ne sais pas très bien ce qui va se passer, à présent.

— Tu veux que je te fasse un dessin ?

Nat plaisantait, bien sûr, mais il en aurait peut-être eu besoin. D'habitude, il savait parfaitement comment s'y prendre avec une femme. Mais aujourd'hui, tout était différent. Alyssa comptait tellement pour lui.

— Ça devrait aller, dit Jason, avec plus d'assurance qu'il n'en éprouvait.

— Évite seulement de faire l'erreur de la comparer aux légions de femmes que tu as connues.

— Il n'y en a pas eu des légions.

Nat eut une moue éloquente.

— Disons un très grand nombre, déclara Kevin qui venait de les rejoindre. Vous allez bien ensemble, Alyssa et toi. Je dirai même que vous avez l'air heureux.

— C'est vrai, nous sommes bien ensemble, acquiesça Jason.

— La prochaine fois, c'est peut-être à ton mariage que nous danserons.

— Tu ferais mieux de tenir ta langue, toi ! rétorqua Jason.

— Je parie dix dollars qu'il la demande en mariage avant Noël, dit Nat.

— À la façon dont il la regarde, je parie que ce sera avant Thanksgiving.

Jason secoua la tête.

— Vous n'avez vraiment rien d'autre à faire, tous les deux, que de vous occuper de ma vie amoureuse ?

— Pas en ce moment, rétorqua Nat.

— On pourrait aller danser, qu'en dis-tu ? proposa Kevin.

Ils gagnèrent la piste de danse au moment où Alyssa se détachait de la foule des danseurs. Elle se dirigea vers Jason et lorsqu'elle lui sourit, il sentit sa poitrine envahie d'une émotion soudaine.

Oui, il allait devoir remercier cette intrigante de Nat. Mais pour l'instant, il avait d'autres priorités. Et danser avec Alyssa était la toute première.

Après que l'heureux couple de jeunes mariés s'était éclipsé, les invités commencèrent à se disperser. Quand Jason demanda à Alyssa si elle était prête à partir, elle mentit et répondit que oui. Mais en réalité, elle n'avait pas envie que cette soirée avec lui se termine.

Lorsqu'ils arrivèrent devant la porte de son appartement, elle saisit ses clés.

— J'imagine que le moment est venu de vous souhaiter bonne nuit, dit Jason, plongeant son regard dans le sien.

Elle se sentit chavirer, mais elle n'avait rien perdu de sa détermination.

— Vous pourriez entrer, suggéra-t-elle.

— Prendre un dernier verre ?

Elle eut un petit haussement d'épaules, s'efforçant d'avoir l'air détendu, mais son cœur battait à tout rompre.

— Si c'est ce dont vous avez envie.

— Et vous, de quoi avez-vous envie ? demanda Jason.

— Que cette nuit ne se termine pas.

Il jeta un coup d'œil à sa montre.

— Techniquement, elle est presque finie.

— Vous avez raison. Et j'imagine que vous devez travailler tôt. Oubliez ce que j'ai dit.

Alyssa ouvrait déjà sa porte. D'un geste souple, Jason bloqua le passage.

— Dites-moi ce que vous voulez, Alyssa.

Elle se mordit la lèvre. C'était maintenant ou jamais. Si elle n'agissait pas, elle le regretterait. Elle ne cesserait de se demander ce qui se serait passé si elle avait osé. Mais peut-être refuserait-il ? Ce serait horrible, tellement humiliant. Mais s'il disait oui… elle avait tellement envie qu'il dise oui.

Elle rassembla son courage.

— J'ai envie que vous oubliiez vos règles pour cette nuit.

— Je ne crois pas que ce soit possible.

— Oh.

Alyssa baissa, les yeux. C'était affreux. Son cœur allait s'arrêter de battre.

Mais, déjà, Jason glissait un doigt sous son menton, levait son visage vers le sien.

— Si j'oublie mes règles, ce ne sera pas pour une seule nuit. Si je fais l'amour avec vous, je doute d'être capable de m'en aller, demain matin, comme si rien ne s'était passé.

Alyssa sentit l'espoir renaître brusquement.

— Il y a longtemps que j'ai envie de vous, dit Jason. J'ai tenté en vain de me convaincre qu'il ne fallait pas. Mais puisque vous avez envie de moi, il ne reste plus qu'une question à se poser.

— Laquelle ? demanda Alyssa, le souffle suspendu.

Il sourit.

— Chez vous ou chez moi ?

Alyssa répondit à la question en ouvrant tout grand sa porte. À peine refermée, Jason la prit dans ses bras.

Elle plaqua son corps contre le sien, noua les bras autour de son cou et lui offrit ses lèvres. Elle avait tellement attendu ce moment, elle l'avait tellement désiré… Mais, soudain, alors que leurs bouches s'unissaient, impatientes, fébriles, elle fut parcourue d'un frisson d'appréhension à la perspective de ce qui allait se passer.

Jason le sentit et il s'écarta.

— Voulez-vous que nous en restions là ? demanda-t-il d'une voix douce.

— Non, répondit aussitôt Alyssa. Enfin… peut-être.

— Pourquoi ?

— Je ne veux pas que ce qui va se passer ce soir change les choses entre nous.

— Elles ont déjà changé.

— Oh ! Jason…

Cette fois, ce fut Alyssa qui posa les lèvres sur les siennes, ferma les yeux et l'embrassa.

Elle avait l'impression que durant toutes ces semaines, peut-être même depuis leur rencontre, ils n'avaient tendu que vers ce moment. Elle avait tenté de se persuader qu'ils n'étaient qu'amis, mais elle avait toujours rêvé à davantage. Toute cette période passée à faire semblant n'avait fait qu'attiser son désir. Mais elle avait cru pendant si longtemps qu'il n'était qu'à sens unique.

Lorsque Jason laissa ses mains remonter le long de son dos, caresser sa peau nue, elle fut parcourue d'un frisson délicieux. Il tira doucement sur la fermeture de sa robe et elle glissa soudain, dénudant ses épaules. Alyssa porta instinctivement les mains à sa poitrine pour la retenir.

Mais Jason avait envie de la voir, de l'admirer. Il saisit doucement ses poignets, écarta ses mains.

— Ne te cache plus, Alyssa, murmura-t-il. Pas de moi.

Cette intimité soudaine et la douceur de sa voix la rassurèrent.

La robe continua de glisser, révélant le joli soutien-gorge faisant partie de l'ensemble de dentelle rouge qu'elle avait acheté. Lorsque la fermeture fut totalement baissée, la robe s'attarda une seconde sur ses hanches avant de tomber sur le sol dans un froissement léger. Alyssa ne portait plus que le séduisant ensemble de lingerie et ses sandales à talons hauts.

Du bout des doigts, Jason effleura la dentelle légère du soutien-gorge, la peau nacrée de sa gorge, la rondeur de ses seins. Puis il chercha l'attache du soutien-gorge et le lui ôta. Ce fut alors au tour du petit slip qu'il fit glisser le long de ses jambes. Lorsqu'elle fut totalement nue, il se déshabilla à son tour et la renversa doucement sur le lit.

Alyssa ferma les yeux pour mieux savourer la myriade de sensations qui l'assaillait tandis que ses mains, ses lèvres s'aventuraient sur son corps, en exploraient tous les charmes. Jamais personne ne l'avait touchée ainsi, caressée ainsi. Jamais elle n'aurait imaginé pouvoir éprouver pareil plaisir. Et chaque fois qu'elle croyait avoir atteint un sommet, Jason l'emmenait vers un autre.

Elle avait lu des livres, vu des films, mais rien ne l'avait préparée à ce qu'elle découvrait aujourd'hui, aux émotions folles qui affluaient en elle. Les mains de Jason étaient fermes, douces, expertes.

Il les referma sur ses seins, en pressa doucement les pointes du plat du pouce, les agaça jusqu'à ce qu'elles soient devenues deux petites pierres dures. Un désir intense assaillit Alyssa, concentré en un point presque douloureux au creux de ses cuisses. Elle sentait sa chair palpiter très fort. Puis Jason substitua ses lèvres à ses mains. Il mordilla les pointes de ses seins, les prit tour à tour dans sa bouche, les suça, les aspira, faisant naître un feu dévorant au creux de ses reins.

Et tandis qu'il poursuivait cette délicieuse torture, il laissa ses mains descendre vers ses hanches. Il les caressa avec volupté. Elle se sentait chavirer, le corps flottant comme sur un nuage. Mais ce n'était rien encore. Lorsqu'il glissa une main au creux de ses cuisses, elle sentit le souffle lui manquer. Il écarta doucement sa chair, exposant la corolle nacrée, humide, de son sexe, la livrant à son regard, à la caresse de ses doigts, de sa bouche.

Lorsqu'il glissa en elle la pointe de sa langue, elle crut défaillir. Elle renversa la tête en arrière, éperdue. Alors il la prit. Lentement, doucement. Puis plus vite, intensément, avec fougue.

Alyssa tenta de respirer, mais il n'y avait plus d'air. Il n'y avait que cette sensation insensée, bouleversante. Elle crispa les doigts sur le drap, s'y accrochant comme à une bouée. Jason glissa les mains sous ses fesses, la souleva à sa rencontre. Ensuite, elle n'aurait su dire ce qu'il lui fit tant il lui semblait que son corps ne lui appartenait plus, tout entier tendu vers le plaisir qu'elle sentait monter en elle. Et soudain, ce fut comme une explosion de lumière, de couleur, tandis que pareille à un petit bateau soulevé par la vague, elle voguait sur un océan d'extase.

Elle pressa les paupières, tout entière abandonnée aux sensations qui se répercutaient en elle. Jason se redressa, remonta le long de son corps, déposant de petits baisers sur son ventre, son nombril, ses seins frissonnants, la petite ligne claire de sa cicatrice.

— Tu es bien ? demanda-t-il.

— Merveilleusement bien. Tu m'as donné plus de plaisir que tout ce que je pouvais imaginer.

— C'est parfait, alors, dit-il, l'embrassant dans le cou. Mais nous n'avons pas fini…

Il saisit l'un des préservatifs qu'elle avait posés sur la table de chevet et l'enfila. Puis il écarta doucement ses jambes et se glissa au creux de ses cuisses.

Elle frissonna, impatiente de le sentir en elle, dans sa chair, profondément, de ne faire qu'un avec lui.

Il se souleva au-dessus d'elle, effleura ses lèvres tandis que son sexe tendu pressait sa chair. Il la provoquait, l'excitait. Alyssa n'y tenait plus. Elle se souleva, se cambra à sa rencontre.

— Viens, dit-elle. Maintenant.

Elle n'eut pas à le lui dire deux fois. D'un seul coup de reins, il plongea en elle et comprit. Sous le choc, il cessa aussitôt de bouger. Alyssa savait qu'elle aurait dû dire quelque chose. Mais elle n'avait pas de mots pour exprimer ce qu'elle ressentait. Pas de mots pour décrire le bonheur de le sentir en elle.

Alors, elle laissa son instinct prendre le dessus. Elle

souleva plus haut les hanches, voulant de toutes ses forces être à lui et elle se mit à bouger.

Jason ne put résister. Il étouffa un juron au moment où, vaincu, cessant tout contrôle, il laissa parler son désir et s'abandonna sans retenue à la fougue de leur étreinte.

- 17 -

Jason roula sur le côté, le souffle court, encore sous le choc de ce qui venait de se produire.

— Bon sang, Alyssa, pourquoi ne m'as-tu rien dit ?

Il s'en voulait terriblement. Il aurait dû le savoir. Tous les indices étaient là, il suffisait qu'il réfléchisse. Mais lorsqu'elle l'avait invité chez elle, il n'avait plus songé à rien, obsédé par le seul désir d'elle. Et non seulement, il avait pris sa virginité, mais il l'avait fait sans ménagement.

— Pour quelle raison t'en aurais-je parlé ? dit Alyssa.

Il ne pouvait pas croire qu'elle pose cette question.

— Parce que ce n'est pas le genre d'informations qu'un homme a envie de découvrir après avoir fait l'amour.

— Inutile d'en faire toute une histoire.

— Si, justement, c'est important.

— Pas pour moi. Tu ne comprends pas.

— Alors, explique-moi.

Alyssa se redressa, enroula le drap autour de sa poitrine.

— Toute ma vie, on m'a entourée de précautions. Il y a tant de choses qu'on m'a interdites sous prétexte que mon cœur était fragile. Je suis sortie avec des garçons, mais dès que nous devenions plus proches, dès que je me sentais suffisamment en confiance pour parler de mes opérations et les préparer à voir mes cicatrices, comme par hasard l'intérêt qu'ils me portaient tournait à la curiosité malsaine ou au rejet. Personne ne m'a véritablement traitée en personne normale avant toi.

Jason l'écoutait en silence.

— Je n'ai rien dit parce que je ne voulais pas me couvrir de ridicule. Être encore vierge à vingt-six ans !

— Il n'y a rien de ridicule à cela. Tu es une femme belle et très attirante. Et de toute façon, vierge, tu ne l'es plus !

La remarque fit sourire Alyssa.

— J'avais également peur que…

— De quoi avais-tu peur ?

— Que compte tenu de mon inexpérience, tu ne veuilles plus de moi.

— Comment as-tu pu penser une chose pareille ?

— Tu as eu de nombreuses aventures et avec des femmes qui avaient sans doute beaucoup plus…

Jason posa un doigt sur ses lèvres, l'empêchant de poursuivre.

— Cette situation ne concerne que nous deux.

— Je ne veux pas que tu te sentes responsable. Je savais ce que je faisais quand je t'ai invité chez moi.

— Je ne me sens pas responsable mais plutôt… très excité, murmura Jason, glissant une main sous le drap.

— Tu veux dire que… tu as envie de recommencer ?

— Exactement. Mais je ne veux pas te faire mal.

— Tu ne m'as pas fait mal. Et j'ai envie que tu me fasses ressentir de nouveau tout ce plaisir. Viens…

Alyssa savait que la toute première fois était souvent maladroite et douloureuse. Elle avait ressenti un tiraillement, il avait fallu que son corps s'adapte. Mais, passés quelques instants d'inconfort, elle avait vécu une expérience merveilleuse. Elle n'imaginait pas qu'il puisse exister rien de meilleur.

Elle se trompait. Totalement. Jason le lui prouva, nuit après nuit.

Ils se remirent à courir ensemble, le matin, mais ils partaient plus tard, ayant généralement pratiqué un petit entraînement d'une autre nature avant d'enfiler leurs tenues.

Désormais, pour Alyssa, Jason était bien plus qu'un partenaire de jogging. Il était son ami et son amant.

Elle avait un amant. Cette pensée lui faisait tourner la tête. Et lorsqu'elle songeait à tout le plaisir qu'il lui donnait, elle se sentait prise de vertige.

Elle refusait de penser à l'avenir, de tenter de définir le type de relations qu'ils avaient. Jamais, elle ne s'était sentie aussi heureuse.

Chaque matin, en se réveillant, elle remerciait la vie pour tout ce qu'elle lui donnait. Et les journées s'enchaînaient, heureuses. Elle était en vacances scolaires, mais elle continuait de travailler au Diggers'. Lorsqu'elle faisait la fermeture, Jason venait l'attendre.

Les sentiments qu'elle éprouvait pour lui étaient de plus en plus profonds. Elle aimait leur complicité, les moments intimes qu'ils partageaient. Elle aimait l'amour avec lui, ses caresses, son corps.

Elle était proche de craquer, elle le sentait, proche de tomber amoureuse. Mais elle tenait bon. Elle se sentait suffisamment forte. Et lorsque Jason déciderait de mettre un terme à leur relation, elle se réjouirait d'avoir vécu cette expérience et elle n'aurait pas à soigner un cœur brisé.

Trois semaines après le mariage de Matt et la première nuit passée avec Alyssa, Jason dut finalement se rendre à l'évidence. Sa vie avait pris un virage à 180 degrés par rapport à la route qu'il s'était fixée. Mais cela ne datait pas de la première nuit avec Alyssa. C'était une histoire qui avait commencé beaucoup plus tôt, le soir où elle l'avait embrassé au Digger's.

C'était fou à quel point il avait envie d'elle. Ses amis avaient raison, il n'avait que des relations très brèves avec les femmes. Selon ses critères, la relation avec Alyssa aurait dû être finie depuis longtemps.

Mais Alyssa ne ressemblait à aucune autre. Elle était cultivée et drôle, belle et passionnée, et il ne pouvait se résoudre à envisager un avenir dont elle ne ferait pas partie. Il découvrait, aujourd'hui, ce qui crevait les yeux depuis des semaines. Elle n'était pas une simple aventure ni une fausse fiancée, elle était la femme qu'il aimait.

Il ne lui restait plus, à présent, qu'à la convaincre que leur relation pouvait connaître un dénouement heureux.

Un dimanche après-midi, deux semaines avant la fin de l'été, Alyssa arrachait les mauvaises herbes dans le jardin de la résidence lorsqu'une ombre bloqua soudain le soleil.

Elle se retourna.

— Diego, quelle surprise !

Elle n'avait pas entendu parler de lui depuis le voyage en Californie. Sa présence était pour le moins inattendue.

Il lui sourit.

— Je suis venu assister au mariage d'un ami, à Reno. Je me suis dit que j'allais en profiter pour venir te voir.

Alyssa essuya ses mains pleines de terre sur son jean. Elle avait relevé ses cheveux et de petites mèches voletaient autour de son visage. Elle portait un T-shirt au décolleté plongeant. Il n'y avait pas si longtemps encore, elle aurait paniqué à l'idée qu'on voie ses cicatrices, mais depuis qu'elle connaissait Jason, elle se sentait nettement plus à l'aise face au regard des autres.

La situation n'en demeurait pas moins très embarrassante. Elle n'avait pas invité Diego et n'avait aucune envie de le voir. Malgré tout, elle refusait de se montrer impolie.

— Je peux t'offrir une boisson fraîche ? proposa-t-elle.

— Volontiers. Un soda, si ce n'est pas trop de dérangement.

— Assieds-toi, je t'en prie. Je reviens tout de suite.

Alyssa gagna rapidement la cuisine, prépara un soda et une bouteille d'eau pour elle. Puis elle coupa quelques tranches de fromage, les déposa sur un plateau avec des crackers auxquels elle ajouta quelques grains de raisin.

— Tu as fait une longue route depuis Reno. J'ai pensé que tu avais peut-être faim, dit-elle, déposant le plateau sur la table de jardin.

— Je ne m'en étais pas rendu compte. Mais tu as raison, je grignoterais volontiers quelque chose.

Alyssa but son eau tandis que Diego se restaurait tout en lui racontant le mariage de son ami.

— Qu'as-tu prévu, à présent, demanda-t-elle. Tu comptes passer un peu de temps avec ton cousin, à Elko ?

— Non. J'ai pris une chambre au Dusty Boots, le motel qui se trouve juste à l'entrée de la ville. Je pensais rester quelques jours, ajouta-t-il. Je n'ai pas eu véritablement le loisir de visiter Haven et de passer du temps avec toi, la dernière fois. Mais j'espère que ce sera différent, cette fois.

— Oh… eh bien… j'imagine que je pourrais te faire faire un tour rapide d'Haven.

— Pas trop rapide, j'espère.

Alyssa reposa son verre. Diego n'avait pas l'air de comprendre, elle allait devoir se montrer plus directe.

— Diego, si j'ai dit ou fait quelque chose qui a pu te donner de l'espoir, je m'en excuse. Je n'éprouve aucun sentiment pour toi.

Il pinça les lèvres.

— C'est à cause de ce Jason, c'est ça ?

— Si je n'étais pas avec Jason, je ne serais pas pour autant avec toi, précisa Alyssa.

— Je suis amoureux de toi depuis l'âge de quinze ans.

— Ce n'était qu'un béguin de jeunesse…

— Il s'agit de bien davantage, coupa Diego. Je suis sorti avec d'autres femmes, mais mon cœur t'a toujours appartenu. Et lorsque ta mère m'a invité pour le nouvel an, j'ai su qu'elle avait envie, elle aussi, que nous soyons ensemble.

— Ce n'était pas ce que je voulais et ça ne l'est toujours pas.

— C'est Jason que tu veux, rétorqua Diego, amer.

Ce qu'Alyssa voulait, surtout, c'était faire ses propres choix et mener sa vie comme elle l'entendait. Mais si Diego avait besoin d'un bouc émissaire, soit. À présent, elle avait envie qu'il s'en aille, ne plus avoir à se sentir responsable de cet air meurtri sur son visage.

— En Californie, il m'avait dit t'avoir demandée en mariage et que tu avais accepté.

Alyssa acquiesça à ce résumé rapide de la situation.

— Mais je vois que tu ne portes toujours pas de bague. S'il tarde tant, cela devrait t'alerter. Il n'a peut-être pas envie de se marier. Ou du moins, pas avec toi.

— Nous ne sommes pas pressés, rétorqua Alyssa.

— Pas pressés pour quoi ? demanda soudain Jason, derrière eux.

Alyssa sursauta.

— Pour organiser votre mariage, répondit sèchement Diego.

Jason s'approcha d'Alyssa, posa ses lèvres sur les siennes, fit durer le baiser. Elle savait qu'il s'agissait davantage d'une démonstration par rapport à Diego que d'un geste de tendresse. Elle aurait dû s'en offusquer. Mais comme à chaque fois que Jason l'embrassait, elle se sentit parcourue d'un délicieux frisson.

— Je pensais que nous pourrions nous marier à Noël, dit Jason. Mais Alyssa veut porter la robe de mariée de Valentina et les retouches vont prendre du temps.

Alyssa ignorait qu'il était au courant pour la robe. Quoi qu'il en soit, Diego, sous le choc, paraissait convaincu.

— Tu seras la plus belle des mariées, j'en suis certain, dit-il, se levant. Et j'espère que ce ne seront que des larmes de joie que tu verseras, ce jour-là.

— Il a raison, dit Jason, dès que Diego fut parti.

— À quel sujet ?

— Personne ne croira que nous allons nous marier tant que je ne t'aurai pas offert de bague.

— À quoi bon, puisque nous n'en avons pas l'intention ?

— Nous devrions peut-être.

Alyssa le fixa, à la fois surprise et inquiète.

— Tu es tombé sur la tête ?

— Pas du tout. Je suis en pleine possession de mes esprits.

— Excuse-moi, mais je ne vois pas d'autre explication à tes propos.

— Et si je te dis que je suis follement amoureux de toi ?

- 18 -

Alyssa n'en croyait pas ses oreilles.

— Tu ne parles pas sérieusement ?

— Si. J'essaie de te dire que j'éprouve pour toi des sentiments profonds. J'espère que c'est réciproque.

C'était réciproque, bien sûr. Mais, pour Alyssa, cette déclaration était tout aussi inattendue que la visite de Diego.

— Je veux que nous officialisions notre relation, que nous nous mariions.

— Oh ! mon Dieu ! s'exclama Alyssa.

— Drôle de réponse. Je m'attendais à un oui ou à un non. De préférence un oui.

— Nous étions censés faire semblant, lui rappela Alyssa.

— Peut-être, mais je n'ai jamais rien vécu d'aussi vrai, d'aussi profond avant toi.

Alyssa ne s'attendait pas à entendre ces paroles. Elles la bouleversaient, emplissaient son cœur de bonheur.

Sauf que le mariage n'était pas ce qu'elle voulait. Elle était venue dans le Nevada pour être indépendante. Elle ne se sentait pas prête à construire une vie avec un homme, même si cet homme était Jason.

— Nous n'étions pas censés nous engager l'un envers l'autre, tu l'avais promis, insista-t-elle.

Jason sentit la tension dans sa voix. Il comprit que les choses n'allaient pas se passer comme il l'avait prévu.

— Je ne pensais pas tomber amoureux de toi, dit-il. C'est arrivé, c'est tout.

Il saisit les mains d'Alyssa, noua les doigts aux siens.

— De quoi as-tu peur ?

— Le mariage est une promesse, un engagement. Je ne peux pas.

— Je le vois bien, dit-il la lâchant.

— Je ne me sens pas prête. Pas encore.

Son orgueil froissé, Jason savait qu'il devait s'en aller. Il n'allait pas réclamer ce qu'elle ne pouvait pas lui donner. Mais son cœur ne l'entendait pas ainsi. Il voulait continuer d'espérer.

— Quand seras-tu prête ?

Alyssa le regarda. Des larmes avaient jailli dans ses yeux.

— Je ne sais pas. Et je ne te demande pas de m'attendre. Ce ne serait pas juste.

— Tu as raison, dit Jason. Mais je n'irai nulle part, Alyssa, parce que je t'aime. Et je sais que lorsqu'on aime vraiment, c'est pour la vie. Alors, quand tu te sentiras prête à partager ton cœur et ta vie, je serai là. Je t'attendrai.

Avant la reprise des cours, au lycée, Alyssa partit une semaine en Californie. Elle avait besoin de s'éloigner de Jason, de réfléchir, de savoir où elle en était. Parce que quel que soit le lieu où elle se trouvait, elle ne cessait de songer à lui. Et la Californie ne le lui rappelait que plus encore.

Toutefois, elle était certaine d'avoir pris la bonne décision. Les sentiments qu'elle éprouvait ne dureraient pas. Tous les deux, ils s'étaient pris au jeu, tels des acteurs qui tombent amoureux tandis qu'ils tournent ensemble et qui découvrent, une fois que chacun reprend son chemin, qu'il ne s'agissait que d'un coup de cœur.

Quand se rendrait-elle compte qu'elle n'éprouvait plus rien pour Jason ? Quand se réveillerait-elle en découvrant qu'il ne lui manquait plus ?

Trois jours plus tard, alors qu'elle n'était pas plus avancée, elle passa voir sa sœur et se confia à elle.

— Jason m'a demandée en mariage.

Cristina avait été à la fois peinée et déçue d'apprendre que Jason n'était pas véritablement son fiancé.

— C'est vrai, cette fois ?

— Oui. Mais je lui ai dit non.

— Pourquoi ?

— Ça me faisait encore moins peur que de dire oui.

— Tu l'aimes ?

— Comment veux-tu que je le sache ? Je n'ai jamais été amoureuse.

— Alors, tu crois que quelqu'un qui tombe amoureux pour la première fois ne peut pas être certain d'éprouver véritablement de l'amour ?

— Ce n'est pas la question. Je ne me sens pas prête, c'est tout. Je commence à peine à vivre ma vie.

— Et tu penses qu'avoir une relation avec un homme qui t'aime et te respecte, cela risque de mettre ton indépendance en péril ?

— Je ne sais pas, admit Alyssa.

— Dans ce cas, laisse-moi te poser une question. Tu penses que je ne suis plus vraiment moi-même depuis que j'ai épousé Steven ?

— Bien sûr que non. Mais toi, tu as toujours été forte et indépendante, capable de vaincre tous les obstacles.

— Et toi, tu penses être faible et dépendante, c'est ça ?

— Je l'ai été. C'est d'ailleurs la raison pour laquelle tu m'as encouragée à quitter la Californie, non ?

Cristina secoua la tête.

— Je l'ai fait pour que tu prennes conscience de ta véritable personnalité. Tu es aussi courageuse, forte et indépendante que moi. Et sans doute davantage, parce que tu as eu à vaincre de terribles obstacles.

Alyssa essuya une larme qui avait roulé sur sa joue.

— Je ne suis pas courageuse, je suis terrifiée.

— C'est normal, l'amour ça fait très peur. Mais c'est merveilleux. Je suis tellement heureuse pour toi.

— Je te rappelle que je lui ai dit non.

— Eh bien, tu n'as plus qu'à lui dire oui, à présent.

Alyssa ne pensait pas que les choses soient aussi simples. Mais, pour la première fois, elle sentit une lueur d'espoir naître dans son cœur.

Alyssa était partie depuis cinq jours. Et Jason n'avait eu aucune nouvelle d'elle. Pas un coup de fil, pas le moindre message. Il n'avait pas cherché non plus à la contacter. Plus d'une fois, il avait décroché son téléphone et écrit nombre de messages qu'il n'avait jamais envoyés.

Il avait mis son cœur à nu devant elle, que pouvait-il faire de plus ? Il ne voulait pas la harceler, jouer le rôle pathétique de celui qui ne peut pas accepter que la femme qu'il aime ne l'aime pas en retour.

Il n'était pas désespéré, non. Il se sentait vide.

Lorsqu'on sonna soudain à la porte, il se leva d'un bond, heureux d'être interrompu dans le flot de pensées qui tourmentaient son esprit.

Il ouvrit, et Alyssa était là, sur le seuil. Son cœur s'emplit aussitôt d'espoir et de joie. Mais il ne fallait pas qu'il s'emballe. Il devait rester sur ses gardes.

— Je te dérange ? demanda-t-elle

— Non.

Elle ne le dérangeait pas du tout. Il avait vécu cinq jours interminables et elle était là, enfin ! Mais il se garda bien de le lui dire.

Elle sourit, un peu tendue.

— Tant mieux, parce que j'ai quelque chose à te dire qui ne peut pas attendre.

— Tu veux entrer ?

Alyssa entra, gagna le salon, mais elle demeura debout. Jason aussi.

— Longtemps, j'ai cru je ne pouvais pas tomber amoureuse, commença-t-elle. Puis je t'ai rencontré et j'ai éprouvé des émotions que je n'avais jamais connues. Et plus nous passions de temps ensemble, plus les sentiments qui étaient nés en moi grandissaient. Je savais ce qui était en train de se passer et c'était merveilleux. Mais je craignais de souffrir, alors j'ai résisté tant que j'ai pu.

J'aimais la vie que je menais, mais tu m'as montré ce que cela pouvait être que de la partager avec quelqu'un. Avec toi. Et j'en avais tellement envie que j'ai eu peur. Je ne voulais pas me laisser aller à espérer que tu puisses un jour éprouver pour moi ce que j'éprouvais pour toi.

Tu m'as dit que j'étais courageuse, mais ce n'est pas vrai. Je préférais renoncer à ce que nous pourrions vivre ensemble plutôt que de prendre le risque d'avoir le cœur brisé.

— Mais tu es là, aujourd'hui, dit Jason.

— Oui.

— Maintenant que tu as fait le premier pas, le second devrait être un peu plus facile.

— Sauf que ce n'est pas un pas, c'est un saut dans le vide.

Jason plongea son regard dans le sien et elle lut dans ses yeux tout l'amour qu'il éprouvait pour elle.

— Je serai là pour te rattraper.

Et parce qu'elle savait que c'était vrai, Alyssa sauta dans ses bras.

— Je t'aime, Jason Channing, et je sais, maintenant, que ce que j'éprouve est bien réel et ne changera pas. Alors, si tu m'aimes encore…

— Je t'aime encore, dit Jason.

Un sourire s'épanouit sur les lèvres d'Alyssa.

— Ces derniers jours, poursuivit-il, ont été affreusement vides sans toi. Moi aussi, j'étais heureux de la vie que je menais, mais tu m'as montré combien elle gagnait à être vécue à deux. Il fut un temps où l'idée de passer le restant de mes jours avec une seule personne déclenchait en moi une peur panique. Aujourd'hui, la seule chose qui me fait peur, c'est d'imaginer la vie sans toi.

Une émotion intense étreignit la poitrine d'Alyssa et elle sentit son cœur se gonfler de joie.

— Dans ce cas, dit-elle, j'accepte ta demande en mariage. Rien ne peut me rendre plus heureuse que de construire l'avenir avec toi.

Jason se détourna, gagna son bureau.

— Je n'ai toujours pas de bague de fiançailles, dit-il, ouvrant un tiroir. Tu rêves d'aller à New York et je compte t'y emmener pour en acheter une. Chez Tiffany.

— Ce serait merveilleux, mais je n'ai pas besoin d'un bijou pour…

— Tiens, ce n'est pas une bague, dit Jason, lui tendant le petit écrin de velours qu'il tenait dans sa main. Mais peut-être auras-tu plaisir à le porter en attendant.

Alyssa s'en saisit et l'ouvrit avec précaution. Il contenait un pendentif, un cœur en or.

— Oh ! Jason, qu'il est beau !

— C'est ainsi que je vois ton cœur, unique et parfait.

— Mon cœur n'est pas parfait, mais il t'appartient, désormais, et pour toujours, dit Alyssa.

Et lorsque Jason la prit dans ses bras, elle sut que ce cœur autrefois fragile venait de trouver un allié solide dans ce pacte d'amour.

Retrouvez prochainement,
dans votre collection

PASSIONS

Son patron interdit, de Joanne Rock - N°995

SÉRIE : IDYLLES À BROOKLYN 1/3

À l'instant où Sable voit entrer Roman Zayn, son patron, dans l'atelier de haute couture où elle travaille, elle se sent fondre. Le temps d'une nuit, elle décide d'oublier que cet homme lui est interdit… Mais bientôt elle découvre que ce moment d'égarement a eu des conséquences qui pourraient mettre en péril son métier de rêve… et son cœur !

Pour un baiser de lui, de Joanne Rock

SÉRIE : IDYLLES À BROOKLYN 2/3

Blair Wescott, nouvelle recrue chez Deschamps Cosmetics, est-elle une espionne industrielle ? Lucas, l'héritier de la société, est résolu à le découvrir… en séduisant la jeune femme ! Mais, alors qu'il se rapproche d'elle, il craint de perdre toute lucidité. Car les doux baisers de Blair le détournent de sa mission…

Une si douce vengeance, de Joanne Rock

SÉRIE : IDYLLES À BROOKLYN 3/3

Chase est la dernière personne que Tana s'attendait à voir débarquer à Brooklyn, huit ans après leur séparation. Persuadé qu'elle l'a trahi autrefois, son amour de jeunesse exige qu'elle s'acquitte de la dette qu'elle a envers lui… en jouant le rôle de sa fiancée durant un long week-end !

Un *bad boy* au grand cœur, de Kira Sinclair - N°996

Si Dominic cultive sa réputation de *bad boy*, c'est uniquement pour cacher la mission qu'il effectue auprès de femmes dans le besoin. Or Meredith, la meilleure amie de sa sœur, risque aujourd'hui de saboter sa couverture en publiant un article contre lui ! Furieux, il tente de la raisonner mais ne fait que raviver le désir que la jeune femme a toujours éveillé en lui…

Un bébé à Rust Creek Falls, de Melissa Senate

Seule et enceinte, Mikayla emménage à Rust Creek Falls pour prendre un nouveau départ. C'est décidé : jamais plus elle ne laissera un homme lui gâcher la vie. Pourtant, sa rencontre avec Jensen Jones fait vaciller ses résolutions. Le trouble qu'il éveille en elle est si intense ! Hélas, tout le monde sait que le millionnaire n'est pas du genre à s'engager…

Dans les bras de Rafe Cortez, de Barbara Dunlop - N°997

Éclaboussée par un scandale financier causé par son demi-frère, Gina est résolue à venir en aide aux personnes ruinées. Pour cela, elle propose une vente aux enchères dont le premier prix est une journée avec Rafe Cortez-Williams, un sublime rancher. Malgré l'hostilité que lui témoigne cet homme qui fait partie des victimes de l'escroquerie, Gina est très attirée par lui – au point de rêver de gagner le gros lot…

Impossible liaison, de Zuri Day

Quand Avery comprend que son nouveau client est Cayden Barker, qu'elle n'a pas revu depuis le lycée, elle sait que les problèmes ne font que commencer… Elle devra organiser un gala pour lui mais, hélas, Avery doute de pouvoir rester professionnelle à ses côtés. En effet, le mauvais garçon devenu un puissant homme d'affaires éveille en elle le même émoi qu'autrefois…

Presque mariés, de Reese Ryan - N°998

SÉRIE : LES HÉRITIERS DE MOONLIGHT RIDGE 3/3

Pour toucher son héritage, Riley doit se marier – et vite ! Désespérée, elle se tourne vers Travis Holloway, son premier amour, pour lui faire une proposition qu'il ne pourra refuser. S'il l'épouse, elle l'aidera à sauver Moonlight Ridge, l'hôtel de sa famille tombé en désuétude. Hélas, si cet arrangement est parfait sur le papier, il ravive quelques rancœurs – et de troublants sentiments…

Amoureuse d'un rancher, de Joanna Sims

Depuis que Bonita a engagé Gabe pour qu'il transporte son cheval dans le Montana, le beau dresseur ne quitte plus ses pensées… Tous deux n'ont pourtant rien en commun, et elle ferait bien de ne pas s'attacher à lui. Car jamais cet homme amoureux de la nature ne s'intéressera à une citadine comme elle…

Son enfant, leur bonheur, de Charlene Sands - N°999

Brooke peine à le croire : alors que la nuit qu'elle a passée entre les bras de Wyatt ne devait être qu'une simple parenthèse, la voilà... enceinte ! Si elle se refuse d'abord à partager cette nouvelle avec lui, elle change d'avis quand elle apprend que son amant – père de jumeaux – cherche une nourrice pour s'occuper de ses enfants. Soudain, une idée folle germe dans son esprit : et si elle postulait ?

Pour les yeux de Libby, de Janice Maynard

Libby est aussi belle qu'incompétente ! Alors qu'il a engagé la jeune femme en tant que secrétaire pour faire plaisir à sa mère, Patrick regrette déjà sa décision. Heureusement, leur collaboration n'est pas prévue pour durer. Car, non seulement cette enfant gâtée n'est pas très rigoureuse, mais elle lui plaît aussi beaucoup trop ! Une situation dangereuse pour lui qui est promis à une autre femme...

Un rival au regard vert, d'Anna DePalo - N°1000

Série : L'empire des Serenghetti 1/2

Cole Serenghetti – le célèbre joueur de hockey – refuse de parrainer la construction du gymnase du lycée où elle exerce ? Pour Marisa, c'est une véritable catastrophe. Bien sûr, elle se doutait que Cole, son premier et unique amour, ne lui aurait pas pardonné sa trahison passée, mais elle ne s'attendait pas à ce qu'il lui réserve un accueil aussi glacial. Et encore moins à ce que son regard vert lui fasse toujours autant d'effet...

Le choix de Chiara, d'Anna DePalo

Série : L'empire des Serenghetti 2/2

Chiara en est persuadée : feindre d'avoir épousé le cascadeur Rick Serenghetti est la solution idéale pour faire taire les rumeurs que véhiculent les tabloïds sur sa vie privée. Seulement voilà, maintenant qu'ils font semblant d'être mari et femme, un doute l'étreint. Car, en plus d'être sexy, Rick se montre terriblement attentionné... comme s'il tenait vraiment à elle. Une situation impossible pour Chiara, qui refuse de tomber amoureuse après l'échec de sa dernière relation...